Veröffentlicht von
DREAMSPINNER PRESS

5032 Capital Circle SW, Suite 2, PMB# 279, Tallahassee, FL 32305-7886 USA
www.dreamspinnerpress.com

Herbstfeuer
Urheberrecht der deutschen Ausgabe © 2023 Dreamspinner Press.
Originaltitel: Bonfires
Urheberrecht © 2017 Amy Lane
Original Erstausgabe. März 2017
Übersetzt von Johanna Hofer von Lobenstein.

Umschlagillustration
© 2017 Anne Cain
annecain.art@gmail.com
Umschlaggestaltung
© 2017 Reese Dante
http://www.reesedante.com
© 2023 L.C. Chase
http://www.lcchase.com
Die Illustrationen auf dem Einband bzw. Titelseite werden nur für darstellerische Zwecke genutzt. Jede abgebildete Person ist ein Model.

Deutsche ISBN. 978-1-64108-664-6
Deutsche eBook Ausgabe. 978-1-64108-663-9
Deutsche Erstausgabe. August 2023
v 1.0

Gedruckt in den Vereinigten Staaten von Amerika.

AMY LANE

Für Mate und Mary und alle, die neben ihren Partnern und Partnerinnen vor dem Spiegel stehen und denken: „Ich kann doch unmöglich schon so alt sein. Haben wir uns nicht erst gestern kennengelernt? Und: Du bist noch genauso schön wie damals.“

Für die Freunde aus meinem früheren Leben, die kaum ermessen können, wie sehr ich sie vermisse. Anthony, Lori, Barb, Rebecca, Johnny, Len, Mara und Dennis – wenn ich von engagierten Lehrern spreche, meine ich damit Euch.

JOGGING IN DER SONNE

AARON GEORGE rückte seinen Hemdkragen zurecht, betrachtete seine mit Grau durchzogenen blonden Haare im Rückspiegel und kam sich prompt ein bisschen lächerlich vor. Schließlich war er schon 48 Jahre alt. Aber da lief Larx schon wieder am Cambrian Way entlang und hatte wegen der Nachmittagshitze sein T-Shirt ausgezogen. So konnte das nicht weitergehen.

Seine Schultern glänzten glatt und golden in der späten Septembersonne und sein Körper – hochgewachsen und schlank, obwohl er in etwa in Aarons Alter war – bewegte sich mit der Grazie eines routinierten Läufers.

Seit seinem 30. Geburtstag kämpfte Aaron mit den gut 20 kg, die sich um seine Körpermitte angesammelt hatten. Er war in dem Kampf nur teilweise erfolgreich, denn gesunde Ernährung und Bewegung waren nicht mehr ganz so selbstverständlich wie früher, als er noch in der Stadt Streife lief. Heutzutage fuhr er in einem SUV durch die Berge.

Aarons Frau war vor zehn Jahren gestorben und er hatte alleine drei Kinder großgezogen, von denen zwei inzwischen ausgezogen waren. Damals erschien es eine gute Idee, die Stelle als Deputy-Sheriff im kleinen Colton anzunehmen. Städte waren etwas für junge Beamte – selbst Sacramento, das in den Augen der meisten Leute auch nur eine Kleinstadt war. Colton dagegen hatte nur knapp 10.000 Einwohner. Es schien entspannter und besser geeignet, um Kinder großzuziehen.

Larx, der nach seiner Scheidung mit seinen zwei Töchtern zugezogen war, sah das genauso, wie Aaron gehört hatte. Mr. Larkin – von Kollegen wie Schülern *Larx* genannt – lebte seit sieben Jahren in Colton. Er hatte Aarons jüngere Kinder in Naturwissenschaften unterrichtet und sie hatten ihn immer als *viel cooler als die anderen Leute in diesem Kaff* bezeichnet. Dann war der alte Rektor in Pension gegangen und Larx sich zunächst mit Händen und Füßen dagegen gewehrt, seinen Platz einzunehmen.

Aaron war natürlich nicht persönlich dabei gewesen, aber sein Jüngster, Kirby, hatte in der 11. Klasse oft im Schulbüro ausgeholfen. Er hatte erbitterte Auseinandersetzungen mit angehört, in Nobilis Büro, im Lehrerzimmer und einmal sogar mitten auf dem Schulhof, wie er seinem Vater genüsslich berichtete. Schließlich hatte Larx unter drei Bedingungen eingewilligt, Rektor zu werden:

Erstens wollte er die Advanced-Placement-Kurse in Chemie weiter unterrichten, die in der nullten Stunde stattfanden. Er hatte sich fünf Jahre dafür eingesetzt, das AP-Programm an den Start zu bekommen, und er würde den Teufel tun und diesen Unterricht dem Grünschnabel überlassen, der als einziger außer ihm die nötige Qualifikation hatte. Wie Kirby seinem Vater berichtete, war diese

1

Bedingung auf große Begeisterung gestoßen, denn Mr. Albrecht war scheinbar ein machtbesessener, aufgeblasener Wicht.

Zweitens bestand Larx darauf, dass sein bester Freund, Yoshi Nakamoto, zum Konrektor berufen wurde. Yoshi war Anfang Dreißig und seit sechs Jahren Englischlehrer an der John F. Colton Highschool. Er schien ein guter Pädagoge und ein netter Kerl zu sein, also genau das, was ein frischgebackener Verwaltungsbeamter an seiner Seite brauchte.

Drittens wollte Larx weiterhin die Leichtathletik-Mannschaft coachen.

Diesen Wunsch hatte man ihm nicht gewährt, weil – wieder Kirby zufolge – Mr. Nakamoto darauf hingewiesen hatte, dass es *Zeitumkehrer* nur im Harry-Potter-Universum gab und Larx es zeitlich schlicht nicht schaffen würde.

Ab diesem Zeitpunkt war Aarons schön geordnete Welt durch Larx massiv durcheinandergeraten: jeden Tag um 16.45 Uhr tauchte Larx in dieser Straße auf, immer dann, wenn Aaron seine Runde beendete. Larx joggte von der Schule die Cambrian Road hinunter, bog rechts in die Olson Street ab – eigentlich eine Art Feldweg – und lief dann hinüber zum Highway, auf dem es extrem hektisch zuging und der zudem keinen Seitenstreifen hatte. Diesen lief er etwa eine Meile entlang und bog dann rechts auf die Hastings Street ab, die *genauso* unsicher war und ebenfalls keinen Seitenstreifen hatte, um schließlich wieder rechts abzubiegen und auf der Cambrian Street zurück zur Highschool zu laufen.

Als Aaron das zum ersten Mal gesehen hatte, war ihm buchstäblich das Herz stehengeblieben. Vor seinem geistigen Auge hatte er schon die Schlagzeilen gesehen: *Kleinstadt-Schulrektor durch eigenen Leichtsinn umgekommen. Gesamte Schulgemeinschaft im Trauerumzug auf der Straße.* Und dann, als sein Herzschlag sich gerade wieder normalisiert hatte, hatte er Larx zum ersten Mal mit freiem Oberkörper gesehen – und zum ersten Mal *wirklich* wahrgenommen.

Aaron war jetzt 48. Ihm war schon in der Highschool klargeworden, dass er bisexuell war. Da es aber sehr viel unproblematischer gewesen war, mit Mädchen auszugehen, hatte er diesen Weg eingeschlagen. Seine Frau hatte er von ganzem Herzen geliebt und er hatte kein einziges Mal zurückgeblickt, seit sie sich begegnet waren. Die letzten zehn Jahre hatte er damit verbracht, ihre gemeinsamen Kinder alleine großzuziehen.

Nach dem Tod seiner Frau hatte seine Libido den Laden dichtgemacht und nur gelegentlich kurz geöffnet, wenn die Kinder in den Ferien bei ihren Großeltern waren. Aber jetzt hatte ein Blick auf den schimmernden, gebräunten Rücken, die definierten Schultern und die schweißnassen schwarzen Haare gereicht, um seine Lust aus dem Dornröschenschlaf zu erwecken und ein Stoßgebet an Cialis, die Göttin der sexuell aktiven Männer mittleren Alters, zu schicken.

An jenem Tag hatte er aufs Gaspedal getreten und war extrem durcheinander an Larx vorbeigefahren. Er wollte so schnell wie möglich verschwinden, damit Larx ihn nicht dabei ertappte, wie er mit offenem Mund einen Mann angaffte, der anscheinend wild entschlossen war, sich im staubig-roten Schatten der Kiefern in der Nähe des Tahoe National Forest über den Haufen fahren zu lassen.

Am nächsten Tag ließ ihn seine Libido wissen, was er für ein Idiot war, die Chance vertan zu haben, Larx beim Laufen zu beobachten. Das nächste Mal solle er gefälligst einen Gang runterschalten und die Aussicht genießen.

Das hatte Aaron dann auch getan. Er hatte abgebremst, einen weiten Bogen um Larx gemacht, ihn angelächelt und ihm im Vorbeifahren zugewunken. Sie kannten sich von Elternabenden und Veranstaltungen. Aaron unterhielt sich immer gerne mit ihm, wenn es sich ergab, denn er war intelligent, humorvoll und nicht auf den Mund gefallen. Insofern war es nicht überraschend, dass Larx freundlich zurückwinkte. Dennoch hatte Aaron Mühe gehabt, die nächsten paar Stunden nicht wie ein verknallter Teenager vor sich hin zu grinsen, während er Papierkram, Waffen- und Angelscheine bearbeitete.

Mit Teenagern kannte er sich ein bisschen aus – er hatte bereits zwei von der Sorte großgezogen. Sie waren völlig unzurechnungsfähig gewesen, und Aaron hatte nicht vor, es ihnen gleichzutun.

Larx hatte ein schmales Gesicht mit großer Nase und ausgeprägtem Kinn. Seine spitzbübisch blitzenden, braunen Augen waren von Lachfältchen umrahmt. Er sah eher nach Tunichtgut aus als nach Autoritätsfigur, als er Aaron lächelnd zuwinkte und ein paar tänzelnde Schritte auf der Stelle machte, um nicht aus dem Laufrhythmus zu kommen.

Er erinnerte Aaron an einen Lemur in Mannesgestalt, mit glänzenden, braunen Schultern und Lachfalten, so gut wie keinen Haaren auf der Brust und einem Hintern zum Nüsse knacken, der nur spärlich von Nylon-Laufshorts verhüllt wurde.

Aber nein. Aaron würde nicht zum Teenie werden.

Trotzdem hielt er sich streng an seinen eigenen Zeitplan, um sicherzugehen, dass er immer dann an Larx vorbeifuhr, wenn dieser besonders stark am Schwitzen war. Heute würde es besonders interessant werden, denn Aaron hatte sich vorgenommen, mit ihm *zu reden.*

Was sollte schon passieren? Larx musste nie etwas von Aarons kleiner Schwärmerei zu erfahren. Und selbst wenn der Verdacht aufkommen sollte, dass Aaron ihn versuchte anzubaggern – was definitiv ganz und gar nie nicht der Fall war: Larx hatte sich persönlich für die Gründung der AG namens GSA-AG eingesetzt, in der sich Schüler und Schülerinnen aller sexuellen Orientierungen begegneten. Selbst wenn er also denken sollte, dass es eine Anmache war, ohne selbst an Männern interessiert zu sein: Es war unwahrscheinlich, dass er schreiend davonrennen und seinen – wie Aaron fand – sexy Oberkörper jungfräulich entsetzt mit dem T-Shirt verhüllen würde. So sah Aaron das jedenfalls.

Er rückte die Spiegelbrille zurecht, ließ das Fenster an der Beifahrerseite herunter und bremste den Wagen auf Schrittgeschwindigkeit ab, dankbar, dass die Straße lang und übersichtlich genug war, hinter ihm fahrenden Wagen einen ausreichenden Bremsweg zu ermöglichen.

„Schönen guten Tag, Herr Direktor", sagte er betont höflich. Er gab sich große Mühe, freundlich rüberzukommen.

Larx drehte sich etwas zu ihm, um zu salutieren, ohne sein Tempo zu drosseln. „Wie geht's denn so, Deputy? Alles im grünen Bereich?"

„Danke, danke. Bei mir schon. Aber Sie bereiten mir ganz schönes Kopfzerbrechen, wenn Sie so direkt an der Straße entlang joggen. Haben Sie denn noch nie was von einem Sportplatz gehört?" Na prima. Der freundliche Hinweis von Ihrer Bezirks-Behörde – nichts war weniger als Anmache geeignet, als das Objekt der Begierde zu verärgern.

„Tja, Deputy. Den Sportplatz kenne ich ziemlich gut", meinte Larx mit gepresster Stimme. „Allerdings trainiert da gerade das Footballteam und ich bin nicht besonders gerne der alte Mann, der um sie herum seine Kreise zieht."

Aaron glaubte ihm kein Wort.

„Und die Crossstrecke hinter dem Schulgelände?" Aaron wusste, dass Larx diesen Pfad kannte. Er hatte dort oft genug mit den Crossläufern trainiert, auch wenn keine Saison war.

„Ja, Sir. Die kenne ich auch." Blöder Sturkopf. Er war noch nicht mal außer Atem.

„Ist ja toll, wie gut Sie informiert sind", gab Aaron zurück. „Darf ich fragen, und bitte nehmen Sie es mir nicht übel: wenn Ihnen andere Laufstrecken so gut bekannt sind, auf denen die heimischen Wildtiere nicht regelmäßig zu Waffeln verarbeitet werden, warum bestehen Sie dann verdammt noch mal darauf, direkt an der verdammten Landstraße entlang zu joggen?"

Statt einer Antwort beschleunigte Larx sein Tempo.

„Ich sitze im Auto, Sie Dickschädel!", brüllte Aaron.

„Wie bitte, Deputy? Ich kann Sie kaum verstehen. Alter Mann, schwerhörig, Sie wissen schon …"

Larx hielt die Hand ans Ohr, während er noch schneller rannte. Ha! Der Kerl unterschätzte offenbar Aarons Eigensinn. Teenager. Mädchen. Zwei Stück. Na warte.

Sie näherten sich der Olson Street, dem Waldweg. Aaron trat aufs Gas, sodass er Larx knapp überholte, und bog rechts ab. Dann stoppte er den Wagen und sprang heraus.

As Larx um die Ecke bog, lehnte er schon mit verschränkten Armen an seinem SUV, den Kopf zur Straße gewandt.

„Werden Sie sich jetzt bitte zivilisiert mit mir unterhalten?", fragte er. „Oder wollen Sie mich unbedingt dazu zwingen, neben Ihnen herzurennen? Ich warne Sie. Ich war in der Highschool schon langsam, bei der Armee ebenfalls, im College auch, und seither bin ich kaum schneller geworden."

Larx schnitt eine Grimasse und joggte weiter. „Ist ein freies Land."

4

Aaron hatte gelogen. Er joggte selbst jeden Tag. Er war nicht so schnell wie Larx und hatte auch nicht die gleiche Ausdauer – aber er war zu allem entschlossen, selbst in seinen Boots.

Er schloss den Wagen ab, steckte die Schlüssel ein und holte auf.

„Sie sind ja schneller, als Sie es darstellten", brummte Larx schließlich unbehaglich.

„Ich jogge auch", keuchte Aaron. „Allerdings meist nach der Arbeit, auf dem alten Forstweg hinter dem Highway 22. Kennen Sie den?"

„Ach ja?" Larx klang überrascht. „Der ist bei mir um die Ecke."

„Ich weiß." Vor drei Jahren hatte Olivia, die ältere Töchter von Larx, nach der Theaterprobe auf dem Heimweg einen platten Reifen gehabt. Aaron hatte ihr geholfen, den Reifen zu wechseln, und war ihr nachgefahren, um sicherzugehen, dass sie gut nach Hause kam. Inzwischen war Olivia fertig mit der Schule. Sie war ein Jahr jünger als Aarons mittlere Tochter Maureen. Sie war wirklich süß gewesen, etwas orientierungslos, wie ein Marienkäfer bei starkem Wind, aber süß.

„Inzwischen sollten Sie doch sicher allen ausreichend bewiesen haben, dass Sie sehr wohl genug Zeit hätten, die Leichtathleten zu coachen. Können Sie also *bitte* einem alten Mann den Gefallen tun und den Crosspfad benutzen, anstatt hier draußen zu joggen, auch wenn man Sie hier vielleicht besser sieht?"

Larx blieb wie angewurzelt stehen, die Hände in die Seiten gestemmt, mit empörtem Gesichtsausdruck. „Ach, Sie glauben also, *darum* geht's?"

Aaron blieb dankbar stehen, stützte die Hände auf die Oberschenkel und versuchte, wieder zu Atem zu kommen. „Worum sonst?"

Larx entspannte sich etwas. Fröstelnd nahm er das T-Shirt vom Nacken und schlüpfte wie selbstverständlich hinein. Insgeheim war Aaron erleichtert – er war gerade nahe genug, um ihn riechen zu können, und er war sich extrem bewusst darüber gewesen, dass Larx` nackte Haut in Griffweite war. Andererseits sah das Shirt so weich und gemütlich aus, dass es fast noch intimer war als die nackte Haut.

„Wissen Sie, ich muss einfach ab und zu mal runter vom Schulgelände", sagte Larx schließlich. „Ich wollte diesen verfluchten Scheißjob eigentlich gar nicht erst haben."

Aaron hatte noch nie einen Lehrer fluchen hören.

Er konnte sich das Grinsen nicht verkneifen. „Das ist das Coolste, was ich je gehört habe", flüsterte er. „Sie benutzen Kraftausdrücke?"

Larx verdrehte die Augen. „Oh, bitte! Im Lehrerzimmer geht es zu wie bei Kesselflickern und Bierkutschern. Besonders die Englischlehrer sind da sehr kreativ. Sie würden sich wundern."

„Sie rauben mir gerade all meine Illusionen", schmunzelte Aaron, und Larx schüttelte den Kopf.

„Ich brauche einfach mal eine Pause", sagte er dann kläglich. Nach den sechs Worten war das ganze Gewicht des Jobs auf seinen Schultern zu spüren. „Ich habe jetzt schon einen Riesen-Scheißhaufen an Nachrichten auf dem Handy, und wann immer ich auf dem Schulgelände bin, habe ich die moralische Verpflichtung, mich sofort darum zu kümmern."

Aaron nahm seine Baseball-Mütze mit dem Aufdruck *Colton County Sheriff* ab, strich sich die blonden Haare zurück und setzte sie wieder auf. „Es ist nicht gesetzwidrig, sich in Lebensgefahr zu bringen, Larx. Darum geht's mir auch gar nicht."

„Worum dann?" Larx hatte jetzt eine Hand in die Hüfte gestützt und Aaron fragte sich, ob er früher ein bockiger, rebellischer Teenager gewesen war. Und ob ihm schon mal jemand gesagt hatte, dass *früher* inzwischen vorbei war. Die jüngere Tochter von Larx war in der 11. Klasse, und in seinem AP-Kurs. Vielleicht gab sie ihm Nachhilfe in rebellischem Verhalten. Aaron vermutete, dass Larx ein Spaß-Papa war, und außerdem ein guter Vater. Seine Ex-Frau lebte unten in Sacramento, wenn Aaron sich recht erinnerte, und Larx hier oben in den Bergen mit den Kindern. Warum auch immer, er hatte das alleinige Sorgerecht, und das war keine Kleinigkeit. Er war sicher ein guter Mann.

Aaron räusperte sich. „Um Ihren freundlichen Mitbürger und Deputy, der Angst davor hat, seinem Sohn vielleicht mitteilen zu müssen, dass ein neuer Lehrer für das AP-Programm eingestellt werden muss."

„Arrrrgh!" Larx raufte sich mit beiden Händen die Haare und stampfte mit dem Fuß auf. „Haben Sie denn niemals das Bedürfnis, mit einem Erwachsenen zu sprechen, der kein Kollege ist?"

Aaron atmete aus. „Das habe ich früher immer mit meiner Frau gemacht", meinte er entschuldigend.

Larx schnitt eine Grimasse, wahrscheinlich aus Mitleid. „Tut mir leid", erwiderte er reflexartig. Aber Aaron hatte das Mitgefühl inzwischen satt. „Es ist lange her, und Sie haben nicht am Steuer gesessen. Und darum geht's mir nicht."

„Okay, okay, schon klar. Es geht darum, dass ich ein schlechtes Vorbild bin, wenn ich an einer beschissenen Straße entlang jogge. Schon kapiert."

„Aber Sie könnten doch genauso gut den Waldweg nehmen! Wir könnten zusammen joggen, wenn ich es rechtzeitig weiß!" Einerseits war Aaron sprachlos über sich selbst. *Rückzug! Rückzug! Rückzug! Wenn sein Schwulenradar anspringt, bist du erledigt!* Anderseits war er auch von freudigem Stolz erfüllt. *Gar nicht übel, Sheriff George. Das könnte sogar klappen!*

Larx kniff die Augen zusammen. Im Freien sah man ihn sonst meist mit Sonnenbrille, aber offenbar trug er sie nicht, wenn er schwitzte. „Echt jetzt?", fragte er skeptisch.

„Ich wohne am gleichen Waldweg", sagte Aaron. Er war nicht sicher, ob Larx das klar war. „Etwa zwei Meilen weiter unten."

„Das wusste ich gar nicht", bestätigte Larx seinen Verdacht und kratzte sich am Hinterkopf. „Sie sind schneller, als Sie gesagt haben."

„Na ja, ich jogge ja auch mehrmals pro Woche. Meist nur drei Meilen. Wenn es Ihnen nichts ausmachen würde, einen Schlenker zu machen, könnten Sie bei mir vorbeilaufen, mich abholen und wieder zu Hause absetzen. Dann haben Sie trotzdem die längere Strecke. Und es wäre definitiv besser, als hier am Highway entlangzulaufen." Das stand außer Frage.

Larx entspannte sich zusehends, und sein Kampfgeist schien abzuebben. „Ja. Klar. Das ist wirklich … nett. Nett, dass Sie gefragt gaben, meine ich. Danke."

„Ich gehe um halb sieben zur Arbeit. Wir könnten uns um 5 treffen?" Dann hätte er noch eine halbe Stunde, um einen Müsliriegel zu essen und zu duschen. Und eine Stunde zum Laufen, wenn Larx zwei Meilen länger lief. Morgens würde es kalt sein, also würde er dessen glänzenden Oberkörper nicht zu sehen bekommen. Dafür würden sie Zeit miteinander verbringen. Aaron hatte ihre kurzen Gespräche bei den Footballspielen oder Schulversammlungen nicht vergessen. Wenn er nicht gerade gegen das System rebellierte, war Larx sehr unterhaltsam. Das hatte Aaron schon bemerkt, bevor ihm die muskulösen Schultern und der feste Arsch aufgefallen waren.

Larx nickte. „Ich bringe Stirnlampen mit", sagte er – eine gute Idee, denn die Tage waren schon kürzer und man konnte sich schnell verlaufen oder den Knöchel verstauchen, wenn man im Dunkeln lief.

„Das ist gut. Ich habe keine. Ich bin sonst immer nachmittags nach dem Dienst unterwegs."

Larx legte neugierig den Kopf schief. „Und warum wollen Sie das jetzt plötzlich ändern?"

Mist. „Kirby mag Sie", improvisierte Aaron. „Ich würde ihm ungern die Nachricht überbringen, dass wir Sie von der Straße kratzen mussten."

Larx legte den Kopf auf die andere Seite. „Sie sind ja ausgesprochen besorgt um Ihre Mitbürger. Wenn Sie sich um jeden einzelnen so intensiv kümmern …"

Aaron hatte blaue Augen und helle Haut und es war nicht zu verbergen, dass er rot wurde. „Es ist eine kleine Stadt. Wenn Sie von einem Auto erwischt werden, würden wir das wirklich bedauern. Ich kann's nicht leugnen."

Larx verzog einen Mundwinkel zum süffisanten Lächeln. „Dann versuchen Sie es doch gar nicht erst."

Seine Augen waren braun, und um seinen Mund zuckte ein Lächeln. Aaron starrte diesen Mund so lange an, dass der Moment begann, sich in die Länge zu ziehen.

„Dann also bis morgen früh, Sheriff?" brach Larx schließlich das Schweigen.

„Soll ich Sie noch zurückfahren?", fragte Aaron höflich, obwohl er ziemlich sicher war, dass das gar nicht so gut wäre, so sehr, wie er sich zu Larx hingezogen fühlte.

„Nein, Sir. Ich mache meine Runde noch fertig."

Aaron nickte und setzte seine Mütze wieder auf. „Wie Sie möchten."

Er schlenderte zum SUV zurück und widerstand tapfer dem Impuls, sich umzusehen. Ob Larx ihm nachstarrte? Er war ziemlich sicher, dass seine Blicke sich in seinen Rücken bohrten, aber umdrehen würde er sich ganz bestimmt nicht.

Als er wieder auf der Station ankam und seinen Tagesbericht ausfüllte, behielt er die kleine Begegnung für sich. Er berichtete dem Sheriff von seinen Aktivitäten – dass die von ihnen vor etwa einem Monat entdeckte Marihuana-Plantage expandiert hatte und vielleicht doch dem Drogendezernat gemeldet werden musste und dass der Antrag der Highschool, am Schulgelände einen Bürgersteig zu verlegen, aus Sicherheitsgründen von der Polizei befürwortet werden sollte. Larx erwähnte er nicht, aber er war auch nicht der einzige Trottel, der sich für unverwundbar hielt.

Sheriff Eamon Mills nickte, fragte nach, ob Aaron seinen Bericht abgegeben hatte, und rief ihn dann noch einmal zurück. „Ach, George."

„Ja, Sir?"

„Ich weiß ja, dass Sie an dem Tag eigentlich keinen Dienst haben, aber in zwei Wochen steht ein Heimspiel an. Eine Schule aus einem anderen Landkreis, Sie wissen schon …" Mills zog eine Grimasse. „Wir sind eine Kleinstadt, und das ist eine Großstadtschule. Ich bin sicher, dass mit *den Kindern* alles in Ordnung gehen wird. Ich kenne den Trainer, und bei Foster herrscht Disziplin. Aber unsere *Eltern* bereiten mir Sorge, wenn Sie verstehen, was ich meine."

Aaron verzog das Gesicht. Er wusste ganz genau, wovon der Sheriff sprach. Die Kinder hatten heutzutage dank Internet und Kabelfernsehen sehr weltoffene Ansichten über Diversität, was verblüffend und großartig war. Bei den Erwachsenen sah das leider oftmals anders aus. Vor zwei Jahren war ein städtischer Schulbusfahrer aus Angst vor einem plötzlichen Schneeeinbruch überstürzt aufgebrochen. Seine Schüler hatte er vor der Colton High gestrandet zurückgelassen, und zwar, nachdem sie gerade das Entscheidungs-Basketballspiel gewonnen hatten. Aaron und Larx war es gelungen, genügend Dienstwagen und freiwillige Eltern aufzutreiben, mit denen die Jugendlichen zu ihrer Schule zurückgefahren werden konnten. Aaron konnte sich aber gut erinnern, wie verängstigt die Teenager vor der Turnhalle gestanden hatten, umgeben von einer feindseligen Meute, die alles andere als begeistert gewesen war, dass ihre Mannschaft gegen das Team aus der Stadt verloren hatte.

„Sie wollen ein paar Uniformen beim Spiel sehen?", fragte er, ohne zu zögern. Da musste er nicht lange überlegen. Larx würde auch da sein. Spiele zu beaufsichtigen war Teil von Aarons Aufgaben als Kleinstadtsheriff, also war er regelmäßig dort. Als Larx noch Lehrer war, hatte Aaron ihn zwar ab und zu getroffen, denn es war eine Schulveranstaltung, aber Larx war nicht immer dabei gewesen. Als Rektor *musste* er jetzt aber natürlich teilnehmen.

Larx würde also dabei sein. Bis dahin würden sie schon eine Woche gemeinsames Joggen hinter sich haben. Aaron würde Kirby mitschleppen und die jüngere Tochter von Larx würde vermutlich auch dabei sein – Spaß für alle. Rein platonischer Spaß für Alleinerziehende. Genau.

„Ja, mein Junge. Das wäre nicht schlecht. Vielleicht könnten Sie und Larx sich eine Weile auf die Gegnertribüne setzen? Bisschen gute Stimmung machen, ein paar Lose für die Tombola verteilen, unseren Leuten zeigen, dass wir hier alle Freunde sind. So in der Art."

Sheriff Mills war Afroamerikaner, Mitte Sechzig und stand vermutlich kurz vor der Pensionierung. Er hatte ein paar Jahre Armee hinter sich, einige davon in Vietnam, und eine Weile war er *in New York verloren gegangen*, wie er es nannte. Er war ein bodenständiger Redneck, aber auch überraschend gebildet und auf seine Weise sehr weltoffen.

Er war der Vater, den Aaron gerne gehabt hätte. „Kriegen wir hin", sagte er lächelnd. „Ich bringe Kirby mit – zu diesem Jungen unfreundlich zu sein schafft kein Mensch, wenn er seine braunen Augen klimpern lässt."

Mills nickte. „Danke. Machen Sie das auf jeden Fall. Ihr Junge müsste mal wieder hier Ablage machen – letztes Mal, als er die Archive aufgeräumt hat, hat er zwei Fälle gelöst."

Aaron verzog das Gesicht. „Ja, Sir, aber mir wäre es lieber, wenn er sich nicht in den Kopf setzen würde, Polizist zu werden. Er ist auch schon ohne Dienstwaffe eine Gefahr für sich selbst." Genau wie Caroline war Kirby charmant und ein bisschen tollpatschig. Der Junge kam eindeutig nach seiner Mutter.

Der Sheriff lachte leise. „Wir lassen den Waffenschrank verschlossen, keine Sorge. Aber vielleicht sollten Sie nicht zu heftig dagegen anreden, Aaron. Sie wissen ja, wie Kinder sind: Je mehr man ihnen verbietet, desto mehr wollen sie es dann erst recht."

„Zwei Teenager-Töchter", nickte Aaron grimmig. Mills wusste natürlich, was das bedeutet. Er hatte miterlebt, wie Aarons Älteste, Tiffany, im Streifenwagen nach Hause gebracht wurde, nachdem sie unter der Cofer Bridge beim Sex mit ihrem Freund aufgegriffen worden war. Als Maureen nach dem Abbau der Kulissen des Oberstufen-Abschlussstücks mit den anderen Theater-Kids betrunken aufgegabelt wurde, war er auch dabei gewesen. Genau genommen waren ihm so gut wie alle peinlichen Momente in Aarons Elternkarriere bekannt und er hatte sie mit guten Ratschlägen und einer freundlichen Hand auf der Schulter begleitet.

„Ich kann mich gut erinnern", sagte er jetzt. „Wie geht's Tiff und Maureen?"

„Tja, Tiff hat jetzt immer noch zwei Jahre vor sich bis zur Prüfung, weil sie unbedingt auf den letzten Drücker noch ihr Hauptfach ändern musste und jetzt quasi noch mal von vorne anfängt."

Mills pfiff durch die Zähne. „Teurer Spaß."

„Allerdings. Als ich ihr eröffnet habe, dass sie sich einen Nebenjob suchen muss, hat sie mich einen Tyrannen genannt. Ich habe geantwortet, dass sie nur deswegen nicht schon die ganze Zeit jobben musste, weil ihre Schwester ein Jahr früher fertig wird. Sie will als Entwicklungshelferin nach Indien, um Kindern Lesen und Schreiben beizubringen. Tiff hat ihre Schwester auf eine Art beschimpft, die ich nicht wiederholen möchte, dann hat Maureen Tiff etwas genannt, was ich auch nicht wiederholen möchte, und seit die beiden in ihre Colleges zurückgeflogen sind, sprechen sie nicht mehr miteinander."

„Und mit Ihnen?", fragte der Sheriff freundlich.

„Na ja, Maureen schon. Was sie in den Augen ihrer Schwester zur *arschkriecherischen kleinen Schlampe* macht, wie sie es nannte."

Mills grunzte. „Ach mein Junge, das sollten Sie sich nicht zu Herzen nehmen. Kinder …"

Aaron seufzte und rieb sich mit der Hand übers Gesicht. „Ich weiß. Sie wird sich schon wieder abregen. Das ist ja immer so. Es ist nur … ich habe seit Jahren nicht mehr mit meinem Bruder gesprochen. Er lebt an der Ostküste. Und ich wollte so gerne, dass meine Kinder sich später nicht völlig egal sind, wenn sie mal groß sind."

„Aaron, Sie haben getan, was Sie konnten. Und Kirby ist ja auch noch da. Der Kleine bringt die beiden im Handumdrehen wieder zusammen."

Da war etwas dran. Kirby schrieb den Mädchen jede Woche Briefe und kleine Karten, um sie gegenseitig wissen zu lassen, was die andere Schwester so machte. Wenn einer die beiden versöhnen konnte, war er es. „Das hoffe ich auch", stimmte Aaron zu. Es schien wie ein guter Zeitpunkt zum Aufbrechen. Aaron wandte sich zum Gehen, wurde aber ein weiteres Mal zurückgerufen.

„Aaron?"

„Ja, Sir?" Er wandte sich noch mal um.

„Eigentlich ist es nicht meine Art, mich wie ein alter Mann in Ihre Angelegenheiten einzumischen. Aber es führt kein Weg daran vorbei: Ich bin nicht mehr der Jüngste, und ich habe kein Geheimnis daraus gemacht, dass ich bei der nächsten Wahl nicht mehr zur Verfügung stehen werde. Ich hätte gerne, dass Sie in meine Fußstapfen treten."

Mist. Das Thema wieder. „Ja, Sir. Es wird mir eine Ehre sein." Jetzt wusste Aaron genau, wie Larx sich gefühlt hatte. Es gab kaum etwas, das er mehr hasste als das Gefühl, der letzte verfügbare Erwachsene zu sein, auf den sich alle verließen.

„Na ja, Ehre würde ich es nicht gerade nennen. Es ist ein elender Scheißjob und man bekommt nie genug Schlaf. Mit einem Partner an der Seite ist es aber auszuhalten."

Aaron verzog das Gesicht. „Ja, Sir. Den Unterschied kenne ich seit 10 Jahren."

„Ich weiß. Und trotzdem haben Sie sich nie wieder nach einer neuen Mrs. George umgesehen."

Oh Gott. Aaron fühlte, wie ihm am ganzen Körper der Schweiß ausbrach bei der Vorstellung, diesen Mann anzulügen oder auch nur der Frage auszuweichen. Das tat man einfach nicht bei jemandem, dessen Frau einmal pro Woche seine Familie bekochte, immer mit dem Vorwand, *ein bisschen zu viel Essen* gemacht zu haben. Bei jemandem, der seit zehn Jahren Kekse in der Schublade hatte nur für den Fall, dass die Kinder seines Stellvertreters wieder mal ihre Hausaufgaben auf der Polizeistation erledigen mussten. Es wäre nicht richtig, ihm etwas vorzumachen.

„Oder einem Mr. George", sagte er also mit einem Gefühl, als würden seine Lungen zwischen einen VW Käfer und einer Stahlplatte gepresst.

Der Sheriff riss die Augen auf und schnappte nach Luft.

Aaron lächelte schwach.

Dann schloss Mills den Mund wieder und zuckte mit den Achseln. „So ist das also."

„Es ist eine Fifty-Fifty-Chance, Sir."

„Na ja, mit einer Frau wär's natürlich einfacher, aber das hab' ich ja nicht zu entscheiden. Ich wollte eigentlich nur sagen, dass Sie es nicht unbedingt alleine durchziehen sollten."

Aaron schloss die Augen, damit das Brennen nachließ. „Danke, Sir", sagte er dann leise. „Ich muss dann mal los."

„Gail wollte heute Kekse backen, mein Junge. Ich bringe morgen welche für Kirby mit."

Oje. Aaron wandte sich ab, denn er fühlte sich gerade alles andere als gefestigt. „Das ist wirklich lieb von ihr, Sir. Ich werde Kirby bitten, eine Dankeskarte zu schreiben."

„Wir freuen uns jedes Mal über seine Karten."

Kirby zeichnete gerne Cartoons auf seine Karten. Auf der letzten hatte sich ein Schweinchen in Herzen und Gänseblümchen gewälzt und glücklich an einem Teller mit noch warmen Keksen geschnüffelt.

„Ich werd's ihm ausrichten."

Damit konnte Aaron endlich gehen. Ein weiterer Treffer in seine Gefühlszone hätte ihm heute den Rest gegeben.

Als er nach Hause kam, saß Kirby am Küchentisch und erledigte brav seine Hausaufgaben. Auf dem Herd stand ein leicht verunglücktes thailändisches Hühnchen-Gemüse-Gericht.

„Du bist spät dran", meinte Kirby, ohne aufzublicken. Diese Dinge nahm er genau.

„Musste noch mit dem Chef sprechen." *Ich habe meinem Chef gerade mitgeteilt, dass ich bisexuell bin, nur für den Fall, dass ich irgendwann mal mit deinem Rektor schlafen sollte.* Nee. Das ließ er mal lieber unausgesprochen.

Kirby sah auf, als er aus dem Wohnzimmer in die Küche kam, und Aaron zuckte wie immer innerlich zusammen, als ihn Carolines braune Augen, umrahmt von dichten schwarzen Wimpern, schmerzhaft an sie erinnerten. „Worüber denn?" Kirby war immer schnell beunruhigt. Er hatte eine blühende Fantasie. Genau wie Aaron es nicht mit ansehen konnte, wenn Larx an der gefährlichen Straße entlang joggte, ohne gleich an das Schlimmste zu denken, malte Kirby sich immer aus, dass Aaron tot war, wenn er sich auch nur fünf Minuten verspätete.

„Das Footballspiel nächsten Freitagabend."

Kirby schnitt eine Grimasse. „Hast du wieder Redneck-Wachdienst? Damit wir keinen schlechten Eindruck machen, weil wir hier noch nie Menschen aus der großen Stadt zu Gesicht bekommen haben?"

„So ungefähr. Willst du mit, ein paar neue Leute kennenlernen?"

11

Kirby wurde hellhörig. „Du meinst Leute, die nicht an einem Ort aufwachsen, wo die Jagdsaison ein akzeptabler Grund ist, um schulfrei zu bekommen? Ich bin dabei."

Es war Kirbys letztes Jahr an der Highschool und Aaron merkte, dass auch bei seinem Jungen langsam das Bedürfnis erwachte, endlich aus dieser winzigen Stadt rauszukommen. Aaron hatte vollstes Verständnis dafür. Vermissen würde er ihn trotzdem.

„Danke. Der Sheriff hat nach dir gefragt. Und er gibt mir morgen wieder Kekse für dich mit." Aaron goss sich in der Küche ein Glas Proteinshake ein, um sich für seine Joggingrunde zu stärken. Das Zeug schmeckte grauenhaft, aber Kirby hatte es für ihn zusammengemixt und es war nicht zu leugnen, dass es seine Wirkung tat. Alles, was ihn davon abhielt, nach der Arbeit zu naschen, war willkommen.

Kirby verzog das Gesicht. „Dad …"

Er stellte sich neben den abgenutzten Küchentisch, damit Kirby seinen mitfühlenden Gesichtsausdruck sehen konnte. „Ich weiß, ich weiß." Gail war wirklich eine Seele von Mensch und ihre Aufläufe und Beilagen waren ausgezeichnet. Ihr Gebäck dagegen …

„Wir können sie wieder den Hühnern geben", meinte Aaron diplomatisch.

Kirby schüttelte den Kopf. „Darum hatte ich doch letztes Mal extra ein Schwein gezeichnet."

„Wenn das Schwein nicht so niedlich gewesen wäre, hätte sie den Wink mit dem Zaunpfahl vielleicht verstanden. Wie sieht's mit Abendessen aus?"

„Ist fertig, wenn du vom Laufen wiederkommst", antwortete Kirby prompt. „Du lässt mich also besser in Ruhe Chemie fertigmachen. Larx faltet mich zusammen, wenn nicht alles perfekt ist."

„Ist ja gut. Mit dem gehe ich übrigens morgen früh joggen."

Kirby kniff die Augen zusammen und sah ihn an, als spräche er chinesisch. „Du machst *was*?"

Aaron drehte das leere Glas zwischen den Fingern. „Ja, weißt du. Larx und ich, wir gehen jetzt morgens zusammen joggen. Damit er nicht mehr nachmittags an der Straße entlanglaufen muss. Das hat dir doch auch Sorgen gemacht."

Kirby blinzelte langsam. „Ja, ja. Das schon. Aber ich hätte nicht gedacht, dass du deswegen gleich mit ihm losziehst. Das ist ja wirklich der super persönliche Bürgerservice, Dad. Machst du das jetzt bei allen Einwohnern von Colton? Das könnte nämlich knapp werden, sogar in diesem Kaff."

Aaron blieb standhaft. „Larx ist ja nicht irgendein Bürger. Er ist dein Schuldirektor."

Als Kind hatte Kirby ein süßes, rundes Gesicht gehabt. Inzwischen hatte er ein ausgeprägtes Kinn, hohe Wangenknochen und die dunkelblonden Haare seines Vaters. Er würde mal ein ziemlich gut aussehender Mann werden. Jetzt war er einfach ein besonders schöner Junge, dessen Gesicht aussah wie der Prototyp eines Engels. Wenn die Falte zwischen seinen Augenbrauen nicht gerade laut und deutlich *Blödsinn!* sprach, so wie jetzt.

„Da sind geheime Erwachsenen-Machenschaften im Gange", stellte er fest. „Ich weiß zwar noch nicht, welche, und warum – aber das bedeutet nichts Gutes für alle Beteiligten!"

Aaron drehte das leere Glas zwischen den Händen und brachte es zurück in die Küche. „Äh, ich glaube, du hast zu viele Science-Fiction-Filme gesehen, mein Sohn."

„Ja, Dad. Mit dir zusammen. Du kannst also nicht so tun, als wüsstest du nicht, wovon ich rede."

„Keine Ahnung. Ich ziehe mich mal um und gehe laufen. Bis in einer halben Stunde!"

Ausweichen war selten die feine Art.

Vor dem Einschlafen musste Aaron daran denken, wie Larx im staubigen Sonnenlicht die Augen zusammengekniffen hatte, wie seine Haltung lockerer und sein Lächeln sanfter geworden waren.

Er träumte, dass er einen Schritt näher an ihn herantrat, bis er die Wärme der körperlichen Anstrengung und Larx' Atem im Gesicht spüren konnte. Er träumte, dass sich ihre Lippen zu einem einfachen Kuss berührten.

CHROMSÄURE UND ALKOHOL

„OKAY, LIEBE Schüler. Und jetzt noch mal im Schnelldurchlauf. Alle bereit?"

„Bereit, Larx!"

Larx sah zu seiner Klasse auf und musste lächeln. Sie hatten im Chor geantwortet und er liebte es, wenn seine Kinder mitspielten. „Freut mich, das zu hören! Okay, was sind die vier Maßeinheiten für chemische Substanzen?"

Alle Hände streckten sich nach oben.

„Kimmy!"

„Partikel!"

„Isaiah!"

„Mol!"

„Christiana!"

„Masse!"

„Kirby!"

„Volumen!"

„Gut gemacht! Kellan, was benutzen wir für die qualitative Bestimmung?"

„Das Coulombsche Gesetz, Sir!"

„Ausgezeichnet – und nach dem Coulombschen Gesetz: Welche Formel verrät uns die Stärke der elektrostatischen Kraft?"

Und so lief der Test weiter.

Für Montag war das Experiment geplant, Metallkugeln aufzuladen, mit einem Laserpointer die Distanz der Abstoßung zu messen und das dann auf die Elektronenbewegung anwenden. Heute ging es darum, das Experiment zu verstehen. Danach folgte der Laborbericht, und im anschließenden Test würde sich zeigen, ob die Jugendlichen den Stoff aus dem Buch auch wirklich anwenden konnten – eine weitere Voraussetzung zum erfolgreichen Bestehen der AP-Prüfung.

„Sehr gute Arbeit", lobte er, als der mündliche Test sich dem Ende zuneigte. „Jetzt möchte ich, dass ihr den Stoff aus dem Buch in euren Laborbericht eintragt, damit wir Montag den Versuch machen können. Ihr habt noch etwa 20 Minuten Zeit. Holt eure Laborbücher raus und beschränkt euch beim Quatschen inhaltlich auf meinen Unterricht. Alles klar?"

„Ja, Larx", antworteten sie im Chor, als ob Larx nicht haargenau wusste, dass sie sich die ganze Zeit nur über das Footballspiel, den Homecoming-Abschlußball und wer-mit-wem-zusammen-war unterhalten würden.

Aber das spielte keine so große Rolle. Wichtiger war, dass er ihnen die Zeit ließ. Den Unterschied zwischen den verantwortungsbewussten Schülern und denen, die immer auf den letzten Drücker arbeiteten, konnte man daran erkennen, was sie im Endeffekt daraus machten. Larx war früher einer von der zweiten Fraktion gewesen, also hatte er größtes Verständnis für solche Jugendliche. Dennoch lief er von Tisch zu Tisch, um zu prüfen, ob noch jemand Fragen hatte. Als er an Kirbys und Christianas Tisch trat, wappnete er sich innerlich, denn aus den Augen von Aaron Georges Sohn und denen seiner eigenen Tochter blitzte ihm der Schalk entgegen.

„Na, ihr beiden? Habt ihr Fragen?"

„Ich hätte da eine", meldete Christiana munter. „Worüber unterhalten sich eigentlich zwei Typen mittleren Alters so, wenn sie zu nachtschlafender Zeit zusammen joggen gehen? Wissbegierige junge Geister zerbrechen sich darüber den Kopf."

Larx funkelte sie an und wünschte sich einmal mehr, dass sie ihrer Mutter ähnlicher sähe, denn dann wäre es ihm leichter gefallen zu widerstehen, so wie er es während seiner Ehe mit Alicia auch gekonnt hatte. Aber Christiana war das Ebenbild seiner älteren Schwester, die an Leukämie gestorben war, als Larx noch im College war. Larx hatte Lila geliebt und sie war sein großes Vorbild gewesen. Er hatte für ihre Besuche im Studentenwohnheim gelebt, zu einer Zeit, als er selbst durcheinander und verloren gewesen war.

Wenn Christi ihn so mit dunklen, hochgezogenen Augenbrauen ansah, hatte er nicht den Hauch einer Chance.

„Über unsere undankbaren Sprösslinge natürlich", erwiderte er trotzdem. „Darüber, dass sie bessere Noten schreiben und mehr Hausarbeit erledigen sollten, damit wir jedes Nanojoule an Nutzen aus ihnen herausholen können, bevor wir ihnen den Start in die große, weite Welt finanzieren."

Die beiden rollten die Augen so sehr, dass er sich wunderte, dass sie keine Kopfschmerzen davon bekamen.

„Du bist so witzig, Dad", schmollte sie. „So witzig. Du warst eine ganze Stunde unterwegs heute Morgen."

„Das bedeutet nichts anderes, als dass ich heute Nachmittag eine Stunde früher zuhause bin, Christi-Lulu-Belle – ist das nicht wunderbar?"

„Nein", flüsterte ihr Kirby verschwörerisch zu. „Sag, dass es alles andere als wunderbar ist. Ich hatte immer die Zeit zum Lernen, und jetzt will Dad sich garantiert unterhalten und hören, wie mein Tag war!"

Larx sah Kirby direkt in die Augen, als er antwortete. „Sag deinem Freund, dass das seinen Vater sehr glücklich macht. Er hat jetzt nämlich nur noch ein Kind im Haus und würde es total schön finden, wenn es ihn auch nach dem College noch zu Hause besucht."

Kirby grunzte – und klang dabei haargenau wie sein Vater, wenn ihm die morgendliche Unterhaltung zu persönlich wurde. „Sie können meinem Vater ausrichten, dass ich keine blöde Kuh ohne Hirn und Verstand bin wie meine ältere Schwester und dass mir schon klar ist, was er für ein superlativer Erziehungsberechtigter und insgesamt toller Mensch ist. Und trotzdem wär's mir wirklich recht, wenn er mich nicht jedes Mal verhören würde, sobald er das Haus betritt. Ich versuche zu *lernen!*"

„Ich jogge ja nur mit dem Typ", protestierte Larx. „Ich bin nicht sein Familientherapeut. Fachbezogene Fragen habt ihr also nicht?"

„Doch. Denken Sie, dass wir heute Abend gewinnen werden?" Kirbys braune Augen waren zusammengekniffen, als ob er sich genau vorstellen konnte, was abends passieren würde, wenn die Colton Tigers das Spiel nicht gewannen.

„Keine Ahnung. Ich hoffe jedenfalls, wir werden alle Spaß haben." Und damit wandte sich Larx dem nächsten Tisch zu, an dem zwei seiner Lieblingsschüler saßen.

„Isaiah, Kellan – bitte sagt mir, dass ihr bereit seid für heute Abend."

Isaiah Campbell – jetzt schon 1,90m und noch nicht ausgewachsen – lächelte Larx aus klaren, braunen, dicht bewimperten Augen an. „Ich bin bereit, Sir", sagte er und senkte dann scheu den Kopf. Isaiah entsprach nicht gerade dem Klischee des typischen Footballspielers. Er war einer der besten Schüler, Mitglied der Theater-AG und ein ausgesprochen liebenswerter Junge. Einen wie ihn gab es nur alle zwei oder drei Jahrgänge. Larx unterrichtete schon 24 Jahre, aber ein solches Kind – freundlich, intelligent, vielseitig talentiert – unterrichten zu dürfen beglückte ihn immer wieder. Es gab nicht viele Jobs, die einem ermöglichten, so großartige Menschen auf ihr hoffentlich großartiges Leben vorzubereiten.

„Dachte ich mir", sagte er freundlich und wandte sich dann Isaiahs Schatten zu: 1,70m unbändige und unkontrollierte Energie in Gestalt eines Footbälle werfenden Raubtiers. Das war Kellan Corker, der Quarterback, ansonsten schwarzes Schaf der Familie und verlorene Seele. Wenn man dem Footballtrainer Andy Jones Glauben schenken wollte, war Isaiah der Einzige, der das ADHS-Bündel Kellan auf dem Spielfeld in Schach halten konnte. In der 10. Klasse waren die beiden kurz davor gewesen auszusteigen. Das wäre wirklich schade gewesen, denn das Football-Training bei Coach Jones gab Kindern, die es am meisten brauchten, Halt. Isaiah interessierte sich im Grunde genommen mehr für Theater als für Football. Aber Jones hatte seine fast schon sklavische Zuneigung zu Kellan bemerkt und beschlossen, sie sich zunutze zu machen. Er hatte Isaiah zum Receiver gemacht, und heute waren beide zusammen auf dem Spielfeld buchstäblich nicht zu stoppen.

„Was ist mit dir, Kell? Hast du deine Medis genommen?"

Kellan schmunzelte. „Habe ich. Ich darf heute Abend sogar ausnahmsweise noch eine zweite nehmen. Wahrscheinlich bin ich dann die halbe Nacht wach, aber wenigstens kann ich vernünftig spielen."

„Aber das ist nicht gut für dich", meinte Isaiah mit einem sanften Knuff in die Seite.

„Das geht schon in Ordnung", antwortete Kellan. Sein schwarzer Schopf war voller Wirbel in alle Richtungen. Hätte Larx einen Sohn gehabt, hätte er wahrscheinlich ausgesehen wie Kellan Corker – schwarze Haare, grüne Augen, ein

16

wildes Bündel aus zu viel Energie und zu vielen Ideen. Larx fand Isaiah absolut klasse, aber für Kellan konnte er sehr viel mehr tun.

„Es ist doch nur ein Footballspiel", sagte er und zwinkerte dabei Isaiah zu. „Dafür solltest du keine Gehirnzellen opfern. Außerdem, was soll denn ohne dich aus deinem Freund werden?"

Kellans Gesichtsausdruck verfinsterte sich. „Der hat jetzt 'ne Freundin. Ihm wird kaum auffallen, ob ich als sabbernder Zombie ende oder nicht."

„Aber *sie* hat doch mich gefragt!", protestierte Isaiah. „Zum Homecoming-Ball nächste Woche. Kannst du nicht einfach auch jemanden fragen?"

„Ja klar, weil alle Mädchen es so toll finden, wenn ich mitten im Satz schon vergessen habe, was sie gerade gesagt haben. Ich *wollte* ja alleine gehen, genau wie du, aber diese Tussi ..."

„Welche denn?", fragte Larx. Wer hatte sich wohl zwischen dieses dynamische Duo gedrängt?

„Julia Olson", platzte Kellan heraus.

Larx riss überrascht die Augen auf und atmete einmal tief durch. „Oh. Oh, Isaiah."

Der zog eine Grimasse. „Ja. Sie ... na ja, sie ist anscheinend schon eine Weile in mich verknallt und hat mich gestern irgendwie überrumpelt, beim Mittagessen. Alle haben zugeguckt und ... Wenn ich Nein gesagt hätte, dann wäre das doch voll ..." Er biss sich auf die Lippe.

„Du wolltest sie nicht bloßstellen", meinte Larx, aber er hatte kein gutes Gefühl bei der Sache. Julia Olson war die Urenkelin des Mannes, der das Grundstück für den Bau der Schule gespendet hatte und nach dem eine Straße benannt war. Larx fand das Mädchen sehr beängstigend.

Ihr Großvater hatte ein Vermögen damit verdient, dass er einer Investorengruppe ein Stück Land im Norden der Stadt verkauft hatte. Dort war eine komplette Touristenanlage entstanden, von der eine kleine Gemeinschaft von Künstlern und Kunsthandwerksbetrieben lebte. Die Touristenschwemme von Mai bis August reichte aus, um sie den gesamten Rest des Jahres über Wasser zu halten. Viele der Feriengäste kamen auch vor Weihnachten wieder und brachten noch Freunde mit, also wurden Wohnwagen und Hütten vermietet, was letztendlich der ganzen Stadt zugutekam.

Die Olsons hatte das Geschäft *sehr* reich und *sehr* einflussreich gemacht. Julias Vater, nach allem Dafürhalten ein verwöhnter Taugenichts, lebte hauptsächlich im Ausland und Julia war mit ihrer Mutter, einer ehemaligen Schönheitskönigin, hier zurückgeblieben.

Die gesamte Existenz der Mutter war darauf ausgerichtet, sich in ihrer Tochter zu verwirklichen. Kinder-Schönheitswettbewerbe, Schauspiel- und Sprechunterricht als Jugendliche ... Julia war wie eine perfekt gestylte Puppe, der man schon von Kindesbeinen an beigebracht hatte, dass ihr hübsches Gesicht und die Verbindungen der Familie mehr Bedeutung hatten als alles, was andere

Erwachsene sagten. Ohne ihre Familie hätte die Stadt überhaupt keine Schule gehabt, nur damit das klar war!

Julia zu verärgern, weil er die Zeit lieber mit Kellan verbracht hätte, wäre keine gute Idee für den schüchternen Footballspieler gewesen, der im Grunde seines Herzens lieber bei der Schulaufführung hinter der Bühne gewerkelt hätte als vor den Augen der gesamten Stadt Footbälle zu fangen.

„Sie ist eben einsam", sagte Isaiah achselzuckend. „Deswegen ist sie auch so fies. Ich ... na ja, ich wollte es nicht noch schlimmer machen. Und ... es ist doch nur für den Ball. Oder?" Er biss sich wieder auf die Lippe.

„Ja, klar", stimmte Larx ihm zu. In Sacramento hatte er schon einmal miterlebt, wie ein solches Kind um ein Haar die Karriere einer Lehrerin zerstört hatte. Das Kind hatte eine Hexenjagd angezettelt, um von seiner Kollegin Dana eine bessere Note zu erpressen. Zu seiner großen Enttäuschung war die Schulleitung damals eingeknickt. Bei seiner Berufung zum Rektor in Colton hatte Larx sich geschworen, niemals zuzulassen, dass Kinder mit einflussreichen Eltern jemandem das Leben so zur Hölle machen würden.

„Es ist nur ..." Gott. Wie sollte er seine düstere Vorahnung in Worte fassen? „Isaiah. Sei einfach auf der Hut. Am besten schickst du Kellan jedes Mal eine Nachricht, wenn sie mit dir spricht oder etwas von dir verlangt, was du nicht willst. Dokumentierst alles. Wenn du ein schlechtes Gefühl hast, wenn sie droht, Gerüchte zu verbreiten ... schreib es auf. Ich weiß, dass du nur ein anständiger Kerl sein wolltest, aber ..."

„Julia ist keine nette Person", warf Kellan leise ein. „Sie ist gestört. Ich meine ... *ernsthaft gestört*. Sie wissen ja bestimmt, dass sie der Schlange von Ms. Pavelle Parfum übergegossen hat, oder?"

„Bruce?" Larx zuckte innerlich zusammen. Nancy Pavelle, die Biologielehrerin, hatte drei Jahre lang eine Strumpfbandnatter gehalten. Sie bekam jeden Freitagnachmittag Futter, und es wurde sorgfältig darauf geachtet, dass der gute Bruce die Maus, die man ihm ins Terrarium legte, auch aufaß. Bruce war nicht der Schlaueste gewesen, dafür sanftmütig und friedlich – und er war gestorben, nachdem jemand Parfum über ihm ausgekippt hatte. Nancy und Larx hatten stundenlang versucht, die Substanz von seiner Haut abzuwaschen, aber am Ende war es vergebens. Das Parfum war giftig, die Schlange hatte zu viel davon absorbiert und es nicht überlebt. „*Sie* hat Bruce umgebracht?"

„Ms. Pavelle hatte ihr eine schlechte Note gegeben, wissen Sie noch?"

Ja. Larx erinnerte sich. Nancy, eine mollige kleine Frau mit Pausbacken, hatte ein Herz für die am wenigsten geliebten Kreaturen unter Gottes Sonne: Schlangen, Eidechsen, ein potthässlicher Fisch, der alles attackierte, was seinem Aquarium zu nahe kam – alle wurden von Nancy aufgenommen. Anders als die arme Dana in Sacramento hatte sie vor dem alten Nobili nicht klein beigegeben, stattdessen hatte sie alles nachweisen können. Damals hatte man angenommen, dass das mit dem Parfum ein Unfall gewesen war – ein Kind, das einen Fehler gemacht hatte und sich nicht traute, sich zu melden. Aber zu hören, dass es Absicht gewesen war ...

„Wieso habt ihr das keinem erzählt?", fragte er angewidert und aufs Neue traurig wegen Bruce, der Schlange.

„Weil sie *nicht ganz dicht* ist!" platzte Kellan heraus. „Weil sie uns alle ruinieren würde. Gerüchte rumerzählen würde. Und niemand an der ganzen Schule würde den Mund aufmachen. Mr. Albrecht hat sie nur deswegen nicht sitzenbleiben lassen, weil sie ihm gedroht hat, ihren Eltern zu erzählen, dass er ihr an den Hintern gegrapscht hat!"

Larx starrte die Jungs entsetzt an. Verdammt noch mal, wieso hatte Nobili nicht noch bleiben können, bis Julia die Schule abgeschlossen hatte? „Hat er das wirklich?"

„Natürlich nicht!" Isaiah musste fast schon lachen. „Machen Sie Witze? Mr. Albrecht kann den Mädchen kaum in die Augen gucken, wenn sie mal ein enges T-Shirt anhaben. Wenn er aus Versehen mal jemand anfassen würde, dann würde er sich wahrscheinlich in die Hose machen und in Ohnmacht fallen."

Gott sei Dank. „Das hab' ich gehofft", murmelte er. „Also, Isaiah, du gehst also zu diesem Ball mit einem sehr ... beängstigenden Mädchen. Du musst unbedingt Kellan mitnehmen. Und Kellan, du musst mit einem Mädchen gehen, das du magst und dem du vertraust, verstanden?"

Kellan verzog das Gesicht. „Ja. Okay. Aber nur als Freunde."

Später fühlte Larx sich wie ein Trottel, weil er immer noch nicht verstanden hatte, was los war. Spätestens jetzt hätte er es sehen müssen.

Aber er war nicht darauf gekommen und das machte ihm noch eine ganze Weile zu schaffen.

Er betrachtete die beiden Jungs, die sich mit der Ernsthaftigkeit über ihren Labortisch beugten, die er an Kindern so liebte. Die meisten waren einfach ganz normal, gut, wollten niemandem etwas Böses und hatte Hoffnungen und Träume. Diese beiden gehörten zu den Besten.

Er wollte gerade etwas sagen, als zwei andere Schüler eine Frage hatten, und er klopfte nur abschließend knapp auf den Tisch von Kellan, sagte: „Haltet mich auf dem Laufenden", und ging weiter.

Aber nach der Stunde und den gesamten restlichen Tag lang musste er immer wieder an die beiden denken und machte sich Sorgen.

Es lag etwas in der Luft – wie Kellan Isaiah ansah, als könnte er gar nicht an den braunen Augen des Jungen vorbeischauen, und wie Isaiah Kellan bei allem, was er tat, folgte, nur um ihn zu erden ... irgendetwas war da.

Er fühlte sich an einen Deputy erinnert, der ihm in Wanderschuhen auf der Olson Road hinterher gejoggt war und ihn freundlich gebeten hatte, sich nicht in Lebensgefahr zu bringen.

„LARX? LARX! *Larx!*"

Larx riss die Augen auf, setzte sich auf und konzentrierte sich auf Yoshi, was nicht einfach war, denn sein Gesicht verschmolz gerade vor seinen Augen wie ein großer beigefarbener Schatten mit der deprimierenden Wandtäfelung im Büro des Rektors. Schließlich rückte Yoshi wieder in den Fokus. Die Strubbelfrisur und der Vollbart machten ihn nicht, wie gewünscht, älter. Larx versuchte krampfhaft, den roten Faden ihres Gesprächs wiederzufinden, bevor seine Gedanken begonnen hatten abzuschweifen. Gleich hatte er es … Homecoming-Poster … Autos mit offenem Schiebedach und irgendwelche Verkäufe … fast …

Und dann gähnte er. „Entschuldige, Yoshi. Bin eben noch nicht so recht daran gewöhnt, so früh morgens zu joggen."

„Ach ja – wie ist es denn so? Verstehst du dich mit George?"

Larx musste lächeln. Mit dem Deputy zu laufen machte ihm Spaß. In Laufmontur war Aaron längst nicht so langsam, wie er vorgegeben hatte, und Larx fand es sehr unterhaltsam, ihn an seine Grenzen und darüber hinaus zu bringen, immer das kleine Bisschen extra aus ihm herauszuholen. Wenn er genug hatte, gab Aaron ihm mit seiner Baseballmütze einen Klaps, Larx drosselte dann das Tempo und sie kamen meistens ins Plaudern.

Natürlich vorwiegend über die Kinder. Das verband sie. Larx vermisste Olivia, die schon ausgezogen war, und Aaron hatte es anscheinend nicht ganz leicht mit seiner Ältesten.

„Schickt ihr euch Nachrichten?", hatte er gefragt. „Während des Semesters?"

„Was sollte ich denn erzählen?", hatte Aaron außer Atem gefragt. „*Habe einen Verdächtigen ohne Angelschein fischen sehen. Muss unbedingt das Fischereiamt benachrichtigen …?*"

„Schick ihr ein paar süße Katzenbilder oder so", riet ihm Larx. Ihre Schritte und schweren Atemzüge waren angenehm synchron in der grauen Morgendämmerung. „Funktioniert jedes Mal."

Er sah Aaron an, der plötzlich strahlte wie ein Kind, das zum ersten Mal von Dinosauriern hört, und sein Herz … klopfte immer noch etwas unregelmäßig.

„Wir verstehen uns ganz gut", sagte Larx und schüttelte sich über dem Schreibtisch wach. „Kaffee – ich brauche unbedingt mehr Kaffee."

„So dringend wie ich die Heiratstipps von meiner Mutter brauche. Kannst du nicht zur Abwechslung mal Saft trinken, verdammt noch mal?"

Larx runzelte die Stirn. Yoshi war schwul, aber nicht geoutet. Außer Larx, dem verschrobenen Künstler, mit dem Yoshi zusammenlebte, und seiner Schwester wusste es niemand. Sein Partner Tane Pavelle war Nancys jüngerer Bruder. Nach der Highschool war dieser aus der Kleinstadt, die für ihn wie ein Gefängnis gewesen war, ausgebrochen, aber nach einer Reihe unglücklich verlaufener Abenteuer, über die er nie sprach, war er zurückgekehrt. Heute betrieb er eine der kleinen Touristen-Galerien in Colton.

Im Herbst nach Tanes Rückkehr hatte Yoshi sich auf eine offene Stelle beworben und ein Jahr später hatten Nancy und Yoshi Larx eingeweiht. Im Gegenzug kannte Yoshi inzwischen fast alle Details seiner Scheidung, und die waren nicht schön.

20

Yoshi war wahrscheinlich der einzige, mit dem Larx über Kellan und Isaiah sprechen konnte. Und darüber, wie er von innen zu leuchten begann, wenn er auf Aarons kleines, zweistöckiges Haus am Waldwirtschaftsweg zulief. Aber für das zweite Thema war er noch nicht bereit.

„Was weißt du eigentlich über Julia Olson?", fragte Larx stattdessen.

Yoshi zog die Luft durch die Zähne. „Da fällt mir ja fast kein passendes Schimpfwort ein. Und ich spreche drei Sprachen." Französisch, Spanisch und Englisch.

„Kellan sagt, sie hat Bruce, die Schlange, umgebracht."

Yoshis rundes, jungenhaftes Gesicht verzog sich zur schmerzerfüllten Grimasse. „Bruce? Die hat Bruce auf dem Gewissen? Ich muss mal meine Großmutter fragen, ob ihr ein japanischer Fluch einfällt, denn ich kann dir sagen …"

„Genau. Eine üble Sache. Und jetzt ist sie in Isaiah Campbell verknallt und hat ihn gefragt, ob er mit ihr zum Homecoming-Ball geht. Und weißt du …"

Yoshi zog wieder ein Gesicht. „Für den Scheiß ist er viel zu schlau."

„Seh' ich zwar auch so, aber er hat leider ja gesagt. Wollte sie nicht in Verlegenheit bringen. Ich hab kein gutes Gefühl dabei."

„Verstehe. Gib dem Troll kein Futter."

„Und die ist ein Mega-Troll."

Yoshi schauderte. „Die hoffentlich nicht den ganzen Wald vollkackt. Und du bist gerade meiner Frage zu Deputy George ausgewichen. Wie ist er denn so?"

„Na ja, du kennst ihn doch. Solide, freundlich. Schöne Augen." *Shit.*

„Ich *wusste* es!" krähte Yoshi.

„Was denn? Ich mach nur Spaß. Ich meine, er hat tatsächlich schöne Augen…" – blau, klar, Lachfalten um die Augenwinkel –, „… aber das hab' ich nur so erwähnt. Kleine Humoreinlage. Da war nichts. Ich bin unschuldig. *Guck mich nicht so an!*"

Yoshi brach fast über seinem Eiersalat-Sandwich zusammen. „Du magst ihn."

„Wir joggen zusammen! Ich weiß ja, dass du dich gegen jede körperliche Aktivität sträubst …"

„Ich mache Pilates", gab Yoshi gelassen zurück.

„Wie auch immer. Beim Laufen flirtet man nicht. Ist eine Regel." *Das Geräusch ihrer Schritte fast schon im Endspurttempo. Wie Aaron schwungvoll mit der Basecap nach ihm ausholte, um Larx dazu zu bringen, langsamer zu machen. Wie Larx nur ein ganz bisschen auswich, sodass die Mütze ihn beim nächsten Ausholen streifen würde. Wie sie wieder nebeneinander liefen. Und sich unterhielten.*

„Dein Büro ist wirklich hässlich", bemerkte Yoshi plötzlich, ohne erkennbaren Anlass. Aber Larx wusste es besser.

Larx sah sich um: bedrückende Täfelung aus den Sechzigerjahren, grüner Teppich, unglaublich unbequeme Besucherstühle. „Ich hab's ja nicht eingerichtet", antwortete er.

„Ich habe mich nur gefragt," Yoshi biss noch mal in sein Sandwich, kaute gleichmäßig und schluckte dann den Bissen herunter, „wie eigentlich das Büro von deinem Rektor aussah, als du noch zur Schule gegangen bist?"

„Beigefarbene Pinnwände", antwortete Larx prompt. „Ein billiger Resopal-Schreibtisch. Stapelweise Akten überall."

„War wahrscheinlich so was wie dein zweites Zuhause." Yoshi leckte sich nach dem letzten Bissen die Finger ab.

„Ich hatte sogar ein eigenes Zustellbett. Warum reden wir darüber?"

„Ich meine nur, du bist ein so unglaublich miserabler Lügner, dass ich mir kaum vorstellen kann, dass du mit irgendwas durchgekommen bist in der Highschool. Vergiss das Zustellbett – ich wette, du hattest einen eigenen Waschraum, einen Spind und eine Namensplakette."

Larx warf ihm einen schlecht gelaunten Blick zu. Yoshi lag nicht ganz falsch mit dem Bild von dem zweiten Zuhause im Büro des Rektors. Allerdings war das am Ende seiner Schulzeit hauptsächlich der Nostalgie geschuldet, denn Johnny Erikson und er waren damals eigentlich schon Freunde gewesen. Erikson hatte Larx damals überzeugt, sich nicht in den Abgrund fallenzulassen, als schlaksiger Jugendlicher, der alles und jeden scheiße fand, noch bevor die anderen ihn scheiße finden konnten. Er hatte ihn vor sich selbst bewahrt.

Seither lebte Larx dafür, das zurückzugeben.

„Wann habe ich denn gelogen?", fragte er Yoshi.

Yoshi zuckte die Achseln und öffnete eine Tüte Kartoffelchips mit Barbecuegeschmack. Er bot Larx einen an. Larx griff automatisch danach und verfluchte sich dann sofort, denn jetzt wollte er am liebsten die ganze Tüte.

„Du hast gesagt, er hat schöne Augen. Das stimmt ja auch. Aber du hast es nicht im Spaß gesagt. Du findest ihn gut, gib's ruhig zu."

„Wir haben uns bisschen angefreundet." Das war die reine Wahrheit.

„Hast du schon mal darüber nachgedacht, du weißt schon. Warum ausgerechnet jetzt? Ihr kennt euch doch schon seit Jahren. Footballspiele, Elternversammlungen, Schulveranstaltungen … Warum fragt er dich denn ausgerechnet jetzt, ob du mit ihm joggen gehen willst?"

Larx zuckte die Achseln. „Weil ich an der Straße entlanggelaufen bin?" Und genau wie Johnny Erikson hatte Aaron Larx nicht an seiner eigenen Sturheit kaputtgehen lassen wollen, sondern war eingeschritten.

„Oder vielleicht habt ihr beide nicht mehr viel Zeit, bis eure Kinder aus dem Haus sind, und könnt endlich auch mal wieder an euch denken."

Larx runzelte die Nase und sah automatisch auf das Display seines Telefons. Von Olivia kamen im Schnitt ungefähr sieben Nachrichten pro Tag; manchmal wollte sie auf der Stelle seine Aufmerksamkeit, obwohl sie beide *erwachsen spielen* – ihr Ausdruck – mussten.

„Du hast wirklich eine sehr verklärte Vorstellung davon, was es heißt, wenn Kinder das Nest verlassen, mein Freund", teilte ihm Larx grimmig mit. Sieben

Nachrichten pro Tag war ja noch zivil. Als Olivia gerade frisch nach San Diego umgezogen war, waren es täglich um die 20 gewesen, eine aufgebrachter und leidender als die andere.

„Und Du, mein Freund, brauchst wieder ein Sexleben. Oder ein Liebesleben. Oder überhaupt ein Leben, das sich nicht um diese Schule oder deine Kinder dreht."

„Bist du high?", fragte Larx freundlich. „Ich meine, das hat ja wie Eiersalat ausgesehen, aber wer weiß … Hat Tane wieder Farben angemischt?" Er lächelte verschwörerisch. „War da vielleicht ein bisschen Blei drin? Denn ich könnte schwören, dass du mir gerade vorgeschlagen hast, einen höchstwahrscheinlich heterosexuellen Mann – den *Deputy des Sheriffs* dieser winzig kleinen Redneck-Stadt noch dazu – anzugraben. Ich mag zwar bi sein …"

„Bi?", fragte Yoshi mürrisch. „Wirklich, Larx? Bi?"

„Ich mag Frauen", antwortete Larx geduldig. Das stimmte. Vielleicht nicht ganz so sehr wie Männer. Er bereute es bitter, das seiner Ex-Frau jemals verraten zu haben. Nicht, weil sie *ihn* dafür hasste, sondern weil sie es an den Kindern ausgelassen hatte. Ein Drama vor dem Familiengericht, das Gott sei Dank vertraulich behandelt wurde, und dann war Larx mit den beiden Kindern glücklicherweise aus Sacramento samt seiner engstirnigen Schulleitung entkommen, die ihre Lehrer lieber ans Messer lieferte, als sich hinter sie zu stellen.

„Jetzt hör schon auf mit dem Theater, Larkin", schnappte Yoshi. „Ich bin's, dein bester Freund, wie du dich vielleicht erinnerst. Und du hast gerade gesagt, dass der Typ schöne Augen hat."

„Na ja", murmelte Larx und stibitzte einen weiteren Kartoffelchip. Er hatte sein eigenes Mittagessen vergessen und würde vermutlich nichts weiter bekommen, bis er nachher einen Hotdog vom Stand der Schule klauen konnte. „Das sieht doch jeder. So ein Blau findet man nicht an jeder Ecke."

Yoshi warf einen Chip nach ihm und Larx fing ihn auf und aß ihn. Dann warf Yoshi den ganzen Beutel, ohne dass etwas herausflog. „Iss. Und ich gehe dir einen Saft besorgen. Du brauchst wirklich einen Pfleger, Larx. Ich schwöre, ich habe schon genug damit zu tun, Tane daran zu erinnern, dass er hier auf Erden lebt und nicht in einer Welt der erhabenen Inspiration. Dieser Kerl könnte sich um dich kümmern. Vertue die Chance nicht."

„Müssen wir nicht den Homecoming-Umzug planen?", murmelte Larx, aber Yoshi war bereits in Richtung der Automaten davongestapft und hatte Larx mit seinen Chips zurückgelassen.

Mmm, Barbecue-Geschmack. Larx könnte das den ganzen Tag essen.

SPIELE

„HALLO!" AARON nickte der Familie zu, die durch das Schultor trat und unsicher in all die weißen Gesichter auf der Heim-Seite starrte. „Willkommen in Colton. Rektor Larkin da drüben wird Ihnen gleich gute Plätze zuweisen."

Er lächelte ermutigend, und der Vater zeigte reflexartig ebenfalls die Zähne. Dann huschte sein Blick vorsichtig von Aarons Dienstmarke in Richtung Spielfeld. Entspannt war er nicht. Verdammt noch mal.

Aaron versuchte hoffnungsvoll, mit dem kleinen Mädchen zu flirten, das ihn aus ernsten, dunklen Augen anstarrte und dann das Gesicht an der Schulter ihrer Mutter versteckte. Die bunten Plastikklammern in ihren vielen Zöpfchen klapperten an ihrer weichen, rosa Jacke.

„Das wird ein großer Spaß heute", sagte er leise zu ihr. „Versprochen."

Dad nickte, Mom nickte und dann sah die ganze Familie nur noch Larx an, der sie anstrahlte und ihnen ein Ticket für die in der Halbzeit stattfindende Tombola zusteckte.

„Kommen Sie, kommen Sie, hier ist die Besuchertribüne. Wir haben einen Hotdog-Stand, Popcorn, und die Naturwissenschafts-AG verkauft heiße Schokolade, um unseren Ausflug nach Monterey zu finanzieren. Ich bin der Rektor, mein Name ist Larx, und wenn Sie Fragen oder Sorgen haben oder einfach nur bisschen angeben wollen, wenn Ihre Jungs das Spiel gewinnen, stehe ich Ihnen gern zur Verfügung!"

Und schon lächelte die ganze Familie fröhlich, und Larx machte ein bisschen Aufhebens darum, dass sie einen guten Platz auf der Tribüne bekamen. Er verbeugte sich vor dem kleinen Mädchen, drückte Dad die Hand, zwinkerte Mom zu, und plötzlich war alles in bester Ordnung.

Er war rechtzeitig zurück, um eine weitere Familie zu begrüßen, und Aaron ging auf die nächste zu und gab sein Bestes, war aber wieder nicht sonderlich erfolgreich.

„Du weißt hoffentlich, dass es nichts mit dir zu tun hat?", meinte Larx, nachdem eine ganze Familie gerade an ihm vorbeigegangen war, als wäre er heiße Luft. „Es ist nur wegen deinem furchteinflößenden Bling da an der Brusttasche. Das macht die Leute einfach nervös."

„Du scheinst das Problem ja nicht zu haben", gab Aaron trocken zurück und Larx verdrehte die Augen.

„Oh, bitte. Ein schlimmer Finger wie ich? Ich wär' so was von verloren gewesen, wenn ich mit den Cops nicht *auf du* gewesen wäre."

Das war nicht die erste Anspielung, die Larx auf seine bewegte Jugend machte. „Du hast eine ganz schön große Klappe, Larx. Ich habe schon fast das Gefühl, diese ganzen Andeutungen sind nichts als heiße Luft."

Larx legte den Kopf in den Nacken und lachte, was bei Aaron ein seltsames, aber großartiges Gefühl in der Magengrube auslöste. „Eines Tages werde ich dich mit all den schauerlichen Dingen, die ich als Jugendlicher angestellt habe, vor Ehrfurcht, Angst und Schrecken erzittern lassen."

„Ich glaub's ja wohl nicht!", rief hinter ihnen jemand aus.

Larx drehte sich breit lächelnd zu dem Neuankömmling um. „Anthony!", rief er mit ehrlicher Freude. „Deputy, das hier ist mein alter Freund Anthony Spano. Wir kennen uns aus meiner Zeit als frischgebackener Lehrergrünschnabel, als ich noch nicht so ein gesetzter Sesselpupser war wie heute."

Anthony Spano war etwa 1,70m groß, hatte aber eine militärische Haltung, die ihn größer erscheinen ließ. Dunkle Haare, blaue Augen und ein Körper, der in jungen Jahren athletisch gewesen sein mochte, aber jetzt kräftig und gemütlich war – alles in allem sah er nicht übel aus.

Aarons Magen fing an, sich zu verknoten.

„Was machst du denn hier, Anthony? Hast du Frau und Kinder mitgebracht? Die sind bestimmt längst …" Larx schauderte.

„Teenager", bestätigte Anthony. „Schrecklich. Kann's nicht."

Larx sah ihn mit zuckenden Mundwinkeln durch die kühle Abendluft in den Bergen. „Kann's nicht …?"

„Das ist heutzutage ein kompletter Satz. Macht mich total irre. Kann's nicht." Anthony verdrehte die Augen und Larx krümmte sich vor Lachen.

„Was machst du denn heute Abend hier? Hast du gewechselt?"

Anthony zuckte die Achseln. „War nicht mehr das gleiche ohne dich, Larx. Und Johnstone war ein solches Weichei. Ja, ich habe gewechselt. Ist ein junges Kollegium an meiner neuen Schule – alle total idealistisch und so. Bisschen wie du früher."

Aaron sah zu, wie Larx fast dahinschmolz. „Oh mein Gott, Anthony. *Alter –* ist das schön, dich zu sehen!"

Sie drückten sich noch mal. Larx glich einem halbwüchsigen Hundewelpen, als er die schlaksigen Glieder um den kleineren Mann schlang. „Kann ich neben dir sitzen?", fragte Anthony. „Und wo ist eigentlich euer Rektor? Hab gehört, er soll ein ganz Progressiver sein. Wahrscheinlich genau dein Fall."

Aaron platzte laut heraus. Er war nicht mehr eifersüchtig. Das hier war ein alter Freund. Solche Freundschaften hatte auch er aus seiner Zeit bei der Army – und das spitzbübische Lächeln auf dem Gesicht von Larx verriet ihm alles, was er über dessen Vergangenheit wissen musste. Die Sturm-und-Drang-Phase hatte offensichtlich nicht mit dem Highschoolabschluss aufgehört.

„Nein …" Anthonys Augen wurden immer größer. „Ist ja ein Ding! Die haben dich zum Gott gemacht? Das ist ja erschreckend, verdammt noch mal!"

„Ganz so einfach hat er es ihnen nicht gemacht – hat sich mit Händen und Füßen gesträubt", bemerkte Aaron, während er dem nächsten Familiengrüppchen freundlich zunickte, das durch das Schultor geschlendert kam. „Sie haben ihn nur unter Protest dazu gebracht. Es war legendär – die Kinder haben tagelang neuen Tratsch über die laufende Kampagne mit nach Hause gebracht."

Anthony strahlte Aaron begeistert an. „So kenne ich meinen Larx. Womit haben sie ihn denn weichgekocht? Was hat er ihnen alles aus dem Kreuz geleiert?"

Larx sah Aaron verwundert an und der zwinkerte ihm zu. „Sie mussten ihm den AP-Kurs in Chemie lassen", sagte Aaron, der Mühe hatte, ernst zu bleiben. „Außerdem mussten sie seinen besten Freund zum Konrektor machen …"

„Der mir das bis heute nicht verziehen hat!" warf Larx ein.

„Kann man ihm nicht übelnehmen", schmunzelte Anthony. „Ich würde dich umbringen. Was noch?"

„Den dritten Wunsch haben sie mir nicht erfüllt", murmelte Larx mit amüsiertem Blick zu Aaron.

„Ja, aber was hast du verlangt? Ich muss unbedingt wissen, ob du immer noch der Alte bist."

„Er wollte das Leichtathletikteam coachen", sagte Aaron. „Yoshi – der Konrektor – hat dem einen Riegel vorgeschoben, weil der Wunderknabe hier auch nur ein Mensch ist."

„Hat irgendso'n Zeug erzählt, dass der Tag nur eine begrenzte Anzahl Stunden habe", brummte Larx. Dabei wusste Aaron ganz genau, dass er jetzt nachmittags einfach weiterarbeitete, statt zu joggen.

„Ja, so war er immer schon. Du hättest ihn mal sehen sollen, nachdem sein erstes Kind auf die Welt kam. Kam früher rein, um seine Stunden vorzubereiten, hat dann den ganzen Tag unterrichtet, dann das Leichtathletikteam trainiert, dann noch eine Tanzveranstaltung beaufsichtigt, und dann ist er nach Hause gegangen, um die Nachtschicht beim Baby zu machen. Es war der reinste Irrsinn. Wenn ich ihn damals gefragt habe, was er heute unterrichtet, hat er gesagt: „Keine Ahnung, Tony. Was gerade aus meinem Arsch rauskommt."

Aaron lachte. Larx sah allen Ernstes peinlich berührt aus.

„Ich hab's schon gewusst", sagte er mit Blick zu Aaron. „Ich wusste immer, was ich unterrichte. Es ist nur … keine Ahnung, einfacher auszudrücken, wenn du vor den Schülern stehst."

Aarons Herz raste. Wie Larx errötete, wie sein Blick zwischen Aaron und Anthony hin und her huschte … es verschlug ihm den Atem. *Er will nicht, dass ich schlecht von ihm denke.*

„Schon verstanden", sagte Aaron beruhigend. „Du bist einfach schlagfertig."

Larx strahlte ihn an und Aaron musste den Blick abwenden. Dabei stellte er fest, dass der Andrang nachgelassen hatte und nur noch vereinzelt Leute hereinschneiten.

26

„Geht gleich los, Larx. Musst du nicht nach vorne und die Ansprache halten?"

Larx nickte. „Ja. Ich flitze kurz rüber, hüpfe hinters Mikro und komme dann wieder zu euch, so schnell ich kann. Aaron, ich habe ein Walkie-Talkie, aber du kannst mich auch anrufen, wenn es nicht so dringend ist." Dann trabte er durch die Menge zum Pult auf der Heim-Seite und hielt dann kurz inne. „Hey, Aaron. Wenn du Christiana oder Kirby siehst, frag sie mal, ob sie noch etwas brauchen. Am Kiosk stehen noch eine große Thermoskanne und ein paar Pakete Kakao." Larx' Gesicht verfinsterte sich. „Und wenn diese Arschgeigen vom Förderverein am Kiosk sich meinen Kakao unter den Nagel reißen, setzt es was – den habe ich vom Geld der Chemie-AG gekauft."

Damit drehte er sich um und schoss durch die Menge. Aaron gab Jim Parks, einem der zwei anderen diensthabenden Deputys, ein Zeichen.

„Jim, kannst du mal das Tor schließen? Dann gehst du auf die Heim-Seite und ich nehme die Gast-Seite. Percy kann sich ans Tor stellen und den Nachzüglern aufmachen."

Jim nickte und nahm sein Walkie-Talkie auf, um Percy Hardesty von der Heim-Seite abzurufen, wo er sich anscheinend gerade mit seiner Familie unterhielt. Percy stammte von hier und gehörte leider genau zu der Sorte Redneck, vor denen der Sheriff Angst hatte und warum Aaron sicherheitshalber dazugebeten wurde. Aaron postierte ihn absichtlich auf die Heim-Seite. Je weiter er von der Besuchertribüne entfernt war, desto besser.

„Jim?", fragte Aaron vorsichtig.

„Hab ihn schon im Auge. Dieser Vollidiot lässt keine Gelegenheit aus, Zivilisten zu nerven."

Aaron grunzte. Das stimmte. Aber jemand anderen hatten sie eben nicht. Aaron wandte sich wieder Anthony zu. Er mochte ihn jetzt schon.

Auf dem Weg zur Tribüne fragte Anthony: „Entschuldigung – wie war noch mal Ihr Name?"

„Aaron George. Larx hat Manieren wie ein Sechstklässler, machen Sie sich nichts draus."

Anthony lachte. „Das ist wahrscheinlich der Grund, warum er so gut mit den Kids klarkommt. Er ist einfach immer noch einer von ihnen. Ehrlich gesagt wundert es mich, dass sie es geschafft haben, ihm einen Verwaltungsposten zu verkaufen. Er befand sonst immer eher auf dem Kriegsfuß mit dem Establishment."

Das war keine große Überraschung. „Sie haben ihm gedroht, ansonsten den zweitschlechtesten Kandidaten im ganzen Landkreis einzustellen. Ich glaube, das hat am Ende den Ausschlag gegeben." Aaron bedeutete Anthony, zum mittleren Bereich voranzugehen. „Ich muss hier neben der Laufbahn rumstehen", sagte er, „aber wenn Sie sich in die erste Reihe setzen, können wir noch weiter über Larx tratschen wie zwei alte Weiber."

Anthony musste lachen. „Sie sind bestimmt ein guter Einfluss. Larx ist ein toller Typ, aber, meine Güte, er ist manchmal schlimmer als die Kinder. Ohne Aufsichtsperson kommt er auf Dauer nicht klar."

Das konnte Aaron inzwischen bestätigen. „Ich glaube, Larx braucht einfach ein bisschen mehr Raum als die meisten Menschen", gab er diplomatisch zurück. „Meine ältere Tochter ist auch so. Sie muss sich entfalten können, ohne dass ihr jemand sagt, was sie tun und lassen soll."

Ein weiteres Lachen, diesmal ein kleines bisschen zynisch. „Ja, so sind sie – bis sie auf einmal *ganz dringend* jemanden brauchen, der genau das tut. Larx hatte immer Schwierigkeiten, sein Temperament zu zügeln. Einmal hat er einem von der Schulverwaltung fast eine reingehauen, als dieser schlecht über eine Kollegin sprach. Der Typ war ein komplettes Arschloch, und Dana hatte einfach einen Stein im Brett bei Larx ...."

Aaron hörte gespannt zu, als der alte Freund ihm von einem ganz anderen Larx erzählte, einem jüngeren, idealistischeren Larx mit Feuer und einem *verdammten Schandmaul*, wie Anthony es ausdrückte.

Und dann war plötzlich der Mann selbst durch den Lautsprecher zu hören, die Blaskapelle marschierte aufs Spielfeld und schmetterte die Nationalhymne, und Anthony sah ihnen bewundernd nach, als sie auf der Heim-Tribüne Platz nahmen, um von dort aus *Jetzt geht's los! Kämpfen! Gewinnen!* zu skandieren.

„Die sind ja richtig gut, eure Leute. Unser Drum Corps ist auch nicht von schlechten Eltern, aber ein komplettes Blasorchester haben wir nicht. Ich glaube, ich habe sogar eine Oboe gesehen!"

Aaron nickte. „Meine jüngere Tochter hat eine Weile Fagott gespielt – sah sehr witzig aus. Aber ja, die sind unter den Besten hier in der Gegend. Larx hat erzählt, dass der Footballtrainer richtig sauer war, als sie am Wochenende zu einem Musikwettbewerb auswärts gefahren sind, obwohl ein Spiel stattfand. Larx hat ihm auf den Kopf zugesagt, dass er nur stinkig sei, weil die Kapelle höhere Gewinnchancen habe das Team. Es habe fast ein Blutbad gegeben, meinte er."

Anthony lachte gutmütig und Aaron versuchte, kein allzu selbstgefälliges Gesicht zu machen. Oh ja, auch er hatte ein paar Larx-Geschichten auf Lager.

Dann wurde das Spiel angepfiffen und Larx machte sich auf den Weg zu ihnen. Das dauerte seine Zeit. Immer wieder wurde er aufgehalten und musste sich mit Leuten auf der Heim-Seite unterhalten, ein paar Kindern zuwinken und Eltern die Hand schütteln. Bis er an der Besuchertribüne angekommen war, war das erste Viertel schon vorbei, und dankenswerterweise war bisher alles ruhig. Aber es hatte auch noch kein Team einen Punkt erzielt.

„Wieso haben wir eigentlich die komplette Besetzung hier, wenn ich fragen darf?" erkundigte sich Anthony leise, der beobachtete, wie Larx auf seinem Weg zu ihnen immer wieder stehen bleiben musste. „Sheriff, Rektor ..."

„... und Konrektor", sagte Aaron und grüßte quer über die Tribüne Yoshi, der von seinem Platz zwischen Mrs. Pavelle, der Biologielehrerin, und ihrem

28

Bruder zurück grüßte. Nancy winkte zurück, aber Tane ignorierte Aaron komplett. Ob Tane wirklich glaubte, ihm etwas vormachen zu können? Jeder wusste, dass die beiden zusammenlebten, und Aaron hätte viel Geld darauf verwettet, dass das Gästezimmer eher ein Atelier war als ein zweites Schlafzimmer. Aber in Colton sprach man nicht offen über solche Dinge.

„Gibt es denn einen besonderen Grund dafür, dass die ganze oberste Heeresleitung in dieser Seite des Stadions sitzt?", fragte Anthony weiter.

„Wir wollen nur einen guten Eindruck machen, Sir", gab Aaron trocken zurück. „Angesichts der Tatsache, dass eure Tribüne für unsere rechtschaffenen Leutchen hier ein bisschen kosmopolitisch aussieht. Wir dachten einfach, wir empfangen euch mit dem ganzen Hofstaat inklusive Tombola und heißer Schokolade, damit ihr beeindruckt und uns wohlgesonnen seid."

Anthony grunzte nur. „Ich arbeite seit 20 Jahren an einer kulturell vielfältigen Schule, Junior. Ihr hattet Angst vor den braunen Menschen, geben Sie's schon zu."

Aaron sah ihm in die Augen. „Im Gegenteil", meinte er gelassen. „Wir haben schon mal gegen Ihre Schule gespielt. Wir kennen den Trainer, und die Schüler haben sich immer bestens benommen. Wir haben Angst um Sie, nicht vor Ihnen. Und nur um sicherzugehen, dass unsere Fans sich so freundlich wie nötig verhalten, falls Ihr Team gewinnen sollte, werden so viele von uns wie möglich auf der Tribüne postiert."

Die Eissplitter in Anthonys Augen schmolzen etwas. „Oh", sagte er. „So ist das. Ja, das klingt nach Larx. Verstehe." Er dachte einen Augenblick nach. „War das nicht hier, bei dem Basketballspiel vor zwei Jahren? Ich war nicht dabei, aber der Trainer sagte, dass jemand von den Sheriffs und ein paar Lehrer unsere Jungs nach Hause gefahren haben."

Aaron nickte. „Das waren wir, Larx, Yoshi da drüben und ich." Er sprach nun seinerseits in wärmerem Ton. „Unsere Kids hier sind wirklich in Ordnung. Es sind die Eltern, die man quasi an den Haaren ins 21. Jahrhundert schleifen muss. Wir tun, was wir können."

„Ja", nickte Anthony. „Ist bei uns auch nicht anders."

Sie schwiegen eine Weile, und Larx schaffte es endlich, sich durch die Menge zu ihnen durchzukämpfen. Er stellte sich neben Aaron, und die beiden verfolgten das Spiel.

„Und?", fragte Larx schließlich, so nah und so leise, dass Aaron den Kopf in seine Richtung neigen musste. „Hat Anthony schon all meine schmutzigen Geheimnisse ausgeplaudert?"

Aaron lächelte ihn an und musste sich verkneifen, die Nase in seiner Halsbeuge zu vergraben. Gott. Was man sich alles in der Öffentlichkeit verkneifen musste! „Er sagt, du hättest dich in sieben Jahren kaum verändert", meinte er dann mit einem Augenzwinkern.

Zu seiner Bestürzung machte Larx ein betroffenes Gesicht. „Ich habe mich schon verändert", meinte er dann bestürzt. „Ich meine ... ich glaube nicht, dass du mich heute noch aus einem Handgemenge herausziehen müsstest."

Aaron zuckte leicht die Achseln. „Du musst dir doch nicht dein Temperament abgewöhnen, Larx. Es passt zu dir."

Und jetzt war er ganz sicher, dass er es sich nicht einbildete. Er *spürte* die Hitzewelle, die Larx überlief. Er war rot geworden. Unter der Jacke und der Strickmütze und dem blau-weißen Schal in den Schulfarben war Larx errötet.

„Danke, Deputy", sagte er leise und war auch gar nicht mehr enttäuscht.

Zum ersten Mal fragte Aaron sich, warum Larx eigentlich geschieden war. Ob es vielleicht damit zu tun hatte, wie er früher gewesen war.

„Was meinst du, spielen sie gut?" wechselte Aaron das Thema.

Larx warf einen kritischen Blick auf das Spielfeld. Wie viele Lehrer kümmerte ihn das Spiel gar nicht so. Er beobachtete seine Schüler.

„Der kleine MacDonald spielt zu hart", meinte er stirnrunzelnd. „Und den anderen fällt es auch schon auf. Kellan wirft die Pässe nur noch zu Isaiah – man hat das Gefühl, dass er keinem anderen auf dem Spielfeld mehr traut. Die Defense-Tackles wollen Blut sehen, und die gegnerische Offense spielt hauptsächlich schnelle, lange Pässe. Gefällt mir nicht, Deputy. Gefällt mir ganz und gar nicht."

Aaron nickte. „Ich seh's genauso. Was ist mit der Heim-Seite?"

Larx sah ihn an und schüttelte ernst den Kopf. „Die werden uns keine große Hilfe sein."

Plötzlich ging ein Raunen durch die Menge und Larx und Aaron starrten mit offenem Mund auf das Spielfeld. Aaron wünschte sich von ganzem Herzen die sofortige Wiederholung des Moments.

„Hast du das gesehen?", fragte er wie benommen.

„Ob ich gesehen habe, wie unser Quarterback seinen eigenen Offensive End getackled hat? Allerdings."

Und schon stürmten sie beide auf das Spielfeld.

Als Larx ankam, war der Trainer gerade dabei, einen hitzigen Streit zwischen Kellan und MacDonald zu schlichten. Beide Jungen hatten ihre Helme abgenommen und der Blick, den Kellan Larx zuwarf, war so erleichtert, dass Aaron einen Schritt zurücktrat und ihn seine Arbeit machen ließ.

„Ähm, Kellan?", fragte Larx mit einem freundlichen Lächeln. „Ich geh mal davon aus, dass du einen guten Grund für dein Verhalten hattest?"

Kellan nickte wütend. „Er benutzt Ausdrücke, Sir. Unterste Schublade. Er beleidigt das andere Team. Er verhält sich wie ein Arschloch, Sir, und das ist einfach nicht in Ordnung."

„Du hast gerade Arschloch gesagt, du Flachpfeife!", zischte Curtis MacDonald und Kellan schrie sofort zurück.

„Das ist nicht das gleiche, und das weißt du ganz genau! Du willst unbedingt, dass die Leute auf der Tribüne sauer werden, und haust rassistische Sprüche raus. Bis am Ende keiner mehr hierherkommen und gegen uns spielen will!"

Oh!

Larx wandte sich an MacDonald und war drauf und dran, etwas zu sagen, als der Schiedsrichter auf ihn zukam. Na wunderbar. Lloyd Albrecht, der machthungrige Grünschnabel, der statt Larx Direktor hatte werden wollen.

„Er hat sie doch nur bisschen provoziert", mischte er sich beschwichtigend ein. „Das machen die Jungs immer so. Halb so wild, Larx."

„Na klar, wenn Sie der Meinung sind, dass eine Massenschlägerei ein Spaziergang ist, dann war's nicht so schlimm. Wegen so was können Spieler gesperrt werden, Albrecht. Sie sollten es nicht den Kids überlassen, Ihren verdammten Job für Sie zu machen." Hoppla, da entglitt Larx schon die Sprache. Aaron hörte mehr und mehr den Larx durchschimmern, den Anthony Spano von früher aus dem Lehrerzimmer kannte. Larx wandte sich an Mac Donald. „Curtis, du kannst gleich deine Sachen holen. Du bist raus."

Coach Jones starrte Larx an. „Ist das Ihr Ernst? Er ist einer unserer besten Offensive Tackles!"

Larx funkelte ihn an. „Wenn er für das Team so wichtig ist, dann hätten wir ihm eben bessere Manieren beibringen sollen. Noch *eine* Sache – eine *einzige* Sache, und mir ist egal, was es ist: ein Wort, ein Geräusch, eine Geste, eine Grimasse – ein einziges Wort über die Hautfarbe der Gegner und dieses Spiel ist beendet, ist das klar? Ich gehe dann hoch zum Sprecherpodest, entschuldige mich bei den Gegnern und sage ihnen, dass wir nicht genug Anstand haben, um gegen normale Menschen anzutreten, und dann rufe ich auf der Sheriffstation an und lasse diese netten Leute von der Blaskapelle begleitet zu ihren Autos bringen, während unsere Eltern dasitzen und sich fragen, warum ihre perfekten kleinen Engel auf dem Footballfeld zu rassistischen Arschlöchern mutieren. Haben Sie mich verstanden?"

Aaron starrte den Trainer an und fragte sich, ob ihm gleich auf dem Spielfeld eine Arterie platzen würde. Dass Larx ein Hitzkopf war, hatte er schon gewusst, aber so aus der Haut gefahren war er noch nie.

Aber der Wutausbruch tat seine Wirkung.

Jones nickte. „MacDonald, du holst deine Sachen. Ein Wort von dir und du fliegst aus dem Team, und zwar für immer. Die anderen versammeln sich bei der Ersatzbank. Wir nehmen ein Time-out."

Larx wollte MacDonald folgen, hielt dann aber inne. „Kellan?"

„Ja, Sir?"

„Gut gemacht. Bin stolz auf dich. Lass dir nie von jemandem weismachen, dass es okay ist, zu anderen Leuten Scheiße zu sein."

„Ja, Sir!"

Kellan lächelte erleichtert. Er wandte sich zu den anderen Spielern um und reihte sich wie von selbst neben Isaiah Campbell, seinem Wide Receiver, ein. Trotz des Größenunterschiedes liefen sie im perfekten Gleichschritt in Richtung Ersatzbank.

Genau wie Aaron und Larx morgens beim Joggen.

Larx strebte zum Spielfeldrand, griff Curtis MacDonald am Arm und eskortierte ihn unter Buhen und Pfiffen des Heim-Publikums vom Platz. Er bedeutete dem Vater des Jungen im Publikum, ihn abzuholen.

Aaron war hin- und hergerissen. Eigentlich sollte er zurück auf seinen Posten an der Besuchertribüne gehen, aber Curtis MacDonald war ein großer, blonder Bauernjunge, gebaut wie ein Traktor, und sein Vater ein massiger Redneck mit schütteren Haaren. Er nahm Blickkontakt zu Jim Parks auf, zeigte auf die Seitenlinie des gegnerischen Teams und folgte Larx. Larx war ein Hitzkopf, und Aaron wollte kein Risiko eingehen.

Sie warteten hinter dem Kartenverkauf. Curtis glühte wie flüssiger Stahl, und Larx wippte auf den Zehenspitzen. Das Spiel wurde wieder aufgenommen.

„Larx", sagte Aaron leise, als sie Billy MacDonald die Tribüne hinunter stampfen sahen.

„Ja?"

„Das war verdammt beeindruckend. Das wollte ich dir nur sagen. Mach dir keine Gedanken darüber, ob und wie du dich verändert hast. Die guten Sachen hast du behalten."

Larx lächelte ihn an, wobei er alle Zähne zeigte, und Aaron fühlte wieder, wie sich sein Magen schmerzhaft zusammenzog. Ein Freund. Jawohl. So etwas wie ein Kollege. Okay. Ein Mitglied der gleichen Gemeinde. Auf jeden Fall. Ein Lauf-Partner. Klar.

Das waren die Gefühle, die Deputy George für Rektor Larkin hatte.

Aaron hatte eine Idee – ganz unoriginell, vielleicht sogar eine blöde Idee, aber noch bevor er mit Larx darüber sprechen konnte, kam schon Billy MacDonald durch das Tor gerauscht.

„Was verflucht noch mal ist da draußen gerade passiert?" polterte er.

„Ihr Sohn hat das gegnerische Team mit rassistischen Schimpfworten bedacht", antwortete Larx ruhig. „So etwas dulden wir nicht. Wenn er das noch mal macht, egal wo, fliegt er aus dem Team. Heute wird er einfach nur nach Hause geschickt."

Dem älteren MacDonald quollen die Augen aus dem Kopf. „*Deswegen*? Sie haben meinen Jungen wegen so 'nem Scheiß vom Platz gestellt?"

Larx lehnte sich nach vorne, senkte den Kopf und wartete, bis auch Billy den Kopf senkte. Dann sprach er mit ganz leiser Stimme. „Wollen Sie für eine Schlägerei auf dem Spielfeld verantwortlich sein, Billy? Würde das passieren, müssten wir das ganze Spiel abbrechen. Wollen Sie daran schuld sein? Da sitzen Frauen und Kinder auf der Tribüne. Es interessiert mich einen *Scheiß*, wie Sie diese Leute zu Hause nennen: Es sind *Frauen* und *Kinder*. Wenn Ihr Sohn an meiner Schule eine Massenschlägerei anzettelt, dann werde ich ihn verhaften lassen, für jeden blauen Fleck, jede gebrochene Nase, jeden gebrochenen Knochen. Was ist, wenn jemand schlimmer verletzt wird? Was ist, wenn jemand umgebracht wird? Wollen Sie, dass er vor Gericht kommt, weil er ein kleines rassistisches Arschloch ist, dessen Vater ihm keine Manieren beigebracht hat?"

Larx war immer lauter geworden. Jetzt machte er eine kurze Pause und atmete tief durch. „Wollen Sie das wirklich?", fragte er wieder leise.

Billy MacDonald ließ das alles kalt. Er sah sich um und stellte fest, dass sie an einem relativ unbeobachteten Platz standen, dann fiel sein Blick auf Aaron.

Aaron legte den Kopf schief und hob herausfordernd die Augenbrauen. Billy spuckte auf den Boden.

„Sie sollten sich besser vorsehen, Sie miese kleine Schwuchtel. Meinen Jungen stellt keiner vom Platz."

„Und doch ist genau das gerade passiert. Und jetzt machen Sie, dass Sie hier verschwinden. Und noch was."

Billy wandte sich um und sah ihm in die Augen.

„Curtis ist eine Woche suspendiert von der Schule. Damit wird er das Homecoming-Spiel und den Homecoming-Ball verpassen. Das hat er sich selbst zuzuschreiben. Und jetzt raus hier."

„Dad!" quengelte Curtis, aber Billy packte ihn am Arm und zog ihn hinter sich her in die Dunkelheit. „Das kann er doch nicht machen!"

„Das kann ich sehr wohl, wenn der Junge mir die ganze Zeit den Stinkefinger gezeigt hat", murmelte Larx. „Ich wollte einfach, dass Billy das nächste Mal nachdenkt, bevor er sein blödes Maul aufmacht."

Aaron lachte leise. „Du bist ja ein ganz Hartgesottener."

Larx lächelte und seine Körperspannung ließ langsam etwas nach. „Gott", murmelte er und sah seine Hände an. „Bin voll am Zittern. Scheiße."

„Lässt das Adrenalin nach?", fragte Aaron, der Mühe hatte, die zitternde Hand nicht zu nehmen und zu streicheln.

„Wahrscheinlich eher der Blutzuckerspiegel", gab Larx zu. „Ich hab', glaube ich, seit Yoshis Kartoffelchips nichts mehr gegessen."

Aaron stöhnte. „Du machst mich fertig, Larx! Geh und setz dich zu deinem alten Freund da und erzähl ihm, was du für ein harter Knochen bist. Ich hol uns ein paar Hotdogs. Glaubst du, Anthony will auch einen?"

„Ist Billy MacDonald ein fanatisches Arschloch?"

Aaron sah ihn nicht im Geringsten amüsiert an, denn er hatte die Drohungen des Mannes durchaus ernst genommen.

„Zu früh, um darüber Witze zu machen?", fragte Larx, aber Aaron ließ seinen Blick nicht los. „Okay, okay. Ja. Hol am besten für jeden zwei, und für dich auch welche, wenn du noch nicht gegessen hast." Larx griff in seine Tasche, aber Aaron winkte ab.

„Ich mach' das schon", sagte er. Er hatte zwar nur ein Deputy-Gehalt, aber für ein paar Hotdogs reichte es allemal.

„Na gut. Dann gehen wir aber mal richtig zusammen essen. Ich lade dich ein."

Aaron zuckte zusammen, überrascht und erfreut, dann wurde er rot. *Das hat er bestimmt nicht so gemeint. Kein richtiges Date.*

Er sah Larx an und lächelte schwach, aber der lächelte nicht zurück, sondern nickte vor sich hin, als würde er das Gespräch im Geiste wiederholen und noch mal bestätigen, dass er *genau* das gemeint hatte, was er gesagt hatte.

Verwirrt drehte Aaron sich um, dann nahm er sich zusammen und lief auf die Snackbar zu, um sechs Hotdogs und ein paar große Becher Limo zu kaufen – und hoffentlich seinen Sprössling zu finden, damit er ihm half, das Ganze zu tragen. Alleine würde er es kaum schaffen.

Er fand beide Kinder, deren Schicht am Kakaostand gerade zu Ende war, und kaufte ihnen ebenfalls Hotdogs. Dann gingen sie gemeinsam zur Tribüne, wo Aaron und Christiana sich wohlwollend darüber austauschten, dass Larx nicht vernünftig aß.

„Und dann kam er immer total ausgehungert nach Hause. Das war, noch bevor Olivia angefangen hat zu kochen. Freiwillig. Meist war er so gegen sieben da und hat dann wahllos irgendwelches Zeug in einen Topf geworfen. Wir mussten das widerlichste Essen aller Zeiten essen. Mein Favorit war ein gefrorenes Paket Hühnchen mit Honigglasur, das er mit einer Dose Pilzsuppe in einen Topf Nudeln getan hat."

Aaron musste lachen. „Oh Gott!"

„Siehst du, wie gut du es hast, Dad?", mischte Kirby sich von der anderen Seite ein. „Da ist mein Thainudel-Kram noch Gold dagegen?"

„Und, oh mein Gott! *Spaghili!*", rief Christiana. „Einmal hat er Spaghetti gemacht, und weil er so hundemüde war, hat er aus Versehen statt Spaghettisauce ein Glas Salsa darüber gekippt! Und dann hat er versucht, das Ganze mit einer Dose Chili zu retten."

„Und das habt ihr gegessen?", fragte Aaron belustigt.

„Gott, nein. Das war der Abend, ab dem Olivia das Kochen übernommen hat. Wir saßen also am Tisch und haben versucht, es runterzuwürgen, und er …" Sie unterbrach sich, weil sie gerade feststellte, dass aus heutiger Sicht die Geschichte gar nicht mehr so witzig war wie noch vor ein paar Jahren. „Na ja, er hat angefangen zu weinen, und Olivia hat ihn in den Arm genommen und gefragt: *Sollen wir einfach Pizza bestellen, Daddy?* Da hatte das *Mike's* gerade neu aufgemacht und die haben geliefert."

„Ah", meinte Aaron verständnisvoll nickend, als sich ein weiteres Teilchen des Larx-Puzzles einfügte. Das hier war bisher sein Liebstes, denn er konnte sich auf *sehr* vielen Ebenen mit dem Konzept *verletzlicher Vater* arrangieren. „Aber mit seinen Kindern hat er ganz schönes Glück gehabt. Ihr beiden seid sein Augapfel."

„Ich versteh sie einfach nicht", hatte Aaron sich beschwert, als sich nach ihrem Sprint Schritte und Atmung wieder auf Normal einpendelten. „Es ist so, als ob mit 12 die unheilige Göttin der Pubertät ihre Körper übernommen hätte. Ich

meine, Maureen ausgenommen. Die ist Anwärterin auf den Gutes-Kind-Preis. Und darum kann ich ja sogar verstehen, dass Tiffany rebelliert. Maureen besetzt die Stelle der guten Tochter. Was ich nicht verstehe, ist, wieso Tiff mich plötzlich so hasst."

„Sie hasst dich nicht", sagte Larx sanft. „Ich meine, es fühlt sich vielleicht so an, aber, du weißt schon. Du warst eben der Kerl, der sie ohne Mama aufgezogen hat. Sie ist wahrscheinlich stinkiger, weil sie keine Mutter mehr hatte, als auf dich persönlich."

„War das bei deinen Mädchen auch so?", fragte Aaron unglücklich.

„Nein", sagte Larx, und einen Moment lang dachte Aaron, dass er nichts weiter dazu sagen würde. „Alicia war nicht ... die Mädchen haben nicht so gute Erinnerungen an sie. Manchmal denke ich, dass sie nur so brav sind, weil sie Angst haben vor plötzlichem Liebesentzug. Verstehst du?"

„Na ja, Dad ist eben cool", meinte Christiana gerade. „Auch als alles so ziemlich Scheiße war mit meiner Mom und so, hat er uns nie das Gefühl gegeben, dass er uns nicht genau so haben will, wie wir nun mal sind." Sie lachte kurz auf. „Und kochen hat er dann irgendwann auch noch gelernt."

Aaron wollte mehr wissen – bei Gott, das wollte er wirklich. Aber nicht jetzt, denn sie näherten sich der Tribüne. Larx sah sehr blass aus, fand Aaron. Höchste Zeit, dass er etwas aß.

Der Rest des Spiels verlief ohne Zwischenfälle – allerdings war es ein großer Spaß, Anthony und Larx beim Kommentieren der Ereignisse auf dem Platz zuzuhören.

Die Colton Tigers gewannen, aber nur, weil der beste Receiver der West Sac Wombats aufgrund eines Krampfs ausfiel, gerade als er im Begriff war, den entscheidenden Touchdown zu machen.

Anthony war außer sich. „Eine Banane!" wütete er. „Eine verfickte Banane und ein Glas Wasser! Foster predigt es ihnen immer und immer wieder: Ernährung, Wasser, Schlaf! So 'ne verdammte Scheiße!"

Aaron musste wieder daran denken, dass die Englischlehrer laut Larx wie die Hafenarbeiter fluchen konnten, und fing seinen Blick ein.

Larx zwinkerte und fuhr fort, Anthony eifrig nickend zuzustimmen, dass dem Jungen einer ins Gehirn geschissen haben musste. Christiana saß grinsend neben ihrem Vater, als die Kraftausdrücke zu fliegen begannen. Kirby machte große Augen.

„Dad! So fluchen ja noch nicht mal die Schüler."

Larx, der es gehört hatte, gab zurück: „Anthony ist alt. Er hatte schon mehr Zeit zum Üben." Dann wandte er sich wieder seinem schamlosen Freund zu.

Das Spiel war zu Ende und die Blaskapelle trabte vom Spielfeld, gefolgt von den Footballspielern. Aaron musste nach draußen, um auf dem Parkplatz sicherzustellen, dass keine Schlägerei ausbrach, wenn die gegnerische Mannschaft in ihren Bus kletterte. „Kannst du später mit Kirby nachkommen?", fragte er und joggte dann die Laufbahn entlang, bevor Percy anfangen konnte, die Besucher zu piesacken.

„Geht klar!", rief Larx, und Aaron freute sich darauf.

Auf dem Parkplatz war es … nun, wie immer. Aufgekratzte Jugendliche, Erwachsene, die Bier reingeschmuggelt hatten und angeschickerter waren, als es gut war. Cheerleader noch im Trikot, Footballspieler nicht mehr im Trikot, dafür frisch geduscht und bereit für ihr Date.

Er sah den Quarterback und den Wide Receiver von Colton unauffällig auf einen Pick-up im Schatten zulaufen, und dachte bei sich, dass die beiden es ganz richtig machten: rechtzeitig raus aus der Menge, noch bevor ihnen jemand auflauern konnte. Die Mitglieder der Blaskapelle stiegen mit ihren Eltern oder Freunden ins Auto, hoffentlich, um Eis essen zu gehen.

Es gab drei Läden, die nach dem Spiel noch geöffnet hatten: *Mike's Pizza*, *Lindburgers* und *Frosties & Fries*. Aaron war ziemlich sicher, dass sie alle voll sein würden, in unterschiedlicher Besetzung, und er nahm sich vor, auf dem Heimweg bei allen dreien vorbeizuschauen. Er würde sein eigenes Auto nehmen, aber er war noch in Uniform und das würde helfen, falls es irgendwo Ärger gab.

Etwa drei Viertel der Leute waren schon nach Hause gegangen, als Christiana und Kirby, gefolgt von Anthony, endlich kamen.

„Ich habe Dads Autoschlüssel", verkündete Christiana, als sie näherkam. „Er hat gesagt, Kirby und ich dürfen Eis essen gehen, wenn Sie nichts dagegen haben, Dad später nach Hause zu bringen."

Das war Musik in Aarons Ohren. Larx und er? Alleine?

„Kann ich machen", sagte Aaron, in der Hoffnung, dass seine Stimme ganz normal klang. „Anthony, brechen Sie auch auf?"

„Ja, hab nur auf die Kinder gewartet. Christi und ihr alter Onkel A. hatten schon lange keine Zeit mehr zu quatschen."

„Dad", murmelte Kirby, „die *können* aber auch fluchen!"

Christiana prustete, und Aaron fiel auf, wie ähnlich sie ihrem Vater war. „Du kannst dich darauf verlassen, dass wir alle Wörter, die wir so kennen, von Dad gelernt haben."

Sie liefen plaudernd auf den alten Dodge Caravan zu, der Larx gehörte. Als die Jugendlichen verstaut waren, wandte sich Anthony noch mal an Aaron, der eine Gruppe Teenager dabei beobachtete, wie sie sich zu organisieren versuchten.

„Was wollt ihr denn noch machen?"

„Keine Ahnung, was wollt ihr denn noch machen?"

„Wollt ihr zu …?"

„Nee, zu voll. Wie wär's mit …?"

„Nee, mein Dad ist zu Hause."

„Vielleicht zu …?"

Und so weiter und so fort, bis Aaron am liebsten gerufen hätte: „Jetzt hört endlich auf mit dem Theater! Wir wissen doch alle, dass ihr auf die leere Wiese

hinter der Schule geht, euch besauft und dann paarweise im Gebüsch verschwindet!"
Aber da er nicht davon ausging, dass die Eltern das besonders witzig finden würden,
schwieg er lieber.

Anthony sah dem Sozialstress mit ähnlich zynischem Gesichtsausdruck zu.
„Glauben Sie, dass irgendwelche Eltern nicht zu Hause sind? Das könnte einige
Prom-Queens zu jungen Müttern machen."

„Das da sind die Kids von der Blaskapelle. Die wollen alle noch ins College.
Die werden Kondome benutzen."

Anthony lachte, dann reichte er Aaron die Hand. „Deputy, es war mir eine
Freude, Sie kennengelernt zu haben."

„Gleichfalls. Es war schön, einen Freund von Larx kennenzulernen."

Nach einer unsicheren Pause senkte Anthony den Kopf und die Stimme,
sodass Aaron nähertreten musste, um ihn zu verstehen. „Hören Sie, nichts für
ungut. Sie können mir auch gleich den Vogel zeigen. Aber Larx ist ein Guter. Seine
Ex war ein böses Weib, und er braucht jemanden, der sich um ihn kümmert. Ich
denke, Sie würden ihm guttun. Kümmern Sie sich gut um ihn."

Anthony brach ab, schüttelte Aaron nochmals die Hand und trottete dann
durch die Dunkelheit davon zu seinem Auto.

Aaron blieb zurück, verabschiedete die Jugendlichen, die zu ihrer jeweiligen
Party-Location aufbrachen, und ermahnte sie, vorsichtig zu fahren.

Es DAUERTE eine volle Stunde, bis Larx endlich den Sportplatz verließ. Er war der
Letzte, und die Scheinwerfer über dem Spielfeld waren zwar abgeschaltet, glühten aber
noch rot im Dunkeln, als er durch das Tor trat und das Kettenschloss absperrte.

Aaron hatte seinen Wagen vor dem Eingang abgestellt, und Larx kam
winkend auf ihn zugelaufen.

„Danke, dass du gewartet hast", keuchte er. „Hat viel länger gedauert, als
ich dachte!"

„Tja, ist eben ein großer Zirkus – viele Affen."

Larx grinste. „Und der große Gorilla hat keine Chance", sagte er und begann
prompt, Hu-hu-hu zu machen und sich unter den Achseln zu kratzen.

„Na komm, Gorilla, lass mich dich nach Hause fahren."

„Oh, Mann, jetzt doch noch nicht. Ich habe immer noch Hunger. Hast du
keinen Hunger mehr?"

Darüber musste Aaron kurz nachdenken. Dann antwortete er: „Zwei
Hotdogs", als wäre Larx gar nicht da.

„Aber … Eis? Kaffee? Na komm schon, *Frosties & Fries* hat noch auf, und
die meisten Kids sind über alle Berge. Hast du keine Lust?"

Noch mehr Zeit mit Larx? Ohne zu joggen? Nicht von Teenagern oder alten
Freunden oder der halben verdammten Stadt umringt?

„Klar. Aber kein Eis für mich. Hab noch 11 Kilo, die runter müssen."

Larx sah einen Moment enttäuscht aus, dann schlug er strahlend vor: „Du kannst von mir was abhaben. Ich bestelle einfach eine doppelte Portion!"

Aaron musste lachen. „Du bist unverbesserlich." Er klickte das Schloss des SUV auf und bedeutete Larx einzusteigen. Aaron startete Motor und Heizung, denn es waren jetzt nur noch um die zehn Grad. Larx nahm das Gespräch wieder auf, als wären sie gar nicht unterbrochen worden.

„Du hast Anthony ja gehört – ich bin der ewige Rebell. *Unverbesserlich* steht in meiner Jobbeschreibung."

„Scheint so." Außerdem charmant und witzig und engagiert.

„Wie kann ich dir nur beweisen, was ich für ein böser Bube bin?" überlegte Larx laut. „Ich meine, ich bin einfach eine solche Mogelpackung: befreundet mit dem Deputy, Schulrektor, Vater, und tief in meinem Inneren bin ich nichts weiter als ein aufmüpfiger Straßenjunge. Es ist tragisch!"

Zuerst musste Aaron über diesen Unfug lachen, aber dann wurde er nachdenklich. Vielleicht war es gar kein Unfug. Vielleicht versuchte Larx gerade, ihm etwas Wichtiges mitzuteilen.

„Warum?"

„Warum ist die Banane krumm?", antwortete Larx wie aus der Pistole geschossen.

Aaron lachte wieder leise. „Deine Kinder sind bestimmt völlig verwirrt aufgewachsen. Warum ist es denn so wichtig, dass ich dir glaube, was du für ein unartiger Junge warst?"

Und plötzlich wurde Larx ganz still.

„Na ja", meinte er langsam und überlegt. „Es ist so: Wenn du jemandem etwas über dich erzählst und er dir nicht glaubt, dann lernt er einen Menschen kennen, der du nicht wirklich bist."

Aaron seufzte. „Okay. Gehen wir einfach mal davon aus, dass ich nicht ganz so schlau bin. Sag mir doch bitte in ganz einfachen Worten, was du angeblich alles angestellt hast. Können wir das so machen?"

Larx lachte leise. „Ich war einfach immer wütend", sagte er dann. „Mein Vater ist abgehauen, meine Mutter hat die ganze Zeit gearbeitet und meine Schwester und ich waren fast immer alleine. Dann wurde sie krank, als ich in der neunten Klasse war, und … Gott, ich war einfach sauer auf die ganze Welt. Meine Noten im Keller, alle Lehrer hatten einen Hals auf mich. Bin ein paarmal verhaftet worden. Bagatelldiebstahl. Vandalismus. Die üblichen Jugendlichen-Vergehen, du weißt schon."

Aaron tat es in der Seele weh, das zu hören. Obwohl es schon so lange her war. „Was hat dich dann verändert?" Aaron hatte sich vor langer Zeit in eine schöne Frau verliebt. Er vermisste sie immer noch, obwohl er inzwischen schon fast so lange ohne sie lebte wie mit ihr.

„Zwei Dinge", antwortete Larx, ohne zu zögern. „Erstens ging es meiner Schwester wieder besser, als ich in die 11. kam, und sie hat mir die Hölle heißgemacht."

„Ist sie wieder gesund geworden?", fragte Aaron hoffnungsvoll.

„Nein." Larx sah aus dem Fenster auf den Highway, der an ihnen vorbeizog. Die Schatten verschwommen zu einer Silhouette gegen den klaren Abendhimmel. „Sie ist während meines ersten Collegejahres gestorben. Wir haben ja immer gewusst, dass es so kommen kann. Die letzten zwei Jahre habe ich mir sehr viel Mühe gegeben, kein Arschloch zu sein, damit die Zeit, die ich noch mit ihr habe, gut ist."

„Tut mir leid."

Larx sah ihn an und seine Zähne blitzten im Dunklen weiß auf. „Du hast den Krebs nicht erfunden."

„Und die zweite Sache?"

„Mein Rektor an der Highschool. Johnny Erickson. Cooler Typ. Hat meinen Arsch bestimmt ein Dutzendmal vor dem Rausschmiss bewahrt. Er hat mich in sein Büro geholt und mit mir geredet – einfach nur so. Als wäre ich ein Mensch. Und er hat mir versprochen, dass ich im Büro mithelfen kann, wenn ich aufhöre, Scheiße zu bauen. Damit wir uns unterhalten können, anstatt dass er mir die Leviten lesen muss."

„Guter Mann", meinte Aaron.

„Der Beste."

„Warum hast du dich dann so dagegen gesträubt, selbst Rektor zu werden?"

„Was?"

Aaron sah aus dem Augenwinkel, dass Larx ihn anstarrte, und musste grinsen. „Du hast den Typ offensichtlich bewundert – wolltest du denn nicht so werden wie er?"

„Daran könnte ich nur scheitern", sagte Larx einfach, als wäre die Antwort offensichtlich. „Erickson war der Beste. So könnte ich ... ich meine ... nee. Nie im Leben. Und jeden Bürokratenarsch, mit dem ich bisher zu tun hatte, habe ich bis aufs Messer bekämpft. Du kennst das: Bei denen heißt es den ganzen Tag nur: Noten, Zahlen, Regeln! Bei mir geht's um: Gebt den Kindern zu essen, lehrt sie was, und die Regeln gehen mir am Arsch vorbei!"

„Und wie bist du damit gefahren?", fragte Aaron mit sanfter Stimme.

„Darüber will ich lieber gar nicht reden."

Aaron hatte einen kalten Klumpen im Magen und sein Polizisten-Instinkt flüsterte ihm zu, dass genau da, genau *hier* die wahre Geschichte versteckt war.

Aber sie waren schon fast da. Das Gespräch im Auto war eine der intimsten Situationen, die Aaron in zehn Jahren erlebt hatte.

„Was ist denn mit dir?", fragte Larx in die Stille hinein. „Dein ganzes Leben schon Recht und Ordnung?"

„Nicht, dass ich viel davon gehabt hätte", gab Aaron zu. „Nach der Schule direkt zur Army, die Familie superstolz auf mich. Hochzeit. Kinder. Eltern gestorben, Frau bei einem Autounfall verloren – und dass ich mich immer brav an die Regeln gehalten hab, hat mir drei Kinder eingebracht, die wahrscheinlich kein Stück besser dran sind, weil ich ihr Vater bin."

„Nein!", protestierte Larx, und seine Stimme war schon wieder kräftiger. „Das stimmt doch nicht. Kirby liebt dich über alles. Ich weiß genau, dass Maureen dich über alles liebt. Du solltest deine Große nicht abschreiben. Sie ist nur ... du weißt schon. Wie ich. Wütend. Ihr wird jedes einzelne böse Wort später leidtun. Und du musst ihr immer wieder den Ölzweig reichen, denn du kannst nie wissen, ob sie ihn nicht irgendwann annimmt."

„Hab ihr schon zwölf Kätzchen-Videos geschickt", sagte Aaron. „Nix."

„Na ja. Dann versuchst du es eben mit Hundebabys. Alpakas. Kaninchen. Oder vielleicht Anime."

„Was-i-me?"

„Du weißt schon. Japanische Animation. Christiana steht total darauf. Ich frage sie nach Links. Die brauchst du dann nur noch weiterzuleiten."

Aaron musste lachen. „Ich bin ja sehr dankbar für deine Hilfe ..."

„Ich gebe nicht so schnell auf", sagte Larx mit funkelnden Augen. „Ernsthaft. Es kann ja nicht angehen, dass unser guter Deputy George die Flinte ins Korn wirft. Wo sonst sollte die Stadt ihre Hoffnung hernehmen?"

„Vom engagiertesten Schuldirektor der Welt natürlich", gab Aaron galant zurück und genoss die laute Lachsalve, mit der Larx herausplatzte.

„Versuch's einfach weiter."

Das würde er. „Wenn du weiter morgens mit mir laufen gehst", sagte Aaron. Er war ein skrupelloser Opportunist.

„Einverstanden. Morgen auch?"

Aaron stöhnte. „Gott. Schläfst du eigentlich nie aus?"

„Na ja, ehrlich gesagt muss ich morgen den Garten winterfest machen, wenn wir nicht joggen gehen. Könnte sein, dass es besser ist, wenn ich dich ausschlafen lasse."

„Ich habe morgen sowieso Spätschicht", bemerkte Aaron. „Wir teilen uns am Wochenende immer so auf, dass keiner seine ganze Familienzeit opfern muss."

„Und am Sonntag gehst du wahrscheinlich zur Kirche." Larx klang wenig begeistert.

„Nee. Du etwa?"

„Gott, ich doch nicht." Dann musste er lachen, als ihm die Ironie der gerade ausgesprochenen Blasphemie klarwurde. „Nein. Keine Kirche für Familie Larkin. Aber dass du nicht gehst, überrascht mich ein bisschen."

Aaron dachte einen Moment nach, bevor er antwortete. Religion konnte Beziehungen zerstören. „Es ist nicht, weil ich nicht an Gott glaube", sagte er dann. Sie hatten *Frosties & Fries* erreicht, er parkte den Wagen und sah, dass sie noch eine gute halbe Stunde Zeit hatten, bevor der Laden zumachte – er wollte wenigstens ihr Gespräch in Ruhe beenden. „Ich denke, es gibt eine höhere Macht. Muss so sein. Ich habe sie in den Augen meiner Frau gesehen. In unseren Kindern. Aber ich bin es leid. Ich bin es leid, dass Menschen ihre Religion – und es ist mir scheißegal, welche – wie einen Freifahrschein dafür benutzen, sich wie Arschlöcher zu verhalten. Nur weil du irgendein Ding um den Hals trägst, gibt dir das nicht das Recht, andere zu verurteilen und nach den Schwächeren zu treten. Verstehst du?“

„Absolut“, sagte Larx. „Aber: wow.“

„Wow was?“, fragte Aaron und sah ihn an, in der Hoffnung, keine Zensur oder Kritik in seinen Augen zu finden.

Das Lächeln von Larx beruhigte ihn. „Ich wollte nur hinzufügen, dass meine Eltern Methodisten waren und die hier oben keine Kirche haben und dass ich mich woanders nicht so ganz wohlfühle.“

Aaron lachte. „Vermerkt. Ich bin allerdings Unitarier.“

„Oha, sogar eure Kirche war was Besseres.“

Aaron seufzte und entschied sich, ein bisschen mehr auszupacken. „Es kommt hinzu: Als meine Frau gestorben ist, war ich ... auch wütend. Ist jetzt nicht mehr ganz so schlimm. Aber wie du schon sagst. Ich fühle mich nicht mehr wohl damit.“

„Gut zu wissen. Willst du mir im Garten helfen kommen, falls ich es nicht alleine schaffe?“

„Bekomm ich eine Belohnung?“

Larx tat so, als müsste er überlegen. „Na ja, ich habe noch ein paar Kürbisse und Tomaten und ein paar Kartoffeln, die ich noch nicht abgeerntet hab. Und du sagst, dass deine Hühner noch legen, und ich habe bei der kleinen Milchmanufaktur, die die Bed & Breakfasts beliefert ...“

„... *Bessie's*?“

„Ja, genau. Jedenfalls habe ich ein paar selbst eingemachte Dosen Tomaten gegen Käse und Hack getauscht, das sich noch daran erinnern kann, dass es mal eine Kuh war. Ich weiß noch nicht genau, was ich daraus mache, aber Christiana und ich werden schon etwas zustande bringen, was man runterbekommt.“

„Also keine Spaghili.“ Aaron stieg aus und Larx gab ein Protestgeheul von sich.

„Wer hat gepetzt?“

DAS GESPRÄCH geriet auch ohne Jogging oder Kinder nicht im Geringsten ins Stocken, genauso wie im Auto. Larx zuliebe probierte Aaron sogar ein paar Löffel Eis und versuchte, nicht von seiner Militärzeit während *Desert Storm* zu sprechen.

„War's schlimm?“, fragte Larx ernst.

Aaron zuckte die Achseln. „Hab' Schießen gelernt“, sagte er.

„Tut mir leid.“

„Warum?“, fragte Aaron mit hochgezogenen Augenbrauen.

„Weil, na ja. Du wirkst nicht besonders gewalttätig. Das war sicher keine einfache Herausforderung für dich."

Aaron schloss die Augen. „Meine Frau hat das nie verstanden", sagte er gepresst. „Hat mich immer als Helden hingestellt. Und ich konnte nie in Worte fassen, wie es wirklich war. Man fühlt sich überhaupt nicht wie ein Held. Man hat einfach …"

„Angst?", fragte Larx.

Aaron öffnete die Augen wieder und sah Larx an, der ihm gegenübersaß, nach vorne gebeugt und mit gekreuzten Armen, die braunen Augen offen und mitfühlend.

„Genau."

„Es tut mir leid, dass du Angst haben musstest, Deputy", sagte er leise. Dann reichte er Aaron noch einen Löffel Eiscreme über den Tisch. „Einen anderen Trost hab' ich nicht für dich."

Aaron spülte das Eis mit einem Schluck Kaffee hinunter und sah sich um. Sie waren definitiv die letzten in ihrer kleinen roten Sitzecke. Joanna, die Besitzerin und ihre beiden Helfer im Highschoolalter waren schon dabei, Tische und den weiß gekachelten Fußboden zu wischen. Vor einer halben Stunde hatte Kirby eine SMS geschrieben, dass er sicher zu Hause angekommen war, und zehn Minuten später hatte Larx eine Nachricht gleichen Inhalts bekommen und vielsagend die Augenbrauen gehoben. „Aha, heute macht uns also niemand mehr aus Versehen zu Opas. Ich bin erleichtert!"

Dann hatten beide gelacht, aber Aaron war plötzlich bewusst geworden, dass er Larx noch nach Hause fahren und sicher bei seiner Tochter abliefern musste.

„Wir sollten dann langsam", sagte er also.

Larx seufzte und kratzte den letzten Rest Eis mit Karamellsauce aus seinem Schälchen. „Ja. Zeit und Gärten warten auf keinen."

„Hey, du musst den Garten abräumen, damit ich Sonntag vorbeikommen kann."

Larx' strahlendes Lächeln sah aus, als hätte es einen Goldrand. „Okay."

Und plötzlich schlief das Gespräch, das im Auto und in der kleinen roten Sitzecke so locker vor sich hin geplätschert war, auf dem Weg zu Larx ein, und Larx warf Aaron mehrmals nervöse Seitenblicke zu.

„Was ist los?", fragte Aaron, als er in die Einfahrt einbog.

„Nichts", antwortete Larx. Er klang verschlossen. Aber er stieg auch nicht aus dem Wagen, nachdem Aaron geparkt hatte.

Jetzt wurde auch Aaron unruhig. Er machte den Motor aus und drehte sich zu Larx, überrascht davon, dass dieser sich ebenfalls umgedreht hatte und dabei war, den Sicherheitsgurt zu öffnen.

Plötzlich waren sie in der nächtlichen Kälte Nase an Nase.

„Was?" krächzte Aaron mit trockenem Mund. Sein Herz klopfte bis zum Hals. Larx. Nase an Nase.

Und dann fragte Larx mit leicht zittriger Stimme: „Warum?"

„Warum was? Warum sitzen wir hier im Dunklen? Warum habe ich das Eis gegessen? Warum …"

Larx legte Aaron den Finger auf den Mund, und Aaron schwieg wie verzaubert und konzentrierte sich darauf, wie sich die raue Fingerspitze an seiner weichen Lippe anfühlte.

„Warum hast du vorgeschlagen, dass wir zusammen joggen gehen sollen?", fragte Larx. Der Druck auf seine Lippen wurde schwächer, aber der Finger war noch da. Es dauerte einige Sekunden, einige Atemzüge, bis Aaron klarwurde, dass Larx den Bogen seiner Lippen sanft nachzog.

Plötzlich prickelte alles – Nippel, Ohren, Oberkörper, alle längst vergessen geglaubten Punkte weiter südlich.

Einen Augenblick lang wollte Aaron wieder lügen: „Ich habe mir Sorgen um dich gemacht…" Aber Larx war … oh Gott. Er war ihm *so nahe.*

„Deine Brust", stieß er hervor. „Du hast dein Shirt ausgezogen, und dein Rücken und dein Oberkörper waren ganz verschwitzt und …"

Larx' Lippen auf seinem Mund schmeckten wie der Himmel auf Erden.

Gott, wie lange war das her? Wie lange hatte ihn niemand mehr so geküsst? Als könne eine tastende Zungenspitze die tiefsten Geheimnisse der Seele erkunden. Aaron öffnete den Mund und ließ Larx hinein, hieß ihn willkommen, genoss das neugierige Lecken seiner Zunge und ließ sich in Besitz nehmen.

Aaron stöhnte, ließ seine Finger an Larx' Kopfhaut entlang gleiten und vergrub sie in seinen langen Haaren. *Halt still, verdammt noch mal. Genau so. Genau da.*

Larx legte willig den Kopf in den Nacken, gelenkt von Aarons Hand in seinen Haaren.

Und dann stöhnte er.

Aaron verschlang dieses Stöhnen, schluckte es Larx von den Lippen und machte es sich zu eigen. Alles, dieser Kuss, ihre heißen Körper, die sich im Auto aneinander drängten … all das war wunderbar, intim, lustvoll, so wie Aaron es seit dem Tod seiner Frau nicht mehr erlebt hatte, auch bei den paar Quickies während der Touristensaison nicht.

Aber nein … Larx zog sich zurück, die Hand in Aarons Nacken gelegt, um sich abzustützen.

„Wow, Deputy. Darauf war ich … nicht gefasst", sagte er schwer atmend.

„Auf den Kuss?", fragte Aaron verwirrt. „Das wollte ich schon eine ganze Weile machen."

„Darauf, wie sehr ich mehr wollte." Larx legte schwer atmend seine Stirn an Aarons. „Gott. Hättest du nicht warten können, bis unsere Kinder aus der Schule sind, bevor du mich anmachst?"

„Du warst doch der, der sein T-Shirt ausgezogen hat!"

Larx lachte überwältigt. Dann ging das Licht an der Veranda an, und sie fuhren auseinander.

„Du musst …"

„Ich muss …"

Larx hielt inne, die Hand am Türgriff, und streichelte Aarons Hand, die noch auf dem Sitz lag. „Wir müssen mal sehen, wo das hinführt", sagte er nickend. „Bis Sonntag dann, Aaron."

„Bis Sonntag dann, Larx. Warte …!"

Aber da hatte Larx schon die Autotür zugeworfen. Auf der Veranda blieb er stehen, drehte sich um und winkte. Aaron ließ hilflos den Kopf auf das Lenkrad sinken.

„Scheiße, Larx", murmelte er vor sich hin. „Wie heißt du eigentlich mit Vornamen?"

DIE LETZTEN Zeichen des Sommers

„Bist du ganz sicher, dass du nicht bleiben willst?", fragte Larx Christiana. „Hitze, Erde, Insekten – alles Dinge, die das Leben lebenswert machen." Er hatte schon den gesamten Samstag im Garten verbracht, war aber nicht fertig geworden. Wenn er sich anstrengte, konnte er alles noch an diesem Wochenende erledigen, damit der Laubhaufen am nächsten Wochenende verbrannt werden konnte.

Seine Tochter verdrehte die Augen, aber sie musste dabei lachen, was seine Absicht gewesen war. „Lass mich mal nachdenken: Dir im Garten helfen oder den letzten warmen Tag dieses Jahr an Jessicas Pool verbringen. Hmmmm … schwierige Entscheidung!"

„Na gut", sagte Larx heimtückisch. „Aber vergiss nicht, dass sich Schlangen zu dieser Jahreszeit besonders gerne in Swimmingpools aufhalten."

Christis Gesichtsausdruck versteinerte sich. „Du bist so fies, Dad. Hundsgemein. Du kriegst keine Enkel von mir. Noch nicht mal eine Katze."

Auf der Veranda versuchten Olivias Katze und die drei Katzen von Christi gerade, möglichst unbeteiligt in der Sonne zu liegen. Tatsache war, dass sie dort lagen und auf Mäuse lauerten, die eventuell aus den leeren Saatgut-Tüten herauskommen würden, die Larx schon in die Feuerstelle gelegt hatte – ein Spiel, das Larx und die Mädchen schon seit sieben Jahren begeistert mit den Katzen spielten.

„Ja klar", sagte er jetzt mit zuckenden Mundwinkeln. „Du ziehst hinaus in die große weite Welt und lebst ohne Katze. Das ist so wahrscheinlich, wie dass die Sonne grün anläuft."

Aber Christi hörte schon gar nicht mehr zu. „Psst!", befahl sie und winkte mit der Hand. „Schau mal. Trigger, siehst du's?", sagte sie zum rot getigerten Kater. „Siehst du's? Da drin … hol's dir … gleich kommen sie raus …"

Beide hielten inne und starrten auf die Papiertüten, aus denen in der späten Septembersonne ein leises Rascheln zu hören war.

Larx und Christi wechselten einen sensationslüsternen Blick. Gleich würde es losgehen … gleich war es so weit …

Trigger spitzte die riesigen Ohren und riss die grünen Augen auf, die er eben noch schläfrig geschlossen hatte. Jeder Muskel in seinem Körper war in höchster Bereitschaft angespannt, und als das wahre Raubtier, das er war, kauerte er sich zusammen, um so schnell wie möglich quer über den Hof zu seiner Beute sprinten zu können.

„Toby, du lässt ihn doch wohl nicht gewinnen! Willst du etwas die ganzen Mäuse Trigger überlassen?"

Toby, der langhaarige Schildpatt-Kater, bezog links von Trigger Stellung, und Trixie, die zarte schwarze Glückskatze, auf der rechten Seite. Die Einzige, die an dem Gemetzel gänzlich uninteressiert schien, war Delilah, die alte, taube und halb blinde Siamkatze, die Olivia in ihrem ersten Jahr in Colton angeschleppt hatte. Larx, der damals seinen Töchtern um jeden Preis etwas von der Normalität zurückgeben wollte, die ihnen vorenthalten geblieben war, hatte die Katze aufgenommen und jeden Extracent, den die Familie erübrigen konnte, investiert, um sie so lang wie möglich am Leben zu erhalten. Vor sieben Jahren hatte der Tierarzt ihr noch ein Jahr gegeben. Larx fand, dass sie es sich verdient hatte, die Spielchen der Jungen zu verschlafen und sich auf Kosten des Tierarztes ins Fäustchen zu lachen.

Aber die jüngeren drei – Christianas Findlinge – *Es ist mir einfach nachgelaufen, Daddy!* waren auf dem Sprung.

Mit wackelnden Popos und zuckenden Schnurrhaaren bewegten sie sich so präzise wie eine Spezialeinheit.

Trigger war die Vorhut, schoss zur Feuerstelle und sprang, landete auf den Papiertüten und scheuchte die Beute hervor.

Toby und Trixie waren in Position. Mit präzisem Pfotenschlag fingen, brachen, zermalmten und töteten sie eine Maus nach der anderen. Trigger sprang auch von den Tüten herunter und stürzte sich ins Geschehen, um mit seinen scharfen Klauen in blutrünstigem Jagdglück flauschige kleine Körper aufzuschlitzen.

Oh, das Gemetzel! Oh, der Mäuse-Irrsinn! „Oh, ihr inkompetenten kleinen Scheißer! Ihr habt eine davonkommen lassen!", rief Larx aus.

Und Tatsache, eine der Mäuse, eine der größeren, anscheinend etwas ausgebuffter als die anderen, war durch Tobys und Trixies tödliche Blockade geschlüpft und wollte sich davonstehlen. Da lief sie davon, geradewegs auf das Haus zu.

Christi, die näher an der Veranda stand, rannte direkt auf sie zu, dann drehte sie sich um, ganz die Kriegerprinzessin, die sie war.

Die Kriegerprinzessin, die wie ein Meerschweinchen quiekend in die Luft sprang, als die kleine Kreatur ihr über den sandalen-bekleideten Fuß lief.

„Oh, Christi!"

„Iiiih! Kleine Füße kleine Füße kleine Füße – Dad-diiiiiiih! Eklige kleine Füße direkt auf der Haut!"

„Christi, die Maus!"

„Oh, Scheiße!" Im Nu erholte sich die junge Kriegerin, drehte sich dann auf dem Absatz um und raste auf die Veranda zu …

… wo Delilah ein Auge öffnete, die fast schon entwischte Maus erblickte und sie ganz beiläufig mit einer Pfote stoppte.

„Oh!" Christi kam abrupt zum Stehen. „Super gemacht, Delilah!"

Delilah gähnte und hob die Pfote an, und als die Maus sich gerade wieder davonmachen wollte, schlug sie abermals zu. Mit amüsiertem Ausdruck sah sie zu Christi hoch und hätte den Vorgang sicher noch ein paarmal wiederholt, bis die pelzige Gefangene nie wieder zappelte.

„Oh", sagte Christi wieder. „Delilah, du kleine Sadistin. Ich bin beeindruckt." Sie griff in die Gesäßtasche, zog das Handy hervor, schoss ein Foto und fummelte dann ein bisschen mit dem Display herum.

Saatgut-Tüten stapeln – ein Mäuseopfer für unsere alternde Göttin.

In der Gesäßtasche von Larx summte es, und er wusste, dass auch er gerade die SMS bekommen hatte, ebenso wie er den vermutlich gleich folgenden Chat ebenfalls erhalten würde. Er lächelte und Christi strahlte ihn glücklich mit geröteten Wangen an. Die Drohung, ihm die Enkel vorzuenthalten, war offenbar wieder vergessen.

„So, die Show ist ja dann vorbei. Ich mach mich mal auf, ein paar Sonnenstrahlen abgreifen", sagte sie lächelnd. Sie lief zu ihrem Fahrrad, eines der drei, die auf der Veranda lebten, und setzte ihren Helm auf. Das Handtuch und die Wasserflasche, die sie auf den Gartentisch gelegt hatte, stopfte sie in den Fahrradkorb.

„Du bist zum Abendessen zurück, oder?", fragte Larx nervös. Nach Sonnenuntergang waren die Straßen nicht nur unsicher, sondern geradezu gefährlich. Die Fahrräder hatten zwar Reflektoren und gute Lampen, aber es war schließlich sein Job, sich Sorgen zu machen.

„Auf jeden Fall", sagte sie augenzwinkernd. „Bringt er Kirby mit?"

„Weiß nicht genau. Aaron sagt, er habe wegen zu vieler Hausaufgaben rumgejammert." Und weil er nun mal der Vater war, fügte er noch hinzu: „Wieso? Interessierst du dich etwa für Kirby?"

Christi nahm die Frage gelassen hin – sie hörte sie nicht zum ersten Mal, sowohl in Bezug auf Jungs als auch Mädchen. „Neenee", antwortete sie fröhlich. „Er ist wirklich süß und ich mag ihn total. Aber ich kenne ihn doch schon, keine Ahnung, sieben Jahre. Mit Kirby zu knutschen wäre, wie koffeinfreie Cola zu trinken."

Larx lachte, weil er den Vergleich schon kannte. „Sinnlos und eklig?"

„Yupp." Christi nestelte an ihrem Helm herum. Als er zu ihrer Zufriedenheit saß, fügte sie hinzu: „Aber, Dad?"

Larx musste schlucken. Das klang ja ziemlich ernst.

„Ja?"

„Also ich meine nur. Wenn Kirbys *Dad* ... na ja, so was wie *deine* Lieblings-Limo sein sollte ..."

„Oh Gott ..."

„Dann nimm dir ruhig ein Glas, mit viel Eis, und lass es dir schmecken, okay?"

„Ich hatte euch doch versprochen ..." Das stimmte. Er war von Anfang an ganz ehrlich mit den Mädchen gewesen. Warum ihre Mutter die Scheidung gewollt hatte, warum sie sich plötzlich von ihren Kindern und von ihm abgewandt hatte. Und er hatte versprochen, dass nichts, was er tat, *absolut nichts*, ihr Leben und ihre Stabilität je wieder in Mitleidenschaft ziehen würde.

„Ja, weil wir damals noch klein waren!", lachte Christi. „Aber in zwei Jahren bin ich am College, und dann bist du hier ganz allein." Sie biss sich auf die Lippen. „Und ich will nicht, dass du allein bleibst."

Na super. Mitleid. „Ich habe Freunde!", gab er gekränkt zurück.

„Und Yoshi hat seinen eigenen Partner", antwortete sie. Dann wurde sie wieder ernst. „Denk einfach darüber nach, okay, Daddy? Ihr müsst ja nicht sofort alles so schrecklich spießig und ernst nehmen. Ich wollte nur sagen. Denk drüber nach."

Als ob er seit dem Tag auf der Olson Road überhaupt noch an etwas anderes gedacht hätte. „Christi, hör mal. Worüber auch immer ich deiner Meinung nach nachdenken soll, tu mir bitte einen Gefallen."

„Klar."

„Sag bitte nichts zu ..."

„Olivia? Mit der hab´ ich gerade heute schon ganz viel deshalb geschrieben. Sie denkt, du solltest das unbedingt machen, denn Kirbys Papa ist ein totaler DILF."

Eigentlich hätte Larx sich inzwischen längst daran gewöhnt haben sollen. 20 Jahre als Vater hätten ihn darauf vorbereiten müssen, dass er sich fühlte wie ein kleines Boot auf dem offenen Meer, das gerade von einem Wal umgekippt wird. „Okay, danke, das hätte ich jetzt nicht unbedingt hören müssen, aber was ich eigentlich sagen wollte, sag nichts zu *Kirby*." Gott.

Jugendliche sprachen doch miteinander, oder nicht? Was, wenn Kirby noch nicht mal eine Ahnung hatte oder wenn Aaron nicht so offen mit seinen Kindern war wie Larx mit seinen ...

Daneben. Einfach nur daneben.

„Oh!" Christi sah aus, als hätte sie daran noch gar nicht gedacht. „Glaubst du, er hat noch gar nicht mitgekriegt, wie verknallt sein Dad in dich ist?"

„Oh, ist er das?" Larx konnte sich die erfreute Frage nicht verkneifen.

„Dad – Daddy. Als du dich während des Spiels mit Onkel Tony unterhalten hast, hat er dich die ganze Zeit angestarrt, als wärst du Wasser. Es ist so was von offensichtlich."

Er konnte gar nicht anders, als dem zögerlichen Lächeln zu erlauben, sich auf seinem ganzen Gesicht auszubreiten. „Wirklich? Als wäre ich Wasser?"

Sie lächelte zurück. „Nach einem Ritt durch die Wüste. Ja. Aber ich sage nichts, wenn Kirby nicht von sich aus davon anfängt. Okay?"

47

Larx nickte. Er hoffte, dass sie sein gerötetes Gesicht eher der Sonne zuschreiben würde als seiner Verlegenheit. „Ja. Und tu mir den Gefallen und erzähl ihm nicht, du weißt schon. Warum wir aus Sacramento weggegangen sind. Okay? Das muss ich erst mit Aaron besprechen."

„Aber du hast doch gar nichts falsch gemacht!", rief sie empört.

Larx verspürte zum millionsten Mal die Panik, die ihn bei diesem Thema immer überkam. „Das sehen nicht alle so. Aaron ist ein ziemlich braver Bürger, Schätzchen. Das könnte ein Problem sein."

Christi rümpfte nachdenklich die Nase. „Kann ich mir gar nicht vorstellen. Bis später dann!"

„Wie jetzt – das war's schon? Kannst du dir gar nicht vorstellen, bis später und dann haust du einfach ab?"

„Yupp. Viel Spaß ohne mich!" Mit zweideutigem Lachen schwang sie sich auf ihr Fahrrad und radelte davon. Larx blieb mit seinem brachliegenden Garten, einem mit toten Mäusen übersäten Beet und fetten, selbstzufriedenen Katzen zurück.

SEINE NACHDENKLICHE Stimmung verflüchtigte sich bei der Gartenarbeit. Er erntete ab, was noch lebte, riss die toten Pflanzen heraus und warf sie auf den Haufen für das Herbstfeuer. Als seine Hosentasche wieder summte, war er verschwitzt und dreckig, aber so gut wie fertig. Nur noch eine Pflanze – ach ja, und noch die Stangen rausziehen und an die Veranda lehnen für nächstes Jahr, ebenso die Rankhilfen für die Tomaten. Und, oh nein! Fast hätte er vergessen, die Ranken der grünen Bohnen abzuschneiden – das Holz verrottet, wenn man sie im Regen hängenlässt.

Und so kam es, dass er immer noch erst *fast* fertig war, als Aaron ums Haus gelaufen kam, eine Hand in der Gesäßtasche, das T-Shirt über der breiten Brust gespannt. Er lächelte freundlich, und Larx blieb einen Moment das Herz stehen, als er ihn vor sich sah, schön und selbstbewusst vor den langen Schatten der Kiefern in der untergehenden Sonne.

Scheiße.

War es wirklich schon so spät?

„Ach du Scheiße!", rief er, als er die letzte Handvoll toter grüner Bohnen auf den zum Verbrennen gedachten Haufen warf. „Es tut mir leid! Ich habe mich verzettelt! Scheiße, und ich wollte doch schon geduscht sein, wenn du kommst!" Er griff den riesigen Korb mit Kürbis, Kartoffel und Tomaten und stolperte an den Mäuseleichen vorbei auf Aaron zu.

Aaron lachte, nahm ihm den Korb ab und gab ihm ganz selbstverständlich einen Kuss auf die Wange.

Die Zeit blieb stehen. Larx stockte der Atem. Die Welt hörte auf, sich zu drehen, die Schatten streckten sich nicht mehr und einen Augenblick lang war es ganz still.

Noch in diesem Zeitlupen-Augenblick drehte Larx den Kopf und küsste Aaron zurück, dieses Mal auf den Mund, mit ein ganz bisschen Zunge.

Dann zog Larx sich zurück, die Zeit lief weiter und er und Aaron sahen sich ernüchtert an.

„Kein Problem", meinte Aaron dann leise. „Ich kann das Gemüse waschen, wenn du duschen willst."

Christiana hatte recht. Er sah Larx an, als sei er *Wasser*.

Larx nickte wortlos, öffnete die Moskitogittertür und winkte Aaron ins Haus, während er seine mit Erde verkrusteten Flipflops abstreifte und sich den Dreck von den Füßen stampfte.

„Willkommen im Chez Larkin", sagte er, während er Aaron ins Haus folgte. „Auf dem Weg hinters Haus bist du ja an der Garage vorbeigekommen; dort bewahren wir alte Bastelutensilien, Christbaumschmuck und Gartengerätschaften auf."

„Aber nicht das Auto", bemerkte Aaron.

„Nein, nein – dafür haben wir die Einfahrt gebaut, die zur Garage führt. Du weißt schon, Schnee."

„Oh ja, natürlich weiß ich. Die Kinder und ich waren überzeugt, dass wir sterben müssen, als wir das zum ersten Mal gesehen haben."

Larx nickte voller Verständnis. „Es ist weiß, es kommt vom Himmel, es muss ein böser Zauber sein. Und es passiert *jedes Jahr* wieder aufs Neue."

In Sacramento hatte es seit über vierzig Jahren nicht mehr geschneit – wie schön es war, jemandem zu begegnen, dem es ebenfalls schwerfiel, sich daran zu gewöhnen.

„Wenn man vom Hintereingang ins Haus kommt, kommt man als Erstes in diesen nutzlosen Vorraum, der zur Küche führt."

Aaron sah sich um und nickte. „Man würde denken, dass es ein Esszimmer ist, wäre *er* nicht da …" Er zeigte auf den gas-fressenden doppelseitig offenen Kamin, der die Aussicht zum Wohnzimmer versperrte.

„Ja. Ist nicht so super. Aber wenn wir mal Gäste haben, zu Thanksgiving oder so, stellen wir den Gartentisch von der Veranda hier rein. Und die Mädchen machen manchmal Hausaufgaben an dem kleinen Schreibtisch in der Ecke – auch ganz praktisch."

Aaron zog belustigt die Augenbrauen hoch. „Ich nehme an, *du* hast ein richtiges Arbeitszimmer?"

Larx verzog das Gesicht. „Na ja, nicht so richtig. Ich hatte mal eins, aber dann haben wir ein Spielzimmer daraus gemacht, dann ein Katzenzimmer und so was wie einen Computerspielraum, und dabei ist es dann irgendwie geblieben." Er deutete auf den sauberen Küchentisch, den Stapel Papiere und das Laptop, das neben dem eingebauten Geschirrschrank auf dem Boden lag. „Voilà: mein Arbeitszimmer."

„Praktischerweise gleich neben dem Kühlschrank." Aaron stöhnte und klopfte sich die Bauchdecke. „Das ist der Grund, warum ich so ziemlich sofort nach unserem Umzug das Gästezimmer zum Büro umgeräumt habe. Ich wäre die ganze Zeit nur am Essen."

Larx grinste. „Wer sagt, dass das bei mir anders ist?", fragte er spöttisch, und jetzt war es Aaron, der das Gesicht verzog.

„Das ist einfach nur ungerecht. Ich muss ein Eis nur mal anzusehen und schon habe ich 5 Kilo zugenommen."

Larx wurde wieder ernst. „Das ist eben der Job. Als ich vor ein paar Jahren eine Zeit lang freigestellt war, habe ich mir in nur einem Monat knapp 10 Kilo draufgepackt. Damals ist mir klargeworden, dass ich mir buchstäblich den Arsch abarbeite."

Aaron hob fragend die Augenbrauen und Larx nahm ihm den Gemüsekorb ab. Lieber jetzt gleich als bis nach dem Essen warten, dachte er. Wenn Aaron dann plötzlich beschloss, dass er doch lieber nach Hause gehen sollte, würde Larx wissen, woran er war, und sie konnten so tun, als wären zwei Küsse und ein paar Wochen gemeinsames Joggen nie passiert.

„Wieso warst du freigestellt?", fragte Aaron vorsichtig.

Larx seufzte. „Möchtest du warten, bis ich geduscht bin, bevor wir das besprechen?", fragte er ebenso vorsichtig.

Aaron strich ihm die verschwitzten Haare aus der Stirn – eine seltsam zärtliche, intime Geste, die Larx' Herz höherschlagen ließ. Oh … so viel Potenzial.

„Erzähl's mir jetzt", sagte Aaron dann. „Dann kannst du duschen gehen und ich schneide das Gemüse klein."

„Aber ich wollte doch für dich kochen." Larx lächelte schwach, trotz des Kloßes im Magen.

„Hat das irgendwie mit deiner Scheidung zu tun?"

Larx sah entschlossen ins Spülbecken und stellte das Gemüse auf die Ablage.

„Es war so", sagte er, verschloss den Abfluss und ließ Wasser ins Becken laufen. „Im College bin ich ziemlich viel rumgekommen – hab alles gevögelt, was nicht bei drei auf den Bäumen war. Mädchen, Jungs …" Gott. Das klang nicht gerade toll, vor allem, da Aaron im gleichen Alter sein Leben für sein Land riskiert hatte. „Lila war gerade gestorben", fuhr er nüchtern fort. „Und meine Mom ist ihr einen Monat später gefolgt …"

„Du warst ganz allein", sagte Aaron und drehte den Wasserhahn ab. „Kann ich verstehen."

Larx nickte und nahm die Gemüsebürste und eine Kartoffel zur Hand. „Dann begann ich zu unterrichten und so ziemlich gleichzeitig habe ich Alicia einen Braten in die Röhre geschoben. Wir haben geheiratet, weil, na ja, *Kind eben.* Und eine Weile war's auch gut. Erst Olivia, dann Christiana, und dann …" Er seufzte, „Und dann hatte Alicia eine Fehlgeburt. Und wir waren beide eine Zeit lang traurig. Aber für sie … na ja, Hormone können ziemlich Scheiße sein, wenn man eine Frau ist, du weißt schon."

„Kann mich erinnern", brummte Aaron beruhigend. Er nahm Larx die inzwischen fast weiße Kartoffel aus der Hand und reichte ihm eine neue. Larx hatte schon die ganze Schale abgeschrubbt.

„Also gab es ziemlich lange keinen Sex. Fast ein Jahr. Und ich bin nicht fremdgegangen, weil ich einfach nicht so ticke. Ich finde so was …"

„… nicht richtig", ergänzte Aaron.

Larx lächelte ihn kurz und dankbar an. „Ja, genau. Aber ich hatte natürlich viel Zeit, über Sex nachzudenken. Und nach einer Weile wurde mir klar, dass 80% meiner Fantasien von Kerlen handelten. Und dann wurde mir klar, dass ich eigentlich gar nicht wirklich mit Alicia schlafen will. Tja, aber sie war nun mal meine Frau, und es ging ihr nicht gut. Also tat ich natürlich alles, was in meiner Macht stand, um sie wieder glücklich zu machen."

„Larx, das ist die sauberste Kartoffel der Welt. Nimm eine neue."

Larx gab die saubere Kartoffel Aaron, der intuitiv im Unterschrank wühlte und dort tatsächlich den Durchschlag fand, in den er die Kartoffeln legte.

„Na ja, und irgendwann gab es also auch wieder Sex. Gleichzeitig wusste ich aber auch, was bei mir los war: dass ich mich stärker zu Männern hingezogen fühlte – und ich musste meiner Frau etwas vorspielen. Aber wir waren ja verheiratet, wir hatten die Mädchen, und es war unsere Aufgabe, dafür zu sorgen, dass sie glücklich sind, verstehst du?"

Er sah Aaron an und versuchte, in seinen schönen blauen Augen zu lesen, ihm bis in die Seele zu schauen, um sicherzugehen, dass sie bei diesem grundsätzlichsten aller Prinzipien gleicher Meinung waren.

„Der wichtigste Job der Welt", pflichtete Aaron ihm bei.

Larx nickte nervös. „Finde ich auch." Er warf die restlichen Kartoffeln ins Spülbecken und begann, sie mit der Bürste zu bearbeiten. „So war es also. Vor ungefähr acht Jahren kam dann dieser Junge in der Mittagspause in mein Büro. Fix und fertig, verweint, die Arme geritzt … seine Noten im Keller und er nur um Haaresbreite davon entfernt, alles hinzuschmeißen, kannst du dir ja vorstellen."

Aaron nickte, als ob er es konnte.

„Er kam also in mein Büro und sagte, er sei eine Missgeburt, die es nicht verdient habe weiterzuleben, weil er nämlich schwul sei. Und du weißt ja noch, wie damals das Klima in diesem Land war."

„Als die Politiker am liebsten alle Schwulen auf dem Scheiterhaufen verbrannt hätten? Klar kann ich mich erinnern." Er klang grimmig, als hätte auch er eine Geschichte dazu erzählen.

„Ja." Larx schloss die Augen und gab die Kartoffeln fürs Erste auf. Er drehte sich zu Aaron um und lehnte sich mit verschränkten Armen ans Spülbecken. „Also hab ich ihm erzählt, dass ich bisexuell sei. Dass es okay sei. Dass er ein Happy End verdient habe und die ganze gequirlte Highschool-Kacke irgendwann vorbei sei und ich der lebende Beweis dafür, dass man es überleben würde."

„Ganz schön mutig", meinte Aaron leise.

Larx schüttelte den Kopf. „Es war das Idiotischte, was ich machen konnte." Er verzog das Gesicht. „Der Junge lief heim, eröffnete seinen Eltern, er sei schwul, und als sein Dad drohte, ihn rauszuwerfen, sagte er, dass es okay sei, weil Larx *auch* schwul sei und er deswegen auch keine Missgeburt."

„Oh Gott", sagte Aaron tonlos.

„Und dann wurde ich angerufen und musste mit dem Typ von meiner Gewerkschaft und dem Personalchef und meinem Rektor reden (der gleiche Arsch, der nichts dagegen unternimmt, dass die Schüler Hexenjagden gegen Lehrer anzetteln, mit denen sie ein Problem haben). Und sie lasen mir diesen Brief vor, in dem stand, dass ich eine Klage wegen Pädophilie am Hals hätte.

„Oh mein Gott – Larx!"

Larx schüttelte den Kopf und winkte ab. „Darum war ich freigestellt. Das machen sie immer so, wenn sie nicht wissen, was sie mit dir anstellen sollen. Sie mussten ja erst mal nachweisen, dass ich furchtbare Sachen mit dem Kind angestellt und ich ihn schwul gemacht hatte, wie die Eltern behaupteten, und sie konnten natürlich nichts davon beweisen, aber unterrichten lassen konnten sie mich auch nicht, Gott behüte. Kannst du dir ja denken!"

„Und was hast du gemacht?", fragte Aaron. Larx konnte ihm immer noch nicht in die Augen sehen.

„Na ja. Ich bekam dann zwei super Anwälte von der Gewerkschaft, die mir beide versichert haben, dass ich nicht pervers bin. Der eine hat eine Abfindung für mich ausgehandelt, der andere hat erreicht, dass ich kein Berufsverbot bekomme – aber es hat seine Zeit gedauert. In den eineinhalb Jahren, die das Verfahren lief, habe ich die Fortbildungen gemacht, um später Schulleiter werden zu können." Larx zuckte die Achseln. „Hab damals sowieso schon nicht mehr zu Hause gewohnt."

Aaron legte ihm eine Hand auf die Schulter, aber Larx war noch nicht so weit, sich trösten zu lassen. Noch nicht.

„Denn als ich zu Hause Alicia erzählt habe, was passiert war, hat sie mich rausgeschmissen. Das wäre ja noch okay gewesen … na ja, vielleicht nicht so richtig okay, denn …"

„Denn du bist auch bei ihr geblieben, als es ihr schlecht ging", meinte Aaron.

Larx sah ihm zum ersten Mal wieder in die Augen. „Ja, so dachte ich auch." Dann starrte er wieder auf die Fliesen hinunter, die schon ein paar Risse hatten. „Aber scheinbar war ich widerlich und böse und abstoßend, wie die … wie heißt sie noch mal? Diese blöde Kuh, die als Präsidentin kandidieren wollte? Wie hat die es ausgedrückt?"

„Bachmann Palin Overdrive?" schmunzelte Aaron, und Larx war dankbar für den Scherz.

„Genau, die. Alles, was sie gesagt hat. Die Kinder waren bei Alicia und ich sah sie immer an den Wochenenden. Aber es geht noch weiter. Nach einer Weile fiel mir auf, dass sie gar nicht so gut aussahen, wenn sie zu mir kamen. Olivia hatte damals diese schönen langen Haare, und jedes Mal waren riesige Nester drin." Er hatte sie damals abschneiden lassen müssen, und sie hatten beide geweint, weil ihre Haare so lang und dunkel und schön waren. „Sie sind aus ihren Klamotten rausgewachsen und jedes Mal, wenn ich sie abholte, waren sie *ausgehungert*. Ich begann, Fragen zu stellen, und es stellte sich raus, dass Alicia sie … na ja, sie hat sich nicht mehr um die Kinder gekümmert. Hat ihnen klar gesagt, dass sie die Kinder einer Schwuchtel sind und es nicht verdienen, dass man gut zu ihnen ist …"

„Oh Gott!" Aarons Entsetzen war wie Balsam für seine Seele.

Larx schluckte. „Ich glaube … sie ist nie über das Kind hinweggekommen, das wir verloren haben", sagte er, während der tiefsitzende Schmerz wieder in ihm hochkam. „Und als dann alles über uns zusammengebrochen ist, hieß es wahrscheinlich in ihrem Kopf *Oh! Ein Zeichen! Larx ist an Allem schuld und ich muss Buße tun!*

„Das ist ja das Allerletzte", knurrte Aaron. „Das ist … es war doch nicht deine Schuld, nichts davon!"

Larx lächelte ihn an. Seine Unterlippe zitterte. „Na ja. Meine Kinder, Aaron. Sie hat's an meinen Kindern ausgelassen! Also haben meine Gewerkschaftsanwälte mir einen Anwalts-Hai empfohlen, und ich nutzte meine Abfindung, um Alicia vors Familiengericht zu zerren. Weißt du, es war eigentlich so unwahrscheinlich, dass es funktionieren würde. Aber anscheinend mochten mich eine Menge der alten Kollegen und haben für mich ausgesagt. Das war sehr cool von ihnen, denn ich durfte mich ja bei keinem melden. Die hatten mich anderthalb Jahre nicht gesehen und plötzlich mussten sie vor Gericht. Und jeder einzelne von ihnen hat gesagt, dass ich zu den besten Lehrern und Vätern gehöre, die sie je kennengelernt haben. Der Arsch von Schulrektor war inzwischen weg und dann … Anwälte eben. Alicias Anwälte sind gar nicht mehr dazu gekommen, all die Leute, die mich am liebsten standrechtlich erschossen hätten, als Zeugen aufzurufen."

„Und dann sind deine Kinder zu dir gekommen", sagte Aaron nickend, als würde er alles genau verstehen.

Larx nickte auch. „Genau. Dann wurde mir der Job hier angeboten und nun waren meine Mädchen und ich …"

„… eine Familie."

Larx sah ihm in die Augen, mit von seinen Worten zugeschnürtem Hals und einem Stechen in der Brust, weil so viel auf dem Spiel stand. „Ja. Eine Familie."

Aaron lehnte sich neben Larx an den Küchenschrank und legte ihm einen kräftigen, soliden Arm um die Schulter. „Das ist dir schwergefallen", bemerkte er dann. „Es mir zu erzählen."

Larx nickte und schmiegte sich an ihn. „Du hast auch ein Kind zu Hause, Aaron. Meine Mädchen wissen über alles Bescheid. Ich habe ihnen erklärt, warum ihre Mutter so wütend ist, wer ich bin und was ich getan habe. Wir haben keine Geheimnisse voreinander. Ich wusste, dass Olivia mit ihrem Freund rumgemacht hat, als du sie aufgabelt hast. Ich war mit ihr beim Arzt, um ihr die Pille verschreiben zu lassen. Aber ich hab' ja keine Ahnung, wie das bei dir und Kirby läuft, was er von dir weiß. Wenn wir das hier machen wollen, du und ich, dann können wir es geheimhalten, solange du willst. Aber dir muss einfach klar sein, dass das manchmal schneller vorbei ist, als man denkt."

Aaron küsste ihn auf die Schläfe. „Also dachtest du, du packst das Ganze am besten gleich auf den Tisch?"

„Ich dachte, es sei nur fair."

Aarons Umarmung wurde fester, und er atmete in Larx' Schopf einmal tief aus. „Geh du mal ins Bad, Herr Direktor. Ich denke mir etwas aus für dieses Gemüse und dann essen wir zu Abend. Und wenn deine Tochter verspricht, nicht aus dem Fenster zu gucken, küssen wir uns zum Abschied noch mal richtig, bevor ich gehe. Und morgen früh gehen wir wieder zusammen joggen. Denn ich bin verdammt gerne mit dir zusammen. Wie klingt das?"

Larx drehte sich um und hatte vor, einen Schritt zurückzutreten und noch etwas zu sagen, aber Aaron küsste ihn wieder, erst ganz sanft, dann leidenschaftlicher, mit fordernder Zunge, die Hände auf seinen Hüften, und dann presste er Larx gegen den Küchenschrank. Larx stöhnte auf und sieben Jahre unterdrückter Triebe explodierten, während er mit beiden Händen nach Aarons überraschend knackigem Hintern griff und sich in den Kuss sinken ließ wie ein Verdurstender, der sich in einen sauberen Gebirgssee fallen lässt.

Als könnte ihm das Ertrinken das Leben retten.

Er verspürte Lust. Er verspürte so unbändige Lust, dass er den Tränen nahe war, und als Aaron sich zurückzog, wimmerte er vor Verlangen.

„Schhh …" Aaron streifte seine Wange mit den Lippen. „Es wird passieren, Larx. Aber mein Junge kommt gleich zum Essen, und deine Tochter …"

Larx zuckte zurück, sah nach draußen und stellte fest, dass die langen Schatten schon fast im orangefarbenen Abendhimmel verschwunden waren. „Sie wird gleich da sein", murmelte er. „Oh Gott. Entschuldige. Du hast recht. Ich springe unter die Dusche und dann können wir Essen machen und …"

„Larx!" Aaron lachte, nahm sein Gesicht in beide Hände und gab ihm einen kurzen, entschlossenen Kuss. „Zerbrich dir nicht den Kopf. Alles ist gut. Du und ich, es ist alles in Ordnung. Wir können ein bisschen spät dran sein mit dem Essen. Deine Tochter kann mir in der Küche alles zeigen. Wir schaffen das schon, okay?"

Larx nickte und atmete aus. „Ja", sagte er, und hatte immer noch einen Stich in der Brust von seiner Beichte. „Ich geh dann …"

„Geh, und reg dich wieder ab. Ich bin morgen früh wieder hier. Alles wird gut."

Larx schaffte ein zittriges Lächeln und verschwand nach oben, wo er versuchte, unter dem heißen Wasserstrahl wieder zu sich zu kommen.

Es half tatsächlich gegen den Dreck und die schmierigen Haare, und er beruhigte sich auch wieder, aber erst während er sich abtrocknete und in Jeans und ein bequemes T-Shirt schlüpfte, wurde es ihm wirklich klar:

Aaron hatte ihn geküsst. Er hatte ihn getröstet. Er hatte versprochen, nicht das Weite zu suchen.

Normalität hatte plötzlich eine ganz neue Bedeutung bekommen – nicht schlechter, nur anders, ungefähr so, wie Christiana und Olivia die Welt sahen – und Larx musste das erst mal verstehen lernen.

Er kam mit neuer Hoffnung und einem waschechten Lächeln wieder in die Küche hinunter.

Christi war inzwischen zurück. Sie und Aaron waren dabei, Kartoffeln zu schnippeln und Gemüse anzubraten, während sie nebenbei beratschlagten, wie das alles am besten zusammenpassen würde. Als er an der Tür vorbeikam, klopfte es, und er ließ Kirby herein und führte ihn durchs Wohnzimmer, um dem Chaos in der relativ kleinen Küche auszuweichen.

„Die sind gut beschäftigt", erklärte er. „Wir sollten den Tisch decken."

Kirby lachte und Larx fiel auf, dass Aarons Kinder im Gegensatz zu seinen eigenen, die aussahen wie er selbst, eine gute Mischung waren. Er sah in ihnen ihren großen, blonden Vater und vermutete, dass seine Frau eine feine, zartgliedrige Schönheit gewesen sein musste. Kirby sah aus wie ein Engel und auch seine beiden Schwestern waren atemberaubend.

Larx war froh für Aaron. Er hatte seine Frau sehr geliebt und bestimmt war es tröstlich, sie in seinen Kindern weiterleben zu sehen.

„Ähm. Muss ich jetzt eigentlich allen erzählen, dass ich beim Rektor zum Essen war?", fragte Kirby, der unsicher neben dem Tisch stand und darauf wartete, dass Larx ihm etwas zu tun gab.

Larx kramte in den Schubladen des Geschirrschranks herum und zog einen Stapel Tischsets hervor, die er Kirby in die Hand drückte, bevor er sich an die Besteckschublade machte.

„Wenn du glaubst, dass es gut für deinen Ruf ist: klar. Du weißt schon, weil Rektor Larx mindestens so cool und gefährlich ist wie eine Rockergang oder so …?"

Kirby entspannte sich etwas und nahm eine Handvoll Messer und Gabeln entgegen. „Ah, ja klar. Genauso sprechen wir natürlich von Ihnen."

Larx grinste. „Wusste ich's doch! Hast du gehört, Aaron? Ich bin Hardcore!"

Aaron sah ihn spöttisch an und schnitt dann eine weitere Kartoffel in dünne Scheibchen. „Na klar, Larx. Genau das bist du. Ein Hardcore-Pädagoge, vor dem alle zittern. Dein Filmangebot wartet schon."

„Ihr habt's erfasst." Larx mochte es, wenn Leute ihm Kontra gaben! Als Olivia zum ersten Mal schnippisch gesagt hatte: „Keine Ahnung, Dad, wo ich eigentlich meinen Sarkasmus herhabe … Hast *du* vielleicht etwas damit zu tun?" war sie zehn gewesen, und es hatte ihn wirklich glücklich gemacht, denn es bedeutete, dass er mit ihr auch noch reden können würde, wenn sie mal erwachsen war.

55

So ging es weiter. Der Hardcore-Pädagoge erledigt Papierkram … Wahnsinn, was er mit Computer und Stift als Geheimwaffe vollbringt! Der Hardcore-Pädagoge hilft den Schülervertretern. Ob er es schafft, schnell genug Papierblumen zu falten? Der Hardcore-Pädagoge unterrichtet Neuntklässler! Kann seine Gereiztheit die Dummheit besiegen oder hat er dieses Mal seinen Meister gefunden?

Alle lachten noch, als Christiana verkündete: „Tadah! Der Hauptgang ist fertig. Wir können essen, wenn ihr mit dem Tisch decken fertig geworden seid!"

„Was ist denn der Hauptgang?", fragte Kirby misstrauisch. „Das sieht völlig anders aus als alles, was ich kenne."

„Wir nennen so was *warmes Essen*", antwortete sie schnippisch, „und es gibt verschiedene Darreichungsformen. Dad, haben wir noch Panera-Dressing? Das asiatische Zeug? Mr. George hat nämlich auch Salat gemacht und das ist mein Lieblingsdressing."

Larx durchforstete den altehrwürdigen Kühlschrank nach den entsprechenden Flaschen. Er selbst mochte das asiatische Zeug, aber die meisten Leute bevorzugten Ranch-Dressing. Als er zum Tisch zurückkehrte, stellte er fest, dass Christiana und Kirby sich nebeneinander gesetzt hatten, sodass Aaron und er ihnen gegenüber auch nebeneinandersitzen mussten.

Er warf Christi einen Seitenblick zu und sie strahlte ihn unschuldig an, während zwischen Kirby und seinem Vater parallel eine ähnliche telepathische Unterhaltung ablief.

„So, das reicht!", sagte Larx laut und erschreckte damit alle am Tisch. „Ab jetzt finden alle Gespräche am Tisch ausschließlich mit Worten statt. Nonverbale Kommunikation ist nur noch gestattet, wenn wir von Aliens gekidnappt werden und einen Fluchtplan schmieden müssen, ist das klar?"

„Und wie soll ich dann über die Hausaufgaben meckern?" beschwerte sich Kirby.

„Am besten laut!", antwortete Larx ernsthaft. „Nur so kann ich mich in dem Gefühl sonnen, als guter AP-Lehrer meinen Job gewissenhaft gemacht zu haben."

Das Abendessen, eine köstliche Mixtur aus gebratenem Kürbis, Kartoffeln, Tomaten, Hack und Knoblauch, verging in ausgelassener Stimmung, die sich bis zum Nachtisch hielt.

Dass Aaron die ganze Zeit sein Bein an das von Larx drückte und ihn seine Körperwärme durch zwei Lagen Jeansstoff erreichte, ging keinen außer Larx etwas an.

KIRBY VERABSCHIEDETE sich kurz nach dem Abräumen wieder, und auch Christi zog sich nach oben zurück, um zu *duschen und zu chillen*, was ihr Code für übers Wochenende liegen gebliebene Hausaufgaben war. Larx und Aaron blieben noch mit ihrem Kaffee sitzen und sprachen über … na ja, alles Mögliche.

„Dein Sohn sieht dir so ähnlich", sagte Larx sanft, „aber er sieht auch aus wie deine Frau."

Aaron trank einen Schluck Kaffee und sah ihn aus seinen blauen Augen an. „Meine Frau war eine Schönheit", sagte er achselzuckend. „Also, in meinen Augen. Ich wollte, du hättest das, was Caro und ich hatten, auch gehabt."

„Gute Zeiten?" Larx musste das wissen.

„Gute Zeiten. Ich habe immer gewusst, dass ich auch Männer attraktiv finde, aber es wäre kein großes Opfer gewesen, mein ganzes Leben lang bei ihr zu bleiben."

Larx nickte. „Das ist gut", antwortete er schließlich. Was hatte er denn zu hören gehofft? Schmutzige Wäsche? Leichen im Schrank? Aber Aaron tickte nicht wie Larx, er quatschte nicht einfach drauflos, ohne nachzudenken. Larx würde mehr Geduld haben müssen, wenn er wissen wollte, was in Aaron Georges Herz vorging.

„Wie meinst du das?" Ein interessierter Blick aus blauen Augen über die Kaffeetasse.

„Du hast erlebt, was Liebe ist", sagte Larx einfach. „Du weißt, wie das ist. Ehrlich gesagt bin ich bisschen neidisch. Du und deine Frau – es tut mir so leid, dass sie tot ist. Wirklich. Auch wenn es bedeutet, dass du sonst nicht hier mit mir in der Küche sitzen würdest. Aber du warst schon mal richtig glücklich mit jemandem." Er hatte Mühe, das Offensichtliche laut auszusprechen.

Larx hatte das noch nie gehabt und wünschte es sich so sehr.

Aaron nickte nur und ergriff dann plötzlich einfach Larx' Hand. „Du machst mir Mut", sagte er. „Für einen Schuldirektor hast du ganz schön viel von einem Cheerleader", ergänzte er und biss sich schüchtern auf die Lippe.

Larx grinste. „Let's go, Deputy, let's go!"

Sie lachten leise zusammen, und das Gespräch wandte sich alten Freunden zu, die sie vor langer, langer Zeit in Sacramento gehabt hatten.

Gegen neun Uhr brachte Larx Aaron noch zum Auto, denn sie wollten ja am nächsten Morgen beide früh raus, um miteinander joggen.

„Vielen Dank für Ihre Teilnahme an unserem kleinen Erntefest, Deputy", sagte Larx formvollendet. „Vergiss aber nicht, dass ich dir noch ein Essen schulde. Für die Hotdogs."

Aaron öffnete die Autotür, dann zog er Larx am Gürtel an sich, bis sie eng aneinandergepresst waren, aber noch genug Platz hatten, um zu reden. „Ein richtiges Date", sagte er leise. „Irgendwo außerhalb der Stadtgrenze."

Larx nickte wie hypnotisiert. Er hätte auch zu einem Stundenhotel unter falschem Namen oder einem gestohlenen Auto *ja* gesagt.

„Aber nicht, weil ich mich schäme", stellte Aaron klar und riss ihn damit aus den fast real gewordenen James-Bond-Fantasien. „Oder weil ich es für immer geheimhalten will."

Larx' einzige Antwort war sein scharf eingezogener Atem. Oh. Das war sogar noch besser als James Bond.

Aaron nickte und befeuchtete nachdenklich seine Unterlippe. „Es ist noch ganz frisch", sagte er leise. „Aber keine Sorge, Larx. Wenn ich sicher bin, dass ich mit dir alt werden will, sag ich's meinem Chef. Den Kindern. Dann machen wir Pläne."

„Okay", flüsterte er. Er wollte lieber gar nicht an den Schulausschuss denken, aber Aaron las seine Gedanken.

„Ich weiß genau, dass es für dich ein Risiko ist", sagte er leise. „Und wenn du das Risiko eingehst, sollst du es für etwas tun, was die ganze Welt wissen kann, damit du sagen kannst: *Das! Das* sind wir! Und dann tun wir es auch beide."

Denn das erste Mal war Larx ganz alleine damit gewesen und es hatte ihn einsam gemacht. Er war ausgestoßen worden, manche hatten sich angewidert abgewandt, und er hatte es trotzdem getan.

„Danke", sagte er, so gerührt, dass er noch nicht mal lächeln konnte.

„Moment mal", flüsterte Aaron. „Warte wenigstens, bis ich dich geküsst habe. Immer höflich bleiben."

Aaron küsste sanft und bestimmt zugleich, und Larx öffnete seine Lippen wie von selbst, bereitwillig und offen. Diesen Mann in den Armen zu halten fühlte sich so solide an, und der Kuss war wie ein Gespräch, in dem Verlangen mitschwang. Larx erwiderte den Kuss, teilte Aaron dabei seine Lust, seine Begierde und seine Verletzlichkeit mit. Aaron legte die Hand in seinen Nacken, hielt Larx still und fiel über dessen Mund her, besitzergreifend und liebevoll, mit der Zärtlichkeit, Zuneigung und fieberhaften Hingabe eines orgiastischen Ficks.

Larx stöhnte und presste sich an den festen, muskulösen Körper. Aaron ließ sich ans Auto zurücksinken, schloss Larx in die Arme und gab den in Larx tobenden Stürmen einen sicheren Hafen. Larx rieb sich an ihm, sein Schwanz wurde steif, sein ganzer Körper prickelte und die Erinnerung an Sex vibrierte so laut in seiner Brust, dass er es nicht abstellen konnte. Aaron schob ihm die Hand in die Hose und knetete seine Pobacken, hielt ihn fest und Larx presste sich noch näher an ihn. Ein leises Stöhnen entfuhr ihm, als ihm klar wurde, dass sie nur noch durch zwei Lagen Jeansstoff getrennt waren.

„Ungeduldig", flüsterte Aaron in sein Ohr.

„Oh!", stöhnte Larx und vergrub das Gesicht an Aarons Schulter. Dabei beugte er sich leicht nach unten, und plötzlich war sein Becken nicht mehr an Aaron gepresst, und oh, heilige Mutter aller Berührungen, Aaron schob die Hand nach vorne zur Knopfleiste seiner Shorts und … oh … „Gott", seufzte er, als Aaron seine kräftige Hand um seine Erektion legte. „Oh … bitte …"

„Ist wohl schon eine Weile her?", schmunzelte Aaron und streichelte ihn weiter. „Dann wird es höchste Zeit, oder?"

„Jaaaaa …" Larx konnte nicht mehr denken, konnte sich noch nicht mal bei Aaron revanchieren. Seine Knie waren wie Gummi und er klammerte sich mit beiden Händen an Aarons Hüften fest, schob sich in seinen festen Griff, während sein Körper sich plötzlich wieder daran erinnerte, was Sex eigentlich *war*. Es war Jahre her. Seit Alicia hatte Larx keinen mehr gehabt, schon gar nicht mit jemandem, den er … „Oh …" Jetzt ließ Aaron seinen Daumen über die Eichel gleiten. „Oh, wow." Aaron streichelte weiter, befeuchtet durch die Flüssigkeit, die tröpfchenweise aus Larx' Schwanz austrat. Larx war den Tränen nahe. „Wie gut du das machst", flüsterte er.

„Ist mein erstes Mal mit einem Kerl", gestand Aaron und drückte seinen Schaft.

„Was … oh Gott!" Larx biss in Aarons Schulter, völlig durch den Wind und kurz vor dem Höhepunkt.

„Ich sagte, dass ich bi bin, nicht, dass ich je mit 'nem Mann zusammen war", flüsterte Aaron, und streichelte ihn fester, schneller, bis Larx stöhnte und begann, seine Faust zu vögeln, ohne Hemmungen, wie seit dem College nicht mehr, in seinem eigenen Vorgarten!

Als der Orgasmus hinter seinen geschlossenen Lidern explodierte, konnte er nicht mehr atmen, nicht mehr denken, und wenn Aaron seinen Mund nicht mit seinen Lippen verschlossen und seinen Aufschrei geschluckt hätte, wäre er laut genug gewesen, um die Katzen zu wecken.

Larx schluchzte halb in den Kuss, zitterte von Kopf bis Fuß, und seine Augen brannten von der Intensität der Entladung, überwältigt von den Gefühlen und dem Schock, nicht mehr alleine zu sein.

Schließlich beruhigte sich seine Atmung wieder und er ließ sich wie benommen gegen Aarons Brust fallen.

„Ich … äh …" Er lehnte sich etwas zurück und musterte durch zusammengekniffene Augen Aarons selbstzufriedenes Lächeln im Halbdunkel. „Mir hat gerade eine Homo-Jungfrau in meinem eigenen Vorgarten einen runtergeholt", fasste er mit ehrlich überraschtem Gesichtsausdruck zusammen.

Aarons Zähne blitzten im Licht des aufgehenden Mondes. „Warte mal ab, wie das erst wird, wenn wir irgendwo ein Bett finden." Er lachte leise. Larx war noch ganz entrückt, als Aaron sich wieder aufrichtete, seine Hand innen an der Unterwäsche von Larx abwischte und sie dann aus dessen Hose zog. Er gab Larx einen schnellen, harten Kuss auf den Mund, dann stieg er in seinen Wagen. „Bis morgen in aller Frische", sagte er und schloss die Autotür, während Larx ihm wie benommen nachstarrte. Als er weg war, ging Larx noch mal duschen, bevor er ins Bett ging.

ZUNDER

LARX SCHICKTE ihm eine SMS, als er loslief, und Aaron wartete schon im Dunklen auf ihn, als er um die Ecke bog.

Aaron hätte die Schritte von Larx' Laufschuhen auf der roten Erde des Waldweges im Schlaf erkannt. Anfang Oktober war es morgens kühl, und Larx war zum Laufen mit Basecap und Hoodie eingemummelt. Aber die knochigen Knie würde Aaron überall erkennen.

Als er näherkam, konnte Aaron seine Körperwärme fühlen und seinen frischen Schweiß riechen.

Er *erkannte* Larx mit jeder Faser seines Wesens, mit allen Venen und jedem einzelnen Blutkörperchen, als Freund, als Verbündeten, als möglichen Partner. Das letzte Mal hatte er dieses Summen in der Brust und im Unterleib verspürt, als Caro ihm nach einem langen, faulen Tag im Bett in die Augen gesehen hatte und gefragt hatte: „Wir sollten heiraten, meinst du nicht auch?"

Natürlich war er einverstanden gewesen. Sie war – nun ja im Grunde war sie Larx ziemlich ähnlich gewesen. Freundlich, impulsiv, schlagfertig, immer beschäftigt.

Eine Schönheit.

Als er Larx mit gleichmäßigem, geschmeidigem Laufschritt näherkommen sah, empfand Aaron die gleiche Verbundenheit. Das gleiche Glücksgefühl.

Ich hatte seinen Schwanz in der Hand.

Und Aaron war selbst hart und schmerzhaft geil gewesen. Gott, wie lange war sein letzter One-Night-Stand jetzt her? Zwei Jahre? Die Kinder hatten einen Ausflug in den Vergnügungspark Six Flags in Vallejo gemacht und er hatte ihnen ein Zimmer gebucht, damit sie nicht im Dunklen zurückfahren mussten.

Komisch. Er konnte sich genau erinnern, wo die Kinder gewesen waren, aber er hatte kaum eine Erinnerung an die Frau, mit der er in dieser Nacht zusammengewesen war. Aber sie hatte auch nicht versucht, ihn danach wiederzusehen, obwohl er ziemlich sicher war, dass sie die Hütte für zwei Monate gemietet hatte.

Aber wenn er zurückdachte, wusste er noch ganz genau, bei welchen Anlässen – egal, ob Veranstaltung, Elternabend, Footballspiel oder Schulevent – er sich mit dem Lehrer der Kinder, Mr. Larkin, unterhalten hatte.

Jedes einzelne Mal.

Aaron kannte Larx. Sein Körper erinnerte sich an Larx, genau wie er sich an die Orientierungshilfen auf dem Weg nach Hause erinnerte.

„Willst du heute nur rumstehen?", fragte Larx spöttisch, kaum außer Atem.

Aaron beendete seine letzte Dehnübung und gesellte sich zu ihm, und nebeneinander liefen sie den Waldweg entlang, an den letzten Häusern vorbei und in den Wald hinein. Das hier war das Stück, bei dem man immer warm eingepackt sein musste, denn der Wald blieb bis gegen Mittag schattig und gegen vier Uhr nachmittags verschwand die Sonne hier auch schon wieder. In der morgendlichen Kälte schwebte ihr Atem als weiße Wolken vor den vielschichtigen Schatten.

„Und", fragte Larx beiläufig, „gut geschlafen?"

„Wie ein Baby", log Aaron. Er war unglücklich und mit schmerzhaftem Verlangen eingeschlafen.

„Hm. Ich auch."

Ein paar gedämpfte Schritte später sagte Larx: „Also keine Männer."

„Mir war immer klar, dass ich sie attraktiv finde", antwortete Aaron ruhig. Die gesamte Grundschulzeit über war er seinem besten Freund nachgelaufen, am Boden zerstört, als der Junge sich in der 9. Klasse verliebt hatte. In seinen Träumen hatte der Quarterback der Highschool ihm einen geblasen. Später hatte er sich dann heimlich nach einem Jungen in der Grundausbildung verzehrt. Aaron verstand, was es bedeutet, schwul oder bisexuell zu sein, und er wusste genug, um zu erkennen, dass er nicht nur neugierig war, sondern dass es ihn scharf machte.

„Warum also auf einmal ich?"

„Weil ich dich so sehr wollte, dass ich es dir sagen musste."

Larx blieb wie angewurzelt stehen, stemmte außer Atem die Hände in Hüften und sagte streng: „Alter. Ich habe dir gestern mein Herz ausgeschüttet, verdammt noch mal. Also, mach gefälligst den Mund auf."

Aaron seufzte. „Ich wusste es immer schon", sagte er dann, ebenfalls schwer atmend. „Aber ... Larx. Wir waren 1988 mit der Schule fertig."

„1990", murmelte Larx.

„Auch gut. AIDS. Du kannst dich dunkel erinnern?"

„Ja, klar, aber ..."

„Und ich mochte ja auch Mädchen. Es war keine große Überwindung." Aaron kickte einen Stein, der auf dem Weg lag, in die Dunkelheit weg. „Aber ... dich nicht anzusprechen? Dich nicht kennenzulernen? Das wäre eine Strafe gewesen. Okay?"

Larx nickte und setzte sich wieder in Bewegung. Es dauerte ein paar Schritte, bis er seinen Rhythmus gefunden hatte. Aaron hielt mit ihm Schritt und fragte sich, wie lange er noch sauer sein würde.

„Ich war noch nie mit einer Jungfrau zusammen", sagte Larx und schaffte es, dabei spöttisch zu lachen, obwohl er außer Atem war.

Aaron gab ihm einen Klaps gegen den Arm. „Klappe."

„Nein, ernsthaft. Ich werde ganz behutsam sein."

„Hör auf damit."

„Ich meine, wie ist das dann, wenn ich dir einen blase oder so, kriegst du dann unter Umständen eine Sinnkrise? Musst du dir vorstellen, dass ich Brüste habe, damit dein Männlichkeitsgefühl intakt bleibt?"

„So hübsch bist du nun auch wieder nicht", brummte Aaron, erleichtert, dass die Stimmung wieder locker war.

„Bin ich anscheinend doch. Immerhin hab´ ich dich ja aus dem Dornröschenschlaf erweckt." Larx hüpfte ein paar Schritte voraus, warf sich dann in Positur wie Vanna White: „Ta-dah!"

Aaron knurrte und beschleunigte seine Schritte, entschlossen, ihn einzuholen und ihm eine Abreibung zu verpassen oder ihn zu küssen, oder eine Mischung aus beidem, aber Larx drehte sich um und sprintete los, sodass Aaron kaum hinterherkam.

Verdammt noch mal, Larx würde *gewinnen*. Er würde Aaron *abhängen* und ihn auf dem einsamen Weg alleine hinterhecheln lassen. Und dann, gerade als Aaron ihm hinterherrufen wollte, was für ein Feigling er war, weil er einfach wegrannte, drehte sich Larx wieder um, im Halbdunkel kaum zu sehen.

„Fang mich doch", sagte er und verschwand einfach im Gebüsch.

Aaron folgte ihm, überrascht, denn was wie eine zufällige Wegbiegung aussah, war ein kleiner Pfad, der wahrscheinlich von Parkwächtern und Förstern benutzt wurde. Knapp 20 Meter in den Wald hinein stand ein kleiner Schuppen, voraussichtlich voller Messgeräte und Notfallutensilien. Aaron kam gerade noch rechtzeitig an, um Larx um die Ecke verschwinden zu sehen.

Aaron verlangsamte seine Schritte und spähte ins Dunkel. „Larx? Wo bist du denn ..."

Da packte ihn Larx am Kragen, zerrte ihn an die Hauswand und presste ihm mit überwältigender Leidenschaft seinen Mund auf die Lippen.

„Wieso kanntest du ...?"

„... den Schuppen hier?" Larx biss ihm leicht in die Unterlippe. „Hab' ihn letzte Woche gefunden und ausgekundschaftet."

Aaron hatte keine Fragen mehr. Er ließ Larx von seinem Mund Besitz ergreifen, ließ sich überraschen, ließ sich dominieren.

Endlich war mal jemand anderer verantwortlich.

Aaron hatte gar nicht gewusst, dass er das brauchte, bis es passierte. Larx kontrollierte den Kuss, seine Lust und traf für sie beide die Entscheidung, dem Leben ein bisschen Zeit zu stehlen. Larx ließ seine Hände entschlossen unter Aarons Shirt wandern, ignorierte den Schweiß und knetete stattdessen seine Brustmuskeln. Wow. Oh, wow. Wenn Aaron sich selbst befriedigte, beschränkte er sich meist auf tiefergelegene Regionen. Die Aufmerksamkeit, die Larx seinem ganzen Körper schenkte, ließ ihn schwach werden, bis er sich an die Hauswand lehnen musste, ganz benebelt von dem Kuss. Er ließ Larx einfach machen, was er wollte.

Was Larx wollte, war, seine Shirts hochzuschieben und an seinen Nippeln zu saugen.

Aaron musste seine ganze Willenskraft aufbieten, um aufrecht stehenzubleiben. Er zog Larx die Baseballmütze vom Kopf, um seine Finger in seinen Haaren zu vergraben. Oh ... oh, Mann. Ja. Das. Genau. So.

„Larx!", flüsterte er.

Larx nahm die andere Brustwarze in den Mund, lutschte, spielte mit der Zunge und den Zähnen daran und Aaron bäumte sich unwillkürlich auf, ziemlich sicher, dass er kurz davor war zu kommen, auch wenn das bedeutete, dass er mit durchnässter Unterhose nach Hause zurück joggen musste.

„Oh Gott. Larx, ich bin gleich ... oh!„

Larx ging in die Hocke und zog Aaron dabei die Sporthose herunter.

Aaron starrte ihn einen Augenblick an, erschrocken über seine offen gelegte Nacktheit. Larx lehnte sich nach vorne und leckte sanft an seiner Eichel, dann sah er mit ernster Miene zu Aaron auf. „Wir können auch auf ein Bett warten, Jungfrau", sagte er dann leise. Aaron spürte seinen Atem an seiner nackten Haut.

„Dann müsste ich dich wohl umbringen", antwortete er schwer atmend und ließ sich wieder gegen die Hauswand sinken. Das war doch lächerlich. Sie waren beide erwachsen – und er war *Polizeibeamter*. Larx war ... oh Gott. Es spielte keine Rolle, was Larx war. Er hatte den Mund geöffnet und seine Lippen umschlossen Aarons Schwanzspitze und ...

Larx war der Strudel, das Feuer, die Leidenschaft, die Aaron in seinem Leben gefehlt hatten.

„Aaaahhh ..."

Larx hatte sich zurückgezogen und spielte mit seiner Zunge, seinem Atem und ganz vorsichtig mit den Zähnen ein gefährliches Spiel. Er entfachte ein schwelendes Feuer in Aaron und zögerte die Stichflamme immer wieder hinaus, bis Aaron den Tränen nahe war.

„Larx", bat er. „Bitte ... mach schnell. Dieses eine Mal nur, dann lassen wir uns ganz viel Zeit, versprochen ... ah!"

Deep Throat. Larx schob sich Aarons Schwanz bis zur Kehle in den Mund und umschloss ihn fest mit den Lippen, während er ihn ganz langsam lutschend wieder hinausgleiten ließ.

Es war so lange her. So lange hatte Aaron nicht mehr die Berührung einer anderen Person auf seiner Haut gespürt. So lange hatte er keine andere Person begehrt, sich danach gesehnt, von jemandem berührt zu werden.

So lange war es her, dass er Mr. Larx, den Naturwissenschaftslehrer seiner Kinder, kennengelernt und gedacht hatte: *Verdammt*.

Larx begann, mit seinen Eiern zu spielen, und Aaron kapitulierte.

„Fuck!"

Das war die einzige Warnung, die Larx bekam, aber er zögerte keine Sekunde, schluckte, hart, schnell und immer wieder, bis Aaron sich in seinen Mund ergossen hatte und zitternd und wie in Trance beobachtete, wie die Sonne langsam zwischen den Baumstämmen aufging.

63

Er zog Larx schwach an den Haaren, dankbar, dass er ihm beim Aufstehen Hose und Unterhose wieder hochzog. Larx sah ihm unsicher in die Augen und Aaron lächelte, zog ihn am Kinn zu sich und küsste ihn auf den Mund.

Er kannte den Geschmack seines eigenen Spermas. Mit Caro hatte er das auch immer gerne gemacht. Aber Larx und er waren noch so neu, und es gab Aaron ein überraschendes Gefühl der Zufriedenheit, sich im Mund des Anderen zu schmecken.

Seins. Sein Saft. Sein Mann. So einfach war das.

Larx löste sich von ihm. „Gut?"

„Ssshhh." Aaron drehte ihn um, und legte die Arme um ihn, zog Larx an sich. „Sshh. Keine Fragen. Guck mal. Die Sonne geht auf. Lass uns zusehen."

Über dem Wald lag die Stille des neuen Tages und Aaron hielt Larx so fest, wie er es wagte.

DANACH MUSSTE es ziemlich schnell gehen, denn es blieb kaum noch Zeit, bis sie zu Hause sein und dann wieder los zur Arbeit mussten.

Kirby war schon weg, als Aaron wieder zu Hause ankam, wo er einen Zettel mit dem Zitat *Must go faster* neben einem erkaltenden Vollkornmuffin vorfand.

Dieser Frechdachs. Aaron aß den Muffin, als er nach dem Duschen aus dem Haus rannte, immer noch nicht ganz bei sich nach dem Erlebnis am frühen Morgen.

Von Kirbys Nachricht inspiriert scrollte er sich durch alle Jurassic-Park-Memes. Er fand eines mit T-Rexes und Montagen, das er an Tiffany schickte in der Hoffnung, sie damit zum Lachen zu bringen.

So was von passé.

Immerhin war es kein: *Du bist ein Idiot, Dad*, also verbuchte er es als Gewinn.

Da er schon mal am Telefon war, beschloss er, heute ganz sentimental zu sein. Er sandte Larx eine SMS mit Smiley. *Gute Laufrunde heute Morgen.* Albern und außerdem maßlos untertrieben, aber immerhin würde Larx deswegen nicht entlassen oder geoutet werden.

Fand ich auch, schrieb Larx zurück. Aaron studierte mit zusammengekniffenen Augen die Zeile aus Symbolen, die danach kam.

„Hm. Acht Istgleich, Istgleich, D, Wellenlinie, größer als, Null?"

Das ergab keinen Sinn. Er hielt das Handy etwas weiter entfernt und kniff wieder die Augen zusammen.

8==D~~>0

Und erkannte plötzlich etwas ziemlich Obszönes.

Ach du Scheiße. Ich wusste gar nicht, dass man einen Blowjob mit ASCII illustrieren kann.

Kreative Geister kennen keine Grenzen. Wollen wir das wieder machen?

Sogar noch lieber als atmen. Wann?

64

Keine Ahnung. Hoffentlich nicht erst nach Thanksgiving.

NEIIIIIIIN

Ich dachte, wir seien erwachsen und könnten auf den richtigen Zeitpunkt und die richtige Gelegenheit warten.

Ich bin alt. Alt und gebrechlich. Ich könnte sterben, noch bevor ich dich nackt gesehen habe. Das wäre eine Tragödie.

Das stimmt. Aber ich habe noch keine Lösung. Gib mir etwas Zeit. Früher war ich sehr versiert darin, Gelegenheiten für Sex zu finden.

Diese Fähigkeit mag ich. Die solltest du unbedingt wieder vertiefen.

Ich werde nicht rasten und ruhen – ups, die Glocke.

Aaron starrte noch immer auf sein Display, als der Sheriff aus seinem Büro trat und ihn ansprach.

„George, hätten Sie was dagegen, wieder Football-Dienst zu machen?"

„Zu Homecoming? Nein, überhaupt nicht." Larx würde auf jeden Fall da sein, ihre Kinder sowieso. So würde er sie alle im Blick haben. „Erwarten Sie irgendwas Großes?"

Mills strich sich mit einer Grimasse über die kurz geschorenen grauen Locken. „Nicht unbedingt. Es ist nur so, dass Mr. Olson mal wieder verreist ist und Julias Mutter … na ja, sie nimmt es nicht besonders genau mit dem Grenzen setzen, könnte man sagen. Wenn sie am Wochenende wieder nach Tahoe fährt so wie neulich, könnte es sein, dass in ihrem feinen Haus eine ziemlich wilde Party steigt."

Aaron hörte auf, sein Telefon verliebt anzustarren, und horchte auf. „Diese Partys werden immer größer", bemerkte er dann grimmig. Die Gerüchte hatten Kirby sogar veranlasst, die sozialen Medien zu durchforsten, nur um sicherzugehen, dass nichts Schlimmes passiert war. Es gab immer wieder junge Leute, denen etwas zustieß, während sie ausgeknockt waren. Aaron konnte nicht einfach davon ausgehen, dass bei den Olsons so etwas nicht passierte, nur weil bisher niemand Anzeige erstattet hatte.

„Ich frage Kirby, ob er etwas gehört hat."

„Und Larkin", bat Mills mit ernster Miene.

„Mach ich. Wenn einer es weiß, dann er."

Aaron steckte das Handy ein und wollte sich seinen morgendlichen Pflichten zuwenden. Aber anstatt dasselbe zu tun, blieb der Sheriff neben ihm stehen und sah ihn nachdenklich an.

„Brauchen Sie noch etwas?"

„Nicht wirklich. Ich wollte nur sagen, dass ich gehört habe, dass Ihr Freund sich am Freitag super verhalten hat. Sie haben ihm zur Seite gestanden, aber das Reden hat hauptsächlich er übernommen."

Aaron versuchte sich zu erinnern, ob er irgendwie unpassend reagiert hatte. „Es ist nun mal seine Schule, Sir."

Eamon lächelte. „Auf jeden Fall. Ich bin nur, ja, erleichtert, das ist alles. Highschools werden immer komplizierter. Nobili war ja kein schlechter Mann, aber es war höchste Zeit, dass er abgetreten ist. Ich denke mal, Sie und Larkin geben ein gutes Team ab."

Aaron kämpfte gegen die Röte, die sich an seinem Kragen vorbei nach oben ausbreitete. „Tja. Mit manchen Leuten … versteht man sich einfach."

Eamon Mills sah ihn scharf an und hob die Augenbrauen, „Aha", sagte er ohne besondere Betonung.

Die Röte gewann. „Aha was?"

„Gar nichts, mein Junge. Sie und Larkin … seien Sie einfach vorsichtig. Das ist alles. Sie wissen schon. Passen Sie auf sich auf."

„In Ordnung", sagte Aaron, ohne auch nur zu versuchen, so zu tun, als wüsste er nicht, wovon die Rede war.

„Ich stehe hinter euch, mein Junge. Aber ich bin kurz vor dem Ruhestand. Sie sind genau das, was diese Stadt brauchen würde. Ich müsste nur wissen, wie Sie das sehen."

Das war weit mehr, als Aaron erwartet hätte. „Es ist noch ganz frisch", sagte er dann ruhig.

„Lange wird sich das aber nicht geheim halten lassen", meinte Mills schmunzelnd. „Wenn Sie immer so rot werden, sowieso nicht. Wie alt sind Sie eigentlich, Junge?"

Der Sheriff ging lachend in sein Büro zurück. Aaron blieb noch einen Moment sitzen und kämpfte gegen das Bedürfnis an, sein Gesicht in den Händen zu vergraben. Anscheinend war man für manche Dinge nie zu alt.

„Ich hör mich um", versprach Larx am nächsten Morgen. „Das Mädchen ist mir sowieso unheimlich – sie erinnert mich ernsthaft an meine Ex-Frau."

Aaron schüttelte sich, plötzlich wieder wütend. Es regte ihn einfach auf, dass Larx immer wieder Gründe für das Verhalten seiner Ex fand und versuchte, es zu entschuldigen. Um ihr so weit wie möglich zu verzeihen.

Als junger Mensch denkt man an Dinge wie Pflicht und Ehre und Loyalität. Man will ein guter Mensch sein. All das hatte Larx erfüllt. Aber darüber hinaus hatte er auch noch Mitgefühl, und Aaron war geradezu ehrfürchtig.

So viel Anstand. Und manche Leute dachten, so etwas gebe es nicht mehr.

Was seine Frau getan hatte … Aaron runzelte die Stirn. „Du glaubst wirklich, Julia ist gefährlich? Ich meine, über diese Partys wissen ja alle Bescheid, aber …"

„Die Sache ist die", sagte Larx, bevor Aaron noch weiter rumstottern konnte. „Die meisten Leute denken, dass Schüler, egal, ob Jungs oder Mädel, Unschuldslämmer sind. Dass sie manchmal von den Lehrern falsch gesehen werden. Das kommt natürlich auch mal vor. Aber sie denken, aus den Jugendlichen werden wie von Zauberhand anständige Menschen, wenn die Eltern nur ein paar Vorträge besuchen oder aufhören, Alkohol zu trinken oder weniger zu arbeiten."

Aaron klapste ihn gegen den Arm. „Und manchmal ist das ja auch so." Denn Larx behauptete, dass *er* so ein Jugendlicher gewesen war.

„Ja, und dafür musste ich auch eine Menge tun. Jedenfalls ist genau das unsere Motivation weiterzumachen, ob du es glaubst oder nicht: die Hoffnung, dass die Kinder daraus lernen. Aber manchmal ist es einfach zu spät. Überleg einfach mal: Wir sehen jeden Tag 55 Minuten lang zwischen 15 und 40 Kinder im Unterricht. Was sollen wir denn in dieser Zeit wirklich ausrichten?"

So hatte Aaron es noch gar nicht gesehen. „Na ja, so viel, wie die Jugendlichen euch erlauben zu sehen?", riet er.

„Genau. Die grundsätzliche Basis ist ja schon da, wenn ihre Mama sie in die Welt setzt. Ist das Kind ängstlich? Schüchtern? Daran kann man arbeiten, aber das Kind war von Anfang an schon so. Ist das Kind aggressiv? Körperbetont? Na ja, manchmal sind da die Eltern schuld, aber manchmal bestärken die Eltern ein körperbetontes Kind auch darin. Olivias Hauptfach ist Theaterwissenschaften. Christiana interessiert sich für Naturwissenschaften. Beide mögen Katzen."

Larx redete sich in Rage und Aaron war das ganz recht, denn so konnte er ausnahmsweise das Tempo mithalten. „Aber was hat das jetzt mit …"

„Julia Olson?" Larx trat gegen einen Stein, kam aus dem Gleichgewicht und drehte sich einmal um sich selbst, um sich wieder zu fangen. „Das Kind ist eine verdammte Psychopathin. Eitelkeit und Arroganz, die auf einen schwachen Charakter treffen, oder so ähnlich, ist ein Zitat von Jane Austen. Olivia ist großer Fan. Aber genau wie in dem Zitat hatte Julia schon die Anlage dazu, eine Psychopatin zu sein. Ihre Eltern haben das Rohmaterial dann quasi noch zum Diamanten geformt."

Aaron erschauerte wider Willen. „Hattest du schon mal näher mit so jemandem zu tun?"

„Eine Freundin von mir", bestätigte Larx. „Sie hatte … ein beschissenes Jahr, besser kann ich es auch nicht ausdrücken. Und die Schulleitung hatte sie auf dem Kieker. Sie waren noch nicht mal diskret dabei. Der Rektor hat ihren Unterricht gestalkt und nur darauf gewartet, dass sie einen Fehler macht."

„Ist ja ekelhaft." Aaron hatte auch schon solche Chefs gehabt, bei der Armee und bei der Polizei.

„Ja. Und sie hatte ihren Papierkram nicht auf der Reihe, was aber nicht ihre Schuld war. Ihr Computer war ein Drama, die IT hatte ihr seit Jahren kein neues Programm draufgespielt. Aber die Schülerin, Ashley, oh mein Gott, die hatte Blut geleckt, und sie hat Dana ans Messer geliefert. Dana hatte keinerlei Danas Schuld, und das Mädchen war wirklich beängstigend. Ashley und die Schulverwaltung haben eine verdammte Hexenjagd abgezogen. Genauso gut hätte man direkt in ihrem Klassenzimmer den Scheiterhaufen anzünden und sie an Ort und Stelle verbrennen können."

„Was ist dann passiert?"

Larx grunzte. „Am Ende? Gar nicht so viel. Dana hat dem Kind dann doch die bessere Note gegeben, denn sie wollte ihren Job behalten. Das Kind hat die Schule fertiggemacht, denn das machen sie ja alle. Das Arschloch von Rektor hat noch ein weiteres Jahr die Leute terrorisiert. Aber Dana war fertig mit den Nerven. Monatelang hat sie kaum noch gelächelt. Sie hat auf eigene Kosten den Computer aufrüsten lassen. Sie hat nur noch nach dem Lehrbuch gearbeitet, nichts mehr von den coolen Sachen im Unterricht gemacht, die sie vorher so ausgezeichnet haben. Ich bin ziemlich sicher, dass sie damals ein Magengeschwür bekommen hat. Also: Einerseits nichts, aber andererseits …"

„Ein Scherbenhaufen", fasste Aaron zusammen. Sie waren inzwischen an dem Teil der Strecke angekommen, der um die Bäume herum an einer Wiese entlangführte. Die Sonne war herausgekommen, und plötzlich war Larx, der ein paar Schritte vor Aaron lief, in goldenes Licht getaucht.

Larx wandte sich um, sah Aaron in die Augen und sein Gesichtsausdruck wurde weich. Plötzlich dachte keiner von ihnen mehr an Julia Olson oder dass selbstgefällige Narzissten anderen Leuten das Leben schwermachen konnten.

„Ja", antwortete Larx auf die Frage, die Aaron gar nicht gestellt hatte. „Ja."

Aaron lächelte ihn an, seine Füße liefen, seine Lunge arbeitete, sein Blut rauschte und sein Herz … lief über.

Sie liefen schweigend weiter, dann kam Aaron mit einem Seufzer wieder auf ihr Gespräch zurück. „Was können wir also tun?"

Larx knurrte. „Tun? Na ja, der Ball ist grundsätzlich eine geschlossene Veranstaltung. Die Kinder müssen um 20 Uhr da sein, um 23.30 Uhr ist Schluss. Sie können früher gehen, aber Homecoming Queen und King werden erst gegen 23 Uhr gekrönt. Du kannst mir glauben, Julia rechnet sich dafür gute Chancen aus, also wird sie den Scheiß nicht verpassen wollen."

„Nett", sagte Aaron missmutig.

„Ich sag's dir. Die Party könnte danach noch steigen. Kann passieren, aber meistens …"

Er sah Aaron an, und er konnte erkennen, wie Larx mit den Augenbrauen wackelte. „Alle wollen zu Homecoming Sex haben", vermutete er.

„Bingo. Auch dafür gibt's natürlich keine Garantie, aber so haben es die Kids hier immer gemacht, und ich kenne es gar nicht anders. Jede Schule hat ihre Traditionen."

„Verstehe. An manchen Schulen ist es die Party der Schulabgänger, an anderen werden sie nach der Prom Night schwanger …"

„Hier findet das eben zu Homecoming statt, dann haben sie's hinter sich. Du weißt schon."

Sie bogen kurz vor Aarons Haus um die Ecke und plötzlich war er genervt. Es war so beeindruckend, den Gedankengängen von Larx zu folgen, und Aaron wollte einfach mehr davon.

„Ja, verstanden. Also, das Spiel am Freitag?"

„Ja. Danach ist noch das große Lagerfeuer, und am nächsten Abend ist der Homecoming-Ball. Das Feuer machen wir auf der Lichtung über die Olson Road rüber …“

„Kenn ich“, brummte Aaron.

„… auch Baby Lane genannt. Ich kann zweierlei machen: Zunächst kann ich allen Eltern der Oberstufe eine Massen-Voicemail hinterlassen, in der ich betone, dass ernsthafte Verstöße gegen die Schulordnung dazu führen können, dass Jugendliche nicht zur Abschlussprüfung zugelassen werden. Und außerdem kann ich auch noch Trunkenheit oder Erregung öffentlichen Ärgernisses, Verhaftung oder das Ertappen in moralisch zweifelhafter Situation erwähnen …“ Jetzt musste Larx selber kurz Atem holen. Eine Menge große Worte.

„Ein Haufen Blabla“, sagte Aaron keuchend.

„Genau.“ Knirsch-Schritt. Knirsch-Schritt. „Das kann ich also machen, und ich kann noch mehr Aufsichtspersonal einteilen. Wenn wir den Eingang und das Gelände umzäumen, können die Jugendlichen nicht einfach kommen und gehen, keiner kann heimlich zur Party verschwinden und dann später wiederkommen, um seine Freunde einzusammeln. Manche werden trotzdem Scheiße bauen, weil Teenager nun mal bescheuert sind. Sie sind aber nicht alle blöd. Wenn wir die Ängstlichen ein bisschen einschüchtern, können wir die Unruhestifter in den Griff bekommen.“

Das war ein brauchbarer Plan, der von viel Erfahrung mit den Jugendlichen zeugte. Aber das war schließlich Teil der Job-Beschreibung für einen Rektor.

„Das wird schon mal helfen“, stimmte Aaron zu. Er lief jetzt langsamer, denn sie waren an seiner Auslaufstrecke angekommen. Larx reduzierte normalerweise auch sein Tempo, lief dann die anderthalb Meilen zu seinem Haus zurück wieder schneller und machte dann auf dem letzten Stück einen zweiten Auslauf. Aaron war nicht ganz sicher, wie sinnvoll das für sein Training wirklich war, aber er war natürlich dankbar, dass Larx Zeit mit ihm verbrachte.

„Ach, verdammt!“ Larx hörte auf, die Arme zu strecken, und stemmte sie die letzten zweihundert Meter in die Hüften.

„Was ist denn?“, fragte Aaron, dankbar, nicht mehr rennen zu müssen.

Larx nickte in Richtung der aufgehenden Sonne am Horizont und seines eigenen Hauses. „Wir haben unser Zeitfenster zum Knutschen verpasst“, sagte er ohne jede Ironie. „Ich hatte mich schon …“ Er runzelte die Stirn. „Na, du weißt schon. Ich hatte mich darauf gefreut.“

Aaron lachte leise. Das hatte er auch getan. „Ich weiß auch nicht, wie ich dir da jetzt …“

„… Christiana übernachtet Samstag bei einer Freundin“, platzte Larx heraus. „Ich kenne die Eltern, Schuyler ist ein nettes Mädchen, also kann ich sicher sein, dass sie nicht zu Julia Olsons Phantomparty gehen wird. Sie kann sie zum Glück sowieso nicht leiden.“

„Oh!“, sagte Aaron überrascht.

69

„Ich weiß ja nicht, wie lange du Kirby abends alleine lassen kannst, aber …"

„Ich habe ja auch manchmal Nachtdienst", sagte Aaron. „Kirby kommt normalerweise gut zurecht. Zu dem Ball geht er auch nicht. Ich könnte also, na ja, du weißt schon, ein bisschen später nach Hause kommen."

„Und Sonntag machen wir bei uns im Garten Feuer", sagte Larx, auf einmal ganz schüchtern. „Wenn ihr vielleicht wieder vorbeikommen wollt? Mit Hotdogs und Marshmallows und so."

„Ich …" Aaron unterbrach sich. Würde er? Er wusste es nicht. Er hatte noch nie ein offizielles Date gehabt.

„Irgendwann will ich bei dir schlafen", gestand er.

Larx drückte verständnisvoll seine Schulter. „Kann sein, dass wir damit noch ein Jahr warten müssen", sagte er deprimiert. „Ich versteh das schon. Kinder und Coming-out – nicht so lustig."

„Eigentlich bräuchten wir einen extra Feiertag dafür", sagte Aaron. „Die Freizeitparks sollten halbe Preise nehmen und wir binden unseren Kindern ein Regenbogen-Armband um und schicken sie nach Six Flags, während wir zu Hause bleiben und uns amüsieren wie erwachsene Menschen."

„Spätestens, wenn sie ins College gehen", meinte Larx tröstend. Dann griff er impulsiv nach Aarons Arm, zog ihn an sich und gab ihm einen schnellen Kuss auf den Mundwinkel. „Einen schönen Tag, Deputy. Ruf mich an, wenn du oder der Sheriff noch Fragen haben, okay?"

Aaron schloss die Augen gegen den wilden, fast schon schmerzhaften Reflex, ihn zu umarmen. „Larx?", fragte er, plötzlich besorgt.

„Ja?"

„Du … Gott. Ich tu, was ich kann wegen Samstag, okay?"

Larx lächelte. „'kay." Und damit war er auch schon losgelaufen, in gleichmäßigem Tempo, als wäre er gar nicht erst stehen geblieben.

Aaron ging die Einfahrt hoch und trat ins Haus. Wann würde er seinem Sohn wohl eröffnen, dass er woanders übernachten wollte? Irgendwie hatte er das Gefühl, dass es nicht ganz so einfach werden würde.

FUNKEN

„SO, LEUTE, hab´ ich alle Laborberichte, schön säuberlich abgetippt?" Es hatte schon geläutet und Larx hatte den Papierstapel ordentlich auf seinen Schreibtisch gelegt und mit einer großen Klammer befestigt. Morgen, am Freitag, war der Test, und danach würden die Jugendlichen hoffentlich ein freies Wochenende haben. Larx war noch nie so sadistisch gewesen, für die Tage nach einem Schulfest größere Hausaufgaben zu geben. Das war doch nicht fair. Schließlich waren Footballspiele, Cheerleading und Theaterstücke für viele Kinder der einzige Grund, gern zur Schule zu gehen.

Kellan und Isaiah traten unsicher vor, ihre Berichte in zitternden Händen. Sie sahen beide nicht besonders gut aus. Blass, mit schweren Augenlidern und der Last der Welt auf den Schultern hatten sie sich zu Larx in den Unterricht geschleppt wie zwei tapfere Patrioten, die kurz vor der Hinrichtung standen.

Larx war sich ziemlich sicher, dass Kellans und Isaiahs Probleme nichts mit Laborberichten oder Football zu tun hatten, aber man konnte ja hoffen.

„Ja, Larx. Hier." Kellan reichte die beiden Laborbücher und die dazugehörigen Berichte über den Tisch und Larx bedankte sich.

„Das sieht alles sehr gut aus", sagte er ehrlich. Isaiah würde Kellan niemals durchgehen lassen, wenn er nicht sein Bestes gab. „Und? Freut ihr euch aufs Wochenende?"

Dann taten die beiden etwas, an das Larx sich aus der Zeit seiner Ehe erinnerte: Wenn Olivia etwas Süßes wollte und Larx, immer schon der Gutmütige, es ihr erlauben wollte, war es Alicia gewesen, die das letzte Wort hatte. Was dann folgte, war ein schneller Blickwechsel zwischen Larx und Alicia. Wenn die Antwort *ja* war, kam sie von Alicia. Wenn es ein *nein* war, kam es von Larx.

In diesem Fall war die Antwort *Nein.*

„Ja, wir sind gut drauf", antwortete Kellan mit erzwungener Fröhlichkeit. Larx ermahnte sich um Geduld.

„Jungs. Ist alles okay bei euch?"

Wieder ein stummer Austausch und einen Moment lang sah es so aus, als ob es beim *Nein* bleiben würde.

„Ich habe noch die ganze Stunde Zeit, Jungs. Ich bin der Rektor, schon vergessen?"

„Larx?", sagte Kellan schließlich.

„Nicht", zischte Isaiah und gab ihm einen Knuff in die Seite.

„Ich habe aber Angst", beharrte Kellan. „Sie redet allen möglichen Scheiß … alle möglichen Sachen."

71

Larx griff das auf. „Was sagt sie denn?"

„Ich habe ihr ganz deutlich gesagt, dass wir als Freunde zu dem Ball gehen", sagte Isaiah mit geröteten Wangen. „Und sie sagt …" Er starrte Kellan an. „Es klingt so hässlich, wenn sie es sagt."

„Sie verbreitet Gerüchte über uns", sagte Kellan, und er sah Isaiah auf eine Weise an, die Larx alles verriet, was er wissen musste.

„Diese Gerüchte sollten euch nichts anhaben können", sagte er, obwohl er wusste, dass es natürlich trotzdem so sein würde. „Wenn sie nicht wahr sind, wisst ihr es besser. Wenn sie wahr sind, dann kann sie die Wahrheit nicht hässlich machen. Alles, was daran hässlich ist, ist in ihrer Seele. Es kann euch nichts tun, solange ihr es nicht zulasst."

Kellans Lebensgeister erwachten ein bisschen und er sah Isaiah an. „Das stimmt", meinte er hoffnungsvoll.

Isaiah sah ihn aus braunen Augen kummervoll an. „Mein Dad …"

„Meine Familie …" Kellan überlief ein Schauer. „… wird auch ausrasten. Aber es ist genau, wie er gesagt hat. Es ist nur dann schlimm, wenn wir zulassen, dass wir selber es schlimm finden."

Isaiah sah Larx zum ersten Mal in die Augen. „Es sind keine Gerüchte", gab er dann zu. „Aber sie bringt es rüber mit einem *Wenn*: *Wenn ihr das und das seid, dann muss ich euch abstechen wie …*"

Beide sahen aus, als wäre ihnen übel.

„… total gewalttätig", sagte Kellan unverblümt. „Ich meine …" Er lächelte, als müsste er Larx daran erinnern. „Wir spielen beide Football. Wir kennen das: umrennen, tacklen, Kräfte messen und so."

„Aber doch nicht so", sagte Larx angewidert. „Okay, Jungs. Die Sache ist die." Er sah sich im leeren Klassenzimmer um und dachte gründlich nach, wie er sich am besten verhalten sollte.

Aber das Wichtigste zuerst: Das hier war Mobbing und konnte nicht geduldet werden.

„Ich schreibe der Schulpsychologin. Die soll mit ihr sprechen, und mit den Eltern. Dabei lasse ich eure Namen außen vor. Aber die Sache muss auf jeden Fall nach oben weitergegeben werden. Hat sie irgendwas davon schriftlich gesagt?"

„Nein", sagte Isaiah. „Aber sie hat es zu uns beiden gesagt – wir haben es genauso gemacht, wie Sie gesagt haben. Keiner von uns war mit ihr allein."

Larx fühlte, wie seine Bauchmuskeln sich vor Aufregung anspannten. Das klang gar nicht gut. Nicht für die beiden Jungs, nicht für Julia und auch nicht für die Schule.

„Sie kann es sich aber denken", gab Isaiah zu bedenken. Er klang nicht ängstlich. „Sie wird wissen, dass wir es waren."

„Das wird sie. Darum ist es *sehr* wichtig, was ihr als nächstes tut."

Sie sahen ihn gespannt an und er presste die Finger an die Nasenwurzel.

„Ihr habt zwei Möglichkeiten. Erste Möglichkeit: Ihr versteckt euch, als ob ihr euch schämt, geht euch aus dem Weg und lebt euer restliches Leben unter ständiger Beobachtung. Unabhängig davon, ob die Gerüchte stimmen oder nicht. Kapiert?"

Beide nickten und er atmete erleichtert auf. Niemand hatte es ausgesprochen. Keiner hatte die Worte *schwul* oder *bi* oder *zwei Jungs, die sich lieben*, gesagt. Aber sie wussten alle, worum es ging.

„Und die zweite Möglichkeit?", fragte Kellan, dem Option Eins offensichtlich nicht gefiel.

„Die zweite Möglichkeit ist, dass ihr euch der Sache stellt. Findet ihr, dass irgendwas von den Dingen, die sie sagt, *schlimm* ist? Oder geht es nur darum, wie sie es sagt?"

„Ich finde es einfach Scheiße, dass sie es so in den Dreck zieht", sagte Isaiah, mit Zorn und einer Verzweiflung in der Stimme, die Larx sehr gut verstehen konnte.

„Wenn ihr also den Gerüchten begegnen wollt, noch bevor sie sie streuen kann, würdet ihr ihnen den Wind aus den Segeln nehmen", sagte er ganz ruhig. „Bisher hat sie nichts außer dem, was sie hinter eurem Rücken tuschelt. Wenn ihr T-Shirts mit Aufdrucken wie *Homo & Sapiens*, *Heten mit Herz*, *Leben und lieben lassen* findet, holt euch welche. Target soll welche haben. Tretet der GSA-AG bei und sprecht darüber, wie man Leuten die Angst nehmen kann. Wir brauchen in dieser AG auch Leute, die hetero sind."

Er lächelte sie an, immer noch mit Knoten im Magen.

Kellans Augen füllten sich mit Tränen und er wischte sie mit dem Handrücken ab.

Isaiah griff nach seiner anderen Hand und atmete tief ein. „Larx?"

„Ja?"

„Wir sind nicht hetero."

Larx nickte und zuckte die Achseln. Seine Augen waren auch ein bisschen feucht. „Super", sagte er dann ehrlich. „Schön für euch beide."

Isaiah wischte sich mit der freien Hand das Gesicht ab und Larx reichte ihnen die Kleenex-Box.

„Nehmt euch 'nen Stuhl", sagte er. „Wir können darüber reden, wenn ihr wollt. Ich schreib euch eine Entschuldigung für die nächste Stunde."

Sie ignorierten ihn, weil sie Teenager waren, stattdessen umarmte Kellan Isaiah und brach in Tränen aus.

Larx stand leise auf. Er blieb neben den Jungen stehen und sagte: „Kommt einfach in mein Büro, wenn ihr so weit seid. Ich mach hier die Tür zu."

Er hasste sich dafür. Denn am liebsten wollte er in dem Raum bleiben, die Jungs in die Arme nehmen und sie beschützen, so wie es ihm sein Instinkt als Vater gebot.

Aber er konnte sie nicht schützen, wenn er wegen sexueller Übergriffe vor Gericht stand. Wenn jemand wusste, wie schnell so etwas gehen konnte, dann Larx. Vor allem, wenn die Eltern der Kinder ein Problem mit der Sache hatten.

Larx hatte sich noch nie als echten Erwachsenen betrachtet, aber als er die Tür leise hinter sich zuzog – von außen verschlossen, von innen nicht – konnte er nicht umhin, zynisch zu denken: So ist das also, wenn man seinen eigenen Arsch in Sicherheit bringt.

„Du hast was?", fragte Yoshi entsetzt.

„Ich hab´ sie allein gelassen, damit sie sich in Ruhe abregen können", murmelte Larx. „Und vorher war die Tür offen, keine Sorge. Alles gut. Ich habe sie aber erst hinter mir zugemacht, als sie alleine waren."

Eine halbe Stunde später waren die beiden zu ihm gekommen, immer noch blass, aber gefasst, und hatten um eine Entschuldigung für die laufende Stunde gebeten.

„Wollt ihr darüber reden?", hatte er vorsichtig gefragt.

„Nein, Sir", hatte Isaiah geantwortet, nachdem er Kellan nochmals fragend angesehen hatte. „Wir haben einen Plan. Machen Sie sich keine Sorgen. Sie waren …" er schluckte und lächelte dann das tapfere Lächeln einer jungen Seele. „Sie waren uns eine große Hilfe. Den Rest schaffen wir alleine. Wir können uns wie erwachsene Männer verhalten, keine Sorge."

Larx hatte schon den Mund aufgemacht, um … *alles* zu sagen. Dass es nichts mit Feigheit zu tun hatte, wenn man nicht will, dass sich die ganze Welt in persönliche Angelegenheiten einmischt. Dass sie selbst über ihr Leben bestimmen konnten. Aber er wusste, dass es nicht stimmte, und es wäre falsch gewesen, ihnen vorzumachen, dass es keine Probleme geben würde. Isaiah und Kellan hatten ihm die Hand gedrückt und waren gegangen. Isaiah hatte Kellan die Hand auf die Schulter gelegt und Kellan hatte sich kurz an ihn geschmiegt, aber dann war der Moment schon verstrichen und Isaiah hatte seine Hand wieder fallenlassen. Zwei Footballspieler vor einem wichtigen Spiel.

Und jetzt fragte Yoshi aus gutem Grund, ob das vielleicht schon zu viel des Guten gewesen war.

„Natürlich bin ich erst mal davon ausgegangen, dass sie hetero sind! Was ich aber gesagt habe, ist, dass sie nicht in Angst leben müssen, mit dem Gefühl, sie hätten etwas falsch gemacht", stellte er klar. Insgeheim schalt er sich dafür, dass er hoffte, dass sie sich outen würden, damit die Zukunft dann für andere einfacher werden würde.

Es war ihm bewusst, dass er selbst es einerseits einfacher, andererseits schwerer gehabt hätte, wenn er sich damals geoutet hätte.

„Ich sage ja nicht, dass du im Unrecht bist, Larx. Ich frage nur, ob du dich irgendwie in Schwierigkeiten gebracht haben könntest."

„Nein", antwortete Larx mit Überzeugung. „Ich hab' ihnen nichts Persönliches von mir erzählt. Alles, was ich gesagt habe, war so formuliert, als würde ich davon ausgehen, dass sie hetero sind, bis sie selbst gesagt haben, dass sie es nicht sind." Wenn jemand wusste, was gegen ihn verwendet werden konnte, war es Larx.

„Hast du sie angefasst? An der Schulter vielleicht?"

„Und vielleicht noch einen kleinen traditionellen schwulen Regentanz mit ihnen getanzt?", gab Larx bissig zurück. „Natürlich nicht, Yoshi! Ich kann ihnen doch nicht helfen, wenn ich meinen Job hier verliere!"

„Tut mir leid", sagte Yoshi. Er rieb sich mit der Hand über den Mund. „Entschuldige. Es ist einfach nur so gefährlich – ist mir ganz egal, wie die Gesetzeslage ist. Solche Gesetze werden doch nach Belieben dauernd geändert."

„Du übersiehst gerade das Wesentliche. Es geht doch darum, dass dieses Mädchen körperliche Gewaltandrohungen gemacht hat …"

„Gegen zwei riesige Footballspieler!"

„Gegen zwei Jungs, die sich an die Regeln halten!", protestierte Larx. „Ich war mal einer von den bösen Jungs, Yoshi. Lass dich nicht von deinem Sexismus blenden. Leute wie dieses Mädchen sind gefährlich – besonders dann, wenn sie sich machtlos fühlen." Darum waren oft genug die Mädchen die Übeltäter. Damit aufzuwachsen, dass man immer wieder gesagt bekommt, man könne eh nichts bewirken, hatte oft genug gerissenes oder hinterlistiges Verhalten zur Folge, weil die Mädchen nicht wussten, wie sie sich sonst durchsetzen sollten.

Julia war ein klassischer Fall und es war alles andere als beruhigend, dass sie zwei Jugendliche bedrohte, die Larx am liebsten ins magische Gaytopia bringen würde, wo sie glücklich und in Sicherheit leben konnten.

„Was sollen wir denn deiner Meinung nach mit ihr machen, Larx? Sie einsperren?"

Ja. Einsperren, damit sie ihre hässlichen, verzogenen Launen nicht an den unschuldigen Kindern auslassen kann, für deren Wohlergehen ich verantwortlich bin.

„Ich habe die Bezirkspsychologin und Heather Perkins angerufen …"

„Die Vorsitzende vom Schulausschuss?"

„Ja. Ich habe ihr mitgeteilt, dass das Olson-Mädchen gedroht hat, über zwei Footballspieler Gerüchte in die Welt zu setzen, wenn der eine nicht mit ihr ausgeht. Und dann hab' ich darum gebeten, die morgige Veranstaltung für eine Ansprache über Mobbing an Schulen nutzen zu dürfen."

„Wirklich?", fragte Yoshi. Er fuhr sich mit den Händen durch die feinen schwarzen Haare, bis sie wie Stacheln abstanden. „Wie hat sie das denn aufgenommen?"

„Na ja, Becky kommt morgen Vormittag, um mit dem Mädchen und ihrer Mutter zu sprechen. Und Heather sagte, sie würde mich zurückrufen. Wenn sie nicht zurückgerufen hat, bis der Schulausschuss tagt, nehme ich das mal als ein Ja."

Yoshi stöhnte laut auf. „Gott, Larx! Du wirst noch deinen Scheiß-Job hier verlieren!"

Larx grunzte. „Ja. Ja, das kann sein. Aber weißt du was? Dieses Mal bin ich wenigstens darauf gefasst. Und ich weiß, wofür ich hier kämpfe."

Yoshi sank in den Sessel gegenüber und vergrub sein Gesicht in den Händen wie ein Fünftklässler. „Du solltest das nicht schon wieder durchmachen müssen", sagte er nach einer Weile. Yoshis dichte, schwarze Augenbrauen sahen aus, als würden sie über seinen Augen miteinander kämpfen.

„Du erinnerst dich doch an meine Freundin …? Die damals Opfer der Hexenjagd geworden ist?", fragte Larx. Er erinnerte sich so deutlich daran, als wäre es ihm per Satellit in den Kopf gebeamt worden.

„Ja?"

„Sie hat ein, zwei Monate in ständiger Angst gelebt. Hat nur noch nach Vorschrift unterrichtet und sich nichts Eigenes mehr ausgedacht. Und man muss dazu wissen, dass sie Literatur vorher immer so unterrichtet hat, als wäre man mittendrin. Als sie dann über *Hamlet* gesprochen haben, hatte sie auf einmal das Gefühl, dass die Kinder ihr gar nicht mehr zuhören. Dieses Theaterstück war ja der Dreh- und Angelpunkt ihres Faches. Was da in den Materialien stand, war staubtrocken. Da hat sie sich auf einmal gefragt: *Wozu bin ich eigentlich hier?"*

„Was hat sie dann gemacht?", fragte Yoshi. Nun ja, Yoshi liebte *Hamlet* auch.

„Sie hat das Buch weggelegt und gefragt: *Okay, Leute, was haltet ihr denn von diesen Freunden von Hamlet? Rosenkranz und Güldenstern?* Und die Kinder haben sie nur blöde angeguckt. Dann hat sie gesagt: *Leute! Wenn eure Freunde drohen würden, euren persönlichen Scheiß eurem Stiefvater zu erzählen – wärt ihr da vielleicht begeistert?"*

Yoshi musste lachen. „Die Frage muss man jedes Jahr wieder stellen. Vielleicht, ohne es *Scheiß* zu nennen."

„Na ja, es war eine innerstädtische Schule. Und plötzlich waren die Kinder wie hypnotisiert. Die Hexenjäger haben getuschelt ‚so was von unangebracht', aber weißt du, was Dana gemacht hat?"

„Nein …"

Larx beugte sich vor. „Sie hat gesagt, dass *Hamlet* das Kreuz sein würde, an das man sie nageln soll. Wenn sie den Kindern noch nicht mal mehr diese eine Sache nahebringen konnte, dann würde sie sich selbst als Versagerin betrachten."

Yoshi atmete tief durch und nickte dann. „Wenn wir diese Jungs also nicht beschützen …"

Larx nickte ebenfalls. „Wozu sind wir dann überhaupt hier?"

AN DIESEM Abend besprach er alles mit Christiana. Olivia war per Lautsprecher zugeschaltet.

„Echt jetzt?", fragte Olivia, aber sie klang nicht verärgert. „Du willst dir das wirklich noch mal antun, Dad?"

„Von Wollen kann überhaupt keine Rede sein", antwortete er mit bekümmertem Blick auf Christiana. „Aber ..."

„Aber wir können sie nicht gewinnen lassen!" platzte Christiana heraus. „Die ist ... *böse*, Livvie. Diese Bitch hat *Bruce* umgebracht!"

„Bruce ist tot?!" krächzte es entsetzt aus dem Lautsprecher. „Wieso höre ich das erst jetzt, dass Bruce tot ist?" Ihre Stimme wurde leiser, als sie den Kopf abwandte, um mit jemandem am anderen Ende zu sprechen. „Nicht Springsteen, du Idiot. Die zahme Schlange aus meiner Schule!"

Larx und Christi sahen sich an und mussten losprusten, obwohl die Situation eigentlich sehr ernst war. Olivias Stimme kam wieder näher. „Wir stehen hinter dir, Dad", sagte sie leise. Während sie sprach, sah Larx sie vor sich, wie sie nachdenklich eine braune Haarsträhne um ihren Finger wickelte, wie sie es schon als kleines Mädchen gemacht hatte. „Daddy. Was bedeutet das denn für, du weißt schon. Für das Ding, von dem du mir noch nicht erzählt hast, weil du noch nicht so weit bist?"

„Ihr beiden!" beschwerte sich Larx verlegen.

„Du wusstest, dass ich Bescheid weiß", sagte Christi ohne Reue. „Ich hab's dir doch gesagt. Du wusstest es."

Aus dem Telefon erklang Olivias herzliches Lachen. Es erwärmte Larx trotz seiner Verlegenheit das Herz. „Daddy, wir sind okay damit. *Wir* finden es super." Dann wurde ihre Stimme leiser, die Stimme der Erwachsenen, die er großgezogen hatte. „Wie sieht *er* das denn?"

„Das werde ich erst morgen wissen", sagte er seufzend. „Ich seh ihn jeden Morgen zu nachtschlafender Zeit."

„Und ihr macht wirklich nichts außer Joggen?" Das Naserümpfen war sogar durch die Telefonleitung zu hören. „Dad. Alter ... das musst du unbedingt in Ordnung bringen!"

„Also ich geh morgen woanders übernachten", sagte Christiana. „Heute auch, wenn ich darf. Ich tu ja, was ich kann."

„Gute Arbeit. Bin stolz auf dich. Und du, Dad, du musst dich jetzt mal bisschen anstrengen und endlich zur Sache kommen."

Larx stöhnte. „Wer hat euch eigentlich erlaubt, erwachsen zu werden? Das hab ich niemals erlaubt. Ab jetzt werdet ihr euch nie wieder in mein Liebesleben einmischen, ist das klar?"

Dann konnte er nicht mehr weitersprechen, weil sie so laut lachten.

Olivia legte auf und Larx blieb in der zufriedenen Stille zurück, die immer zwischen ihm und seiner Jüngsten herrschte. Er versuchte, sich auf sein Buch zu konzentrieren – einen Karen-Rose-Krimi –, aber leider erinnerte ihn der Schurke viel zu sehr an seine Ex-Frau. Das konnte er einfach nicht lesen. Er legte das Buch weg und presste die Finger an den Nasenrücken.

„Dad, wir müssen sie aufhalten", sagte Christi, als würde sie mit Widerspruch rechnen.

„Das könnte extrem beschissene Auswirkungen auf dein Sozialleben haben", gab Larx zu bedenken, denn das war schließlich auch wichtig. Man versprach seinen Kindern Dinge wie Sicherheit, Geborgenheit, Essen, die beste Zukunft, die man ihnen bieten konnte. Spaß, wann immer es ging, ab und zu ein Happy Meal, Spielzeug nicht nur zum Geburtstag oder zu Weihnachten, und feste Umarmungen bei Herzschmerz. Und wenn irgend möglich versprach man ihnen, dass die elterlichen Ansichten und Überzeugungen dem Kind nicht die Chance auf eine normale, glückliche Kindheit verbauen würden. Das hatte Larx schon einmal aufs Spiel gesetzt und er zögerte, es wieder zu tun.

„Mit meinem Sozialleben ist alles in Ordnung", beruhigte ihn Christi. „Schuyler und ich haben zweimal geknutscht – war ziemlich gut. Kann sein, dass wir es wieder machen. Vielleicht sogar mit Anfassen – das darfst du aber nicht ihren Eltern erzählen. Ich meine nur, ich habe keine Lust darauf, dass Julia Olson mir im Nacken sitzt, wenn ich meine Freundin küssen will. Oder mich steinigen will, wenn ich mich wieder von ihr trenne und mich vielleicht beim nächsten Mal für einen Kerl entscheide."

Larx versuchte, seine Gedanken trotz des Aufschreis in seinem Hirn zu sammeln. Teilweise gelang es ihm auch. „Du und Schuyler?"

„Na ja … Hast du sie dir mal angesehen? Ich meine … „ Christi nickte. „Heiß. Einfach nur heiß. Nachdem mir diesen Sommer zum ersten Mal ihr Arsch aufgefallen ist – wow. Ich mein ja nur. Du würdest es nicht nur für Isaiah und Kellan tun …"

„Ich hab kein einziges Mal ihre Namen genannt!", rief Larx erschrocken.

„Dad. Bitte. Mach dir keine Sorgen, das ist vertraulich, genau wie Onkel Yoshi und Tane. Für die beiden tust du es übrigens auch. Und für Schuyler und mich. Ich wäre zum Beispiel total gerne mit ihr zum Homecoming-Ball gegangen, aber sie traut sich nicht."

„Und davon wolltest du mir nicht vielleicht erst mal erzählen?", fragte er. Sein Gehirn war immer noch am Aufholen.

Ihre Selbstsicherheit machte einer leichten Unsicherheit Platz. „Du hast doch nichts dagegen, oder?"

„Aber natürlich nicht!" Wie sollte er auch? „Es ist nur …" seine Unterlippe begann zu zittern. „Ihr werdet so schnell groß."

Und dieses eine Mal verdrehte sie nicht die Augen wie sonst, sondern ließ sich neben ihn auf die Couch plumpsen, kuschelte sich an ihn und ließ sich umarmen. „Ich will für immer dein Baby bleiben", sagte sie, wahrscheinlich nur ihm zuliebe. Es war ihm egal. Er brauchte es, heute ganz besonders.

Er küsste ihre Stirn. „Das bleibst du", versprach er ihr und versuchte, das Brennen in seinen Augen zu unterdrücken.

„Ich habe keine Angst", sagte sie. Sie klang ein bisschen traurig. „Aber ich weiß, dass du welche hast. Mach dir keine Sorgen. Keiner muss es erfahren."

Larx lachte trocken. „Aaron schon", meinte er.

„Hast du deswegen Angst?"

„Ja."

LARX WACHTE früh auf. Er hatte schlecht geschlafen. Nachdem er noch ein Stündchen versucht hatte, weiterzuschlafen, gab er es auf und lief etwas früher los. Als Aaron aus dem Haus kam, hatte Larx schon eine Runde gedreht und startete gerade die zweite, nur um seine Nerven zu beruhigen.

„Ist alles in Ordnung?" Aaron begann seine Dehnübungen, während Larx auf der Stelle trippelte und versuchte, sich warm zu halten.

„Äh, du erinnerst dich doch an das Olson-Mädchen?"

Aaron hörte zu, während er seine Übungen machte, hörte weiter zu, während sie joggten, und dachte dann schweigend nach, während sie weiterliefen. Ohne großartige Ablenkung oder Kusspausen waren sie rund 20 Minuten früher zurück als sonst.

Larx stand vor Aaron und wartete auf eine Reaktion. Irgendwas. Dass Aaron sagen würde, dass sie sich lieber eine Zeit lang nicht sehen sollten, während Larx alles dafür tat, seine Karriere, schon wieder, in die Tonne zu treten. Oder dass sie es lieber ganz bleiben lassen sollen. Dass er ihm sagen würde, dass es idiotisch war zuzulassen, dass die Geschichte sich wiederholte.

Ihm sagen würde ...

„Komm mal mit ins Haus, Baby. Du bist ja völlig erschöpft. Ich mach dir Frühstück und dann fahr ich dich nach Hause, okay?"

„Was?" Larx fühlte sich wie ein Idiot.

„Frühstück. Kaffee. Du hast die ganze Zeit nur vor dich hin gewütet." Aaron nahm seine Hand und die Nervosität ließ nach und machte einer Ruhe Platz, von der Larx gar nicht gewusst hatte, dass er sie brauchte.

„Ich war nur ... du musst doch wissen, worauf du dich einlässt", sagte Larx. Er war sich ganz sicher, dass das der Grund war.

„Du musst wissen, worauf du dich einlässt", gab Aaron scharfsinnig zurück. Er zog Larx hinter sich her durch den Garten, vorbei am Poolhäuschen, auf das Larx total neidisch war, vorbei auch an dem leer stehenden Hundezwinger und bis hin auf die riesige Veranda, an der sogar Luftbefeuchter für die gelegentlich brutale Sommerhitze angebracht waren.

„Wie meinst du das? Wow, Deputy, das ist aber ein wirklich schönes Haus hier!"

Aaron nahm seine Mütze ab, als sie ins Haus kamen. „Caros Eltern haben ein bisschen Geld", sagte er dann leise. „Sie haben uns mit der Anzahlung geholfen."

„Und du hast mich noch kein einziges Mal zum Schwimmen eingeladen. Sieben Jahre lang nicht, Deputy – das ist ja wirklich deprimierend!"

Aaron verdrehte die Augen. „Dich in Speedos zu sehen hätte mich früher völlig überfordert. Mein Leben hätte eine ganz andere Wendung genommen!"

Oh. „Soll das heißen …?" Larx schloss die Augen. „Soll das heißen …?"

„Dass ich jetzt bereit bin?" Aaron drehte sich um, sodass Larx fast in ihn hineinrannte, und plötzlich standen sie Nasenspitze an Nasenspitze, und verschwitzt oder nicht … Larx sehnte sich so sehr danach, sich in Aarons Arme zu werfen und festgehalten zu werden. Nur ganz kurz. Das Gefühl zu haben, dass ein anderer Erwachsener verstand, dass er sein Bestes gab, selbst wenn er nicht alles richtig machte.

„Bist du auch wirklich sicher …?"

„Ganz sicher. Komm mal her."

Oh, ja. Larx ließ sich in Aarons Arme sinken, schmiegte sich an seine breite Brust, und dann küssten sie sich, mit kalten Lippen und heißen Mündern. Larx fing an zu zittern, und ihm wurde bewusst, dass ihm eigentlich schon seit gestern Vormittag eiskalt war.

Aarons Körperwärme hatte heute nur wenig mit Sex zu tun, dafür sehr viel mit Trost. Larx legte einfach nur den Kopf an Aarons Schulter, bis er plötzlich ein Geräusch hinter sich hörte.

„Äh, Dad?"

Larx zuckte zusammen, aber Aaron hielt ihn einfach fest und fragte: „Hast du eine Frage, Kirby?"

Wenn Larx nicht so nah an seinem Herzen gewesen wäre, dass er es an seinem Ohr hämmern hörte, hätte er nie im Leben gemerkt, wie aufgeregt Aaron insgeheim war.

Nach etwa drei oder vier Millionen Jahren antwortete Kirby: „Ja. Wahrscheinlich eine ganze Menge. Aber das hat Zeit. Larx, kann ich Ihre Tochter anrufen?"

Larx musste lachen. „Auf die Gefahr hin, dass du sehr viel mehr über mein Leben erfährst, als du je wissen wolltest."

Eine weitere unendlich lange, gedankenschwere Pause. „Ich rede trotzdem mit ihr. Aber mach dir keine Sorgen, Dad. Ich werd's nicht rumerzählen, in der Schule oder so. Nur … du weißt schon."

„Ich rechne fest mit einem Verhör." Aaron sah endlich über die Schulter. „Und ich verspreche dir, alle Fragen so ehrlich wie möglich zu beantworten."

„Ist gut. Ich geh dann meine Sachen fertig packen."

Larx richtete sich auf. „Ich sollte auch mal …"

„Wenn du runterkommst, gibt's Kaffee und Frühstück. Ich fahre heute ein bisschen früher, denn Larx muss noch duschen."

„Okay." Kirby verschwand wie versprochen und Larx fand sich seiner Privatsphäre und seiner Würde beraubt. Er hatte gerade keine Ahnung, wie er sich verhalten sollte.

„Warum hast du das denn gemacht?", fragte er mit schwacher, rauer Stimme.

„Damit du Kirby nicht mehr als Entschuldigung dafür benutzen kannst, dich zurückzuziehen."

Larx blinzelte. „Aber ich hab doch gar nicht deswegen ..."

Aaron drehte sich mit dem Gesicht zur Küchenzeile und wandte den Blick ab. „Und ob. Du hast es ungefähr sechs Mal gesagt." Er füllte Kaffeepulver aus einer Blechdose in den Filter der Kaffeemaschine. Larx streckte wortlos die Hand nach der Kanne aus und Aaron reichte sie ihm, ohne zu zögern. Larx füllte sie und wartete immer noch darauf, dass er fortfuhr.

Schließlich fragte er: „Was? Was hab' ich gesagt?"

Aaron hatte die Maschine gefüllt und stellte die Kanne auf die Wärmeplatte. „Du hast gesagt: *Ich versteh' schon, wenn du aussteigen willst.*"

Larx atmete tief ein und aus. „Du hast dich gerade vor deinem Jungen geoutet."

„Ich werde nicht aussteigen."

„Das hättest du nicht tun ..."

„Ich werde nicht aussteigen", wiederholte Aaron entschlossen. „Mach ich nicht. Ich weiß, dass du schon darauf wartest, Larx. Aber so wird es nicht laufen. Ich steig' nicht aus."

Larx biss sich auf die Lippe und nickte. „Verstanden. Aber warum? Nach nur zwei Wochen ..."

„Nein. Ich habe dich sieben Jahre lang von Weitem anschauen und mich fragen müssen, ob oder ob nicht. Sieben viel zu lange Jahre. Das mit uns war in Stein gemeißelt, sobald wir uns das erste Mal geküsst haben. Ich habe nur bis heute Morgen gebraucht, um es zu kapieren. Im Schrank ist eine Muffin-Backmischung. Könntest du ...?"

„Bis du geduscht hast, sind sie fertig." Backmischung, Öl und ein Ei. Das konnte Larx im Schlaf.

„Gut. Bin in 20 Minuten wieder unten." Aaron hatte die Lippen zur ärgerlichen und gekränkten Linie zusammengepresst und Larx hatte keine Ahnung, wie er es wieder gutmachen sollte. Aarons Junge war oben in seinem Zimmer und in weniger als zwei Stunden war Schule.

„Es tut mir leid?" Oder: ich bin so verwirrt. Aber die Entschuldigung funktionierte.

„Mir auch. Es tut mir leid, dass du je denken musstest, dass du das hier alleine machen musst." Aaron war schon auf dem Weg zur Treppe, blieb dann aber vor Larx stehen und küsste ihn entschlossen auf den Mund, sodass kein Zweifel mehr möglich war.

„Oh", sagte dieser leicht dämlich, als Aaron von ihm abließ.

„Ja. Genau." Damit verschwand Aaron nach oben, und Larx versuchte, seine Gehirnteile wieder zusammenzusetzen und Frühstück zu machen.

ALS AARON in Uniform herunterkam, waren warme Muffins und Kaffee fertig. Er sah so zuverlässig und solide aus in seinen Khakis, seiner Lederjacke und der Baseballmütze. Seine Kleidung schrie förmlich: *Ich mach' das schon!*

Larx wusste nicht genau, was er davon halten sollte. Er hatte angenommen, dass sich diese ganze Verlässlichkeit auf Aarons Kinder beschränken würde, wo sie auch hingehörte. Nie im Leben hatte er damit gerechnet, dass das auch ihn einbeziehen würde. Offensichtlich musste er Aaron in neuem Licht betrachten, denn es hatte Aaron gekränkt, dass er ihn unterschätzt hatte.

„Gut siehst du aus", sagte er mit einem kleinen Lächeln. „Hätte nicht gedacht, dass ich mal auf Uniformen stehen würde."

„Und jetzt tust du's?" Aaron biss sich scheu auf die Lippe und Larx hatte das seltsame Gefühl, auf offener See zu sein, während sich eine gigantische Welle vor ihm auftürmte. Entweder blieb er, wo er war, und wurde von ihr überrollt, oder er musste aus Leibeskräften schwimmen, bis zum Wellenkamm, und dann versuchen, darauf zu reiten.

Sein Atem stockte, und sein Verstand sagte: *Ich kann nicht, ich kann nicht, ich kann nicht ...*

Und dann sagte sein Herz mit ohrenbetäubendem Klopfen: *Machst du doch schon.*

Und plötzlich hatte er keine Angst mehr. Er schwamm auf der Welle und surfte in der Gischt, mit einem Glücksgefühl, wie er es noch nie empfunden hatte ... nicht beim Bunjeejumping, nicht beim Skydiving, noch nicht mal beim Sex mit dem einen Typ, den er wirklich gemocht hatte, noch bevor er sein Staatsexamen gemacht hatte und mit Alicia zusammengekommen war.

„Oh mein Gott", flüsterte er. Er starrte Aaron an, fühlte sich, als habe er sich erst verloren und dann wiedergefunden, er war gierig, sah sich an Aarons verliebtem Gesicht satt und schalt sich gleichzeitig für sein miserables Timing.

„Was?", fragte Aaron, ging an ihm vorbei und griff nach einem Muffin und dem Alubecher, den Larx vom Abtropfgitter genommen und mit Kaffee gefüllt hatte.

„Ich hab' gar nicht gewusst, wie sich das anfühlt", sagte Larx, viel zu überwältigt, um seinen inneren Monolog für sich zu behalten. „Genauso wie sein Baby zum ersten Mal im Arm zu halten." Denn das war ihm vertraut. „Aber bei den Babys hat man ja auch Chancen. Man kann sie für sich einnehmen. Man kann seine Sache als Papa so gut wie möglich machen und hoffen, dass sie damit zufrieden sind. Aber du bist ja schon fertig. Keine Ahnung, wie ich das anstellen soll, dass du genauso empfindest. Absolut beängstigend ist das."

„Larx?"

„Ich muss los", murmelte Larx, dann realisierte er, was er gerade gesagt hatte, und starrte die Mikrowelle in Aarons weiß gekachelter Küche an. „Muss ich wirklich. Ich bin der Rektor, ich muss da sein, bevor die Kinder kommen. Das ist Vorschrift."

Larx hatte sich nie besonders streng an Regeln gehalten, aber diese hier hielt auch er ein.

„Dad, fahren wir dann? Ich war jetzt die ganze Zeit in meinem Zimmer und hab mit Christiana geschrieben. Sie hat mir versichert, dass meine Welt nicht kurz vor dem Kollaps steht."

„Nimm dir noch einen Muffin und Kaffee mit", sagte Aaron, der plötzlich etwas verunsichert klang. Er stand vor Larx, sah ihm in die Augen und legte die warmen Finger unter sein Kinn. Larx hatte immer schon gedacht, dass Aaron schöne Augen hatte – blau wie der Ozean. „Larx, geht's dir gut?"

Ich hab mich gerade in dich verliebt. Ich will das eigentlich nicht. Ich mach mir total in die Hose.

„Alles super", sagte Larx mit rauer Stimme. „Total. Bestens." Er zeigte beim Lächeln all seine Zähne. „Kirby, du hast mit Christi geschrieben?"

„Ja. Sie ist erstaunlich gelassen."

„Sie hatte schon eine Weile Zeit, sich an den Gedanken zu gewöhnen", gab Larx zu. „Ich hab mich geoutet, als wir hierher gezogen sind. Ist total okay, wenn du es komisch findest." Er sah Aaron entschuldigend an und trat ein paar Schritte zurück. „Du kannst mich jederzeit grillen wie ein Würstchen, wenn du willst." Allmählich fand er sein Gleichgewicht wieder. Es war sein Beruf zu wissen, wie man mit Kindern redet. Er erklärte ihnen die Welt. Er machte sie für sie weniger erschreckend oder verwirrend, während sie heranwuchsen. Er konnte das.

„Ich hab Christi gesagt, dass ich heute mit euch zur Schule fahre – ihr fahrt mit einem Auto, oder?"

„Ja", sagte Larx. Noch ein paar Schritte. Er biss sich auf die Lippe, als der Abstand zwischen ihm und Aaron größer wurde. „Wir stehen euch zur Verfügung für einen Crash-Kurs über schwul-heterosexuelle Beziehungen."

„Klingt gut", antwortete Kirby. „Ich bin bereit, mich erleuchten zu lassen."

Larx lächelte und Kirby wurde plötzlich vor seinen Augen vom Kind zum jungen Erwachsenen. „Es ist genau wie Naturwissenschaften, versprochen. Je mehr du dich darauf einlässt, desto weniger tut's weh."

Kirby lachte und sie gingen zum Auto.

Die Fahrt zu Larx' Haus über den Forstweg war kurz und angespannt. Als sie hinter dem Garten am Haus hielten, nickte Aaron Kirby zu. „Geh schon mal rein, Junge. Alles soweit ok?"

„Ja, klar. Nur weil du jetzt schwul geworden bist, heißt das doch nicht, dass du nicht mehr mein Vater bist."

Er rutschte aus dem Auto und Aaron lachte. Die Erleichterung auf seinem Gesicht war greifbar. Larx hatte seine Hand schon am Türgriff und wollte Kirby gerade hinterher, als Aaron ihn mit einer Berührung aufhielt.

„Was ist denn?", fragte er. Larx warf ihm einen schnellen Blick zu. „Mir bleiben genau fünf Minuten zum Duschen, aufs Klo gehen und Rasieren, Aaron – ich muss mich beeilen!"

Aarons frustriertes Knurren war so typisch Mann, dass Larx ein bisschen nachgab. Er drehte sich auf dem Sitz zu Aaron und gab ihm einen Kuss auf die

Wange. „Ich bin den ganzen Tag an der Schule", sagte er dann leise. „Von halb acht bis zum letzten Glühen des großen Feuers. Wenn ich dich heute zu sehen bekomme, wann auch immer, ist das ein Bonus, okay?"

„Ich komm vorbei", versprach Aaron. Um seine schmalen Lippen zuckte ein kurzes Lächeln. „Das heißt aber nicht, dass ich mich nicht auf das kleine Feuer in eurem Garten freue. Jetzt, wo die Kinder Bescheid wissen."

Oh. Wow. „Wie ein Date", sagte Larx. „Mit ... also, wenn Kirby es nicht zu komisch findet ..."

„Mit Übernachten." Aaron grinste. „Verdammt. Ein Extrabonus! Das hatte ich schon fast vergessen."

Larx musste lachen. „Gott, wir werden alt. Weißt du noch, wie es war, als Sex eine *Priorität* war und kein Bonus?" Er wollte wieder aussteigen, und Aaron hielt ihn wieder auf, dieses Mal mit einem Kuss. Oh, Versuchungen vor der Arbeit, das war gefährlich.

„Larx?", sagte Aaron heiser.

„Ja?" Er roch so gut. Sauber, ein Hauch von Aftershave und Lederjacke.

„Sex mit dir ist eine Priorität für mich."

Larx lächelte und stieg *endlich* aus dem SUV.

SEINE DREI morgendlichen Handlungen waren in Rekordzeit erledigt, wahrscheinlich dank des Vollkornmuffins, und nur fünf Minuten später als sonst saß Larx in Jeans, Krawatte und Jackett im Minivan und fuhr mit den Kindern zur Schule.

Sobald sie unterwegs waren, fragte Kirby: „Was haben Sie eigentlich für Absichten mit meinem Vater?"

„Kidnappen, einer Gehirnwäsche unterziehen und dann in den Orden der unter meinem Bann stehenden unheiligen Beamten aufnehmen."

Kirby lachte laut auf. „Sie machen es einem wirklich nicht einfach, verklemmt zu sein. Sie sind genau der gleiche Lehrer mit der großen Klappe, den ich schon seit drei Jahren im Unterricht habe. Echt jetzt."

Larx holte einmal tief Atem und sah Christi entschuldigend an, die das Ganze anscheinend äußerst amüsant fand. „Kirby, hatte dein Vater eigentlich jemals wieder eine Freundin, seit eure Mutter gestorben ist? Von der ihr wisst? Hat er dir und deinen Schwestern jemals jemanden vorgestellt und gesagt: Diese Person ist mir wichtig?"

„Nein", sagte Kirby leise.

„Das hab ich seit meiner Scheidung auch nicht gemacht."

Christiana tätschelte seinen Arm, genau wie sie es schon als Kind getan hatte, wenn er überfordert damit war, der Vater zu sein. Olivia hatte das auch gemacht.

Kirby seufzte von der Rückbank. „Sie wollen also damit sagen, dass ich gar nichts mitkriegen würde, wenn es nicht was Ernstes wäre. Richtig?"

Larx zuckte die Achseln. „Ich muss natürlich an meinen Job denken. Genau wie dein Vater auch. Es sollte keine so große Rolle spielen, aber das tut es leider trotzdem. So ist es nun mal."

„Das ist doch scheiße, wenn ich's mal so sagen darf", stellte Kirby nach einer kurzen Pause fest. „Ich meine, Dad rastet wahrscheinlich sowieso aus, aber … es sollte eine Familiensache sein, keine *Job*-Angelegenheit."

Larx lachte gequält. „Sie rennen bei mir offene Türen ein, Sir." Er fuhr auf den Parkplatz der Schule, nur am Rande bewusst, dass er etwas schneller gefahren war als sonst, weil sein ganzer Körper immer noch vor Adrenalin vibrierte.

„Muss ich anfangen, Sie Dad zu nennen?"

Larx bremste abrupt und beide Kinder brachen in schallendes Gelächter aus. „Du lieber Gott, nein!" gab er scharf zurück. „Sogar meine Mädchen sagen Larx zu mir."

Er parkte ein und stellte den Motor ab. Dann wandte er sich hoffnungsvoll zu Kirby. „Ist das jetzt erst mal so okay für dich?", fragte er. „Dein Dad wollte es dir sicher nicht auf diese Weise sagen. Ich habe mich einfach nur über etwas aufgeregt und er …"

„Er fand es wichtiger, Sie zu trösten, als es vor mir geheimzuhalten", fiel Kirby verstehend ein. „Ja, so ist Dad. Wenn meine Schwestern ihre Tage hatten, hat er das auch immer gemacht."

„Dein Vater ist der beste Typ, den ich je getroffen habe", sagte Larx. Ihm wurde erst klar, wie wahr es war, als er es jetzt laut aussprach. „Ich … ich würde ihm unter gar keinen Umständen wehtun wollen."

„Okay", grunzte Kirby. „Ich bin … immer noch echt verwirrt? Und muss erst mal bisschen darüber nachdenken. Ist das okay?"

„Absolut. Bist du bereit für den Test nachher?"

„Aaahhh!" Und es war sonnenklar, dass Kirby den Test total vergessen hatte.

„Na dann geht euch noch mal den Stoff anschauen – Christi, hier sind die Schlüssel zum Büro. Wenn jemand fragen sollte …"

„… hab ich sie dir gestohlen, nachdem ich dich mit Chloroform betäubt und gefesselt in einen Schrank gestopft habe", antwortete sie brav. Es war gegen die Vorschrift, Kindern Schlüssel zu öffentlichen Gebäuden in die Hand zu drücken. Bei Larx galt die persönliche Vorschrift, dass er seiner Tochter sehr wohl seinen Schlüssel geben konnte, sonst hätte er ihr auch nicht die Schlüssel zu seinem Auto oder die Kreditkartennummer geben dürfen.

„Gutes Kind." Er schloss die Augen und seufzte. „So. Jetzt muss ich mich erst mal mit einer ganz anderen Angelegenheit beschäftigen. Sollte es so lange dauern, dass ich nicht zum Unterricht kommen kann, schicke ich jemanden, der den Test beaufsichtigt."

„Wow", sagte Christi beim Aussteigen. „Das auch noch, außer dem Spiel und dem Freudenfeuer? Versuchst du, deine Jugendsünden wieder gutzumachen?"

Larx dachte einen Moment nach. „Hm. Autsch. Das würde ja bedeuten, dass es noch viel schlimmer wird."

Die Kinder trollten sich lachend zum Klassenzimmer und Larx rückte seine Krawatte zurecht. Es würde ein harter Tag werden.

FLAMMEN

LARX REDETE so schnell auf Aaron ein, dass er ihm durch den Lautsprecher in seinem Dienstwagen kaum folgen konnte.

„Kannst du dir die gequirlte Scheiße vorstellen?" wütete er. „Die Schulpsychologin sagt, das Mädchen sei eine verdammte Zeitbombe, aber Heather Perkins, die blöde Kuh, erlaubt ihr trotzdem, bei den Cheerleadern mitzumachen, und zum Ball soll sie auch kommen dürfen ... und, oh mein Gott! Ich wollte das Herbstfeuer schon absagen. Ich war drauf und dran, aber nein, die blöde Perkins hat nichts Besseres zu tun, als die Mutter von dem Mädchen vollzuschleimen, und dann, verflucht noch mal ... Aaron, Isaiah hat ihr beim Mittagessen gesagt, dass er nicht mit ihr zu dem Ball gehen kann, und beide Jungs haben heute besser ausgesehen als die ganze Woche davor. Keine Ahnung, was sie vorhaben. Julia ... sie saß einfach da, mit ihren blauen Kulleraugen, aber die *Mutter* ..."

Aaron erschauerte mitleidig. Er war Whitney Olson schon begegnet. Sie war zierlich, dunkelhaarig und hatte blaue Augen. Auf den ersten Blick wirkte sie *bezaubernd*. Das war bei einer Veranstaltung des Sheriff-Departments gewesen, die von den Olsons gesponsert worden war. Er hatte beobachtet, wie sie mit den VIPs der Stadt umging, während sie bei den Kanapees anstanden.

Sie hatten gelächelt und Witze erzählt und sich gegenseitig nach den Kindern erkundigt.

Und jede einzelne Person, die auf sie zuging und ein Gespräch anfing, hatte Angst vor ihr gehabt.

Er hatte gesehen, wie Fred Olson, ein entfernter Cousin ihres Mannes, dem der Lebensmittelladen gehörte, sie begrüßte: „Hallo Whitney. Du wirst dich freuen zu hören, dass wir das kleine Problem mit deinem Lieblingswein lösen konnten. Ist nicht ganz billig gewesen, aber für unsere Lieblingskundin machen wir das natürlich."

„Oh?", hatte sie mit *bezaubernder* Überraschung gesagt. „Das habt ihr für *mich* gemacht? Das ist mir wirklich unangenehm – wo ich doch fast nie bei euch einkaufe."

Fred hatte nicht mit der Wimper gezuckt, aber Aaron hatte seine unterdrückte Wut bemerkt und sich ausrechnen können, dass das Gespräch davor noch hundertmal schlimmer gewesen war. Fred war bei Weitem nicht der einzige, den sie vor den Kopf gestoßen hatte. Aaron hatte mit angehaltenem Atem ihr Gespräch mit Nancy Pavelle angehört, der befreundeten Kollegin von Larx, obwohl er Larx damals noch kaum kannte.

„Schön, Sie zu sehen, Nancy. Ich hätte Sie bei einer solchen Veranstaltung gar nicht erwartet."

„Mein Mann und mein Bruder sind Polizeibeamte unten in der Stadt, Whitney. Wir sorgen dafür, dass es unseren Männern hier oben auch gut geht."

„Polizisten. Großartig. Ich habe gerade neulich mit meiner Tochter über Sie gesprochen und sie hatte nur Gutes über Sie zu sagen …"

„Ist ja komisch. Als ich ihr mitgeteilt habe, dass sie keine bessere Note bekommt, hat sie mich nur wüst beschimpft. Ich hatte Ihnen eine Nachricht dazu hinterlassen, während sie nachsitzen musste."

Aaron hatte sich so über das Gift in Whitneys Blick erschrocken, dass *er* einen Schritt zurückgetreten hatte.

„Ach, Sie haben die Note gar nicht geändert?", fragte Whitney mit unbeweglichem Gesicht. „Wieso haben Sie die Note nicht geändert? Julia hat mir versichert, dass sie die Arbeit nachträglich abgegeben hat."

„Ihre Tochter hat eine von jemand anderen geschriebene Arbeit abgegeben. In der Handschrift von jemand anderem, Whitney. Dazu hatte ich Sie auch angerufen, auf dem Festnetz und auf dem Handy, und den Verweis habe ich per Einschreiben geschickt."

Und dann hatte Aaron aus nächster Nähe beobachten können, wie diese Frau operierte. Sie war so nahe an Nancy herangetreten, dass Aaron versucht gewesen war, sie nach Waffen zu durchsuchen. Er hatte nicht nahe genug gestanden, um zu hören, was Whitney gesagt hatte, aber Nancys Antwort hatte er sich auf der Zunge zergehen lassen.

„Mein Bruder macht kein Geheimnis aus seiner Vergangenheit, Mrs. Olson. Er versteckt sich nicht. Die meisten seiner Kunden wohnen gar nicht in Colton, also brauchen Sie gar nicht erst rum zu erzählen, dass er eine Drogenvergangenheit hat. Aber dass Sie versuchen, mich zu erpressen, zeigt Sie in einem denkbar schlechten Licht."

Aaron war auch vor dem Anruf von Larx darauf gefasst gewesen, nur Schlechtes von dieser Frau zu hören. Als er jetzt an die Geschichte von damals zurückdachte, fand er es noch erschreckender, was er da hörte.

„Und Julias Mutter sah mich an und fragte: *Und dafür musste ich jetzt meine Reise nach Tahoe absagen?*"

„Was hast du geantwortet?"

„*Gute Frau, ich habe Ihnen wahrscheinlich Schäden in fünfstelliger Höhe erspart. Die halbe Schule hatte vor, am Wochenende zur Party Ihrer Tochter zu gehen, und ich bin sicher, Sie hätten uns das auch noch zum Vorwurf gemacht!*"

Aaron schnappte nach Luft, beeindruckt von Larx' Courage, oder besser gesagt seinem Leichtsinn. Eins von beidem. „Und dann?"

„Dann hat Julia gekreischt: *Wer hat gepetzt?*, was zeigte, dass sie dumm ist wie Bohnenstroh, denn ich hatte nicht einmal das Datum erwähnt, es war ja reine Spekulation von uns. Ihre Mutter hat nur gesagt: *Davon wusste ich natürlich.*

Glauben Sie wirklich, dass die Party unbeaufsichtigt gewesen wäre? Und Julia hat ausgesehen, als würde sie gleich in Tränen ausbrechen, denn natürlich dachte sie, dass sie sturmfrei haben würde, was jetzt auf keinen Fall sein wird. Einerseits finde ich das super, aber andererseits?"

„Du willst sie zu Homecoming am liebsten gar nicht an der Schule haben."

„Keine von beiden. Isaiah hat sich öffentlich beim Essen von Julia getrennt, was einerseits gut ist, denn so hat er …"

„… Zeugen", sagte Aaron nickend, während er links in Richtung Mustang Lake abbog. Die wohlhabenden Bürger wie die Olsons und andere prominente Stadtbewohner hatten große Häuser drüben am Nordufer und meist auch private Wachdienste. Es gab dort aber auch normale Bungalows, manche bewohnt, andere im Sommer oder im Winter vermietet, und er fuhr ab und zu vorbei, damit sich keine Obdachlosen dort einnisteten. Das kam manchmal vor und er hatte zur Sicherheit eine Liste der Namen der Eigentümer.

„Schlecht ist es, weil …"

„… es den Troll füttert", ergänzte Aaron, der immer noch der Meinung war, dass es besser war, Zeugen zu haben, als den bereits psychotischen Teenager noch weiter zu reizen.

„Ja. Also, Gott weiß, was sie tun wird. Aber wir tun ihr keinen Gefallen. Jetzt hat ihr die Mutter das einzige Stückchen Autonomie weggenommen und sie sah aus, als würde sie gleich losheulen. Und jetzt muss sie wieder nach Hause und mit dieser Frau zusammen sein? Ich würde wahrscheinlich auch den Tag herbeisehnen, an dem Mama unterwegs ist, damit ich das Footballteam flachlegen kann."

Aaron musste lachen. Es war ein schönes Gefühl, zu Larx' Vertrauten zu gehören – und es war klar, dass das so war. Unzensierter Larx war wie unverdünnter Whiskey: Nur wer Courage und einen klaren Kopf hatte, vertrug ihn.

„Was ist denn mit den Jungs?", fragte Aaron, während er den Blick über das Gelände von der Straße bis zum klaren Blau des Sees schweifen ließ. Da draußen schwamm etwas, gleich neben der nächsten Stichstraße. Aaron stellte den Wagen ab, griff sich Walkie-Talkie und Telefon und ging am Ufer entlang zu der kleinen Bucht hinunter, um besser sehen zu können. Vielleicht war es ein Holzstamm – dann musste er den alten Harold anrufen, der ein kleines Boot und Freunde mit Fischernetzen hatte. Sie gehörten zwar nicht offiziell zum Fischereiamt, aber sie kümmerten sich gerne darum, dass der See für alle, die ihn nutzten, sauber blieb.

„Die Jungs haben nach der Schule ganz fröhlich ausgesehen", meinte Larx leicht ungeduldig. Wie er Aaron erzählt hatte, übte er sich gerade im Multitasking. Während er telefonierte, half er beim Aufbau für den Ball. Aaron hoffte, dass nur andere Lehrer ihm zuhörten, denn der gute Larx fluchte wie ein Seemann, wenn er aufgebracht war. Aaron mochte das – er hatte bisher nie viel mit wilden Jungs zu tun gehabt und an Larx fand er es ausgesprochen attraktiv. „Und es ist ihr letztes Spiel in der offiziellen Saison. Wenn sie gewinnen, haben sie auf jeden Fall Plätze an einer State University. Wenn sie verlieren, na ja, dann hat Isaiah wenigstens ein Teilstipendium für die meisten State Colleges sicher."

„Und Kellan?"

„Dem würde ich ein paar Förderstipendien organisieren. Er hat bis zum Anschlag ADHS, aber wenn man sich seine Noten und Sportleistungen ansieht, ist er ein echter Musterknabe. Hauptsächlich möchte ich die beiden hier raus und an ihr Wunsch-College bekommen, damit sie sein können, wer verdammt noch mal sie sein wollen."

„Ja", sagte Aaron abwesend. „Das ist bestimmt eine gute Idee. Äh … oje, ach du Scheiße."

Oh nein. So was hatte er schon öfter im Wasser gesehen. Er hatte an einigen solcher Fälle gearbeitet. Die helle Masse, die da im Wasser schaukelte, war kein Baumstamm, es war kein Fisch, und ein umgekipptes Boot war es auch nicht. Und menschlich sah es auch nicht mehr unbedingt aus.

Fuck.

„Was ist los?" Die Besorgnis in Larx' Stimme zu hören, war beruhigend – es zeigte, dass er zwar auch den Arsch voll zu tun hatte, aber für Aaron da sein würde, wenn dieser ihn brauchte. Und Aaron würde ihn brauchen, denn diese Dinge setzten ihm immer zu.

„Ich muss dich später zurückrufen. Bin, glaube ich, gerade auf ein Problem gestoßen. Ich komme nachher zum Spiel, spätestens zum Feuer, okay?"

„Ja, Aaron. Ähm. Sei vorsichtig? Pass auf dich auf? So was in der Richtung?"

Aaron atmete tief durch und konzentrierte sich auf die Besorgnis von Larx. Das hatte er schon so lange nicht mehr gehabt. Eigentlich war es so, dass meist er den Kindern gut zuredete, sodass sie gar nicht darüber nachdachten, ob Daddys Job gefährlich war oder nicht.

Es war schön, wenn sich jemand sorgte. Er konnte es zugeben, jetzt mehr als je zuvor.

„Mach ich, Baby. Bis nachher."

Er beendete das Gespräch und nahm das Walkie-Talkie vom Gürtel. „Zentrale, hier ist Deputy Aaron George. Ich melde mich vom Nordende des Mustang Lake, etwa zwei Meilen südlich von Pinto Drive. Könnt ihr mich hören?"

„Klar und deutlich, Aaron. Was gibt's?"

„Könnt ihr den Sheriff und Cheryl vom Such- und Rettungsteam benachrichtigen? Wir haben eine Wasserleiche im See, nicht weit entfernt von der Abzweigung zum Highway, over."

„Oh, Scheiße", Angies Stimme, rau vom jahrelangen Rauchen und Whiskeytrinken nach Dienstschluss, wurde fast unerträglich heiser. „Wie schlimm?"

Aaron konnte vom Seeufer aus noch nicht viel sehen, insbesondere, weil der nackte, aufgedunsene Körper mit dem Rücken nach oben lag. Aber er konnte sehen, dass an der Stelle, an der sein Hinterkopf hätte sein sollen, ein großes Stück fehlte.

„Sieht nicht gut aus, würde ich sagen. Besorg mir schnell Verstärkung, okay?"

„Verstanden. Bleib, wo du bist, Aaron. Verstärkung ist unterwegs."

Aaron steckte das Funkgerät weg und bemühte sich um die professionelle Einstellung, die auch seinen Magen in Schach hielt. Es war Zeit, seinem Würgereiz die kugelsichere Weste anzuziehen und sich wie ein Polizeibeamter zu benehmen statt wie ein verliebter Jungspund.

Verdammt.

ER KAM gerade noch rechtzeitig zum Ende des Spiels, in dem die Colton Mustangs das Team ihrer Partnerschule, die Tyack Turtles, nervenaufreibend mit 17:14 besiegten. Aaron stellte sich neben Larx vor die Heim-Tribüne und nickte ihm zu.

Larx sah ihn aus braunen Augen nachdenklich an und nickte zurück. „Hab schon von eurer Leiche gehört", sagte er leise. „War's schlimm?"

Aaron nickte wortlos. „Später ...", sagte er knapp.

„Alles klar." Larx hatte den Blick auf die Formation auf dem Spielfeld gerichtet, wo ein Field Goal vorbereitet wurde, aber seine Stimme klang mitfühlend.

„Wie war's hier so?"

„Angespannt." Er deutete auf die Cheerleader, die lächelnd bereitstanden und das Spiel aufmerksam verfolgten. Julia war ein Abbild ihrer Mutter, mit dunklen Haaren, blauen Augen und charmanten kleinen Bäckchen. Ihr Lächeln wirkte wie eine erstarrte Grimasse und Aaron fiel auf, dass rechts und links von ihr mindestens noch Platz für eine weitere Person gewesen wäre.

„Das seh' ich", meinte Aaron. „Und die Jungs?"

Larx lächelte stolz. „Isaiah hat beide Touchdowns gemacht", antwortete er. „Wenn bei den Endspielen niemand verletzt wird, können die beiden zumindest einen guten Start hinlegen."

In diesem Augenblick kam Christiana vorbeigeschlendert, Hand in Hand mit einem kleinen, trotz ihrer deutlichen Kurven zart wirkenden, blonden Mädchen.

„Na, Christi", sagte Aaron und tippte sich an die Mütze.

Christi lächelte und sah dann leicht nervös ihren Vater an. „Dad, du erinnerst dich an Schuyler."

„Na, Schuyler – schön, dich zu sehen!"

Es schien, als spräche Larx extra warm und väterlich, und Aaron sah noch mal hin, um zu verstehen, was los war.

„Hallo, Herr Direktor", piepste Schuyler. „Ich freue mich ... äh ..."

Den kleinen, geduldigen Seufzer hörte nur Aaron. „Ich freue mich sehr, dass ihr beiden zusammen seid", sagte Larx lächelnd und Christi quittierte Aarons überraschtes Gesicht mit einem leicht boshaften Blick, für den sie eigentlich viel zu jung war.

„Oh!", sagte er tonlos.

„Genau!" gab sie leise zurück.

„Ja?" Große blaue Puppenaugen klimperten Larx an und er zwinkerte ihr zu. „Natürlich, Kindchen. Alles gut."

Schuyler lächelte nervös und Christi zog an ihrer Hand. „Christi!", rief Larx ihr nach. „Kommt ihr nachher zum Feuer?"

Christi schüttelte den Kopf. „Nein, wir hauen nach dem Spiel ab. Wahrscheinlich bleibe ich heute wieder bei ihr!" rief sie und zog Schuyler auf die Tribüne. Sie setzten sich nebeneinander, sahen süß und kuschelig zusammen aus, und Aaron versuchte, sich daran zu gewöhnen.

„Echt jetzt?", fragte er leise.

„Scheinbar war in Colton gerade Coming-out-Woche", meinte Larx schmunzelnd.

„Das Memo muss ich übersehen haben."

„Man muss wachsam bleiben, Deputy. Diese Dinge sind wichtig!"

Aaron warf ihm einen zornigen Blick zu, aber dann schoss Craig Stevens das letzte Field Goal, der Summton ertönte, das Spiel war beendet und die beiden hatten Wichtigeres zu tun.

AN DIESEM Abend dauerte es nicht so lange, bis alle Eltern weg waren. Larx musste Aaron und den anderen Deputys das Aufräumen überlassen, denn er war damit beschäftigt, an alle beteiligten Kollegen und Kolleginnen Taschenlampen zu verteilen und sie auf den unbefestigten Weg zum Gelände hinter der Schule zu schicken. Um zur Feuerstelle zu gelangen, mussten sie die Olson Road überqueren und dann über einen anderen Pfad zu der Lichtung gehen, auf der schon Feuerholz und Zunder für das Feuer bereitlagen, das gleich angezündet werden würde.

Mehrere AGs würden Kakao und heißen Apfelsaft anbieten, die Elternvertreter wollten Hotdogs und Kekse verkaufen und der Quarterback würde gemeinsam mit einem weiteren Spieler traditionsgemäß das Feuer anzünden.

Rituale waren auch wichtig.

Aaron war Teil der Nachhut, also musste er sich beeilen, als der Appell an alle kam.

„Äh, Larx, Deputys, Sie müssten bitte das Team zur Feuerstelle begleiten. Würde das gehen?"

„Irgendein besonderer Grund dafür?" kam die Stimme von Larx laut und deutlich aus dem Lautsprecher.

„Isaiah und Kellan wollen, äh, was sagen", antwortete Coach Jones zögernd. „Das, äh, Team, steht hinter ihnen, aber es kann sein, dass wir so eine Art Solidaritätsbezeugung brauchen."

Aaron fühlte, wie seine Augen größer wurden, und setzte sich in Trab, den Waldweg entlang, um Larx zu finden und sich zu den anderen Deputys zu gesellen, bevor das Footballteam eintraf.

Larx musste die gleiche Idee gehabt haben, denn er wartete schon mit geröteten Wangen und außer Atem auf Aaron, als dieser an der Lichtung ankam.

„Glaubst du …?", fragte Aaron keuchend.

„Absolut."

„Das kann ja lustig werden!"

„Oh Gott", sagte Larx. „Bin ich froh, dass ich MacDonald gesperrt habe."

„Bin ich froh, dass du der Rektor bist und nicht Nobili", flüsterte Aaron. Das Footballteam traf auf der Lichtung ein, und die gesamte Schule klatschte Beifall. Sie drängten sich um Isaiah und Kellan, aber Aaron konnte selbst durch das Gewirr der vielen warm eingepackten Körper sehen, dass die beiden Jungs sich an den Händen hielten.

Der Jubel ebbte nach und nach ab und die Schule hielt kollektiv den Atem an, während in die Stille hinein *Sweet Georgia Brown* gespielt wurde. Larx trat mit einem drahtlosen Mikrofon zu Coach Jones und die Band verstummte.

Larx flüsterte dem Trainer etwas ins Ohr. Der schloss einen Moment die Augen und nickte dann. Okay. Sie wollten das richtig machen.

„Also", sagte Jones, den Blick auf Larx geheftet. „Es ist Tradition bei uns, dass der Quarterback der Highschool mit einer Person seiner Wahl das Herbstfeuer der Oberstufe anzündet. In diesem Jahr sind das Kellan Corker und sein Freund." Ein tiefer Atemzug. „Isaiah Campbell, unser Wide Receiver."

Einen Augenblick lang schwiegen sogar die Grillen.

Dann pfiff Larx, Gott sei Dank, laut auf seinen Fingern und begann zu klatschen. Das Footballteam und die Lehrer stimmten ein und dann, dem Beispiel der sie umgebenden Erwachsenen folgend, taten alle Schüler der Highschool es ihnen nach.

Sie jubelten.

Sie pfiffen und klatschten und brüllten *Super!* Und *Cool!* Und *Herzlichen Glückwunsch!*

Falls es geflüsterte Schimpfworte oder angewiderte Blicke gab, geschah das heimlich. Das Team trat beiseite und die beiden Jungen gingen Hand in Hand zum Holzstapel, wo Larx ihnen ein Grillfeuerzeug und einen langen, dünnen Holzspan mit Papierspitze reichte.

Aaron konnte nicht verstehen, was Larx sagte, aber Isaiah nahm ihm den Anzünder ab und Kellan setzte das Papier in Brand. Zusammen steckten sie den Anzünder in die Mitte des Feuerholzes und traten zurück, als es Feuer fing.

Alle applaudierten, und dann gaben sich Kellan und Isaiah vor den Augen der Zuschauer einen Kuss.

Das würde für immer in Aarons Gedächtnis gebrannt bleiben: Die Silhouette der beiden Jungs, die sich vor dem Feuer küssten. Altes Holz, das verbrannte. Eine junge Liebe vor der Hoffnung des neuen Lichtes.

Wenn es nur immer so einfach wäre.

Larx wartete, bis der Kuss vorbei war, dann trat er zu den Jungs und schüttelte beiden die Hand, gefolgt von Yoshi und Nancy Pavelle, und schließlich tat das gesamte Kollegium es ihnen nach, einschließlich des kleinen Wichtigtuers, der letzte Woche das Spiel gepfiffen hatte.

Aaron sah sich um, um die Stimmung zu einzuschätzen. Die Kapelle spielte jetzt wieder, *Somewhere Over the Rainbow*, weil die Bandmitglieder anscheinend einen etwas sarkastischen Humor hatten. Die Jugendlichen hatten sich zu ihren Grüppchen zusammengefunden. Sein Blick suchte die Cheerleader, die mit den Footballspielern tuschelten, wahrscheinlich gespannt zu hören, was sich in der Kabine abgespielt hatte.

Julia war nicht dabei. Sie stand alleine in einer Ecke und tippte hektisch in ihr Handy, während sie sich vorsichtig die Augen mit einem Papiertaschentuch abtupfte. Sie hatte dem Feuer den Rücken zugewandt und Aaron hatte plötzlich Mitleid mit ihr.

Natürlich war sie untröstlich. Das wäre jedes Mädchen an ihrer Stelle gewesen. Wahrscheinlich war sie es jeden Tag. Was auch immer sie zu dem gemacht hatte, was sie heute war, musste ziemlich brutal gewesen sein, sonst würde sie sich nicht ständig wie ein in die Enge getriebenes wildes Tier verhalten. Aber wilde Tiere hatten auch dann Zähne und Klauen, wenn man ihnen helfen wollte, und Aarons Mitleid hatte seine Grenzen.

Seine Grübelei wurde unterbrochen, als Kirby aus der Dunkelheit auf ihn zutrat. Er winkte seinen Freunden zu.

„Und? Was sagst du dazu?", fragte er vorsichtig mit Blick auf die beiden Jungen, die immer noch vom Kollegium und Freunden umringt waren.

„Ich finde, die Welt hat sich ganz schön weiterentwickelt", gab Aaron ebenso vorsichtig zurück.

„Aber noch nicht weit genug", erriet Kirby seine Gedanken.

Aaron sah seinen Sohn besorgt an. „Es tut mir leid. War ein harter Tag, irgendwie. Ich wäre so froh, wenn man es den beiden so einfach machen könnte wie in einem Film. Das Feuer brennt, die Menge rastet aus, Feuerwerk wird angezündet, Happy End, alle bekommen Stipendien, hurra!"

„Aber so ist die Welt leider nicht", sagte Kirby, und Aaron legte seinem Sohn den Arm um die Schultern, weil er es ihm immer noch erlaubte. Wenn einer wusste, dass ein Kuss oder eine glückliche Familie oder ein schöner Augenblick nicht zugleich ein gutes Ende bedeuteten, war es das Kind, das draußen im Regen auf seine Mutter gewartet hatte, an dem Tag, an dem sie es nicht mehr geschafft hatte, ihn abzuholen.

„Ich mach mir einfach Sorgen." Und nicht nur um die beiden.

„Du willst auch dein Happy End haben, oder, Dad?"

„Ja", gab Aaron zu, „Darf ich das denn nicht?"

„Doch."

Gott, Aaron war so müde. Er hatte keine Ahnung, wie Larx es anstellte, dass er immer noch rumsausen konnte wie ein Äffchen mit Raketenantrieb. Aaron hatte heute eine Leiche aus dem See gezogen, aufgedunsen und von Fischen angefressen. Es sah aus, als sei es ein Mann gewesen. Er trug Boxershorts. Sein Gesicht fehlte.

Es war eine schwierige und eklige Bergung gewesen und es war so gut wie unmöglich, den Mann zu identifizieren. Ein Forensiker aus Sacramento war angefragt worden, weil der hiesige Gerichtsmediziner ohne Zögern zugegeben hatte: „Sorry, das hier übersteigt meine Fähigkeiten."

Abgesehen von dem Gestank, der Fäulnis und dem hässlichen Anblick des Todes war Aaron traurig wegen des weggeworfenen Lebens. Selbstmord? Mord? Wie auch immer – es war sinnlos und gewalttätig und scheußlich. Er wollte seine Kinder davor schützen. Er wollte Larx davor schützen. Und ebenso die Kinder hier am großen Feuer, all die einfältigen, geilen, glücklichen, aufgeregten Teenager, die sich auf eine Zukunft freuten, von der sie gar keine genaue Vorstellung hatten.

„Dad?", fragte Kirby in die Stille hinein.

Aaron ließ den Arm sinken. „Tut mir leid. Ich bin total kaputt. Na los." Er scheuchte ihn mit einer Handbewegung davon. „Na los, geh spielen, okay?"

Kirby nickte. „Mach ich. Ich komm auch alleine nach Hause, wenn du dich hinlegen musst oder so."

Aaron schüttelte den Kopf. „Nein – hab Larx versprochen, dass ich beim Aufräumen helfe. Ich bin wahrscheinlich erst nach dir daheim. Sag mir einfach Bescheid, wenn du gehst, und ich mach's auch so."

Kirby nickte und verschwand, und Aaron ging auf die Suche nach Larx.

Der war von einigen Leuten aus dem Kollegium umgeben, die alle lächelten, wenngleich keiner von ihnen so richtig glücklich aussah.

„Wusstest du, was sie vorhatten?", fragte Yoshi gerade, als Aaron zu ihnen stieß.

„Ich hatte keinen Schimmer", sagte Larx unschuldig wie ein Chorknabe, was Aaron sofort misstrauisch werden ließ.

„Du wusstest, dass was im Busch ist, stimmt's?", fragte Nancy Pavelle mit zusammengekniffenen Augen, und Larx zuckte die Achseln, weil sie offensichtlich ins Schwarze getroffen hatte.

„Das habe ich", räumte Larx ein. „Ich riet ihnen, dazu zu stehen, damit es ihnen nicht ihr ganzes Leben verpfuscht. Das haben sie gemacht, und jetzt müssen wir ihnen den Rücken stärken."

„Klar", sagte der Trainer. Er sah die Anderen an und verdrehte die Augen. „Ich muss schon sagen, ich war heute sogar bisschen stolz, dabei zu sein. Die Schule zu einem sicheren Ort machen. Genau wie letzte Woche beim Spiel, als wir cool reagiert haben. Jetzt müssen wir so weiter machen, stimmt's?"

Auch Larx ließ nun seine neutrale Fassade fallen. „Ich bin auch stolz. Aber ihr wisst genau, dass die Schlammschlacht spätestens morgen bei dem Ball losgeht und unsere Telefonleitungen werden auf jeden Fall heiß laufen. Ist so. Macht am besten die Handys übers Wochenende gar nicht erst an, denn wir müssen unsere Kräfte bündeln."

„Wir sollten einen *Pakt* schließen", sagte Nancy, und alle streckten die Hände zur Mitte aus, weil anscheinend die meisten Lehrer genau wie Larx und seit der siebten Klasse keinen Tag reifer geworden waren.

Aaron sah ihnen dabei zu, wie sie ernsthaft schworen, ihre Mailboxen nicht am Wochenende abzuhören. Alle riefen im Chor *Ich schwöre!* in die nach Rauch duftende Nacht. Dann teilten sie sich auf und wanderten durch die Menge wie gewissenhafte Aufsichtspersonen. Larx zog es natürlich zu Aaron.

Wo er hingehörte.

„Na, das war ja eine Überraschung", murmelte Aaron.

„Der Schwur? Das machen wir immer so."

„Die einstimmige Unterstützung."

Larx schnaubte durch die Nase. „Ja, jetzt hat es ganz gut ausgesehen. Warte mal ab, bis die Eltern anfangen, über uns herzufallen. Und dann wird die Schulversammlung noch ihren Senf dazugeben, wette ich. Ich weiß, es hat *ausgesehen,* als seien sich alle einig, aber es sind im Ergebnis höchstens 60% dabei, mit viel Glück."

Aaron zog scharf die Luft durch die Zähne. „Autsch."

Achselzucken. „Sie haben eben Angst. Veränderungen sind bedrohlich, war schon immer so. Aber ich bin sicher, dass sie alle das wollen, was für die Kinder am besten ist. Und wenn man so was sieht wie heute Abend …" Wieder wurde seiner Stimme weicher. „Na ja, du denkst, du weißt, was das Beste ist. Aber wenn dir ein Haufen besorgter Eltern die Ohren voll heult?"

„Dann fängst du an zu zweifeln", sagte Aaron. Er verstand das schon. Als Polizeibeamter konnte man sich das nicht leisten. Alles, was man tat, musste so aussehen, als wäre man 100% sicher. Man hatte eine Dienstwaffe in die Hand gedrückt bekommen und die Regierung ging davon aus, dass man sie zu nutzen wusste. Lehrer hatten keine Waffen, stattdessen wussten sie um die menschliche Natur – und auch, dass Menschen Fehler machen.

Plötzlich war er unglaublich froh, nur Polizist zu sein.

„Ich weiß, dass du es verstehst", stimmte Larx zu. „Tut mir leid. Ist eben unser Job." Dann, übertönt vom allgemeinen Trubel und der Band, die *Just Give me a Reason* von Pink nachspielte, fragte er leise: „Wie schlimm war es wirklich?"

Aaron überlief ein leichter Schauer, und obwohl er Larx nicht anfassen durfte, war es so gut, ihn an seiner Seite zu haben. So warm. Früher war er oft von der Arbeit nach Hause gekommen, Caro hatte ihm ein Bier eingegossen und sie hatten sich über ihren Tag unterhalten. Dann hatte sie ihn zögerlich nach seinem gefragt und er hatte immer alles beschönigt. Aber an den wirklich schlimmen Tagen hatte sie ihn dazu gedrängt zu erzählen und das hatte er dann auch getan. Zu wissen, dass er nicht allein mit all dem Furchtbaren in seinem Kopf war, hatte es erträglich gemacht.

„Wir haben ihn noch nicht identifizieren können", sagte er leise. „Kein Gesicht. Kein Gewehr. Ein Dum-Dum-Geschoss. Es war ..." Er schauderte wieder.

„Ein Albtraum", sagte Larx leise.

Und dann, wie um den Gedanken auf die Spitze zu treiben, zerriss ein markerschütternder Schrei die Dunkelheit und die hoffnungsvolle Stimmung, die sie gerade umgab, war wie weggeblasen.

WALDBRAND

„BEI DEN Klos!", rief Larx und rannte ans hintere Ende der Lichtung, außerhalb des Feuerscheins. Er hatte die Anschaffung dreier Dixi-Toiletten abgesegnet, hatte sogar das kleine Podest mit dem Waschbecken davor genehmigt und eine batteriebetriebene Lampe aufhängen lassen. Auch er selbst hätte ungerne sein großes Geschäft im Dunkeln gemacht, und außerdem waren die Toiletten dann besser zu sehen, wenn man aus dem sanften orangefarbenen Feuerschein heraustrat.

Aaron folgte ihm auf den Fersen, das *Lass mich vorangehen* schon auf den Lippen, aber das hier war Larx' Spielfeld, also hatte er die Führung.

Larx kam bei der Lampe an und schaute daran vorbei auf eine schmale Gestalt, die unter dem Gewicht eines 1,90 m großen Körpers fast zusammenbrach.

„Isaiah?"

Hinter ihm schrie Kellan besorgt auf. „*Zay?*"

Kellan und Aaron waren hinter Larx, der schon dabei war, dem Mädchen die Last abzunehmen. Joy Bradley war klein und kräftig und sobald Larx bei ihr ankam, duckte sie sich weg und überließ es Larx und Aaron, Isaiah auf den Boden zu legen.

Er atmete, aber bei jedem Atemzug quoll ein bisschen Blut zwischen seinen Lippen hervor. Als Larx nach der Wunde suchte, sah er, dass seine gesamte Bauchdecke aus einer großen, blutenden Wunde bestand und dass auch sie inzwischen alle – Larx, Aaron und der leise schluchzende Kellan – von oben bis unten voller Blut waren.

Kellan kniete neben Isaiahs Kopf, streichelte mit blutigen Händen das blasse Gesicht und flüsterte ihm etwas zu in der Hoffnung, eine Antwort zu bekommen.

Larx betrachtete das zerstörte Feld aus Haut, Muskelgewebe und Eingeweiden und tat sein Bestes, um sich nicht zu übergeben. Er war hier der Erwachsene, und seine Schüler brauchten ihn.

„Aaron", krächzte er, „hol die Kavallerie. Nancy!", rief er dann, und die liebe, gute Frau bahnte sich einen Weg durch die Menge, ihr Flanellhemd schon aufknöpfend, bevor sie ankam. „Nancy, du hast die Erste-Hilfe-Ausbildung, also mache ich alles, damit ich dir nicht im Weg stehe. Du sagst mir, was du brauchst, und ich besorge es, okay?"

„Mehr Flanell für Bandagen", zählte sie knapp auf „Wasser. Etwas Trinkwasser, falls er trinken kann. Decken zum Warmhalten. Außerdem eine für Kellan, der Junge sieht aus, als hätte er einen Schock. Soviel erst mal. *Beeil dich, Larx!*"

Larx hatte eine Aufgabe – Gott sei Dank hatte Nancy ihm etwas zu tun gegeben. *Yoshi, besorge Wasser. Christiana, besorge Decken. Kirby, sammle*

Flanellhemden und Schals ein. Alle brachten ihre Beute zu Larx, der Kellan das Wasser gab und ihn beauftragte, Isaiahs Zunge damit zu befeuchten. Kirby sollte die Hemden in Streifen reißen, um Bandagen daraus zu machen und so schnell wie möglich Nancy geben. Larx wickelte Kellan in eine Decke und überließ es dem weiter leise vor sich weinenden Jungen, Isaiah zu beruhigen. Er schob Nancy beiseite, als alle Bandagen platziert waren, und deckte Isaiah mit einer großen, rosa Decke mit Minnie Maus-Motiv zu, dann kniete er neben dem Jungen, nahm seine Hand und sagte ihm, dass alles wieder gut werden würde, wie mutig er heute gewesen war, was er für eine großartige Zukunft vor sich hatte und dass Kellan an seiner Seite sein werde, um sie mit ihm zu teilen.

Er drückte die Hand des Jungen und ließ nicht locker, bis Isaiah den Druck erwidert hatte. Aaron musste ihn schließlich buchstäblich von ihm wegheben, weil der Notarztwagen da war und die Ärzte Platz brauchten, um ihre Arbeit zu machen.

Er umarmte den schluchzenden Kellan, hielt ihn und hielt ihn und hielt ihn. Dabei registrierte er, dass auch ihm die Tränen herunterliefen, in aller Öffentlichkeit, umgeben von seinen Schülern und Schülerinnen, ohne dass er es verhindern konnte.

Aaron hatte ihm beruhigend die Hand auf die Schulter gelegt, bis Yoshi vortrat, Kellan wegführte und ihnen mitteilte, dass sie jetzt ins Krankenhaus fahren würden und sie nachkommen sollten. Aaron, Larx und die anderen Lehrer begannen, die Versammlung aufzulösen, sicherzustellen, dass alle Jugendlichen irgendwo mitfahren konnten oder ihre Eltern anriefen. Sheriff Mills hatte ganz offensichtlich schon geschlafen und erschien mit schief zugeknöpfter Uniform. Wahrscheinlich war er ganz dankbar gewesen, dass er zu alt war, sich mit dem Highschoolkram zu befassen, und jetzt war er geschockt und traurig über das Geschehen.

Aaron und er besprachen sich kurz, dann holten sie Larx dazu. Aaron musste dem Notarztwagen nachfahren und nach einem suchenden Blick machte er sich mit einem kurzen Nicken auf den Weg.

Noch nie in seinem Leben hatte Larx so ein dringendes Bedürfnis gehabt, jemandem zu folgen, noch nicht mal, als Alicia bei der Geburt von Christiana einen Kaiserschnitt bekommen musste und er während des Eingriffs draußen warten musste. Aber er konnte jetzt nicht weg – er war hier der Verantwortliche. Die Lehrer, die Jugendlichen, sie alle brauchten jetzt jemand Vertrauten, jemand Freundlichen. Die Sheriffs waren die Autorität, das Recht. Larx war die Ordnung.

Trotzdem fühlte er erleichtert sein Handy in der Tasche summen, als der Sheriff gerade begann zu sprechen.

Halte dich auf dem Laufenden. Du kriegst das hin. Sag Bescheid, wenn du fertig bist.

„Von George?", fragte Sheriff Mills.

„Ja, Sir. Er sagt, er hält mich auf dem Laufenden wegen Isaiah."

„Wir sind Ihnen dankbar, dass Sie hierbleiben und den Jugendlichen den Rücken stärken. Was wir jetzt machen werden, ist Folgendes ..." Mills wollte mit drei Deputys den Eingang zur Lichtung bewachen und die Jugendlichen durchsuchen, bevor sie aufbrachen. Zwei weitere Kollegen würden dafür sorgen, dass die Eltern jenseits des Waldstücks bei der Schule blieben.

„Sie sollten ein paar Kollegen rüberschicken, die den Eltern sagen, dass sie warten sollen, und ihnen versichern, dass die Jugendlichen in Sicherheit sind.

„Das werden sie uns nicht abkaufen", wandte Larx ein. „Vielleicht ist es besser, wenn sie gruppenweise durchsucht werden und dann rübergeschickt werden. Die Eltern warten bestimmt, wenn sie wissen, dass die Kinder kommen."

„Sehr gute Idee. Also gut, Sie schicken Ihre Kollegen zu den Eltern, meine Leute sehen sich die Kids an, die rausgehen, und wir lassen sie nacheinander durch, damit die Eltern uns keinen Ärger machen. Sehr gut!"

Der Sheriff klatschte in die Hände und zwinkerte Larx einmal freundlich zu als Zeichen dafür, dass es losging. Sie machten sich an die Arbeit.

Nachdem sie etwas Ordnung ins Chaos gebracht hatten, befragten sie leise Joy.

„Ich hab` einfach nur die Klotür aufgemacht", sagte sie gebrochen. „Einfach nur … er hatte sich dagegen gelehnt, glaube ich, denn als ich aufgemacht habe, ist er mir einfach … in die Arme gefallen." Sie sah traurig an sich herunter. Ihre Collegejacke war blutverschmiert und der hübsche grüne Pulli, den sie darunter anhatte, für immer ruiniert.

„Okay", sagte Larx und versuchte, nicht an das Blut zu denken, dass seine eigene Kleidung durchtränkte wie vergossene Limo. „Joy, kannst du dich erinnern, ob du bei den Klos irgendjemanden gesehen hast, Jugendliche oder Erwachsene, egal?"

„Nein, Mr Larkin", antwortete Joy. „Er ist einfach auf mich drauf gefallen, und ich konnte nicht mehr atmen und hatte Angst, dass ich ihn fallenlasse, und …"

Das arme Mädchen brach in Tränen aus.

Er schrieb Nancy, dass sie Joys Eltern in die Lichtung lassen sollten, um sie abzuholen. Dann gab er ihnen die Nummer der Bezirkspsychologin und riet ihnen, sich noch heute Abend oder morgen früh bei ihr zu melden, damit sie die Nachricht auch bestimmt erhielt.

Als Nächstes rief er Becky auch persönlich an, als sie sich auf den Weg machten, und warnte sie vor, dass sie wahrscheinlich die gesamte Woche über Zeit für Colton einplanen musste. Der Sheriff wartete geduldig, bis er fertig war, und begann dann, ihm weitere Fragen zu Joys Aussage zu stellen.

„Das Mädchen hat also die Tür des Dixie-Klos aufgemacht und Isaiah ist einfach rausgefallen."

Larx sah hinüber zu dem Areal, das die beiden Beamtinnen von der Spurensicherung Coltons abgesperrt hatten, von den Toiletten bis zur Feuerstelle. Alle Spuren, die zur Feuerstelle liefen, waren längst bis zur Unkenntlichkeit zertrampelt gewesen, als sie eintrafen, wie Mills zugeben musste. Daran war nichts mehr zu ändern. Es war nur der Geistesgegenwart des Kollegiums zu verdanken, dass die Jugendlichen nicht alle in der Dunkelheit verschwunden waren.

„Ja, Sir", antwortete Larx. „Sie hat geschrien, wir sind aufgeschreckt, und da war sie und hat versucht, ihn zu stützen."

„Also muss die Person, die ihn angegriffen hat, groß genug gewesen sein, ihn zurück in die Toilette zu stoßen und die Tür hinter ihm zuzuwerfen."

Larx dachte nach und nickte. „Na ja. Eher stark als groß." Der Gedanke gefiel ihm überhaupt nicht, aber das war wichtig. „Die Toiletten stehen zu ebener Erde, und die Wunde war im Unterbauch. Bestimmt war es eher jemand, der nicht besonders groß ist."

Eamon Mills nickte. „Gut beobachtet, mein Junge. Sie haben ganz recht. In welchem Winkel ist er rausgefallen?"

Larx schloss die Augen und versuchte, sich zu erinnern. „Nach vorne. Er hat sich gegen die Tür gelehnt, bis jemand sie aufgemacht hat."

„Okay. Wenn es eine kleine Person war, ohne große Hebelwirkung, wie Sie sagen, dann hat sie vielleicht einfach gewartet, bis er die Tür aufgemacht hat, ihm in den Bauch gestochen und dann die Tür wieder zugeworfen."

„Genau. Wir müssen abwarten, was die Spurensicherung sagt, aber ich denke, so könnte es gewesen sein." Er wusste, was das bedeutet. Larx liebte Kriminalromane und Krimiserien – er hätte selbst ein Buch schreiben können.

„Also können wir nicht unbedingt davon ausgehen, dass es ein Mann gewesen sein *muss*, obwohl es so ein blutiges Verbrechen war", schloss der Sheriff. „Haben Sie jemanden im Verdacht?"

Larx juckte es am ganzen Körper. Er sehnte sich nach einer Dusche, er sehnte sich nach seiner Couch in seinem gemütlichen kleinen Haus, und er sehnte sich danach zu hören, dass sein Schüler durchkommen würde. „Eins von den Mädchen hat den Jungs Ärger gemacht", sagte er dann. „Es ist nicht gesagt, dass sie es war, aber es schadet wahrscheinlich nicht, sie genauer unter die Lupe zu nehmen, bevor sie geht."

„Am besten holen wir sie gleich rüber", erwiderte Mills praktisch, denn er kannte ja den Hintergrund noch nicht.

„Es ist die Tochter von Whitney Olson", warnte ihn Larx. „Machen Sie bloß keinen Formfehler, allerbestes Benehmen, und befragen Sie sie nur, wenn Sie wirklich Beweise haben."

„Oh Gott", murmelte der Sheriff. „Darum geht's also. Der Junge wird ausgenommen wie ein Wildschwein, weil er das Mädchen abgesägt hat?"

„Hat Ihnen schon jemand erzählt, was Isaiah und Kellan heute getan haben, kurz bevor er aufgefunden wurde?"

Larx berichtete kurz, während sie beide ein wachsames Auge darauf hatten, wie die Schüler und Schülerinnen bei Scheinwerferlicht durchsucht wurden, bevor sie nacheinander über den Pfad zu ihren wartenden Eltern hinübergingen.

Der Ablauf wurde plötzlich unterbrochen, als Julia Olson begann, sich mit schriller Stimme zu beschweren, als sie von einem Deputy mit einer Taschenlampe festgehalten wurde. Larx nickte dem Sheriff zu und der ältere Mann trat vor, leuchtete sie mit seiner eigenen Taschenlampe an und sagte gelassen mit seiner tiefen Stimme:

101

„Sachte, junges Fräulein. Nehmen Sie bitte die Hände aus den Taschen."

Larx starrte die angeleuchtete Gestalt im Scheinwerferlicht an und sein Herz blieb stehen. Julia trug ihren Cheerleader-Pulli und eine Collegejacke darüber. Beides war weiß mit blauem Rand. Die wasserabweisenden Jacken waren aus dickem Filz.

Aber Julias Jacke sah so aus, als sei sie den ganzen Abend mit Cherry-Cola bespritzt worden, und Larx fühlte, wie sich in seinem Magen ein Klumpen formte.

„Nein", schrie sie. „Nein, wegen euch Idioten komme ich noch zu spät. Meine Mutter wartet schon auf mich und ..." Ihre Hände zuckten in den Taschen, als würde sie etwas umklammert halten.

Eamon Mills zog die Waffe.

Larx hatte in seinem ganzen Leben noch nie solche Angst gehabt. Eine Waffe, auf eine 17-Jährige gerichtet? Eine hässliche, tödliche Waffe, die auf ein junges Mädchen zeigte.

Das möglicherweise ein Messer in der Hand hielt, mit dem es ein furchtbares Verbrechen begangen hatte.

„Es ist doch nur mein Handy", schluchzte sie und zog ihre zitternden Hände aus der Tasche. Später tröstete sich Larx damit, dass der Sheriff kein schlechter, ängstlicher Mann war – sonst hätte er bestimmt geschossen, ohne Wenn und Aber, weil alles gegen sie sprach und genau solche Situationen für die Beamten so problematisch waren. „Sehen Sie? Es ist mein Handy. Mein Handy, und jetzt wird meine Mutter Sie verklagen. Sie kommen vor Gericht ..."

„Junges Fräulein", sagte Eamon Mills jetzt, die Waffe immer noch gezogen, die Stimme immer noch respekteinflößend, „Sie müssen jetzt das Handy fallenlassen und die Hände hinter den Kopf nehmen."

„Ich war's nicht", schluchzte Julia. „Sie können mich nicht verhaften, denn ich war's nicht. Ich schwör's. Ich war's nicht."

Aber jetzt waren alle sechs Magnesium-Taschenlampen der anwesenden Polizeibeamten auf sie gerichtet. Und als sie die Hände hinter den Kopf nahm, waren sie mit weißen Flusen bedeckt, die an einer widerlichen Schicht getrockneten Blutes klebten.

Mills hielt seine Lampe weiter auf Julia gerichtet, während Deputy Parks sehr langsam auf sie zuging und ihr dann die Handschellen um die schmalen Handgelenke legte. Als er fertig war, hob der Sheriff das Handy mit einer Plastiktüte auf, verstaute es in einer zweiten Tüte und verwahrte es sorgfältig.

Während Parks dem Mädchen seine Rechte vorlas, war eine schrille Stimme zu hören und etwas, das einer Dampfwalze gleichkam, brach durch das Unterholz.

„Wie können Sie es wagen?" keifte Whitney Olson. „Was erlauben Sie sich!" Sie sah nach dem Sprint durch den Wald etwas mitgenommen aus, der modische Trainingsanzug saß ganz verdreht, und die Haare hingen ihr schlaff auf die Schultern. Als Julia sie erblickte, begann sie, leise zu wimmern, und sank mitsamt Handschellen schluchzend zu Boden.

„Mrs. Olson", sagte Sheriff Mills, während er seine Pistole wegsteckte und sich zu ihr umwandte, „ich empfehle Ihnen, Ihrer Tochter einen Anwalt zu besorgen. Einen für Strafrecht, nicht Finanzrecht."

„Sie haben kein Recht, meine Tochter zu verhaften. Kein Recht!"

„Sie ist voller Blut", sagte Sheriff Mills in einem Ton, den man anschlägt, um ein hysterisches Kind zu beruhigen. „Ein junger Mann wurde von jemandem mit der Körpergröße Ihrer Tochter mit einem Messer angegriffen, jemandem, der kräftig, aber nicht groß ist. Und Ihre Tochter hat Blut an der Jacke." Eamon Mills pfiff laut durch die Zähne und die beiden Beamtinnen von der Spurensicherung blickten von ihrer Arbeit neben den Toiletten auf. Der Sheriff bedeutete einer von ihnen, mit ihrer Ausrüstung herüberzukommen.

„Bitte untersuchen Sie ihre Jacke und ihre Schuhe, bevor wir sie auf die Wache mitnehmen. Oh!" Mills gab ihr das Telefon. „Das nehmen Sie am besten auch gleich mit."

„Ja, Sir. Ich bringe sie zur Wache und mache dort den Rest."

„Danke, Andrea. Sagen Sie in Placer County Bescheid, die haben dort bessere Labore als wir. Bringen Sie dann später alle Proben hin, sobald wir auch die von dem Jungen haben."

„Kein Problem, Eamon." Andrea warf der vor Wut kochenden Whitney Olson einen Seitenblick zu. „Isaiah ist einer von uns. Wir kümmern uns um ihn."

Julia wurde von Andrea und der einzigen Polizeibeamtin in Colton, JoBeth Frazier, zu dem beleuchteten Areal geführt, um gründlicher durchsucht zu werden. Es blieb dem Sheriff überlassen, sich mit Whitney Olson auseinanderzusetzen.

„Ich zeige Sie an, Sheriff. Ich zeige die Schule an, die ganze verdammte Stadt", knurrte sie. „Das ist alles total lächerlich. Die halbe Schule hat wahrscheinlich Blut abbekommen – ich habe gehört, die Schwuchtel hat geblutet wie ein Schwein, als sie abgestochen wurde."

„Ich höre wohl nicht richtig", sagte Larx, dem sein Temperament gerade einen Tritt in den Hintern verpasst hatte. „Isaiah Campbell ist einer unserer Schüler, er kämpft um sein Leben, und Sie haben verdammt noch mal etwas Respekt zu zeigen!"

„So wie Sie, als Sie den beiden *Schwestern* erlaubt haben, vor dem Freudenfeuer zu knutschen?", fragte sie hämisch und Larx merkte, wie sich sein ganzer Körper vor Wut versteifte.

Dann sagte Sheriff Mills etwas und es wurde Larx sofort klar, dass das im Moment wichtiger war, als die Hand gegen die Frau zu erheben, was ihm normalerweise völlig zuwider war.

„Woher wussten Sie denn von dem Kuss der beiden Jungen?"

Die Frage war so wichtig, dass der Kopf von Larx herumfuhr. Er sah, dass auch Whitney Olson erstarrte.

„Meine Tochter hat es mir geschrieben", sagte sie schließlich würdevoll. „Völlig verstört."

Mills nickte. „Wir werden gleich das Handy überprüfen."

Whitney Olson schnaubte, kramte nach ihrem Handy und trat dann außer Hörweite, vermutlich, um ihren Rechtsanwalt anzurufen. Larx wurde klar, dass sich dieses Mal der Zorn von Whitney Olson nicht gegen ihn richten würde.

Larx würde überhaupt nicht auf der Sheriffstation sein.

„Eamon, wenn hier alles aufgeräumt ist, kann ich doch sicher ins Krankenhaus fahren, um nach Isaiah zu sehen?"

„Ja, das ist eine sehr gute Idee."

Larx hatte also ein Ziel, das ihn die nächsten paar Stunden über Wasser halten würde. Er hatte außerdem Kirby, der mit einer der letzten Gruppen durchsucht werden sollte und ihm immer wieder Zwischenberichte von Aaron lieferte.

„Gibt's was Neues?", fragte Larx, während er mit der Gruppe von Kirby wartete.

„Isaiah wird jetzt operiert", teilte Kirby ihm mit. „Sein Vater war anscheinend Scheiße zu Kellan. Mein Vater versucht zu verhindern, dass Kellan durchdreht."

„Ach, verdammt. Wissen Kellans Eltern eigentlich schon Bescheid?"

Kirbys Augenbrauen waren anscheinend ein Erbe von seiner Mutter, denn Larx hatte noch nie auch nur ansatzweise so viel Sarkasmus in Aarons Gesichtsausdruck gesehen. „Kellans Eltern? Entschuldigung, Mr Larx, aber Sie wissen schon, von wem die Rede ist, oder?"

Ja. Scheiße. Kellans Eltern wären wahrscheinlich noch nicht mal ins Krankenhaus gekommen, wenn *Kellan* auf dem OP-Tisch gelegen hätte.

„Oh, verdammt", murmelte Larx. „Jemand wird ihn nach Hause bringen müssen."

Und er konnte sich kaum vorstellen, wie furchtbar das sein musste. Er sah Kirby an, und Aarons Sohn und er hatten den gleichen Gedanken.

„Wir sollten ihn mit nach Hause nehmen", sagte Kirby. Er schrieb schnell eine Nachricht und sah dann hoch zu Larx. „Christi und er sind auch befreundet."

Larx zog sein eigenes Handy aus der Tasche und zwang sich, all die Was-wäre-wenn-Gedanken zu verdrängen, die er sich schon verkniff, seit Joys Schrei die Nacht zerrissen hatte. Was, wenn Christi an ihrer Stelle gewesen wäre? Was, wenn sie verletzt worden wäre? Was, wenn Kirby in dieser Toilette gewesen wäre? Oh Gott, was, wenn …?

Statt zu schreiben, rief er an, weil er die Stimme seiner Tochter hören musste.

„Dad?"

„Christi, Schätzchen. Es tut mir leid, dass ich deine Übernachtung ruinieren muss, aber ich brauche deine Hilfe. Es ist jemand verletzt worden."

Er umriss kurz die Situation. Er war gerade mehr Vater als Rektor, aber das wurde ihm erst klar, als er Christi mit gebrochener Stimme sagen hörte: „Oh, Daddy. Es tut mir so leid. Ja. Ich bin bei Schuyler. Wir kommen so schnell wie möglich ins Krankenhaus und dann gehen wir alle zu uns, okay?"

Er musste lachen. Und er hatte ursprünglich mal die Hoffnung gehabt, dass Aaron und er heute Abend alleine sein würden.

Er hatte anscheinend vergessen, dass Eltern nie so recht alleine waren.

„Ja, Schätzchen. Das klingt gut. Ich brauch hier noch ein, zwei Stunden, okay?" Er legte auf und sah Kirby an. „Und da ich dich heute früh zur Schule gefahren habe, nehme ich mal an, dass wir wieder zusammenfahren werden."

„Ach ja!" Kirby schlug sich vor die Stirn. „Das hab` ich total vergessen. Was für ein total crazy Tag das war."

Larx lachte leise. Er verkniff sich aus Leibeskräften den Impuls, in einen hysterischen Lachkrampf auszubrechen. Er nahm sich zusammen und legte dem Jungen die Hand auf die Schulter. „Er hat alle Gesetze der Physik, der Schwerkraft und des Raum-Zeit-Kontinuums außer Kraft gesetzt", bekräftigte er so ernst wie möglich.

Da musste auch Kirby lachen, und er lachte und lachte. Larx gab seinem Vater-Gen nach und legte den Arm um den Jungen, bis dieser schließlich seine Lachtränen abwischte und zu Atem gekommen war.

Als sie wieder zum hell erleuchteten Areal zurückkamen, war das Feuer bis auf die Glut heruntergebrannt und Kirby wurde als letzter durchsucht. Larx bat Kirby, kurz zu warten, denn er wollte noch einmal mit dem Sheriff sprechen.

„Ich fahre dann ins Krankenhaus, wenn Sie mich nicht mehr brauchen", sagte er. „Und wenn seine Eltern ihn noch nicht abgeholt haben, nehme ich Kellan mit zu uns."

„Und wieso sollten die Eltern den Jungen nicht selbst abholen?", fragte der Sheriff aufhorchend.

Larx und fuhr sich mit der frisch gewaschenen Hand durch die Haare. „Ihr Sohn hat zwei Touchdown-Pässe geworfen, und sie waren nicht da", antwortete er. „Und es ist ziemlich sicher, dass es sie nicht für ihn erwärmen wird, wenn sie erfahren, dass der Junge im Krankenhaus der Freund ihres Sohnes ist. Ich will nur …" Oh Mann. Hier vermischten sich die Dinge immer wieder. Wie unterschied man denn zwischen den eigenen Kindern und den Schulkindern? „Das ist die beschissenste Nacht seines Lebens, Eamon. Bei mir zu Hause sind seine Freunde und er kann sich sicher fühlen. Wenigstens das möchte ich ihm gerne geben."

Mills nickte. „Wenn ich Sie heute nicht mehr sehe, sehe ich Sie spätestens morgen früh in aller Frische bei Ihnen zu Hause, um seine Aussage zu Protokoll zu nehmen."

Gott sei Dank, dass dieser nette grauhaarige Mann mit der Taschenlampe und der super, super verlässlichen Ausstrahlung verstand, dass es das Beste war für Kellan. „Danke, Eamon."

„Ich gehe davon aus, dass ich Deputy George auch bei Ihnen antreffen werde?"

Larx blinzelte. „Ich nehme an, dass er nach Hause fahren wird." Denn ein Wohnzimmer mit vier weinenden Jugendlichen? Den Stress konnte Aaron sich sicher ersparen.

Aber Sheriff Mills sah ihn unverwandt an. „Ich würde es vorziehen, wenn ich ihn noch im Pyjama und Kaffee trinkend bei Ihnen vorfinden würde, Mr Larkin."

„Äh …"

„Sie haben beide einen harten Tag gehabt."

„Ja, nun, äh…"

„Und Sie können beide ein bisschen Zuspruch brauchen", fuhr der Sheriff ohne zu zögern fort. „Ich bin immer froh, wenn meine Leute wissen, wo sie hingehen können, wenn die Kacke am Dampfen ist. Eine gute Anlaufstelle."

„Das ist – äh, ja. Eine gute Idee. Und danke für Ihre offenen Worte. Aaron … Deputy George wird dann bei mir sein. Noch im Kaffee, seinen Pyjama trinkend. Oder andersrum. Ja, Sheriff, gute Idee."

Mills lachte ein bisschen müde. „Larx?"

„Ja, Sir?"

„Nehmen Sie ihre Familie und fahren Sie nach Hause. Wir übernehmen den Rest hier. Ich hoffe, es wird sich alles finden für die Jungs. Sie haben das super gemacht heute Abend – die Situation hätte komplett eskalieren können, aber das war nicht der Fall. Teils ist das George zu verdanken, aber das meiste geht auf Ihr Konto. Daher … Sie wissen schon. Wenn der Schulausschuss Ihnen querkommt, egal, wegen irgendetwas von dem, was heute Abend passiert ist, dann sagen Sie mir einfach Bescheid. Ich kann denen gerne einen kleinen Vortrag über schlechte Menschen halten und ihnen klarmachen, dass man das Böse nicht immer vorhersehen kann, okay?"

Larx nickte und wischte sich mit zitternder Hand über den Mund. Er war plötzlich ganz überwältigt von der Herzenswärme dieser Respektsperson.

„Danke, Eamon. Dann bis morgen."

„Bis morgen."

Larx und Kirby liefen müde den Waldweg entlang und Larx stellte fest, dass jemand – wahrscheinlich die Sheriffs – Lichter an den Bäumen befestigt hatte, damit die Kinder nicht durch die Dunkelheit zu ihren Eltern laufen mussten. Larx fühlte sich ebenfalls beschützt, so als wäre er nicht der Einzige, der auf alle aufpassen musste.

Sie fuhren schweigend die halbe Stunde zum kleinen Bezirkskrankenhaus. Larx versuchte, nicht daran zu denken, wie Isaiah sich im Notarztwagen gefühlt haben musste, an seine Einsamkeit und seine Schmerzen. Oder wie Kellan um das Leben seines Freundes gefürchtet haben musste.

Komisch, wie man manchmal nicht auf die offensichtlichsten Dinge kommt, bis sie einen plötzlich quasi ansprangen.

Jedenfalls traf in diesem Augenblick das, was Aaron beruflich machte, Larx mitten in den Solarplexus.

106

Vielleicht lag es daran, dass der Sheriff die Dienstwaffe auf ein Teenagermädchen gerichtet hatte. Oder an der Tatsache, dass er immer noch Isaiahs Blut an sich trug. Vielleicht war es, weil er an Kellan denken musste und an die große Angst, die er wohl gerade ausstand. Auf jeden Fall fiel es Larx auf einmal wie Schuppen von den Augen, dass auch Aaron eine Waffe hatte und von ihm immer erwartet wurde, dass er sich notfalls in Gefahr begab.

Das nächste Mal konnte es Larx sein, der mit im Notarztwagen saß und zu einem namenlosen Gott betete, dass er den Mann, den er liebte, verschonte.

Er musste einen Laut von sich gegeben haben oder Kirby hatte vielleicht gerade ähnliche Gedanken gehabt. Jedenfalls sagte Aarons Sohn in die Dunkelheit:

„Dad hatte schon ein paarmal Verletzungen. Zuletzt kurz nachdem meine Mom gestorben ist."

„Kannst du Gedanken lesen?", murmelte Larx.

Kirby lachte kurz. „Sie wären bescheuert, wenn Sie nicht darüber nachdenken würden. Ich meine, Dad tut gerne so, als wär's nicht so wichtig, aber er geht jeden Morgen mit seiner Dienstwaffe aus dem Haus. Er hat eine kugelsichere Weste. Hier draußen sind Schusswaffen gang und gäbe, daher logisch, dass man darüber nachdenkt."

„Was waren das für Verletzungen?" erkundigte sich Larx, nicht ganz sicher, ob er es lieber nicht wissen sollte.

„Ist irgendwie gegen ein Auto geschleudert worden", antwortete Kirby. „Ein paar Schrammen und blaue Flecken. Wir haben dann eine Weile bei unserer Tante gewohnt."

„Ihr habt eine Tante?" Oh, was Larx alles noch nicht wusste.

„Tante Candace – sie kommt manchmal zu Weihnachten. Hat nie geheiratet. Wohnt mal bei ihren Eltern, mal bei ihrem Freund und so. Sie ist nett. Sie würde Sie mögen."

Larx grunzte, nicht ganz sicher, ob der Junge ihm Mut machen oder lieber weiterreden wollte. „Er hat also was abgekriegt?"

„Ja. Ich weiß noch, dass Tante Candy mich von der Schule abholen kam und ich war tierisch besorgt, weil, na ja, sie hat mich auch damals abgeholt, als meine Mom gestorben ist, und …"

Er schüttelte sich, und Larx hatte das Gefühl, eine ziemlich genaue Vorstellung davon zu haben, was Kirby später mal mit seinem Therapeuten besprechen würde.

„Du hast gedacht, dein Dad kommt nicht mehr zurück." Ihm wurde das Herz schwer.

„Ja. Und dann hat Tante Candy gesagt, dass es ihm gut geht und er nicht will, dass ich mir Sorgen mache, und es war total komisch. So wie bei diesen Hypnose-Experimenten. Ich bin total ausgerastet, weil ich dachte, dass Dad was passiert sein könnte, also war ich sehr beeinflussbar in dem Moment. Tante Candy hat gesagt: *Dad will nicht, dass du dir Sorgen machst.* Also habe ich aufgehört, mir Sorgen zu machen. Und jedes Mal, wenn es mir jetzt so geht, wenn ich mich frage, was er gerade macht und ob er heil nach Hause kommt oder nicht, denke ich daran: *Dad will nicht, dass du dir Sorgen machst.* Ich weiß nicht, warum es funktioniert, aber es tut's."

Larx versuchte es. *Aaron will nicht, dass ich mir Sorgen mache.*

Es änderte gar nichts.

„Ich denke, da ist starke Magie am Werk", meinte er bedauernd. „Aber bei mir funktioniert's leider nicht."

„Warum nicht?", fragte Kirby. „Weil Sie zu alt sind?"

Larx grunzte. Er war noch nicht mal beleidigt. „Nein. Ich denke, bei dir hat's geklappt, weil du das Gefühl hattest, dass sich jemand um dich kümmert. Deine Mom vor ihrem Tod. Ihre Schwester. Dein Vater. Ich denke, das ist so eine Art ... wie heißt das? Ein Amulett? Ein ..."

„Talisman", korrigierte ihn Kirby.

„Dein Englischlehrer macht einen tollen Job", bemerkte Larx. „Genau. Ein Talisman. So einen habe ich noch nicht."

Sie waren am Krankenhaus angekommen und Larx parkte den Wagen und lehnte sich gähnend im Autositz zurück. Auf dem Armaturenbrett war es 2:30 Uhr morgens. Gott, er war es nicht mehr gewohnt, so lange mit so wenig Schlaf auszukommen. Was sollte das hier werden ... dachte er vielleicht, er sei wieder im College?

„Larx?", fragte Kirby leise.

Larx schüttelte sich. „Ja, sorry. Lass uns deinen Dad suchen."

„Okay. Ich wollte Ihnen nur noch was sagen."

Larx bemühte sich nach Kräften, im Hier und Jetzt zu bleiben. Das hier war wichtig für Aarons Sohn. „Schieß los."

„Ich hoffe ... ich hoffe, mein Dad kann Ihnen auch einen Talisman geben, damit Sie sich keine Sorgen machen. Es wäre schön, wenn ich wieder zwei Erwachsene hätte, mit denen ich reden könnte. Selbst wenn ich angeblich selbst schon erwachsen sein soll."

Larx lächelte ihn an und stieg aus. Auf dem kurzen Weg zum Krankenhaus legte er den Arm um die Schultern des Jungen und Kirby schien nichts dagegen zu haben.

HITZE

ISAIAHS VATER war genau so groß wie sein Sohn, hatte schüttere, blonde Haare, zu Fett gewordene Muskeln und eine Trinkernase.

Pete Campbell trug Arbeitshosen und T-Shirt. Er war Trockenbauer und zog sich aus Prinzip nach der Arbeit nicht um. So erschien er auch immer zu den Spielen seines Sohnes, und seine Frau, eine ehemals schöne, schlanke, überraschend große Frau, trug Jeans und ein rosa Sweatshirt. Als Aaron sie ansprach, sah sie erst kurz ihren Mann an, bevor sie antwortete.

Seine ersten Worte nach *Was zum Henker habt ihr mit meinem Sohn gemacht?* waren: *Und warum ist dieser Asso-Junge eigentlich hier?*

„Kellan ist Isaiahs Freund", sagte Aaron ruhig. „Wir dachten, er wird ihn bestimmt sehen wollen, wenn er aus der Narkose aufwacht."

„Ist zwar nicht Familie", grunzte Pete Campbell, „aber sei's drum."

Aaron und Kellan sahen sich kurz entschlossen an, dann fuhr Aaron fort, seinen Job zu machen.

„Mr. Campbell, unsere Leute arbeiten daran herauszufinden, was während des Feuers passiert ist …"

„Sie waren doch auch da! Was haben Sie eigentlich die ganze Zeit gemacht?"

„Ich habe mich am Feuer mit dem Rektor unterhalten. Es war ziemlich kalt", sagte Aaron in der Hoffnung, damit etwas Menschlichkeit in die Situation zu bringen. „Die Jugendlichen haben die Toiletten die ganze Zeit über immer wieder benutzt. Es hätte sicher sein sollen, wenn auch etwas gruselig, und das war offenbar nicht der Fall. Jetzt versuche ich herauszufinden, ob Isaiah etwas dahingehend gesagt hat, dass vielleicht irgendjemand nach dem Footballspiel heute sauer auf ihn war."

Aaron und Kellan wechselten wieder einen Blick und Aaron schüttelte entschlossen den Kopf. Diese Situation konnte sehr brenzlig werden.

„Na ja, er hatte mir erzählt, dass er Probleme mit einem Mädchen hatte", sagte Lizzie Campbell zögerlich. „Er wollte nicht mit ihr zum Homecoming-Ball gehen und sie ließ nicht locker."

„Die ganze Sache war idiotisch", brummte ihr Mann. „Ein Date mit einem hübschen Mädchen – ich versteh' immer noch nicht, warum er nicht einfach *ja* gesagt hat."

„Weil er sie nicht mochte", sagte Kellan. „Sie ist nicht ganz dicht." *Außerdem liebt er mich.* Aaron konnte das Unausgesprochene deutlich hören.

„Das hat er dir erzählt?", fragte Lizzie Campbell mit Blick auf ihren Mann. Dann lächelte sie.

„Ja, Mrs. Campbell", antwortete Kellan.

„Uns erzählt er kaum noch was", sagte sie bekümmert. „Ist bestimmt, weil er jetzt schon älter ist."

„Er hat einfach Angst davor, wie Sie reagieren", sagte Kellan. „Er ist anders als Sie und denkt, Sie würden das nicht gut finden."

Isaiahs Vater unterbrach sein Hin- und Herlaufen und drehte sich wie in Zeitlupe zu Kellan um. „Was zur Hölle soll das denn heißen?"

„Es heißt, dass Isaiah mich liebt", sagte Kellan leise, aber entschlossen. „Was Deputy George versucht, nicht offen auszusprechen, ist, dass Isaiah und ich uns heute vor der ganzen Schule am Feuer geoutet haben. Wir haben uns geküsst, und unsere Lehrer haben uns gratuliert und gesagt, dass sie uns unterstützen. Und das war toll. Aber jetzt ..." Er fasste sich, als seine Stimme zu brechen begann. „Jetzt kämpft Isaiah um sein Leben und keiner weiß, wer ihm das angetan hat. Und wir müssen es dem Deputy sagen, wenn irgendjemand ihm etwas hätte tun wollen, weil er ... mich am Feuer geküsst hat, vor den Augen von allen ..."

Aaron legte dem Jungen den Arm um die Schultern und ließ ihn einfach da, warm und solide, bis Kellan sich wieder im Griff hatte und Isaiahs Eltern langsam bewusst wurde, was er gerade gesagt hatte.

„Mein Sohn hat was?!" brüllte Pete Campbell und Aaron trat ganz nahe an ihn heran.

„Schluss damit", zischte er mit all der Autorität, die er zusammenkratzen konnte. „Kellan hat Ihnen gerade etwas erzählt, was vielleicht schwierig für Sie ist, aber wissen Sie was? Er hat recht. Isaiah kämpft ums Überleben. Wenn er aus der Narkose aufwacht, können Sie ihm entweder sauer auf ihn sein dafür, wer er ist, oder Sie können froh sein, dass Ihr Sohn überlebt hat. Er schwebt in Lebensgefahr – jetzt, in diesem Augenblick. Wollen Sie wirklich, dass er stirbt, ohne dass Sie ihn je richtig gekannt haben?"

Bitte bitte bitte ...

„Mein Sohn ... ist ... mein Sohn ist schwul?", fragte sein Vater jetzt etwas leiser. Er wandte sich um und fragte seine Frau: „Hast du das gewusst?"

„Nein", flüsterte sie, plötzlich grau im Gesicht. Dann drehte sie sich um und starrte ihn an. „Woher hätte ich es auch wissen sollen? Du lässt ihn ja beim Essen gar nicht mehr zu Wort kommen! Warum denkst du, dass er es uns nicht erzählt hat? Alles, was aus seinem Mund kommt, wird doch sofort niedergebrüllt!"

Pete Campbell war einen Moment sprachlos. „Lizzie, der Junge kommt auf dumme Gedanken. Aufs College gehen und so was. Er ist doch unser einziger Sohn. Warum will er unbedingt weg von hier?"

„Damit wir zusammensein können", flüsterte Kellan und wischte sich mit der Hand über die Augen. „Denn meine Eltern würden mich eher umbringen als mir erlauben, 'ne Schwuchtel zu sein."

Und dann überraschte Lizzie Campbell Aaron, indem sie tröstend und etwas unbeholfen Kellans Arm tätschelte, während Pete Campbell verdattert zusah.

„Mein Sohn hat einen Freund?", fragte er, als sei der Klang des Wortes fremd auf seiner Zunge.

„Ja, Sir", antwortete Aaron ruhig. „Fällt Ihnen irgendjemand ein, der ihm deswegen etwas hätte antun wollen?"

„Woher soll ich das denn wissen?", fragte der Vater des Jungen, dem plötzlich aller Wind aus den Segeln genommen war. „Ich hatte doch selbst keine Ahnung."

Er sank auf einem Stuhl zusammen wie eine langsam fließende Lawine und sah zu, wie seine Frau den schüchternen, am Boden zerstörten Kellan zu bemuttern versuchte, während dieser an den Blutflecken auf seinen Kleidern zupfte.

Aaron seufzte und bat einen Pfleger um einen Satz OP-Kleidung. Dann rettete er den Jungen aus den Fängen von Lizzie Campbell und brachte ihn zu den Duschen auf der Langzeitpflegestation. Die Spurensicherung hatte Kellan schon von Kopf bis Fuß untersucht – es war Zeit, dass er sich das Blut abwusch.

„Ich warte draußen", versprach Aaron. „Dusch dich ab und ich schaue mal nach einem Sweatshirt für dich. Dann fühlst du dich bestimmt besser. Wir müssen sowieso warten."

Kellan nickte ihm dankbar zu und verschwand. Aaron schrieb Kirby, um zu erfahren, was sich am Feuer abspielte. Laut Kirby machte Larx alles total großartig, und Aaron plusterte sich ein bisschen auf vor Stolz. Larx war wirklich etwas Besonderes – ein klarer Denker, klug, selbst unter schwierigsten Umständen noch witzig. Aaron dachte kummervoll daran, wie schön es gewesen wäre, Larx nackt, sexy und Witze machend im Bett ausgestreckt zu erleben.

Danach schleppten die Stunden sich dahin. Fast bereute er, dass ausgerechnet er der Kerl hatte sein müssen, der am Tatort war und mit Kellan ins Krankenhaus fahren musste. Am liebsten wäre er ganz woanders gewesen und hätte alles andere lieber getan als abzuwarten, ob der Klassenkamerad seines Sohnes die Nacht überleben würde.

Nachdem Kellan fertig geduscht hatte, gingen sie ins Wartezimmer zurück. Aaron schrieb ab und zu an Kirby, und Kellan schlief schließlich ein. Sein Kopf sank so vertrauensvoll an Aarons Schulter, dass ihm die Luft wegblieb. Diese Jugendlichen vertrauten darauf, dass die Erwachsenen für ihre Sicherheit sorgten – und Aaron fühlte sich, als hätte er sie im Stich gelassen.

Er nickte ebenfalls ein. In seinen Träumen tauchten ein kühles Seeufer, eine aufgedunsene Wasserleiche und eine unscharfe orange beleuchtete Dunkelheit auf, die Larx mit Blut befleckte. Dann eilten ihm auf dem Korridor Schritte entgegen und rissen ihn so plötzlich aus dem Schlaf, dass Kellan sich auch aufsetzte und die müden Augen rieb.

„Deputy George?"

Aaron blinzelte ein paarmal und musste dann lächeln. Larx' Tochter trug einen rosa Flanellpyjama mit Kätzchen- und Kaninchenaufdruck, darüber ihre Collegejacke und Regenbogen-Turnschuhe. Ihre Freundin hatte eine lila Fleecehose mit Snoopy-Muster und ein Hello-Kitty-Kapuzensweatshirt an. Sie waren der Inbegriff von bezaubernd und streckten ihnen zwei dampfende Alutassen mit Kakao und einen Teller frischer Muffins entgegen.

„Habt ihr Mitternachtsbäckerei betrieben?", fragte er mit einem Augenzwinkern. Er stand auf, reckte sich und nahm die Tassen entgegen. Eine reichte er Kellan.

„Dad hat angerufen und vorgeschlagen, dass wir bei Kellan bleiben und ihn später mit zu uns nehmen."

„Zu euch?", fragte Kellan gähnend. Christi hockte sich auf den Stuhl neben ihm. Sie sah aus wie ein süßer, schläfriger Vogel.

„Ja. Zu uns. Unser Wohnzimmer. Du, ich, Schuyler und Kirby, wenn er hier ist. Wir machen eine Übernachtungsparty, sobald wir wissen, dass es Isaiah gut geht. Bist du dabei?"

„Ich muss nicht nach Hause?", fragte er traurig, verletzlich und offensichtlich verängstigt.

Christi legte den Kopf auf seine Schulter und kuschelte sich an wie ein kleines Mädchen. „Nö", sagte sie, und klang ganz normal dabei. „Weil mein Dad der *Beste* ist." Sie lächelte Schuyler liebevoll an. „Schuylers Eltern sind auch nicht so übel. Sie haben uns Kakao mitgegeben, und da wir noch ein bisschen Zeit hatten, haben wir Muffins gebacken. Na komm schon, iss was. Nach dem Spiel hattest du doch garantiert keine Zeit dafür."

Schuyler setzte sich an Kellans andere Seite und stopfte den Jungen mit Muffins voll, und Aaron bewunderte Larx' Tochter. Sie strahlte Vernunft, Mitgefühl und echte Großzügigkeit aus, genau wie ihr Vater.

Man konnte an den eigenen Kindern viel über einen Menschen erkennen, und Larx' Tochter zeigte gerade sehr, wie wunderbar ihr Vater war.

Und dann trat der Chirurg durch die Doppeltür und war plötzlich der wichtigste Mensch auf der Welt.

Er war über und über mit Blut befleckt, sein OP-Kittel, die Maske, die er noch um den Hals trug, hatte Flecken, und was nicht blutgetränkt war, hatte Blutspritzer.

Aaron wurde schwindelig, als er ihn ansah, und Isaiahs Mutter klappte stöhnend in den Armen ihres Mannes zusammen. Pete Campbell fing sie auf, hielt sie fest und berührte sanft ihre Haare, als wäre sie ein verletzter Vogel.

„Er ist jetzt stabil", sagte der Arzt mit einem tiefen Seufzer. „Wir sind noch nicht ganz sicher, dass wir alles gekriegt haben. Sie haben ein ganz kurzes Zeitfenster, um ihn zu sehen, aber dann legen wir ihn wieder mit Schmerzmitteln schlafen, denn er hat eine schwierige Nacht vor sich."

Er sah sich um. „Mr. und Mrs. Campbell? Möchten Sie zuerst zu ihm?"

Sie sahen sich an, dann streckte Lizzie Campbell ihre Hand aus. „Kellan?", fragte sie schüchtern. „Willst du mitkommen?"

Kellan nickte, wischte sich das Gesicht ab und Aaron schob ihn sanft vorwärts. Als die drei einer Schwester zur Intensivstation folgten, trat Aaron mit sehr schlechtem Gewissen an den Arzt heran.

Der verstand ihn sofort.

„Sie müssen aufklären, wer ihm das angetan hat, richtig?"

„Ja. Wir brauchen alles, was er uns sagen kann. Er wurde angegriffen, als er vom Klo kam. Das ist …"

„Hinterlistig, gemein und feige", unterbrach ihn der Chirurg mit kaum unterdrückter Wut. Er war Mitte Fünfzig und unter seiner OP-Mütze verbargen sich vermutlich graue Haare. „Dieser Junge hätte nicht in ein Krankenhaus gehört, außer mit einem verrenkten Knie. Das, was ich da gerade reparieren musste? Pervers."

Aaron nickte sprachlos. Besser hätte er es nicht ausdrücken können.

„Sagen Sie mir einfach Bescheid, wenn ich ihn sprechen kann", bat er leise. „Es wäre eine große Hilfe."

Der Arzt verschwand mit knappem Nicken.

Rund fünf angespannte Minuten später kamen Isaiahs Eltern und Kellan wieder zurück. Sie sahen aus, als hätten sie ein Gespenst gesehen. Aaron wollte viel lieber Kellan trösten, als seinen Job zu machen, aber da hatte sich schon Christi Larkin seiner angenommen und hing an ihm wie eine Klette. Aaron hatte keine Ahnung, wie schwul Kellan war, aber selbst für ihn war es bestimmt eines der Wunder des Universums, von einem hübschen Mädchen getröstet zu werden, wenn er an einem Tiefpunkt war. Er überließ den Jungen ihren Zauberkräften und folgte einer Krankenschwester durch die Doppeltüren.

Moderne Telemetrie war normalerweise so platziert, dass Piepsen, Glocken und Pfeifen im Schwesternzimmer zu hören waren und nicht am Krankenbett. Aaron vermisste das regelmäßige Piepsen der Maschinen, denn die Atemzüge, die im Zimmer zu hören waren, waren viel zu leise, um beruhigend zu wirken.

Aber Isaiah war bei Bewusstsein, als Aaron ins Zimmer trat. Er atmete vorsichtig durch die Sauerstoffkatheter, die an seinen Nasenflügeln befestigt waren.

„Sheriff", murmelte er. Sein Innenleben wurde gerade von Klebstoff und Gottvertrauen zusammengehalten. Aaron war ziemlich sicher, dass eine seiner Lungen punktiert war. Atmen war wahrscheinlich schmerzhaft. Es war jetzt nicht der Zeitpunkt, wegen eines falschen Berufstitels kleinlich zu sein.

„'Kay, Isaiah", sagte Aaron mit sanfter Stimme. „Du kannst gerade nicht besonders gut sprechen. Lass mich ein paar Fragen stellen, und wenn du nicken kannst, dann machst du das."

Isaiah nickte kaum merkbar.

„Hast du den Angreifer erkannt?"

Er schüttelte verneinend den Kopf.

„Na, das wäre ja auch zu einfach gewesen."

Ein schwaches Lächeln, das Aaron erwiderte. Tapferer Junge.

„Mädchen oder Junge?", fragte Aaron, um die Frage einfach zu halten.

Isaiah runzelte die Stirn und eine Falte bildete sich zwischen seinen Augenbrauen. „Mädchen?"

„Schwer zu sagen?"

„Trug. Schwarz. Gesicht. Denke. Sah Brüste..“

Er atmete mühsam und Aaron versuchte, sich das Gehörte zusammenzureimen.

„Die Person war schwarz angezogen?“

Isaiah nickte.

„Und hatte etwas Schwarzes über das Gesicht gezogen.“

Isaiah schnappte schmerzhaft nach Luft und Aaron hob die Hand.

„Über *ihr* Gesicht gezogen, und du denkst, dass es eine *sie* war, weil sie Brüste hatte?“ Es war eine wilde Vermutung, aber Isaiah hatte nicht mehr viel Zeit.

Isaiah nickte erleichtert.

„Du weißt aber nicht, wer es war?“

Er schüttelte den Kopf und sagte dann: „Nicht. Jul …“

Aaron zog scharf die Luft ein. „Es war *nicht* Julia Olson?“

Isaiah hatte wirklich bemerkenswerte braune Augen. Ohne zu blinzeln, schüttelte er den Kopf und Aaron seufzte. Er hatte gerade die SMS von Eamon Mills bekommen, dass sie Julia in Gewahrsam genommen hatten. Das würde *nicht* gut ankommen.

Aber das war nicht Isaiahs Schuld.

„Danke, du warst super“, sagte er leise. Er hörte Schritte hinter sich und sah die wartende Schwester, die ihn zurück ins Wartezimmer begleiten wollte.

„Kellan?“ In der Stimme des Jungen schwangen all die Dinge mit, die Aaron genau wusste, die aber Isaiah nicht aussprechen konnte.

„Geht heute mit zu Larx. Mach dir keine Sorgen. Er wird nicht alleine sein müssen.“

Isaiah lächelte einen Moment, dann schlossen sich seine Augen und er fiel in einen hoffentlich heilsamen Schlaf.

Aaron folgte der Schwester nach draußen und schrieb währenddessen in Windeseile eine Nachricht. Die Antwort beruhigte ihn ganz und gar nicht.

Wir haben das Mädchen in Gewahrsam. Hatte von oben bis unten Blut an sich. Isaiah sagt, sie war es nicht.

Bin aber ziemlich sicher, dass sie den Täter kennt. Sie haben Ihren Job gemacht. Fahren Sie mit Larx nach Hause. Morgen wird ein langer Tag.

Mit Larx nach Hause fahren? Aaron starrte sein Telefon an und sein Gehirn arbeitete nur schwerfällig, als er wieder ins Wartezimmer trat.

Und da hörte er die Stimme von Larx. „Okay, alle miteinander. Wir organisieren Fahrgelegenheiten. Christi und Schuyler in Christis Auto. Kirby, hier sind meine Autoschlüssel – ich weiß genau, wo die Dellen sind, also versuch bitte, keine neuen zu machen, wenn irgend möglich. Kellan, du entscheidest, bei wem du mitfährst. Alle bereit, auf unseren Sofas zu kampieren und morgen früh unsere Cornflakes zu essen?“

Es herrschte allgemeine Zustimmung, dann umarmte Larx seine Tochter und ihre verträumt blickende Freundin im lila Snoopy-Pyjama. Kirby trat mit herausforderndem Blick einen Schritt vor, also umarmte Larx auch ihn.

Dann wandte er sich Kellan zu und breitete seine Arme aus. Der Junge warf sich in seine Arme und klammerte sich fest an ihn.

„Er wird wieder gesund", flüsterte Larx ihm zu.

Aaron hörte keine Antwort, aber er sah, wie Kellan an seiner Brust nickte, bevor er sich schließlich aus der Umarmung löste.

„Kellan", sagte Lizzie Campbells Stimme schüchtern und der Junge sah auf. „Bis morgen früh. Besuchszeit ist ab 10. Komm, wann immer du willst."

Kellan lächelte kurz. „Danke, Mrs. Campbell", sagte er. „Mache ich."

„Dann solltest du jetzt zusehen, dass du ins Bett kommst", riet Larx und nickte Kirby zu, der die Autoschlüssel an sich nahm, als wären sie aus Glas.

Die Jugendlichen gingen vor und Kirby nickte seinem Vater im Vorbeigehen zu. „Bis gleich bei Larx", sagte er beiläufig, dann waren sie weg und Aaron konnte sich kaum noch auf den Beinen halten vor Erschöpfung.

Larx blickte auf. Er sah ebenso müde aus, aber er lächelte, als habe ihm Aarons Anblick ein bisschen zusätzliche Kraft gegeben. „Deputy", sagte er förmlich, „ich habe soeben meine Schlüssel einem nichtsnutzigen Teenager ausgehändigt. Wenn Sie Ihren Pflichten für heute nachgekommen sind, werde ich eine Mitfahrgelegenheit brauchen."

Aaron war zum Lachen zu müde, aber er nötigte sich ein Lächeln ab, bevor er sich an Isaiahs Eltern wandte. „Sie sollten sich auch etwas ausruhen", riet er, bewusst, dass es vergebens war. „Sie bringen Ihnen Klappbetten, wenn Sie danach fragen. Das war wirklich nett, dass Sie Kellan für morgen eingeladen haben. Hier ist meine Karte. Schreiben Sie mir, wenn Sie etwas brauchen. Jemand kann Ihnen Sachen holen und bringen, wenn er Kellan eh vorbeibringt. Halten Sie mich bitte auf dem Laufenden, und ich mache es genauso, ok?"

Sie nickten und Larx stand plötzlich neben ihm und gab ihnen ebenfalls seine Karte. „Das gilt auch für mich." Dann holte er einen Stift aus der Brusttasche und schrieb etwas auf die Rückseite. „Das hier ist unsere Schulpsychologin. Sie ist nicht nur für Kinder zuständig. Wenn Sie mit ihr reden wollen, rufen Sie sie einfach an, ja?"

Pete Campbell biss die Zähne zusammen. Dann brummte er: „Unser Sohn ist schwul." Er klang verloren.

Larx nickte. „Ja. Und er ist sehr tapfer. Und ein wunderbarer Footballspieler. Und ein verdammt guter Naturwissenschaftler. Und ein *bemerkenswerter* Regieassistent, wie Mrs. Graves von der Theater-AG sagt."

Lizzie Campbell lächelte, als würde sie ihn verstehen. „All die guten Dinge, die ihn ausmachen", sagte sie mit stillem Stolz. Sie sah ihren Mann offen und ganz und gar nicht verängstigt an. „Er ist immer noch unser Junge."

Pete Campbell zuckte die Achseln und schloss sie in die Arme. Zwischen den beiden fand eines dieser wortlosen Gespräche statt, wie es sie nur zwischen langjährigen Paaren gibt.

Es war Zeit zu gehen.

Aaron ging müde zu seinem SUV und hielt Larx beim Einsteigen die Tür auf. Dann stieg er selbst ein. Er schloss die Tür gegen die nächtliche Kälte und ihm ging auf, dass er endlich mit Larx alleine war.

Einen Augenblick lang sahen sie sich im Dunklen an. Larx fielen schon fast die Augen zu und die Linien und Flächen seines Gesichts waren müde und angespannt in der Dunkelheit.

Aaron konnte gar nicht sagen, wer von ihnen sich zuerst bewegte, da hatte er schon Larx gegen die Rücklehne gepresst und fiel über ihn her, als sei er kurz vor dem Verhungern.

Aaaah. Er schmeckte so gut – warm, männlich und ein ganz kleines Bisschen nach Kakao und Muffins, aber hauptsächlich schmeckte Aaron Stärke und Hingabe. Und, oh Gott, jemanden, der am Ende des Tages bei ihm war und der auch das Schlimmste aushalten konnte.

Larx stöhnte, seine Hände waren in Aarons Haaren vergraben, es gab einen kurzen Kampf darum, wer den Kuss kontrollieren würde, und dann geschah ein kleines Wunder.

Larx gab einfach nach. Er ließ sich in den Autositz sinken, öffnete seine Lippen und ließ Aaron gewähren, in seiner gründlichen, methodischen Art von seinem Mund, seinen Sinnen, seiner Selbstbeherrschung Besitz ergreifen. Larx schob die Hände unter Aarons Hemd und knetete seine Brust wie eine kleine Katze, zupfte ab und zu an seinen Brustwarzen, aber hauptsächlich genoss er das Gefühl, seine Haut unter den Fingerspitzen zu spüren.

Seine Berührung war das Lebenselixir, das Aaron Hoffnung und genug Energie gab, sie nach Hause zu fahren.

Schließlich löste Aaron seine Lippen und legte seine Stirn an Larx'. Von ihrem schweren Atmen waren die Fenster beschlagen.

„Wie war das mit dem bei dir übernachten?", fragte er außer Atem.

„Hat dein Chef vorgeschlagen", antwortete Larx, ebenfalls schwer atmend. „Hat klargemacht, dass er morgen früh vorbeikommen will, wenn du noch im Pyjama bei mir Kaffee trinkst."

Aaron musste laut auflachen, dann setzte er sich zurecht und ließ den Motor an. „Das wird dann dein Pyjama sein müssen. Glaubst du, das ist ihm klar?"

„Anscheinend weiß er irgendwas", sagte Larx pragmatisch. „So was hört man nicht jeden Tag von einem gewählten öffentlichen Gesetzeshüter."

Aaron konnte ein Grinsen nicht verhindern, das sich zu einem echten Lacher entwickelte, während er vom Parkplatz losfuhr und Gott dankte, dass er nicht alleine nach Hause gehen musste.

Im Auto brachten die beiden sich gegenseitig auf den neuesten Stand und Aaron hörte erst auf zu reden, als er seinen Wagen in der Einfahrt hinter dem Minivan von Larx abgestellt hatte.

„Siehst du das?", fragte er Larx und zeigte auf den schief abgestellten Wagen. „Du hast einem Kind die Schlüssel gegeben, das nicht die Bohne einparken kann."

Larx lachte leise. Seine Stimme war heiser und versagte nahezu. „Na ja, *du* hast es ihm beigebracht. Christis Auto dagegen steht wie mit dem Lineal gezogen."

Das stimmte. Das kleine, rote Coupé seiner Tochter stand perfekt parallel zum Carport.

„Dein Kind ist einfach viel zu perfekt. Kaum zu glauben, dass du der Vater bist."

„Psssst. Ich will nicht, dass sie anfängt, nach ihrem richtigen Vater zu suchen. Das wäre sehr deprimierend für mich."

Und da musste Aaron ihn wieder küssen. Und wieder. Und wieder. Er spürte sich hart werden – eine schöne Überraschung, aber darum ging es gerade nicht.

Hier und jetzt ging es darum, dass er einen Halt brauchte, dass er die Person brauchte, die er gerade in den Armen hatte, die ihn festhielt und ihn nicht wieder loslassen würde.

Larx brauchte ihn auch.

Aarons Küsse wurden immer ruhiger und es wuchs die Gefahr, im Vordersitz seines Autos inmitten ihrer innigen Umarmung einzuschlafen. Schließlich löste er sich von Larx und beide gähnten.

„Schön war das. Aber jetzt müssen wir wieder erwachsen werden", murmelte Larx.

„Von wem redest du eigentlich? Ich denke, Erwachsene bekommen Sex?"

„Irgendwann mal. Wenn sie zu alt dafür sind und lieber schlafen gehen würden." Larx klang verbittert. Aaron küsste ihn auf eine stoppelige Wange und dann stiegen sie aus. Larx führte sie ins Haus, wo sie im Wohnzimmer überrascht stehen blieben.

Christi hatte die großen Sitzsäcke aus ihrem Zimmer geholt, ebenso die beiden, die normalerweise von den Katzen in Olivias Zimmer belegt waren. Alle waren auf dem Boden ausgebreitet und Decken für alle hatte sie auch heruntergebracht. Kirby trug ihre alten Sportsachen, Kellan noch immer die OP-Kleidung, aber sie lagen alle mit ihren Kissen aneinander gekuschelt.

Junge Menschen – Freunde, die sich gegenseitig trösteten.

Larx hockte sich neben seine Tochter und berührte sie sanft.

„Dad?"

„Wir sind zu Hause. Ich wecke Kellan morgen früh, wenn der Sheriff kommt, aber schlaft am besten, solange ihr könnt, okay?"

„Ja." Sie gähnte. „Kirby sagt, sein Papa schläft auch hier." Sie war gerade wach genug, um spitzbübisch zu lächeln. „Ihr solltet bitte angezogen sein, wenn ich morgen früh reinkomme."

Larx verdrehte die Augen und streichelte ihr über den Kopf. „Haha. Schlaf lieber, damit du morgen genug Kraft für deinen Auftritt bei der Witzparade hast."

Sie kicherte und Larx stand auf. Er machte das Licht in der Küche aus, ließ die Lampe an der Treppe an und führte Aaron nach oben in sein Zimmer.

„Wirf deine Sachen in den Wäschekorb", sagte er leise, während Aaron sich umsah. Ein solider Holzbettrahmen dominierte den Raum, und es gab eine passende

Kommode an der gegenüberliegenden Wand. Die Teppiche waren beige, aber eine der Wände war jägergrün gestrichen, was ausgefallen und gemütlich aussah. Larx hatte ein paar gerahmte Poster – Green Day, Smashing Pumpkins, Nirvana – und Aaron musste schmunzeln, als er die Helden seiner Jugend wiedererkannte.

Er tat wie geheißen. Er war so erledigt, dass er gar nicht merkte, dass er in Unterwäsche vor einem Mann stand, den er sexy fand, bis der Mann ihm einen Kleiderstapel zuwarf.

„Du darfst erst in die Dusche", sagte Larx pragmatisch. „Ich geh' derweil alles, was ich anhabe, in kaltem Wasser mit Backpulver einweichen."

Aaron nickte. „Kannst du meine Sachen gleich mit einweichen?" Wasserleichen waren immer eine Schweinerei. Aaron hatte sich geweigert, darüber nachzudenken, was genau da seit Stunden an seinen Hosen klebte.

„Klar." Larx zog sich aus und Aaron stand einfach reglos da und starrte ihn einen Augenblick an. *Na los, Larx, zeig mir deinen Oberkörper.*

Larx hielt in der Bewegung inne, als er sich gerade das T-Shirt über den Kopf ziehen wollte, und fing seinen Blick auf.

Und dann lächelte er, verlegen wie ein Teenager. Er sah beiseite, biss sich auf die Lippe und senkte dann den Blick, während er die Turnschuhe abstreifte.

„Du solltest unter die Dusche springen, bevor ich das Waschbecken volllaufen lasse", sagte er dann. „Du weißt schon, wegen des Wassers."

„Ja."

Larx erhaschte einen kurzen Blick auf Aaron, dann starrte er wieder seine zusammengeknüllten Socken an. „Wir werden schon noch dazukommen. Ich weiß es. Es wird passieren."

Aaron spürte, wie er rot wurde. „Versprochen?", fragte er resigniert.

„Aber total." Larx sah ihn mit so eindeutig ausgehungertem Blick an, dass Aaron gar nichts anderes übrig blieb, als ihm zu glauben. „Verlass dich drauf."

Aaron stellte fest, wie sich Larx' Atmung bei dem Gedanken daran beschleunigte.

„Gott sei Dank." Und damit nahm er die sauberen Klamotten und ging ins angrenzende Bad. Dort würde er alles finden, was er brauchte.

Alles außer Larx.

AARON SCHLÜPFTE ins Bett unter die grün bezogene Daunendecke mit der extrawarmen Überdecke. Es war fast schon surreal, wie wohl er sich fühlte. Die Bettwäsche roch genau wie Larx: Waschpulver, die gleiche Seife, die Aaron gerade benutzt hatte, und ein winziger Hauch von Schweiß.

Aaron schloss die Augen und genoss das Gefühl, in unmittelbarer Nähe zu der altersschwachen Siamkatze, die hinter seinem Kopf schnurrte. Er wachte noch einmal kurz auf, als Larx in Sweatpants und T-Shirt ins Bett kam, das Licht ausmachte und Aaron ein bisschen beiseite schob, sodass er auch ins Bett steigen konnte. Dann Dunkelheit, die zunächst leicht kühle Haut von Larx und sein warmer Körper darunter. Aaron schloss den durchtrainierten, lebendigen Körper so fest in die Arme, dass Larx nahezu mit ihm verschmolz.

„Wecker", murmelte Larx noch.

„Okay", antwortete Aaron.

Und so kam es, dass keiner von beiden den Wecker stellte und sie beide überrascht hochschreckten, als Christi morgens in ihrem süßen Pyjama die Tür aufmachte.

„Dad?"

„Was …?" Larx wand sich aus Aarons Armen und stolperte aus dem Bett. Er sah aus, als sei ihm schwindelig und wisse nicht genau, wo er war. Seine Haare standen in Stacheln vom Kopf ab wie bei einem Igel.

„Nur die Ruhe. Wir haben Kaffee aufgesetzt, und Sheriff Mills sitzt schon unten am Küchentisch und isst Muffins."

„Oh", murmelte Larx und hielt sich an der Nachttischkante fest. „Oh. Okay. Muffins. Kaffee. Sheriffs. Aaron?"

„Hier." Aaron sprang wie gewohnt aus dem Bett. „Lass mich nur kurz Zähne putzen."

Larx musste ein bisschen lachen. „Ich hab einen Mann in meinem Schlafzimmer!"

Aaron fing Christis nachsichtigen Blick auf. „Nicht gerade ein Morgenmensch, dein Dad?"

„Sie sehen ihn ja immer erst nach zwei Meilen Joggen. Das ist wahrscheinlich der einzige Grund, warum er sich Ihren Namen merken kann."

„Das stimmt überhaupt nicht", sagte Larx empört. „Ich weiß seinen Namen, weil er süß ist!"

Aaron lachte laut auf und Christi beschwerte sich. „Dad! Muss das sein?"

„Christi!", sagte Aaron betont, und sie verschwand mit verdrehten Augen und machte die Tür hinter sich zu.

Larx stand immer noch wie angewurzelt neben dem Nachttisch und Aaron stellte sich vor ihn, umfasste seine Oberarme und rieb sie.

„Und? Bist du jetzt bisschen wacher?", fragte er sanft.

„Ja. Klar. Ich such mal Sweatshirts raus. Wir müssen die Heizung anstellen. Willst du dicke Socken?"

Aaron küsste ihn sanft. Ob das die Synapsen in Gang bringen würde?

Larx sah ihn mit schmelzendem Blick an, gedankenversunken wie ein Kind. „Es ist einfach nicht fair", murrte er nach einer Weile.

„Kaffee, Larx. Danach können wir uns immer noch um den Rest der Welt kümmern."

Larx lächelte schwach und fing an, in den Schubladen zu kramen. Als sie später in Sweatshirts und dicken Socken hinuntergingen, hatte Aaron das Gefühl, dass Larx sein Bestes getan hatte, sie für den Tag zu wappnen, der ihnen bevorstand.

FLACKERN

MIT KAFFEE wurde normalerweise alles besser. An diesem Morgen war das leider nicht so.

„Sie lassen sie laufen?", fragte Larx zum wiederholten Mal. „Sie war doch von oben bis unten voller Blut!"

„Ja, das stimmt", gab der erschöpfte Sheriff zu und nippte an seinem Kaffee. Die dunklen Ringe unter seinen Augen ließen vermuten, dass er gar nicht geschlafen hatte. „Und es ist gut möglich, dass sie eine Mittäterin ist. Aber der Junge hat George gestern Nacht und mir heute Morgen versichert, dass die Person, die ihn angegriffen hat, schwarz gekleidet war, und dass es möglicherweise eine Frau war, aber ganz sicher nicht Julia Olson."

„Es ist plausibel, Larx", sagte Aaron ruhig. „Das Blut hatte sie an sich, weil sie weiß, wer ihn angegriffen hat – aber sie hat Weiß getragen und ihre Haare waren mit so einem künstlichen Dutt hochgesteckt und ordentlich mit Haarspray fixiert. Er hätte sie erkannt."

„Und Sie können sie nicht einfach *zwingen* auszusagen?"

„Sie ist minderjährig", erläuterte Eamon Mills. „Wir könnten sie ins Jugendgefängnis stecken, weil sie Beweise vorenthält, aber das wird sie auch nicht zum Reden bringen, also …"

„Ihre Mutter würde euch so was von im Nacken sitzen", meinte Larx resigniert. „Und ihr Anwalt kann hunderttausend Gründe finden, warum sie Blut an sich hatte, die nichts damit zu tun haben, dass sie den Angreifer kennt. Aber …" Er schüttelte den Kopf. „… das war's dann? Sie kommt Montag einfach wieder zur Schule, als ob nichts gewesen wäre?"

Christi, die Kaffee und Kakao kochte, stand hinter ihnen und lauschte unverblümt.

Ihr gehässiges Lachen ließ Larx den Kaffee im Magen gerinnen.

„Oh, Daddy. Glaubst du wirklich, dass jetzt noch jemand mit ihr redet? Ich meine …" Ihr Gesichtsausdruck war kalt und schön und Larx hasste es, diesen Ausdruck an seinem Baby zu sehen. „… sie ist heiße Luft. Isaiah ist ein Held – und sie die Bitch, die ihn hintergangen hat."

Larx sah seine Tochter hilflos an. „Christi, das klingt zwar irgendwie poetisch, auf eine total erschreckende Art, aber Hässlichkeit erzeugt Hässlichkeit, Schätzchen. Ich glaube nicht …"

„Es wird sowieso nicht funktionieren", unterbrach Mills grimmig. „Das Erste, was ihre Mutter gemacht hat, war einzufordern, dass Isaiahs Blut auf HIV untersucht wird. Als Zweites berief sie den Schulausschuss zu einer Krisensitzung ein, die morgen Abend stattfinden wird. Ich weiß ja nicht, ob Sie Ihre Nachrichten schon gecheckt haben ..."

Larx stöhnte und fuhr sich mit der Hand durch die Haare. „Nein. Das Handy hängt noch oben an der Ladestation."

„Sie werden wahrscheinlich etwas Stärkeres als Kaffee brauchen, wenn Sie sich das alles anhören. Die Frau hat schon alle verrückt gemacht. Angeblich soll Kellan hier ..."

Larx warf die Hände hoch und starrte Kellan entsetzt an. „Aber..." Kellan zuckte die Achseln. Er war blass und sein Blick war leer. Er sah aus, als stünde er noch immer unter Schock.

„Sie stellt ihn als eifersüchtigen Liebhaber dar und seine Eltern haben ..." Der Sheriff sah Kellan bekümmert an. „Bist du sicher, dass du das mit anhören willst, mein Junge?"

„Sie wollen mit ihrer verdammten Schwuchtel von einem Sohn nichts mehr zu tun haben", sagte Kellan tonlos. „Ich kann froh sein, wenn sie meine Sachen nicht verbrennen."

Eamon Mills seufzte. „Ein paar Kisten davon habe ich heute Morgen gerettet, bevor ich herkam. Deine Jahrbücher zum Beispiel."

Kellan knurrte nur ganz leise.

„Christi? Kirby?", sagte Larx wie aus der Pistole geschossen. „Wenn ihr das bitte reinholen und ins Computerzimmer bringen könntet. Darin stehen ein Futon, Kellan, Kommoden und ein paar Bücherregale. Du kannst gerne Poster aufhängen und so. Ich werde versuchen, dich in der Schule nicht in Verlegenheit zu bringen."

„Mr. Larkin???"

Larx fing seinen Blick auf. „Ich wäre sehr froh, wenn du auf jeden Fall bleiben würdest, bis du deinen Abschluss hast und wir dich an einem College untergebracht haben. Isiaiah und Coach Jones haben schon so viel Arbeit in dich gesteckt. Wär` doch schade, das alles über den Haufen zu werfen, oder?"

„Ja, Sir", sagte Kellan und wischte sich mit dem Handrücken die Augen.

„Sieh's einfach so: Du bist meine letzte Chance auf einen Sohn", sagte Larx in dem Versuch, die Situation etwas aufzulockern.

„Ach, und was ist mit mir?" ließ sich Kirby vorwurfsvoll hören. Larx schnappte nach Luft und fing den Blick von Aarons Sohn auf, aus ganz anderen Gründen.

Dann rief er strahlend: „Zwillinge!" Er musste dabei aus Leibeskräften seine Rührung unterdrücken. „Frisch frei Haus geliefert, mit 17 Jahren. Gott sei Dank seid ihr beide schon stubenrein. Und jetzt gehen bitte alle Kellan beim Auspacken helfen."

Die Jugendlichen verschwanden und Larx starrte Eamon Mills leicht überwältigt an. „Gibt es noch irgendetwas, was ich wissen sollte, solange sie beschäftigt sind?"

Eamon Mills nickte. „Ihnen wird vorgeworfen, dass Sie den beiden erlaubt haben, sich öffentlich zu outen. Und, wie heißt sie noch, Heather Perkins, steht total hinter dieser Scheiße, ihr Mann Carl ebenfalls, und ihre allerbeste Maniküre/Pediküre-Freundin Sissy Graham ist auch mit von der Partie."

Larx starrte ihn ausdruckslos an. „Das sind drei von neun Mitgliedern der Schulbehörde", sagte er ungläubig. „Wie …?"

„Sie fangen am besten gleich an zu telefonieren, Larx. Jede Lehrerin, jeden Lehrer, jeden, von denen Sie glauben, dass er für Sie sprechen würde. Alle Eltern der Kinder in der GSA-AG. Ich weiß, Sie wollten den Job nie haben, aber wenn Sie ihn nicht machen, dann haben die Kinder keinen, der sie in Schutz nimmt, obwohl es so notwendig ist. Heute Nachmittag halte ich eine Pressekonferenz ab. Ich werde darüber sprechen, wie gut Sie die Schule im Griff haben und dass wir den Verdacht haben, dass jemand von außerhalb verantwortlich ist. Ich werde erwähnen, dass nur Ihre Geistesgegenwart verhindert hat, dass Julia Olson unbefragt entwischen konnte – und ja, ich werde den Namen öffentlich sagen und hinzufügen, dass sich die Mutter der Staatsgewalt widersetzt. Aber was wir jetzt brauchen, ist einen Politiker. Ich weiß, dass die Ihnen zuwider sind, aber es ist jetzt Zeit, sich ihrer Tricks zu bedienen, verstehen Sie?"

„Aber … heute Abend ist doch *Homecoming*", antwortete Larx. Er war wie vor den Kopf geschlagen. Sein gesamter Tag war ab 15 Uhr verplant, denn er hatte die Dekoration der Turnhalle zu beaufsichtigen.

„Na ja, tun Sie heute einfach, was Sie können, und kümmern Sie sich morgen um den Rest. Ich sage Ihnen: Wenn Sie diesen Stier nicht bei den Hörnern packen, wird Ihre Schule von den Leuten übernommen, die letzte Woche am liebsten eine Massenschlägerei heraufbeschworen hätten. Und ich persönlich bin kein Freund von Fanatismus."

Larx nickte. Das waren die Spielregeln. Er kannte das jetzt seit sieben Jahren. Es war der Moment gekommen, die Zeiten hinter sich zu lassen, als er noch einfach mit allem herausplatzen konnte, was ihm auf der Zunge lag, auch in der Öffentlichkeit.

Wenn Whitney Olson ihren Willen bekam, würde die gesamte Schule zur homo-freien Zone erklärt werden, und all das nur, um die Aufmerksamkeit davon abzulenken, dass ihre Tochter Mitwisserin eines Mordversuches war. Larx fand es widerlich. Wie leicht sich Menschen hinters Licht führen ließen!

Aber er wusste, dass es so war.

„Ich hol mein Handy", sagte er. Dann machte er eine Pause. „Äh, Aar … Deputy George, was ist der Plan für heute?"

Aaron sah seinen Chef an, der antwortete: „Als erstes braucht er eine saubere Uniform …"

„Scheiße, der Trockner!", murmelte Larx, und der Sheriff versuchte gar nicht erst, sich das Schmunzeln zu verkneifen.

„Dann muss er Kellan ins Krankenhaus begleiten, um seinen Freund zu besuchen, wie er es gestern Abend Isaiahs Eltern versprochen hat. Sie haben mir gesagt, dass sie auf ihn warten. Dann fährt er den Jungen wieder nach Hause und wird Sie bei allem unterstützen, was Sie tun müssen."

Larx stöhnte. „Und ich muss morgen noch die ganzen Gartenabfälle verbrennen, bevor es zu windig und dann verboten wird!"

„Ich besorge auf dem Rückweg Hotdogs und Marshmallows", versprach Aaron. „Ich muss nur nach Hause, die Hühner füttern, mir einen Anzug für den Ball und frische Sachen für morgen holen."

„Was willst du denn bei dem Ball?", protestierte Larx schwach.

„Ich will dich gerne mal im Anzug sehen", sagte Aaron. Seine Hand lag warm auf Larx' Schulter und Larx griff, ohne weiter nachzudenken, danach und drückte sie. Dann fiel ihm Sheriff Mills ein und er zuckte zusammen.

Der lächelte. „Ich bin nicht der Feind", sagte er. „Aber Sie beide – ich weiß, es ist noch ganz frisch. Ich weiß, dass Sie beide erwachsene, anständige Männer sind. Aber die ganze Stadt wird Sie mit Argusaugen beobachten. Sie müssen jetzt entscheiden, und ich meine *heute noch*, was Sie in der Öffentlichkeit übereinander sagen werden. Ich habe George schon mitgeteilt, dass ich ihn nächstes Jahr gerne als meinen Nachfolger sehen würde, und dabei bleibt es auch. Aber Larx, Sie haben so einiges zu verlieren, einschließlich des Versprechens, das Sie dem Jungen da gegeben haben, wenn Sie der Gemeinde erlauben, mit Ihnen Schlitten zu fahren. Sprecht in Ruhe darüber …"

„Ich bin dabei", sagte Aaron ohne Zögern. „Wir machen es so, wie Larx will. Wenn er sich outet, oute ich mich auch. Vorher nicht. Nicht vor der Presse, bevor er es nicht öffentlich macht. Er ist der mit der Verantwortung. Ich bin nur das dumme Muskelpaket im Hintergrund."

„Haha. Dummes Muskelpaket, von wegen", brummte Larx. „Okay, Eamon. Ich verstehe, was Sie meinen. Wir besprechen das. Ich rede mit meinen Freunden an der Schule und so weiter. Wenn ich es vermeiden kann, werde ich den Angriff auf Isaiah *nicht* damit in Zusammenhang bringen, mit wem ich schlafe. Aber ich würde *verdammt gerne wissen*, wer hier mit einem großen Scheißmesser durch die Gegend rennt und Löcher in meine Kinder sticht!"

„Oder mit einem großen Gewehr und Löcher in namenlose Typen im See schießt", sagte Aaron und Larx stöhnte.

Dann sah er Aaron nachdenklich an. „Glaubst du, die beiden Fälle hängen zusammen?"

Aaron legte den Kopf schief. „Weiß nicht …?" Aber er schien sich nicht ganz sicher zu sein.

„Wie kommen Sie darauf?", fragte der Sheriff.

Larx zuckte die Achseln. „Keine Ahnung. Es ist einfach eine so kleine Stadt, wissen Sie? Es gibt überall Probleme, und natürlich ist Gewalt kein reines

Großstadtphänomen. Aber zwei solcher Gewaltverbrechen an einem Tag? Ist das nicht sehr unwahrscheinlich?"

„Aber die Opferforschung stimmt doch hinten und vorne nicht", sagte Aaron. Larx war von dem Begriff schwer beeindruckt, trotz seiner Krimi-Sucht. „Ich meine, ein Mann mittleren Alters wurde erschossen und in den See geworfen, und ein Teenager mit dem Messer tätlich angegriffen. Abgesehen davon, dass es beides Gewalttaten waren …"

„Und beides waren sehr persönliche Verbrechen", meinte Larx. „Ich meine, du musst doch zugeben – einem Mann in Unterwäsche das Gesicht wegzupusten …"

Alle drei schüttelten sich. Das klang in der Tat persönlich.

„Der Angriff mit dem Messer war brutal und geschah aus nächster Nähe", sagte Eamon Mills nachdenklich. „Sie haben gute Instinkte, Larx. Wir können zwar bisher die Ermittlungen nicht verknüpfen, aber ich denke, wir sollten auf jeden Fall die Augen für alles offenhalten."

Larx nickte und sah Aaron an. „Bist du sicher, dass du nicht gebraucht wirst, um an alle Türen zu klopfen oder so?"

Mills schüttelte den Kopf. „Nee, das machen schon die anderen Kollegen. Ich bin ja nicht nur dafür zuständig, Verbrechen aufzuklären, Larx. Es ist auch meine Aufgabe, dafür zu sorgen, dass diese Stadt sich nicht selbst in Schutt und Asche legt, weil die Leute sich wie eine panische, spastische Rinderherde verhält. Sie sind jetzt das Herz dieser Operation. Sie müssen Ihre Anrufe und den Homecoming-Ball generalstabsmäßig planen und durchführen, und ich setze hiermit Deputy George als Ihre rechte Hand ein."

Er stand auf und Larx erhob sich mit ihm. „Wenn Sie einen Augenblick warten, Sheriff, kann ich Ihnen einen Fifty-Fifty im Thermobecher mitgeben."

„Kakao mit Kaffee? Das ist wirklich nett von Ihnen, Herr Direktor. Sie sind gerade zu meinem Lieblingsbeamten aller Zeiten aufgestiegen."

Larx ließ ein kleines Lächeln aufblitzen an diesem ansonsten so ernsten Morgen. „Dafür muss ich was tun – in den nächsten Stunden werde ich dann wohl all mein Können unter Beweis stellen müssen."

EINE STUNDE später waren Kellans Sachen ausgepackt und der Computerraum zu seinem Zimmer geworden, solange er es haben wollte. Christi hatte noch ein paar Spiele- und alte Football-Poster von Olivia gefunden, die eine Zeit lang großer Fan der Greenbay Packers gewesen war. Die Poster wurden aufgehängt, ebenso eine Zeichnung von Isaiah, die Kellan im Kunstunterricht angefertigt hatte. Larx hatte seine alte Steppdecke mit blau-braunem Bezug hervorgekramt und Christi hatte Kellan den Teddy gegeben, den Olivia für ihre Besuche zu Hause auf ihrem Bett liegen hatte.

„Es steckt viel Liebe drin", hatte Christi ernst gesagt. „Als wir gerade neu umgezogen waren, hatten Olivia und ich oft Albträume. Der Teddy war immer bei

Larx im Bett. Wir sind zu ihm ins Bett gekommen und am nächsten Tag hat er uns den Teddy gegeben und gesagt, dass da all seine guten Träume drin sind, die nun auf uns aufpassen."

Kellan nahm den Bären verlegen in die Arme. „Und? Hat's funktioniert?", fragte er, als sei das sehr wichtig.

„Ja", antwortete Christi mit Blick zu Larx. „Wir haben immer gut geschlafen, wenn wir den Teddy im Bett hatten. Es war ein guter Trick, damit wir uns geliebt fühlten."

Kellan umarmte den Teddy und fragte Larx mit sehnsüchtigem Blick aus den grünen Augen: „Und den kann ich haben? Echt?"

Larx breitete die Arme aus und Kellan warf sich ihm in die Arme, genau wie alle anderen Kinder, die er je umarmt hatte. „Ja, Kleiner. Natürlich. Die Liebe reicht auch für dich, versprochen."

Kellan nickte und setzte den Teddy in eine Ecke des Futons, auf sein Kopfkissen. Er sah sich um und fragte dann: „Glauben Sie, dass Deputy George fertig ist? Können wir los?"

Der Trockner piepte und Larx schnitt eine Grimasse. „Gib ihm mal fünf Minuten – seine Klamotten sind gerade erst fertig geworden." Aaron zeigte Kirby, was im Garten noch aufzuräumen war und was noch auf den Haufen zum Verbrennen gehörte – eine Aufgabe, die sich die beiden George-Männer offenbar selbst auferlegt hatten.

„Ähm, Larx?", fragte Kellan und sah vom einen zum anderen.

„Ja?"

„Ähm. Hat Deputy George auch hier übernachtet?"

Oh. „Yup."

Kellan lächelte. „Okay. Ich … ich sag' auch nichts."

„Das wird nicht mehr lange nötig sein", bekräftigte Larx. „Es ist nur … noch ganz frisch."

„Ich find's gut." Kellan nickte. „Isaiah und ich können doch unmöglich die einzigen sein, oder?"

„Genau." Larx klatschte in die Hände, um die allgemeine Aufmerksamkeit zu bekommen. „Okay, alle miteinander. Ich sage Aaron Bescheid, dass seine Klamotten fertig sind, dann satteln wir die Hühner."

Aaron schickte Christi, Schuyler und Kellan voraus zum Auto, dann schob er Larx noch einmal zurück in die Küche.

„Was ist?", fragte Larx, dessen Magen sich schon verknotet hatte beim Gedanken daran, was alles schieflaufen konnte. „Muss ich noch irgendwas wissen? Noch eine Windmühle, gegen die ich kämpfen soll? Sitzt vielleicht ein verdammter Drachen auf irgendeinem Baum?"

„Larx. Sei mal still."

Aaron hatte es wirklich gut drauf, Larx mit Küssen zum Schweigen zu bringen, und Larx öffnete seine Lippen bereitwillig, um die ganze Leidenschaft und Wärme zu absorbieren, die Aaron mit der Zunge in seinen Mund zu schieben versuchte.

Aaron holte tief Atem und Larx war kurz in das kleine Märchenland abgetaucht, in dem sie tatsächlich Zeit füreinander hatten.

„Larx?", flüsterte Aaron ihm ins Ohr.

„Ja?"

„Heute Abend nach dem Ball komme ich mit zu dir. Ich bringe Klamotten für morgen und Montag mit. Kirby auch."

„Du ...?"

„Wenn man Kinder hat, hat man das Haus nie wirklich für sich, das weißt du doch."

„Aber ..."

„Die denken sowieso alle, dass wir miteinander schlafen. Es wird langsam Zeit, dass für uns endlich auch wirklich mal Sex dabei rausspringt."

„Aaron, das ist doch kein Grund ..."

Noch ein überwältigender, schwanzversteifender, ungenierter Kuss.

„Das ist nicht der Grund, warum ich mit dir schlafen will", sagte Aaron atemlos.

Larx sah ihn einen Moment lang an. Er war so blond und so ernsthaft und so lieb. „Damit ist es dann offiziell", sagte er. „Ich meine, wenn du hier übernachtest, können wir es auch gleich der gesamten Stadt erzählen."

„Larx. Ich will es der ganzen Welt erzählen. Ich komme wieder und bringe Würstchen und Marshmallows und unsere Sachen mit. Morgen machen wir dein Herbstfeuer, denn wir müssen endlich mal wieder etwas ganz Normales tun, und den Homecoming-Ball und alles, was sie uns sonst noch an den Kopf werfen, stehen wir zusammen durch."

Larx schloss die Augen und ließ das erst mal sacken. „Es ist, als ob wir schon mein ganzes Leben lang zusammen sind", gestand er dann leise. „Als ob es ganz normal ist, mit dir aufzuwachen. Als ob es gar nicht anders sein könnte, als dass wir ein Team sind."

„Dann lass uns dafür sorgen, dass es auch ganz normal wird", sagte Aaron. Noch ein Kuss, dieses Mal auf die Stirn, dann blieb Larx in einem stillen Haus zurück und versuchte, so zu tun, als sei er Politiker und nicht Pädagoge.

Wenn er nicht noch Aarons Geschmack auf der Zunge gehabt hätte und die Erinnerung daran, wie er sich unter seinen Händen anfühlte, hätte Larx Mühe gehabt zu glauben, dass sein Leben sich gerade komplett auf den Kopf stellte.

Aber es war so, und letztendlich war es die Veränderung, die ihm die Kraft gab für die Aufgabe, die vor ihm lag.

FÜNFUNDFÜNZIG TELEFONATE und ungefähr drei Tonnen Papierschlangen später stand Larx in der Turnhalle, sah Aaron dabei zu, wie er Punsch ausschenkte, und wünschte sich, er wäre mit Christi, Kellan und Kirby zu Hause geblieben. Er kicherte vor sich hin: war das doch jetzt ein Zeichen, dass er wirklich erwachsen geworden war.

„Wenn du willst, dass keiner merkt, dass du in den Typ verliebt bist, musst du aufhören, ihn so anzustarren", bemerkte Nancy.

Larx schüttelte sich. Schon wieder waren seine Blicke in Aarons Richtung gewandert.

„Ich würde gerade noch nicht mal den Unterschied erkennen, wenn ich stattdessen meiner Katze beim Putzen zuschauen würde", sagte Larx. Er log nur ein ganz kleines Bisschen. „Nach vier Stunden Schlaf funktioniere ich einfach nicht wirklich." Zwei Nächte hintereinander noch dazu.

„Oh, das kann ich gut verstehen." Nancy gähnte, was Larx daran erinnerte, dass sie gestern auch lange geblieben war und er sie heute früh fast als Erste angerufen hatte, gleich nachdem er mit Yoshi gesprochen hatte. Und da war sie sogar schon wach gewesen, denn die Ärmste hatte Grundschulkinder. Fußballtraining war nichts für Weicheier. „Radio Korridor zufolge hast du den ganzen Tag nur am Telefon gehangen. Wie sieht's aus?"

Larx zuckte mit den Schultern. Alle hatten ihm ihre Unterstützung *zugesichert*. „Na ja, bisher klingt es so, als ob keiner die beiden auf den Scheiterhaufen werfen will, also hoffe ich mal das Beste. Es haben sich 60 Leute angemeldet, und morgen rufe ich auch noch die von der Grundschule an."

„Wir brauchen jetzt schon einen größeren Raum", meinte Nancy. „Ich sage morgen Jenny Graves Bescheid, damit wir das Auditorium nutzen dürfen."

Larx grunzte. „Deswegen hatte ich schon mit Heather gesprochen. Ich stand dabei auf der Leiter und hab Papierschlangen aufgehängt, wenn du dir das vorstellen kannst."

Nancy lachte. „Ich kann's mir lebhaft vorstellen! So was bringst auch nur du fertig."

Aaron war auch dabei gewesen und etwas ausgerastet, als er sich beim Stühle aufstellen kurz umgedreht und das gesehen hatte. „Verdammt noch mal, Mr. Larkin! Bewegen Sie auf der Stelle Ihren blöden Arsch runter auf festen Boden und tun Sie wenigstens so, als wären Sie ein Erwachsener!" Die Schülersprecherin hatte sich fast in die Hose gemacht vor Lachen: Ein Erwachsener, eine *Respektsperson* noch dazu, hatte nicht nur geflucht, sondern auch noch den Rektor ausgeschimpft! Schließlich hatte Larx die blöde Papierschlange endlich fixiert und dann sein Gespräch mit Heather fortgesetzt.

„Sie wollen also keinen anderen Raum nutzen?", hatte er gefragt.

„Dafür gibt es aus unserer Sicht gerade keinen Grund", hatte sie aalglatt geantwortet. „Die Schulgemeinschaft wird auch so sehen, dass das Kollegium vertreten ist. Das reicht."

„Es reicht keineswegs zu wissen, dass sie da sind, wenn sie sich in einem anderen Saal aufhalten. Sie müssen uns doch sehen können, um zu verstehen, wie ernst wir es nehmen, dass ein Mordanschlag auf einen unserer Schüler verübt wurde."

„Wir haben das Gefühl, dass die Haltung des Lehrerkollegiums vom eigentlichen Problem ablenken würde. Und jetzt entschuldigen Sie mich bitte, ich muss an die andere Leitung."

Er hatte sprachlos sein Handy angestarrt und dann die immer noch lachende Schülersprecherin Lisa. Ihr zuliebe hatte er gelächelt, aber innerlich war ihm eher zum Heulen zumute.

Jugendliche wie sie wollten etwas Positives in der Welt bewirken. Wie kam es nur, dass später solche Erwachsenen wie Heather Perkins daraus wurden, die die Welt am liebsten mit eiserner Hand regieren wollten?

Larx lächelte Nancy an, denn er hatte einfach die Nase voll davon, genervt und deprimiert zu sein. Aber Nancy durchschaute ihn sofort.

„Was hat sie gesagt?", fragte sie abwartend. Sie war eine kräftige, blonde Frau mit roten Wangen, die wahrscheinlich mal ein quirliger, bezaubernder Teenager gewesen war. Jetzt war sie freundlich und liebenswert, außerdem hatte sie einen scharfen Verstand und mehr Biss, als man ihr ansah. Die Nancy Pavelles dieser Welt wurden oft unterschätzt und Larx war bemüht, diesen Fehler nicht zu machen.

„Sie stecken uns in einen viel zu kleinen Raum", sagte er, aufs Neue wütend.

„Echt jetzt?"

„Echt jetzt."

„Verdammte Scheiße, echt jetzt?"

„Verdammte Scheiße, echt jetzt, meine Liebe. Wir werden in einen Konferenzraum mit zugeschaltetem Hörsaal gepfercht, während um uns herum die ganze gequirlte Scheiße am Dampfen ist."

Nancy schüttelte den Kopf. „Neeneenee. Ich sag dir, was wir machen: Erstens kommen so viele von uns so früh wie möglich."

Larx fing an zu lächeln. Er fühlte sich schon etwas ermutigt. „Und zweitens?"

„Ich fange an. Mir hört sowieso nie einer zu, wenn ich bei diesen Dingen was sage. Und während meiner zwei Minuten Redezeit sollen die Kollegen und Kolleginnen an dem zugeschalteten Saal vorbei gehen. Einer nach dem anderen. Damit die Eltern *genau* sehen, wie viele von uns sich Sorgen um Isaiah machen, und kapieren, dass der Vorstand *nicht* für uns alle spricht, vor allem nicht diese Whitney Blödekuh Olson."

„Der Plan gefällt mir!", sagte er. Nancys pragmatische Art gab ihm neuen Auftrieb. „Der Plan ist richtig gut!"

„Gut", sagte sie augenzwinkernd. „Und jetzt erzähl mir endlich von dir und Deputy George."

Larx funkelte sie an und sie zuckte die Achseln.

„Was denn?"

„Kann es vielleicht sein, dass das nicht ganz das richtige Thema für einen Schulball ist?", fragte er spitz.

Das gab ihr kurz zu denken und sie verzog das Gesicht. „Verdammt. Weißt du was? Das sollte es aber sein. Du fragst mich doch auch nach meinen Kindern, meinem Mann, meinen Eltern – ist das nicht genau dasselbe? Debbie Conrad da drüben unterhält sich über ihren Freund und dass es vielleicht endlich einer ist, der mit Oralsex kein Problem hat ..."

„Dein Ernst?"

„Sie sagt, wenn er dazu nicht bereit ist, kann er gleich wieder nach Hause gehen."

„Das erzählt sie in Hörweite der *Kinder*?"

Larx wurde Nancys Achselzucken unheimlich. „Ach, die hören doch gar nicht zu – sind alle viel zu beschäftigt damit, auf der Tanzfläche Trockensex zu praktizieren."

Larx sah zu der Menge aneinandergepresster junger Körper hinüber. Die Musik gab ihm gerade das Gefühl, uralt zu sein, und er schnitt eine Grimasse. „Wir sollten vielleicht beim nächsten Song das Spürhund-Manöver machen."

Nancy nickte. Das *Spürhund-Manöver*, wie Larx es bezeichnete, bestand darin, dass einige Lehrer und Lehrerinnen die Menge von der einen Seite der Tanzfläche zur anderen durchkämmten. Larx war klar, dass das auch keine Garantie dafür war, ungewollte Schwangerschaften zu verhindern. Aber wenn das Manöver regelmäßig alle 15 Minuten wiederholt wurde, verringerte es zumindest die Wahrscheinlichkeit etwas.

Nancy fuhr fort, als hätten sie das Thema nie fallenlassen. „Derweil würde ich wirklich gerne wissen, was mit dir und dem leckeren Deputy läuft."

Larx sah sich um und stellte fest, dass so ziemlich alle Jugendlichen entweder am Buffet waren oder sich auf der Tanzfläche aneinander rieben. „Was soll ich sagen – es passiert tatsächlich", sagte er, froh darüber, dass das Licht gedämpft war und sie nicht sehen konnte, dass seine Wangen sich röteten. „Da entsteht gerade was. Eine echte Beziehung." *Joggen, Knutschen, ein Handjob, ein Blowjob, überlebenswichtige Küsse, Übernachtungen, unsere gemeinsamen Kinder, unsere gemeinsamen Freunde. Es passiert. Es passiert. Es passiert.* „Es passiert", sagte er mit einem tiefen Seufzer. „Ich ... er hat schon mehrmals versprochen, nicht wegzulaufen."

„Hmmmm", machte Nancy. „Das klingt sehr gut." Sie berührte sanft seine Schulter. „Du warst schon viel zu lange allein."

Larx sah sie misstrauisch an. „Ich trage passende Socken, kämme mir die Haare und ich besitze sogar eine Krawatte. Larx kommt auch ziemlich gut alleine zurecht, würde ich sagen."

„Okay, Larx, du bist eine verdammte Insel. Und jetzt geh bitte und stopfe Debbie den Mund, bevor die Kinder noch denken, dass Oralsex ein Synonym für Heiratsantrag ist."

Das war allerdings eine Priorität.

„UND," FRAGTE Aaron auf dem Nachhauseweg, „Glaubst du, dass heute Babys gezeugt wurden?"

Larx lachte. „Wir haben jedenfalls unser Möglichstes getan, es zu unterbinden." Er fühlte sich verschwitzt, klebrig und gereizt. „Ich schwöre, noch ein Gang über die Tanzfläche und ich hätte angefangen, Kondome zu verteilen und ihnen zu sagen, sie sollen einfach machen, was sie wollen, solange sie sich schützen."

„Hilfe! Damit hättest du deiner Karriere garantiert ein Ende gesetzt. Aber wenigstens wärst du mit einem großen Knall abgetreten."

Larx lehnte sich im Beifahrersitz zurück. „Oh Mann, habe ich mich alt gefühlt bei der Musik."

„Immerhin lief auch mal Linkin Park", meinte Aaron.

Das hatte Larx auch gehört. „Ich wollte die beiden so gerne tanzen sehen", sagte er traurig. Er fühlte sich wie ein idealistischer Idiot. „Weißt du, wie viel es mir damals in der Highschool bedeutet hätte, zwei Jungs beim Homecoming-Ball zusammen tanzen zu sehen?"

„Ja, natürlich", antwortete Aaron.

„Aber das war es nicht allein. Ich wollte einfach diese beiden Jungs tanzen sehen." Larx seufzte und erinnerte sich an den Stolz, der ihn heimlich durchzuckt hatte, als die Jungen sich geoutet hatten. Gott, war das wirklich erst Donnerstag gewesen? „Ich wollte so gerne glauben, dass die beiden ihr ganzes Leben noch vor sich haben, ohne sich verstecken zu müssen."

„Das ist doch immer noch so."

„Stattdessen haben sie jetzt *das hier*", knurrte Larx. „Und der Vorstand versucht, es so darzustellen, als ob der Junge selber schuld ist, dass ihm irgendeine Frau ein Loch in den Bauch sticht, weil er schwul ist, und unsere Schuld, weil wir versucht haben, es für ihn okay zu machen, dass er schwul ist. Ich kann einfach … ich meine, ich kapiere die Strategie schon: *Hey, können das mit dem Schwulsein nicht nachvollziehen! Und wir haben Angst, weil wir nicht dafür qualifiziert sind, mit messerschwingenden Psychotikern umzugehen! Also verdrehen wir einfach die beiden Sachen und geben jedem sein Feindbild! Und wir erwarten von allen, dass sie verdammt noch mal damit leben!* Ich meine, die Strategie ist schon klar, und ich weiß genau, was sie zu tun versuchen, aber ich versteh's einfach trotzdem nicht. Wieso sind die eigentlich im Vorstand, wenn sie so abgrundtief bescheuert sind?"

Aaron lachte bitter auf. „Ich weiß nicht, Larx. Vielleicht deswegen, weil die schlauen Leute den Teufel tun, bevor sie sich in solche Positionen wählen lassen?"

„Arrrgh!" Larx vergrub das Gesicht in den Händen und musste sich beherrschen, nicht gegen Aarons Auto zu treten, das schließlich staatliches Eigentum war. „Dieser Schulausschuss morgen wird die reine Farce, das kannst du dir doch denken."

„Da bin ich überhaupt nicht so sicher. Denn *du* wirst dabei sein, und ich weiß ja nicht, ob dir das schon mal jemand gesagt hat, Larx, aber du bist nicht gerade bekannt dafür, dir Dummheit gefallen zu lassen."

„Ohne Gegenwehr?"

„Ohne sie zunichtezumachen."

Das brachte ihn zum Lachen. „Das klingt ja, als wäre ich blutrünstig. Dabei bin ich doch eigentlich ganz nett."

„Genau."

„Aber im Moment bin ich nur noch stinksauer. Jemand hat einem von meinen Kindern was getan."

„Ich weiß, Baby." Aarons Stimme klang jetzt leise und liebevoll. „Du fühlst dich wie in einem Dampfkocher. Ich kenne das. Vielleicht nicht ganz so wie jetzt. Aber vielleicht erinnerst du dich an …"

„… den Healey-Fall", sagte Larx gedehnt, „ich erinnere mich." Der Besuch bei einem kleinen Marihuana anbauenden Familienbetrieb hatte mit einem Schusswechsel geendet. Fünf Jahre war das jetzt her – Larx konnte sich gut erinnern. „Maureen war damals in der 10. Sie war total verängstigt. Ich weiß noch, wie du die Kinder am Tag danach zur Schule gebracht hast und den Arm in einer Schlinge hattest." Es hatte eine Untersuchung gegeben, Aaron war sechs Wochen beurlaubt worden, und das FBI und der Landkreis hatten sein Leben auseinandergenommen, um zu prüfen, ob er sich auch korrekt verhalten hatte.

„Wir haben Rauch gesehen", erinnerte sich Aaron. „Warren und ich sind hingefahren, um nachzusehen. Das war alles. Wir haben Verstärkung gerufen, ich bin zuerst rein, er hat mir Deckung gegeben, und plötzlich haben irgendwelche Psychopathen mit Uzis rumgeballert. Es war der reinste Irrsinn."

„Sie haben dich freigesprochen", sagte Larx heiser. Er wusste, dass Aaron ihn eigentlich beruhigen wollte, aber Larx war gerade weder an der Untersuchung noch an Aarons Karriere interessiert. Er musste an die Schlinge denken und daran, dass jemand auf Aaron geschossen hatte, und oh mein Gott, er hätte einfach tot sein können und Larx hätte nie etwas davon erfahren.

„Es war natürlich nicht besonders angenehm, um ehrlich zu sein. Aber so ist das nun mal, wenn man Verantwortung hat. Du weißt schon."

„Ja, aber." Larx brummte der Kopf und er bekam kaum noch Luft. „Sie haben auf dich geschossen."

„Mir ist nichts passiert."

„Geschossen", wiederholte Larx. Auf seinem Brustkorb lastete ein fünf Tonnen schweres Gewicht, als Aaron in die Einfahrt einbog. „Ich werde vielleicht vor dem Schulausschuss geoutet und dich könnte jemand *erschießen*!"

131

„Oh-oh …"

Larx ließ die Hände sinken und sah aus dem Fenster, in voller Erwartung von Blaulicht oder Polizei oder einem brennenden Haus oder irgendwelchen Monstern, die sich auf sie stürzen würden. Durch sein Blut raste so viel Adrenalin, dass er sogar seine Augenlider pochen fühlte.

„Oh-oh was? Die Kinder? Den Kindern geht's gut, oder? Oh Gott. Ich habe jetzt *noch* ein Kind. Nein, *zwei*. In meinem Wohnzimmer schläft ein verdammtes Haiku, und die denken, ich bin der Erwachsene! Und ich muss mich vor dem Schulausschuss outen, und du könntest *erschossen* werden!"

Aaron stellte abrupt den Motor ab und während Larx sich gegen seine Rückenlehne warf, öffnete er seinen Sicherheitsgurt und dann den von Larx, wobei er seinen Kopf fast auf dessen Schoß legen musste, um an die Schnalle zu gelangen.

„Larx, Baby, beruhige dich bitte."

„Erschossen!"

„Bitte hör auf, das zu sagen!" Aaron nahm sein Gesicht zwischen seine beiden kühlen Hände und hielt ihn einfach fest, sah ihm in die Augen und atmete ruhig und gleichmäßig, bis Larx es ihm nachtat und versuchte, seine eigene Atmung zu beruhigen.

„Ganz ruhig."

„Ich … ich …"

„Du hast gerade einen totalen Panikanfall. Ich weiß. Tief atmen, Larx. Eins. Zwei. Drei. Besser?"

Larx fühlte, wie seine Augen brannten. „Als ob mein Gehirn von einem Zufallsgenerator gesteuert wäre", sagte er halb fasziniert, halb entsetzt. „Es gibt tausend Sachen, über die ich mir Gedanken machen müsste, echte Probleme, die wirklich auftreten könnten, und was kommt mir als erstes in den Sinn? Dass du vor fünf Jahren mal eine Schussverletzung hattest. Warum ist das plötzlich so eine große Sache? Außer natürlich, dass du hättest sterben können und ich dich nie kennengelernt hätte, und, oh Gott, was wäre die Welt denn für ein Ort ohne dich?"

Aarons Kuss war keine Überraschung.

Larx öffnete seine Lippen, versuchte, sich hineinfallen zu lassen und von seinen Liebkosungen beruhigen zu lassen, und bis zu einem bestimmten Grad funktionierte das auch. Aber eben nicht ganz.

Aaron küsste ihn jetzt fordernder, ließ die Hände über seine Wangen und Hals gleiten, und die Panik ließ etwas nach, aber seine Augen brannten immer noch, und sein Hals war wie zugeschnürt. Larx fing an zu zittern und Aaron flüsterte ihm ins Ohr: „Lass es raus. Na komm schon, Larx. Du musst jetzt nicht mehr die ganze Zeit stark sein."

Larx stöhnte leise, teils vor Erregung, teils aus Frustration, und dann ließ er sich in Aarons Arme sinken. Aaron fing ihn auf, hielt ihn fest, hielt Larx an sich gedrückt, sodass er wusste, dass Aaron für ihn da war, dass es ihm gut ging und dass Larx einfach nur ein- und ausatmen musste. Ein Problem nach dem anderen.

Schließlich hörte Larx auf zu zittern, und ihm wurden wieder die guten Sachen bewusst. Aarons Körperwärme durch die Lederjacke, sein schon so vertrauter Geruch, das Gefühl einer unrasierten Wange an seiner.

Seine tiefe Stimme an seinem Ohr. Aaron summte *I Want to Know What Love Is* von *Foreigner*. Larx musste ein wenig lachen.

„*Foreigner?*"

„Gott. Ich hatte die Nase so was von voll von dem ganzen Hip-Hop. Ich weiß, ich bin alt, aber ich konnte es einfach nicht mehr *hören!*"

„Scheiße, ja", murmelte Larx. „Ich weiß! Ein Königreich für ein bisschen *Offspring* oder *Green Day*, oder … Gott, wir sind wirklich alt."

„Die *Killers*", seufzte Aaron. „War das wirklich so viel verlangt?"

Dieses Mal war es ein echtes Lachen ganz ohne Bitterkeit. Larx begann den Text von *I Want to Know What Love Is* zu singen, und Aaron zog seinen Kopf an seine Schulter, und sie sangen leise zusammen.

„Schmalziger Song", flüsterte Larx, als sie mit dem Refrain fertig waren.

„Hat mir regelmäßigen Sex eingebracht", entgegnete Aaron.

„Mmm. Bei mir war es *Love Song* von *Tesla*."

„Lokalpatriot!" Aaron klang, als würde er das gut finden. „Komm, lass uns reingehen. Lass uns dankbar sein, dass es den Kindern gut geht, lass uns unter die Dusche …"

„… ja, weil, oh, Mann, haben die vielleicht geschwitzt!", stöhnte Larx inbrünstig.

„Allerdings. Und dann lass uns ins Bett gehen und … na du weißt schon. *Find out what love is.*"

„Okay." Die Antwort klang ganz gelassen, obwohl Larx innerlich alles andere als das war. „Okay", wiederholte er und legte die Hand an Aarons Wange. „Alles, was du willst. Wo du willst. Wie du willst."

„Okay", flüsterte Aaron an seiner Schläfe.

Ein tiefer Atemzug. Noch einer. Und noch ein dritter, dann erst konnten sie sich so lange voneinander lösen, dass sie aussteigen konnten.

AUSSER KONTROLLE

DIE TEENAGER rührten sich kaum, als die beiden ins Haus traten. Die nicht beendete Partie Monopoly, ein Pizzakarton, leere Chipstüten und Getränkedosen auf dem Couchtisch zeugten von einer ausgiebigen Selbstmitleidsorgie von drei Teenagern, die nicht zum Homecoming-Ball hatten gehen können. Aaron hatte insgeheim gehofft, dass Kirby sich in diesem Jahr ein Herz fassen und ein Mädchen – oder einen Jungen – fragen würde. Aber sein Sohn war einfach so verdammt pragmatisch und auch ein bisschen schüchtern. Aaron hoffte, dass es dem Jungen in der etwas anonymeren College-Welt gelingen würde, seine Jungfräulichkeit loszuwerden, denn die Kleinstadt-Atmosphäre hemmte ihn mehr, als Aaron erwartet hätte.

Aber glücklicherweise ging es gerade gar nicht um Kirbys Sexleben. Vielleicht sollte er sich da eh am besten ganz raushalten.

Aarons eigenes Sexleben dagegen war kurz davor, sich dramatisch zu verbessern.

Auf die Ellbogen gestützt lag er im Bett und wartete auf Larx, der sich immer noch im Bad aufhielt. Er hatte ganz offensichtlich fertig geduscht, denn das Wasser war schon vor fünf Minuten ausgegangen. Er hatte ihn Zähne putzen hören, dann war der elektrische Rasierapparat kurz angegangen, dann ein Geräusch, das nach Deo klang. Aber jetzt, als Aaron hoffte, dass er endlich wieder seinen nackten Oberkörper zu sehen bekommen würde, war Larx still.

„Larx?", fragte er sanft. Der arme Mann hatte wahrscheinlich immer noch diesen Schulausschuss im Kopf. Vielleicht war es besser, den Sex zu vergessen und Larx einfach bis Montag ruhigzustellen.

„Ja?"

„Ich würde dich wirklich gerne nackt sehen."

Wieder das überraschte, fast schon schüchterne kleine Lachen, an das Aaron sich immer mehr gewöhnte. „Ich denke, du hast eine *sehr übersteigerte* Vorstellung davon, wie dieser Körper ohne Klamotten aussieht."

„Sag mir jetzt bitte nicht, dass du vor dem Spiegel stehst und dich fragst, ob du einen hochbekommst."

„Ich hab' graue Haare untenrum", sagte Larx kummervoll und Aaron presste sein Gesicht in seinen Bizeps, um nicht laut loszulachen. „*Schamhaare*, Aaron. Ich habe sie mir seit sieben Jahren nicht angeguckt und jetzt sind sie grau geworden, ohne mir Bescheid zu sagen."

Aaron löschte das Licht. „Zieh eine Unterhose über und komm zu mir ins Bett. Wir können Braille-Sex haben. In Braille gibt es keine graue Schambehaarung."

Im Bad ging das Licht aus und Aaron rutschte zur Seite, um dem Mann in Unterhose Platz zu machen. Er bedauerte ein bisschen, dass er Larx' Brust nicht sehen würde, aber als Larx sich in seinen Armen zu ihm umdrehte – warm, lebendig, durchtrainiert, mit seidiger Haut –, beschloss Aaron, dass es dieses eine Mal auch so gehen würde.

Er fing die Lippen von Larx ein und küsste ihn, und das wurde einfach immer besser, also küsste er ihn weiter, und es wurde noch besser. Die Küsse wurden mit jedem Mal immer besser. Frischer Atem war auch nicht zu verachten, aber das Beste war, dass sie nirgendwo hinmussten. Sie waren nicht im Auto, nicht im Freien, sondern im Bett, und Aaron machte einfach weiter, bis sie sich gegenseitig fast verschlangen, die Zungen ineinander verschlungen, atemlos. Larx hatte seine Hände auf Aarons Hüften und zog ihn an sich, sodass sie sich aneinander reiben konnten, so, als hätten sie nie etwas anderes gemacht.

Aaron stöhnte an seinen Lippen und hörte auf, zog sich etwas zurück.

„Wir kommen sonst viel zu schnell", flüsterte er. Er rollte sich auf Larx und ein Teil von ihm genoss es, wie Larx seine Beine spreizte und unter ihm ganz weich und nachgiebig wurde.

„Willst du irgendwas Bestimmtes machen?", fragte Larx. Er sah hoffnungsvoll aus und vertrauensvoll. Unschuldig. Jung.

Aaron wollte *alles*. „Am liebsten würde ich dich einmal von oben bis unten ablecken", sagte er und knabberte an seinem Kinn. „Du musst nur, na ja, sagen, was gut ist und was nicht …"

„Also, ich habe alles zweimal eingeseift", gab Larx ernsthaft zurück. „Du kannst mich gerne ablecken, wo und wie lange du möchtest. Lecken ist nie verkehrt. Nass machen. Penetration. Alles super."

„Oh, Gott!", lachte Aaron. „Du hast es wirklich nötig, stimmt's?"

„Acht Jahre, Aaron. Du bist warm …" Larx presste seinen Unterleib an Aarons, „willig, und es scheint sogar so, als würdest du mich wirklich mögen, sogar sehr. Du hast den Job, verstanden?"

„Den Job, dich um den Verstand zu ficken, meinst du hoffentlich."

Larx nickte. Seine Augen schwammen im Halbdunkel und Aaron küsste ihn wieder, streichelte seine Arme, die festen Muskeln an seinen Rippenbögen, seinen Bauch, dann wanderten seine Hände unter seine Boxershorts.

„Mmmmm …" Larx entspannte sich unter Aarons streichelnden Bewegungen und Aaron küsste und knabberte sich an seinem Hals hinunter und genoss das gierige Stöhnen, als er leicht zubiss.

Er schmeckte frisch gewaschen und köstlich nach Mann und Aaron leckte und knabberte an seiner Brust. Einen Moment musste er lächeln, weil er noch nie einen so kleinen, flachen Nippel im Mund gehabt hatte, und er verlor sich darin, an der kleinen Knospe zu lutschen und die zarte Haut mit der Zunge zu verwöhnen.

Larx keuchte und knetete Aarons Schultern, dann vergrub er die Hände in Aarons Haaren.

„So geil!" Er schob Aaron sein Becken entgegen und Aaron lutschte ein bisschen fester. „Großartig. Fantastisch … Gott, Aaron, weiter unten, okay?"

Aaron lachte und fuhr mit der Zungenspitze nach unten, leckte und kitzelte und biss sich am Gummirand der Boxershorts entlang. Die Decke schob sich mit ihm nach unten, wo er es sich schließlich am Fußende bequem machte.

„Wie cool ist das denn", sagte er, aufgeregt wie ein Teenager. „Gleich weiß ich, wie dein Penis schmeckt!"

Larx lachte laut auf und Aaron zog ihm die Boxershorts aus. In dem schwachen Licht, das durchs Fenster drang, konnte er das *Ding* erkennen – das ganz schön große Ding –, das für viele Leute der Unterschied zwischen Hetero- und Homosex war.

Es war ebenso unspektakulär wie absolut großartig.

Lang, steif und schlank erstreckte es sich an Larx' Unterbauch, aus der beschnittenen, dunkelrot angelaufenen Eichel traten schon Tröpfchen aus. Aaron leckte ihn in Ruhe von unten bis zur Spitze. Seine Zunge fuhr an den angeschwollenen Venen unter der Haut entlang. Der überraschend zarten Haut.

Dann nahm er den Schwanz in die Hand und streichelte ihn so, wie er es bei sich selbst gut gefunden hätte. Das Stöhnen, das Larx von sich gab, bestätigte ihn und machte ihm Mut.

Er leckte an der Eichel, schloss die Augen und schmeckte die Lusttropfen, während Larx zu stöhnen begann.

Wieder und wieder, die Textur der Haut, die Süße der Flüssigkeit, die erstickten, sinn-entleerten Geräusche, die Larx von sich gab – Aaron fing an, sich am Bett zu reiben, um den Druck in seinem eigenen Schwanz etwas zu verringern.

Larx breitete die Beine und hob Aaron sein gesamtes Becken entgegen, bot sich ihm an wie ein Festmahl, bei dem Aaron alles probieren durfte, was sein Herz begehrte.

Aaron wollte alles.

Er hielt Larx' Schwanz fest in der Hand und ließ die Eichel mit festem Druck zwischen seiner Zunge und dem Gaumen hin und her gleiten. Mit der anderen Hand griff er nach dem Gleitgel, das er aus dem Nachttisch stibitzt hatte. Es war noch an Ort und Stelle unter seinem Kopfkissen, genau da, wo er es hingelegt hatte, und er ließ den Deckel aufschnappen und gab etwas davon auf seine Finger.

Multitasking war so schwierig, wenn man es sich selbst machte. Aaron hatte sich in den vergangenen zehn Jahren schon häufig seine eigenen Finger in den Arsch geschoben, wenn er sich einen runterholte, hatte es aber nicht einfach gefunden, beides zu koordinieren.

Für Larx bekam er das aber hin. Vorsichtig – bei Larx war es schon einige Jahre her und Aaron wusste, dass das Eindringen schmerzhaft sein würde – ließ er einen einzelnen Finger in die mysteriöse Welt hinter der kleinen, runzeligen Öffnung gleiten.

Larx stöhnte auf und schob sich dem Finger entgegen, der bis zum zweiten Gelenk in ihm verschwand, während Aaron ihn hin und her bewegte und versuchte, den Muskelring aufzulockern.

„Oh mein Gott ... Aaron ... oh Gott ... das kann ich nicht lange ...", und wie um es ihm zu beweisen, fühlte Aaron einen kleinen Spritzer in seinem Mund. Aaron ließ Larx' Schwanz los.

Stattdessen konzentrierte er sich ganz auf seine Aufgabe, drückte die Oberschenkel von Larx nach oben, bis dessen Knie gespreizt waren und er besser an seinen Arsch drankam, um damit zu spielen.

Er ignorierte den Geschmack des Gleitgels – irgendwie salzig – und zog seinen Finger heraus. Stattdessen leckte er einmal über das Arschloch, ermutigt dadurch, wie Larx sich weiter oben im Bett hin und her zu werfen und zu betteln begann.

„Mehr, Aaron ... Gott ..."

„Geduld, nicht gerade deine Stärke, stimmt's?", murmelte Aaron und leckte weiter.

„Du sollst in mir drin sein!", bat Larx, und oh, das war's. Aaron stemmte sich hoch, schob seine Unterhose herunter und strich Gleitgel auf seinen Schwanz, dann ließ er sich auf Larx sinken. Er positionierte seine schmerzende Erektion am feuchten, gelockerten Eingang zu Larx' Körper.

„Bist du sicher, dass du schon so weit bist?", fragte er wirklich besorgt. Das konnte wehtun, er wusste, dass es so war. Aber er wollte ebenso sehr in ihm drin sein, wie Larx sich wünschte, ihn in sich zu spüren.

Larx umfasste seinen Aarons Nacken mit zitternden Händen. „Bitte", murmelte er. „Bitte."

Aaron presste sich langsam hinein und spürte, wie der enge Muskelring sich um seine glitschige Eichel schloss. Besorgt beobachtete er Larx, aber der hatte den Kopf in den Nacken geworfen, die Augen geschlossen und sein Gesicht war ganz entrückt, als er dem Fremdkörper Einlass in seinen engen Kanal gewährte.

Also drückte er sich weiter hinein und ein Schauer überlief ihn, als er seine Eichel plötzlich ganz in den warmen, glitschigen Tunnel sinken fühlte, der umso weiter wurde, je tiefer Aaron eindrang. Larx zitterte. Seine Glieder waren wie Gummi und seine Hände zuckten mit jedem Pulsschlag mit der Lust, die sich seines Körpers bemächtigt hatte.

Oh Gott. Er war fast drin. Fast drin. „Oh, ja", seufzte Aaron, als er schließlich bis zu den Eiern in Larx' Arsch steckte.

Larx erschauerte um ihn herum. Und noch mal. Dann schlang er die Beine um Aarons Hüften und bat mit halb geschlossenen Augen, viel zu ergeben, um Aaron richtig anzusehen: „Komm schon, Süßer, fick mich. Ich brauch es. So dringend."

Wow. Das war ... Aaron zog sich zurück, spürte dabei, wie fest ihn der Muskel, in dem er steckte, umspannte, dann stieß er wieder hinein. Der Druck auf seine Eichel war köstlich. Larx stöhnte, hielt sich an Aarons Schultern fest, und der wiederholte seine Bewegung wieder und wieder und wieder.

„Schneller!"

„Aaaah!"

Schneller, fester. Larx war robust, stark, sein Körper sehnig und hart, der Körper eines muskulösen Dauerläufers. Aaron stieß in ihn hinein, das Klatschen seiner Oberschenkel am Hintern von Larx ein geiles, befriedigendes Geräusch.

Larx stöhnte auf, seine Augen schlossen sich und Aaron fühlte, wie sich sein Körper in der ersten Welle eines Orgasmus zusammenkrampfte. Er schaute gerade noch rechtzeitig nach unten, um in der Dunkelheit den hellen Strahl zu sehen, der sich aus Larx über dessen Brust und dem kleinen Bereich mit grauschwarzen Brusthaar in der Mitte ergoss. Seine Glieder zuckten, und was das mit Aaron anstellte …

Jetzt war er es, der stöhnte, und er vergrub sein Gesicht in der Halskuhle von Larx, um seine Lautstärke zu dämpfen. Er wollte sein eigenes Sperma von ihm ablecken, aber er war viel zu sehr in den Gedanken versunken… *Ficken, ich ficke einen Mann, ich ficke Larx, und er will es auch, er ist dabei gekommen, klebrig und herb auf meiner Haut.* Larx bäumte sich auf und stöhnte leise, die Lippen zusammengepresst in dem Bemühen, leise zu sein.

So. Verdammt. Sexy.

Aarons Orgasmus überrollte ihn, sein Arschloch verengte sich, seine Hoden zogen sich zu kleinen, schmerzenden Kugeln zusammen, seine Bauchmuskeln spannten sich an, und dann pulsierte eine gigantische, fast schmerzhafte Welle durch seinen Schwanz. Er biss Larx in die Schulter und Larx machte ein tiefes, kehliges, zufriedenes Geräusch, das jeder Beschreibung spottete.

Aaron biss noch mal zu. Sein gesamter Körper verkrampfte sich und der Orgasmus schüttelte ihn so heftig durch, dass ihm einen Augenblick lang schwarz vor Augen wurde.

Er kam, er spritzte ab, er schoss seine Ladung *tief in Larx hinein.*

Larx war glücklich, noch halb weggetreten, wunderschön und unterwürfiger, als Aaron es sich jemals hätte erträumen können. Seine Beine waren gespreizt und seine Hände streichelten schwach Aarons Nacken, der ihm völlig überwältigt ins Ohr schluchzte.

Oh Gott. Oh Gott, sie hatten es getan, und es war so schön gewesen, überwältigend, atemberaubend.

Aaron kniff die Augen fest zusammen und die Tränen quollen hindurch, und als Larx ihn fester in die Arme schloss, konnte er nicht anders, als sich in den Körper seines Lovers sinken zu lassen, der ihm erlaubt hatte, seinen Körper in Besitz zu nehmen.

„Oh, Larx", flüsterte er, als er wieder in der Lage war zu sprechen, zu *atmen.* „Das war so unglaublich, unglaublich …"

„… notwendig", sagte Larx, und die Hilflosigkeit in seiner Stimme gab Aaron einen Stich in der Brust.

Oh, Larx, du bist nicht alleine damit.

„Wichtig", stimmte er zu und leckte Larx ein Schweißtröpfchen von der Wange. „Notwendig. Gott … Larx, ich kann nicht ohne dich in meinem Bett leben. Geht nicht mehr. Ich möchte, dass du das weißt."

„Gut", flüsterte Larx zurück und umschlang Aaron zitternd mit Armen und Beinen. Aarons Schwanz glitt aus ihm heraus und Aaron vermisste sofort seine Wärme. „Ich kann … kann nicht mehr in mein Leben ohne dich zurück", sagte er mit gebrochener Stimme. „Ich weiß gar nicht, ob es wirklich mal ein Leben ohne dich gegeben hat."

Zwei erwachsene Männer, beide fast fünfzig Jahre alt, und trotzdem war es überhaupt nicht lächerlich. Jede Berührung, jedes Flüstern, jeder Schauer zwischen ihnen war brandneu. Es war keine junge Liebe. Es war viel mehr, viel größer, es stand viel mehr auf dem Spiel. Sie hatten beide schon erlebt, was Verlust bedeutete. Sie wussten genau, wie gefährlich Liebe sein konnte. Aber sie ließen sich trotzdem hineinfallen, flüsterten den Namen des anderen in der Dunkelheit, ihre Körper mit Schweiß und Sperma verklebt und empfindlich gegen die Kälte.

Aaron wollte die einzige Wärmequelle sein, die Larx je wieder brauchen würde, aber dann zog er doch die Decke über ihre Schultern und rollte sich auf den Rücken. Larx legte den Kopf an seine Schulter und sie streichelten einander sanft unter der wärmenden Bettdecke: ein erwachsenes Liebespaar, im Dunklen so verloren wie Kinder.

UM SECHS Uhr morgens klingelte Aarons Telefon am Bett. Er musste über Larx drüberklettern, um das Gespräch anzunehmen. Larx grunzte leise im Schlaf.

„Sheriff?", fragte er mit kratziger Stimme. Er *glaubte*, dass er dessen Name auf dem Display gelesen war.

„Deputy, ich weiß, dass ich Ihnen eigentlich freigegeben habe, während wir die Gegend abklappern und versuchen, die Leiche zu identifizieren. Aber es gibt neue Fakten, und wir brauchen Sie hier."

„Neue Fakten?" Aaron brauchte einen Augenblick, um die Gedanken an letzte Nacht zu verdrängen. Das waren auch jede Menge neue Fakten gewesen, aber über die wollte er mit niemand anderem außer Larx sprechen.

„Ja. Unser Suchtrupp hat an einem der Kais unten am See Blutspuren gefunden. Der Steg wird privat von zehn Eigentümern genutzt und wir haben Durchsuchungsbefehle für alle Grundstücke und Häuser."

Das klang in der Tat nach viel Arbeit, aber normalerweise würde das den armen Deputys zufallen, die an diesem Wochenende Dienst hatten.

„Und wieso brauchen Sie dazu ausgerechnet mich?"

„Weil einer der Namen Olson ist."

Aaron war schlagartig wach. „Olson?"

„Whitney und Carl Olson."

„Ach du Scheiße." Aarons Bettseite lag an der Wand, also rutschte er in Richtung Fußende zur Bettkante. „Haben Sie schon mit einem von ihnen gesprochen? Mit ihrem Anwalt? Mit irgendwem?"

„Na, deswegen werden ja Sie gebraucht. Es soll eine Überraschungsaktion werden, und wenn Sie dabei sind, können wir drei Häuser gleichzeitig besuchen, was bedeutet …"

Aaron rutschte aus dem Bett. „Dass wir sie überrumpeln können! In aller Herrgottsfrühe, sieben Uhr. Wir haben die Leiche, wir haben das Blut, wir dürfen alle Häuser durchsuchen. *Na so was, guten Tag, Mrs. Olson, wir haben gar nicht gewusst, dass Sie hier ein Haus besitzen. Sie haben nicht zufällig eine Ahnung, wer da vor zwei Tagen tot in Ihrem See schwamm?*"

Sheriff Mills' Lachen klang ausgesprochen bösartig. „Genauso hatte ich es mir vorgestellt."

„Bin total dabei", murmelte Aaron bibbernd. Sie hatten am Abend vorher nicht mehr den Thermostat angestellt. Larx war wahrscheinlich einer von den Heiden, die erst dann heizten, wenn es *ernsthaft* kalt wurde – was nichts anderes bedeutete, als dass Aaron nackt in einem Raum herumstand, in dem man seinen Atem sehen konnte. „Muss mich nur schnell anziehen."

„Kommen Sie zum Eingang der Mustang Estates", instruierte ihn der Sheriff. „Ich besorge Ihnen Kaffee, wenn Sie mir morgen einen Fifty-Fifty von Larx mitbringen."

Aaron unterbrach sich dabei, frische Boxershorts aus seinem Rucksack zu ziehen. „Ich, äh, ich werd's ihm ausrichten." Ihm wurde gerade klar, dass er dann das dritte Mal in Folge bei Larx übernachten würde.

„Oder wäre das ein Problem?" kam die freundlich spöttische Frage.

Aaron wurde rot und zog so schnell wie möglich seine Boxershorts über, während er antwortete: „Wir haben noch keinen echten Übernachtungsplan."

„Plan? Mein Junge, wenn Sie so gut in das Leben dieses Mannes passen wie in seine Küche, dann ist der Plan einfach: Sie schlafen in seinem Bett ein und wachen in seinem Bett auf und schlafen in seinem Bett ein und wachen in seinem Bett auf. Muss ich Ihnen jetzt etwa auch noch erklären, was wo rein muss?"

Aaron schlüpfte in sein T-Shirt. „Nein, Sir", sagte er. Jetzt schwitzte er aus allen Poren. „Das kriegen wir schon alleine hin."

„Da bin ich ja beruhigt. Und jetzt bewegen Sie Ihren Hintern bitte hierher. Sie haben 45 Minuten."

Mills legte auf, Aaron zog seine Hose an und schob das Handy in die Gesäßtasche. Er zog das khakifarbene Hemd über und steckte seine Dienstmarke an, bevor er das Hemd ordentlich in die Hose steckte und seine Pistolenhalterung umschnallte. Seine Waffe hatte er in einem abgeschlossenen Etui in seinem Rucksack, aus dem er sie herausnahm und sie mit geübtem Griff ins Halfter steckte.

„Manchmal vergesse ich es", murmelte Larx aus dem Bett, und Aaron schreckte hoch.

Er nahm Socken und Stiefel aus der Tasche, setzte sich auf den Bettrand und schubste Larx ein bisschen zurück, damit er sich setzen konnte.

„Was vergisst du?", fragte er leise. Er wollte Larx warm und schläfrig im Bett wissen, wenn er sich diesem Tag stellte.

„Dich und deine Waffe." Sie hatten gestern nicht das Licht angemacht. Larx hatte sich noch nicht mit den Narben an Aarons Körper befassen müssen, aber das war natürlich nur eine Frage der Zeit.

„Ich habe eine, stimmt", gab Aaron zu, und lehnte sich nach unten, um Larx einen Kuss auf die Stirn zu drücken. „Ich muss sie nicht oft ziehen, aber es ist nun mal mein Job."

Larx legte die Hand an seine Wange. „Du bist so zärtlich als Lover", nuschelte er. „Kaum zu glauben, dass du jeden Tag mit der Waffe rumläufst."

Aaron fühlte sein Herz größer und größer werden, bis es schon fast schmerzte. Er nahm die Larx' Hand und küsste seine Handinnenseite. „Ich werde immer dein zärtlicher Lover sein", versprach er. „Daran ändert auch mein Job nichts, okay?"

„Okay." Larx lächelte und ließ die Hand verschlafen sinken. „Wo gehst du eigentlich hin?"

„Wir haben einen Durchsuchungsbefehl für das Grundstück von Familie Olson."

Larx versuchte sein Bestes, die Augen aufzureißen. „Echt jetzt?"

„Echt jetzt", gab Aaron zurück. „Ich ruf dich an, wenn ich fertig bin, ja? Ich kann dir Kaffee mitbringen."

„Komm heil wieder, Deputy. Ohne neue Blessuren. Mehr verlange ich gar nicht."

„Fangt einfach schon ohne mich an, wenn ich bis zum Nachmittag nicht zurück bin", meinte Aaron pragmatisch. „Und vielleicht kann Kirby noch ein paar Klamotten holen, wenn Christi Kellan ins Krankenhaus fährt."

Larx stöhnte. „Am besten steh ich einfach auch auf."

„Das lässt du schön bleiben!", lachte Aaron und drückte ihn wieder ins Bett zurück. Larx hatte zwar *aufstehen* gesagt, aber seine Muskeln wollten ihm noch nicht so recht gehorchen. „Du, mein Freund, bleibst liegen und schläfst aus bis mindestens acht Uhr. Ich weiß ja, dass du den ganzen Tag telefonieren und deinen Garten schönmachen musst. Dafür musst du wenigstens ausgeschlafen sein."

„Was soll eigentlich dieses dominante Gehabe? Nur weil du mich gevögelt hast, hast du mir noch lange nichts zu sagen. Warte mal ab, bis *ich dich* ficke. Dann bin ich am nächsten Tag so lieb und unterwürfig, dass du dich fragen wirst, ob es tatsächlich mein Schwanz war, der in deinem Arsch gesteckt hat."

Aaron lachte. Er war nicht ganz sicher, ob da noch der Schlaf oder schon der Mann sprach, aber er genoss die fröhliche, hemmungslose Versautheit. „Wessen Schwanz sollte ich denn wohl sonst im Arsch haben?", flüsterte er Larx ins Ohr und knabberte ein bisschen an seinem Ohrläppchen. „Und jetzt sei lieb, dann schalte ich noch den Thermostat ein, bevor ich gehe."

Larx stöhnte genüsslich auf. „Ich glaube, du liebst mich wirklich!"

Das stand vollkommen außer Frage. Es war ganz einfach und genauso wahr wie damals, als Aaron sich in seine Frau verliebt hatte. „Ja, das tue ich „," flüsterte er Larx ins Ohr.

Dann gab er ihm einen Kuss auf die Wange und schlüpfte hinaus, noch bevor Larx bewusst werden würde, was er da gesagt hatte, und in Panik verfallen konnte. Aber es war die reine Wahrheit.

KAUM EINE Stunde später hatten sich alle Deputys neben dem Dienstwagen des Sheriffs versammelt und bekamen die Durchsuchungsbefehle ausgehändigt.

„Wissen alle Bescheid, wo sie hinmüssen?", fragte Mills, und natürlich war es der Fall.

„Gärten, Poolhäuser, Schuppen, Garagen, Autos", gab Aaron ihnen noch mit auf den Weg. „Die Grenze ist die Eingangstür zum Haus selbst. Wenn wir irgendetwas Brauchbares finden, holen wir Andrea und Gracie", er zeigte auf die beiden Beamtinnen von der Spurensicherung, „die es sicherstellen und auf Rückstände untersuchen. Wenn wir Blut, Leichen oder Waffen finden, sind das hinreichende Verdachtsmomente, um auch das Haus zu untersuchen. Hab` ich was vergessen, Chef?"

Sheriff Mills nickte. „Eines solltet ihr wirklich auf jeden Fall beherzigen: sichert euren Arsch ab", ermahnte er sie ernst. „Das sind alles reiche Leute. Die haben sogar Rechtsanwälte, um ihren morgendlichen Haufen für rechtskräftig erklären zu lassen. Wenn ihr auch nur einmal aus Versehen auf den Bentley niest, sind *wir* die mit der Klage am Hals. Verstanden?"

„Ja, Sir!"

Aaron sah Warren Coolidge an, den Kollegen, mit dem er bei solchen Einsätzen meist zusammenarbeitete. „Soll ich den Durchsuchungsbefehl zeigen und du suchst ein bisschen rum?", schlug er vor.

„Sie soll eine ziemliche Hexe sein. Du kannst sie gerne haben."

Aaron nickte. Dann fiel ihm die Theorie von Larx ein, dass die beiden Verbrechen zusammenhängen könnten. „Halte bitte Ausschau nach allem Möglichen – Kleider, Anzeichen, dass Beweismaterial vernichtet wurde, Jagdmesser …"

„Ich denke, der Typ wurde erschossen?"

Aaron atmete geräuschvoll aus. „Zwei Gewaltverbrechen innerhalb von zwei, drei Tagen?"

Warren war jünger als Aaron. Er sah gut aus, hatte schöne, blaue Augen, die von schwarzen Wimpern umrahmt waren, und volle, rote Lippen. Aber er war mit einfachen Lösungen zufrieden und nicht besonders aufgeweckt. Aaron hatte ihn schon sehr oft mit freiem Oberkörper gesehen, aber nie hatte er auch nur den leisesten Impuls verspürt, ihm irgendwohin zu folgen und ihn darum zu bitten, auf sich aufzupassen. Langsam wurde ihm klar, wie sehr er schon immer Larx als Person gemocht hatte, und nicht nur seine schweißglänzende Brust.

Inzwischen war Warren endlich auch auf den Gedanken gekommen, den Larx schon am Vortag geäußert hatte.

„Denkst du, es gibt einen Zusammenhang zwischen dem Jungen mit den Messerstichen und der Wasserleiche?"

Aaron zuckte die Achseln. „Wäre doch möglich", meinte er. Larx zufolge war Whitney spät, außer Atem und mit nassen Haaren zum Abholen gekommen. Die Mustang Estates lagen etwa 20 Autominuten von der Highschool entfernt, fünfzehn, wenn man raste, weil man von oben bis unten Blut an sich hatte und von niemandem gesehen werden wollte. Wie lange hatten sie auf den Notarzt gewartet? Wie lange hatten die Sanitäter mit Isaiah zu tun gehabt, bevor sie ins Krankenhaus gefahren waren? Wie lange, bis die Jugendlichen sich versammelt hatten und die Suchaktion mit Scheinwerfern begonnen hatte? Lange genug, einer Frau zu erlauben, zum Auto zu rennen, nach Hause zu fahren, zu duschen und wieder zurückzufahren?

Denk nach … denk nach … denk nach … kam sicher hauptsächlich darauf an, wo ihr Auto geparkt war.

Aaron fiel ein, wie Julia abseits dagestanden hatte und manisch SMSen geschrieben hatte, und zwar nicht an Freunde in der Menge.

„George!" bellte der Sheriff und Aaron konzentrierte sich wieder auf das Hier und Jetzt.

„Ja, Sir. Wir kommen." Warren war mit Mills gekommen und Aaron bedeutete ihm und Gracie, bei ihm einzusteigen.

Er hatte ein angespanntes Zittern in der Magengrube und eine Aufregung voller Adrenalin hatte ihn gepackt. Das letzte Mal hatte er dieses Gefühl gehabt, als Warren und er bei dem Familienbetrieb mit der Marihuana-Plantage an die Tür geklopft hatten. Es war der Grund, warum er das Klicken der Waffe überhaupt gehört hatte, noch bevor der erste Schuss fiel. Dieses Zittern hatte ihm und Warren damals das Leben gerettet und er hoffte, dass es heute wieder so würde.

Das Hauptgebäude des Anwesens der Olsons war fast 50 Meter lang, aber da es auf einem großen Gelände lag, wirkte es nicht monströs, sondern einfach nur groß.

Jedenfalls, bis sie den langen Zufahrtsweg zu dem auf einer kleinen Anhöhe gelegenen Haus hochgefahren waren.

„Pool, Poolhaus, Garage …"

„Für vier Autos", murmelte Warren.

„Hof …"

„Bis wohin?", wollte Gracie wissen. Das Haus selbst hatte einen ziemlich großen Garten, der mit einem 1,20 Meter hohen, gusseisernen Kunstwerk eingezäunt war. Aber dahinter ging das Grundstück noch einige Hektar weiter, und als Aaron neben dem Gästehaus am Seitenflügel des Hauses parkte und diese Fläche prüfend betrachtete, sah er von einer kürzlich benutzten Feuerstelle Rauch aufsteigen.

„Fangt mit der Feuerstelle an", sagte er grimmig. „Sie liegt auf dem Grundstück und ist Bestandteil ..."

„Fantastisch geeignet, um Beweise loszuwerden", fiel Gracie ein. „Okay, meine Herren, zieht euch was über. Aaron, hier hast du deine Sachen, falls aus der Durchsuchung eine Tatortanalyse werden sollte." Sie reichte ihm ein kleines, versiegeltes Päckchen mit Schuhschonern, Handschuhen, einer Tüte für Beweismaterial und einer Pinzette für kleine Gegenstände.

„Lasst mich erst mal den Durchsuchungsbefehl abgeben", sagte Aaron trocken und steckte die Sachen ein. Sein Magen vibrierte.

Er trat auf die Eingangstür zu. Warren folgte ihm und Gracie ging zu der an der anderen Seite des Hauses gelegenen Garage hinüber. Sie würde auf sein Zeichen warten, obwohl das aufgrund des Durchsuchungsbefehls nicht notwendig, sondern reines Entgegenkommen war. Wie der Sheriff es ausdrückte: Arsch absichern.

Er klingelte Sturm und war wenig überrascht, als ihm eine verschlafene Haushälterin die Tür öffnete.

„Können wir bitte die Dame des Hauses sprechen?", fragte er höflich, und die Frau – um die Vierzig, mit faltigem, stoischem Gesicht – sah verstohlen nach oben ins Haus und wieder zurück.

„Es geht ihr gerade nicht besonders gut", sagte sie ruhig. „Kann ich Ihnen helfen?"

Aaron zog eine Kopie des Durchsuchungsbefehls, den Whitney Olson an ihren Rechtsanwalt weiterleiten würde, heraus. „Würden Sie das bitte Mrs. Olson geben und ihr mitteilen, dass wir ihr Anwesen, die Garage und alle Gebäude auf dem Grundstück durchsuchen müssen? Sie werden uns die Garage aufschließen müssen. Falls das nicht umgehend machbar ist, werden wir sie mit Gewalt öffnen müssen, und ich kann nicht versprechen, dass dabei nichts kaputt geht. Aus dem Durchsuchungsbefehl geht hervor, dass wir, falls auf dem Grundstück verdächtige Indizien gefunden werden, berechtigt sind, das Haus auch von innen zu durchsuchen, das sollte sie also auch wissen."

Oh bitte, lass es draußen sein, dachte er ganz pragmatisch. Er hasste es, für die Durchsuchung verantwortlich zu sein – die Chancen, auf einem so großen Gelände etwas zu übersehen, waren geradezu schwindelerregend.

Die Frau nahm die Papiere hastig an sich, als ob sie es gewohnt war, sich vor bösen Worten zu schützen, dann nickte sie Aaron ängstlich zu. „Ich gebe sie ihr", sagte sie. „Sie wird nicht begeistert sein."

In dem Moment sah Aaron aus dem Augenwinkel eine Bewegung und konnte gerade noch ein zartes weißes Nachthemd erkennen, das aus seinem Gesichtsfeld verschwand.

„Mrs. Olson?", rief er und trat einen Schritt ins Haus. „Mrs. Olson? Wir sind gerade dabei, Ihr Grundstück und die der Nachbarn zu durchsuchen. Wir haben Grund zu der Annahme, dass sich eine gefährliche, flüchtige Person in dieser Gegend versteckt hält. Wenn ich Sie also kurz sprechen …"

„*Verpiss dich!*", schrie Whitney Olson, und Aaron schüttelte den Kopf.

„Na ja. Scheint so, als würde sie gleich ihren Rechtsanwalt anrufen."

Er nickte der bedauernswerten Hausangestellten zu, die offensichtlich einem ausgesprochen unangenehmen Vormittag entgegensah, ging wieder nach draußen und zog die Tür hinter sich zu. Gracie und er steuerten auf die geräumige Garage zu. Sie waren gerade am zweiten Garagentor angekommen, als Aaron aus der Garage, vor der sie gerade eben standen, das unverwechselbare Geräusch eines kalt gestarteten, aufheulenden Motors hörte. Instinktiv packte er Gracie am Arm und riss sie beiseite, als auch schon ein Fahrzeug durch das geschlossene Tor brach. Aaron rannte los und zog Gracie hinter sich her, dann sah er Julia Olson mit angstverzerrtem Gesicht das gigantische Fahrzeug im Rückwärtsgang den Hügel hinunterfahren. Am Fuß des Hügels wendete sie, so ungeschickt und so schnell, dass das Auto beinahe zur Seite umgekippt wäre.

Aber sie bekam den Wagen wieder unter Kontrolle, jagte davon und ließ Aaron und Gracie schwer atmend und vor Adrenalin bebend zurück.

„Wenigstens müssen wir sie jetzt nicht mehr bitten, uns die Garage zu öffnen", stellte Aaron mit Blick auf das zerstörte Tor neben ihnen fest.

„Äh, Aaron?" meinte Gracie mit großen Augen. „Sah das aus wie ein Auto, mit dem der Teenager rumfahren?"

„Nee", murmelte er und trat ein paar Schritte ins Innere der Garage. Und Tatsache, da drüben stand unberührt ein hellblauer Kia Sportage. „Es sah eher aus wie ein Auto, das ein Erwachsener seinem Kind geben würde, um Beweismittel vom Gelände wegzuschaffen."

Er zog das Walkie-Talkie aus der Tasche. „Sheriff Mills, hier ist Deputy George, hören Sie mich?"

„Was gibt's, Deputy?"

„Julia Olson ist im Auto ihrer Mutter geflüchtet. Sie war so außer sich, dass sie strack durch das Garagentor gerast ist."

„Na, das ist ja eine Überraschung."

„Kann man sagen."

„Ich denke, das reicht als Verdachtsmoment. Bleiben Sie, wo Sie sind. Wir schicken Ihnen Gruppe B zur Unterstützung rüber und schauen mal, was wir ausrichten können."

„Ja, Sir. Vielleicht können Sie schon eine Fahndung veranlassen nach einem schwarzen Lincoln Navigator mit dem Kennzeichen …"

„Sie haben das Kennzeichen?"

„Ja, Sir."

„Dafür bekommen Sie noch eine Portion Kekse von meiner Frau, Deputy. Das war wirklich geistesgegenwärtig."

Aaron und Gracie wechselten einen belustigten Blick und sie tat so, als würde sie sich einen Finger in den Hals stecken. „Vielen Dank, Sheriff, wirklich nett von Ihnen."

Er beendete das Gespräch und schüttelte den Kopf. „Und jetzt lass uns die Garage durchsuchen."

Gracie tat wieder so, als müsste sie würgen. „Kaum zu glauben, dass du dich ernsthaft freust, wenn der Mann dir Kekse verspricht."

Aaron lachte, und da er sich bei Gracie sicher fühlte, die Mutter zweier Kinder und eine überzeugte Liberale war, sagte er kopfschüttelnd: „Er weiß, dass ich mit einem Mann zusammen bin, und will trotzdem, dass ich seinen Job übernehme. Ich würde sogar ihren Napfkuchen nehmen."

Gracie sah ihn amüsiert an. „Und es Larx überlassen, ihn in den Müll zu werfen", schmunzelte sie.

Oh. „Woher weißt du das mit Larx?"

Grace zuckte die Achseln. „Ich habe euch gesehen, als ich gestern mein Kind zum Ball gefahren hab. Ich bin darauf trainiert, Leute zu beobachten, Deputy, aber ich wollte nichts sagen, bevor du nicht selber davon anfängst."

Aaron dachte an den warmen, verschlafenen Larx, den er vorhin im Bett zurückgelassen hatte, und empfand eine unerwartete Welle der Zufriedenheit. Die Menschen sahen sie also zusammen und dachten, dass sie zusammengehörten. Nicht: *Wer hätte das gedacht!* oder *Was soll das denn?!*

„Na ja, einer von uns hat nun mal einen sensiblen Job, bei dem es die Leute aus der Bahn werfen könnte, wenn wir uns outen", sagte er betont.

„Ja, und der andere ist Polizeibeamter."

Aaron musste lachen, dann fiel ihm etwas ein. „Lass mich hier drinnen Licht machen, dann können wir anfangen. Aber erst muss ich kurz Larx anrufen."

AM HEIMISCHEN HERD

DAS WAR'S dann wohl mit dem Ausschlafen.

Der Anruf von Aaron kam um 7:30. Es war nicht der erste Anruf heute, aber es war der Einzige, der ihn aus dem *Anrufe ignorieren* – Dämmerzustand riss, in dem sich Erwachsene manchmal befinden, wenn sie noch nicht aufstehen wollen.

„Geht's dir gut? Was ist passiert?"

„Ja, klar", sagte Aaron in so übertrieben entspanntem Ton, dass Larx gar nicht anders konnte, als sich Gedanken zu machen. „Ich habe nur nachgedacht. Das Olson-Mädchen ist mit dem Wagen seiner Mutter abgehauen, als wir hier ankamen. Hast du eine Idee, wo die Jugendlichen so hinfahren? Irgendwelche Knutsch-Ecken, die ich noch nicht kenne, eine Stelle, wo sich ein Teenager ohne Freunde eine Weile verstecken könnte?"

Larx setzte sich im Bett auf und zog scharf die Luft ein. Sein Arsch schmerzte etwas – Muskeln leicht überdehnt, ein bisschen wund, alles da unten empfindlicher als sonst. Er rutschte ein paarmal hin und her, aus der Empfindlichkeit wurde Erregung, und wupp, war er schon wieder bereit für die nächste Runde.

Und das mit 47. Wer hätte das gedacht!

Er musste sich konzentrieren, Aaron zuzuhören. „Äh, ja. Da ist ein Feldweg, geht von der Olson Road ab. Bisschen überwuchert. Ehemaliger Forstweg. Wir haben ihn benutzt, um die Stühle und den anderen Kram zum Feuer zu bringen, denn man kann von der Nordseite mit dem Auto näher ranfahren als von Osten, wo der Fußweg ist."

Aarons heiseres, erfreutes Lachen sagte Larx, dass er gerade etwas Wichtiges gesagt hatte. „Du bist ein Genie", teilte er Larx mit. „An den hatte ich noch gar nicht gedacht. Als könntest du meine Gedanken lesen!"

„Kannst du meine auch lesen?", fragte Larx verführerisch, und jetzt wurde Aarons Stimme ganz tief und leise.

„Das Spiel können wir spielen, wenn die Kinder im Bett sind", versprach er. „Jetzt muss ich weitermachen, damit wir hier fertigwerden und ich zu dir nach Hause kommen kann."

„Okay", gähnte Larx. „Ich liebe dich, pass auf dich auf." Und damit war er plötzlich hellwach. „Ach du Scheiße!"

„Ich hab's doch vorhin auch schon gesagt", beruhigte ihn Aaron. „Nur die Ruhe. Ich liebe dich auch. Bis später."

Das Klicken in der Leitung ließ Larx ganz benommen zurück, verloren in dem, was sie da beide laut ausgesprochen hatten, verloren in allem, was passiert war, während sein Körper immer noch von dem Sex gestern Nacht prickelte.

Oh Gott. Er hatte es laut ausgesprochen. Und er hatte es auch so gemeint. Wie war das möglich? Sie kannten sich doch erst ... *eine Ewigkeit. Wochen. Monate. Seit Jahren.*

Larx hatte nicht übertrieben. Die Zeit vor Aaron war wie ausgelöscht. Wenn seine wunderschönen Töchter nicht wären, würde er glauben, dass alles Bisherige eine Illusion gewesen wäre.

Ein komisches Gefühl war das – mit nichts zu vergleichen, was er für Alicia empfunden hatte. Für niemanden bisher. Als er in jungen Jahren alles flachgelegt hatte, was nicht bei drei auf den Bäumen war, hatte er nicht an Liebe geglaubt. Liebe bedeutete, verletzt zu werden. Wer würde sich freiwillig dieses Leid antun? Und dann hatte er Olivia und Christiana in den Armen gehalten und verstanden, dass es sehr wohl Liebe gab, dass sie mächtig war, und dass die Geschöpfe, für die man sie empfand, zerbrechliche, menschliche Wesen waren.

In der Beziehung mit Alicia war er zufrieden gewesen und er hatte immer geglaubt, dass das alles war, was ein Paar verbinden konnte. Und man hatte nicht die Wahl, seine Partner so sehr zu lieben, wie er unausweichlich seine zwei kleinen Töchter liebte.

Und doch war es möglich. Er erlebte es gerade. Er hatte sich entschieden, die Gefühle zuzulassen, Aaron sein Herz zu öffnen, so wie er ihn in seinen Körper gelassen hatte.

Die Jahre mit dem wilden Sex, die Gleitgel-und-Kondome-Jahre, die *Wie-hieß-die-Person-noch mal-* Jahre ... nichts davon hatte ihn auf letzte Nacht vorbereitet.

Sein Name war Aaron.

ABER NATÜRLICH ließ es sich trotz aller Erleuchtungen über die wahre Liebe nicht vermeiden zu duschen und sich der Flut der Anrufe zu stellen.

Und selbst welche zu tätigen.

Yoshi meldete sich gegen 10, als Larx im Garten schon die letzten Handgriffe erledigte. Es war sehr viel kälter als noch vor zwei Wochen und Larx trug Jeans, Sweatshirt und Handschuhe, damit er seine Finger nicht verletzte, wenn er Pflanzen aus der Erde zog.

„Natürlich bin ich am Durchdrehen", gab er zu. „Logisch wird es ein großer Haufen Scheiße. Na klar ist Heather Perkins eine Pissnelke. Gibt es sonst noch irgendetwas zu besprechen?"

„Was machst du denn gerade?"

„Das Herbstfeuer vorbereiten. In einer halben Stunde fahre ich mit den Kindern ins Krankenhaus, und nachher grillen wir am Lagerfeuer Hotdogs und Marshmallows. Weil ich verdammt noch mal auch meinen Garten in Ordnung bringen muss!"

„Na gut. Ich bringe Sojawürstchen mit."

148

„Das ist Blasphemie."

„Sojawürstchen, Larx, Sojawürstchen. Die sind gut für dich!"

„Und ich würde Blähungen davon bekommen, und zwar ausgerechnet jetzt, wo ich endlich jemanden gefunden habe, der mit mir schlafen will. Danke auch, Yoshi. Ich dachte, du seiest mein Freund."

„Warte, warte – wie war das noch mal im Mittelteil …?"

„Ein Gentleman genießt und schweigt."

„Oder ein Gentleman vögelt und schreibt ein Essay darüber?"

Larx lachte. „Nein, ganz bestimmt nicht. Es passiert wirklich, Yosh. Ich hoffe es jedenfalls. Ich bin ein bisschen …"

„Bis über beide Ohren."

„Glaub schon."

„Das muss ich Tane erzählen. Er hat schon immer gesagt, deine Aura sei nicht vollständig. Er wird sich freuen!"

Larx wollte jetzt nicht über Tane sprechen, den dünnen, emotionalen, schweigsamen Tane. Larx hatte noch nie so recht verstanden, was die beiden verband, den lebensfrohen Yoshi mit dem bissigen Humor, und den anstrengenden Tane Pavelle. Aber solange Yoshi weiter fröhlich und bissig blieb, war alles in Ordnung.

„Ich freue mich, wenn er sich freut", antwortete Larx diplomatisch. „Warum genau musst du eigentlich mit deiner fleischähnlichen Scheußlichkeit hierherkommen?"

„Weil ich ganz sichergehen will, dass du morgen keine Dummheiten machst, und ich hoffe, dass du auf mich hörst, wenn ich an deinem komischen Samhain-Ritual-Feuer teilnehme", erwiderte Yoshi und klang dabei wie ein weinerliches Kleinkind.

„Ich höre doch immer auf dich", gab Larx verwundert zurück. Es stimmte zwar, dass Yoshi Larx nicht so erden konnte wie es Aaron (erstaunlich genug) gelang, aber Larx wäre mindestens schon dreimal entlassen worden, wenn er nicht Yoshis Stimme der Vernunft gefolgt wäre.

„Das schon, aber du machst nicht immer, was ich dir sage, und dieses eine Mal muss es wirklich sein."

„Ich hätte gehofft, dass du einfach kommen würdest, weil du gerne Zeit mit mir verbringst, und weil wir Freunde sind", seufzte Larx melancholisch und ein kleines bisschen bitter.

„Wir sind Freunde. Ich verbringe liebend gerne Zeit mit dir. Um ganz genau zu sein, würde ich gerne auch die nächsten 20 oder 30 Jahre noch mit dir zusammenarbeiten."

„In 30 Jahren bin ich zu alt, um noch eine Prostata zu haben. Lass uns lieber bei 25 bleiben." Aber in 30 Jahren würden Aaron und er noch da sein, wenn sie ein bisschen aufeinander aufpassten. Larx fand den Gedanken tröstlich.

„Wenn du versprichst, deine Prostata in den nächsten 25 Jahren nie wieder zu erwähnen."

„Einverstanden."

„Ich bin um 3 Uhr da. Ich bringe Nancy mit …"

„Nicht Tane?" Larx versuchte, ein guter Freund zu sein.

„Diese ganze Diskussion macht Tane verrückt. Er kann es nicht fassen, dass es überhaupt ein Thema ist, und dann wird er ganz komisch und seine Skulpturen werden ganz komisch und es kommen mit Schwertern bewaffnete Leute aus dem Brennofen. Wusstest du, dass es eine Glasur gibt, die genauso aussieht wie altes, geronnenes Blut?"

„Voll krass."

„Ich bin viel zu jung, um diesen altertümlichen Ausdruck zu kennen."

„Meine Güte, du Küken! Leg schon auf, damit ich mit Coach Jones sprechen kann, der mich auch gerade anruft."

„Ist gut, alter Mann. Bis nachher."

Larx nahm den Anruf an. „Hey, Andy. Wie geht's deiner Frau?"

„Sie hat gesagt, wenn ich wegen dieser Sache rausfliege, muss ich auf der Couch schlafen."

Oh Gott. „Es tut mir so leid …"

„Ich antwortete, wenn ich auf die Couch muss, lasse ich mich eben scheiden, Ende Gelände. Der Tag, an dem ich Kindern, die mit einem Messer angegriffen werden, einen Strick daraus drehe, ist noch nicht gekommen."

„Verdammt noch mal. Andy. Danke …"

„Und dann hat sie gesagt, dass es total heiß ist, wenn ich für meine Prinzipien einstehe. Wir hatten den besten Sex danach. Ich glaube, wir haben ein Baby gemacht."

„Und das war mehr, als ich wissen wollte."

„Selber schuld. Bis morgen, Larx. Ich bin bisschen früher da. Aber bitte sorge dafür, dass ich deswegen nicht rausfliege. Ich muss jetzt an das Baby denken."

Larx lachte gedankenverloren und nahm den nächsten Anruf entgegen. Es war MacDonalds Vater, der fand, dass Isaiah ruhig hätte draufgehen können und in der Hölle schmoren sollen.

Nach diesem Telefonat war Larx das Lachen vergangen. Und er war entschlossener denn je, auf Yoshi zu hören und sich nicht zum Punchingball für hysterische Eltern machen zu lassen.

Die Welt hatte sich verdammt noch mal verändert und es wurde Zeit, dass diese Stadt das endlich kapierte.

ISAIAH WAR blass und hatte rote, fiebrige Wangen. Larx schickte Christi und Kirby nach einer schnellen Begrüßung wieder hinaus und saß still dabei, als Kellan von ihrem Homecoming-Ersatzprogramm erzählte und wie friedlich es bei Larx zu Hause zuging.

„Keine Mutter, die rumschreit?", fragte Isaiah leise.

Kellan schüttelte den Kopf. „Und kein Vater ..." Die beiden sahen sich wissend in die Augen. Larx hatte eine ziemlich genaue Vorstellung von den Dingen in Kellans Leben, die niemand beweisen konnte und die trotzdem passierten.

„Danke, Larx", sagte Isaiah. Sein Blick hing an Kellan. „Bin froh, dass er in Sicherheit ist."

„Wir haben ihn gern bei uns ", antwortete Larx ehrlich. „Es war einfach viel zu wenig los, seit Christi und ich plötzlich alleine waren."

„Mit Deputy George", sagte Kellan.

Larx musste lächeln. „Mit Deputy George", räumte er ein. „Aber das ist noch nicht lange so."

„Moment mal. Hab` ich was verpasst?"

Larx fühlte, wie er rot wurde, ohne dass er es verhindern konnte.

„Larx ist *schwul*", sagte Kellan mit gesenkter Stimme. Er sah nach rechts und links, als würden sie auf dem Schulhof sitzen. „Und Kirbys Dad auch. Sie sind *zusammen.*"

Isaiah warf Larx einen so offen anbetenden Blick zu, dass ihm ganz schwummerig davon wurde. Er war alles andere als stolz. Es war einzig und allein Aaron zu verdanken, dass sie in Colton nicht weiterhin nebeneinander her gelebt hatten, ohne je zu erfahren, dass sie füreinander bestimmt waren. Aaron, der gar keine wirkliche Erfahrung mit seiner eigenen Sexualität gehabt hatte und trotzdem mit seinem Herzen mutiger gewesen war als Larx.

„Ihr beiden seid zusammen?" hauchte er.

Larx nickte. „So was in der Art." Sie hatten versucht, zusammen auszugehen. Aaron hatte ihm beim Football Hotdogs gekauft. Larx hatte ihm morgens Kaffee gekocht. „Es ist noch ganz frisch."

Isaiahs Strahlen wurde etwas matter. „Ach so. Es ist gar nicht offiziell ..."

„Wir warten, bis wir bereit sind", sagte Larx. „Genau wie ihr beiden. Ich hab das dramatische Coming-out schon hinter mir, Isaiah, und dabei hätte ich fast meine Mädchen verloren. Ich habe ihnen versprochen, dass es sie nie wieder verletzen wird, wer ich bin. Darum bin ich so froh für euch. Ihr habt jetzt die Freiheit und den Mut, den ich nie hatte."

„Aber was ist denn mit dem Schulausschuss?" Isaiah biss sich auf die Lippe. „Sie können es doch nicht irgendwie illegal machen, schwul zu sein, oder?"

Larx schüttelte den Kopf. „Leute, ihr habt nichts falsch gemacht. Ich und so viele meiner Kollegen, wie ich nur mobilisieren kann, werden ihnen das klarmachen." Er zog eine Grimasse. „Isaiah, was dir zugestoßen ist, war furchtbar und beängstigend. Und die Leute suchen immer einen Grund – eine Sache, auf die sie mit dem Finger zeigen können, um sich selbst zu beruhigen: *Diese furchtbare und beängstigende Sache wird mir nicht passieren! –* also nehmen sie das Naheliegendste."

„Dass ich schwul bin", nickte Isaiah.

„Es ist nicht fair. Es ist nicht richtig. Es ist nicht logisch, aber die Menschen sind nun mal …"

„Dumme, hysterische Tiere, das wissen Sie doch", zitierte Kellan.

„Tommy Lee Jones hat's erfasst", stimmte Larx zu. „Es ist mein Job, sie daran zu hindern, auszubrechen und die unschuldigen Zuschauer totzutrampeln. Und genau das werde ich morgen Abend tun."

„Und das können Sie nicht, wenn Sie als der große, böse Wolf auftreten, richtig?", fragte Isaiah leise.

„Nein", antwortete Larx. „Ich wollte, ich könnte es. Wenn ich könnte, würde ich diesen ganzen *Schwachsinn* ein für alle Mal beenden, indem ich mir das Hemd vom Leib reiße und die große Regenbogen-Flagge auf meiner Brust offenbare. Ich wär' ganz vorne dabei. Aber das hab' ich schon mal gemacht und es ist nicht gut ausgegangen."

Die beiden Teenager nickten, als ob sie verstünden, wovon Larx sprach. Dabei verstand selbst Larx es eigentlich nicht. Er dachte an die sieben Jahre, in denen er so gelebt hatte, als sei seine Sexualität so etwas wie eine Drogensucht, die er zu überwinden hatte, etwas, das seinen beiden Mädchen schaden konnte, etwas, dass er ihnen nie wieder zumuten würde.

Würde die Stadt, würde der Schulausschuss Jugendliche wie Isaiah und Kellan bereitwilliger akzeptieren, wenn Larx einfach seinen Regenbogenpulli anzog und der Welt den Finger zeigte?

„NEIN," SAGTE Yoshi später, als sie ihre Würstchen am Spieß ins Feuer hielten. Yoshis Sojawürstchen fielen ihm immer wieder ins Feuer und er versuchte gerade vorsichtig, das letzte, das noch übrig war, mit einem zweiten Stock festzuhalten.

Ganz tief in seinem Inneren hoffte Larx hämisch, dass die letzte Wurst auch noch ins Feuer stürzen und Yoshi dazu zwingen würde, sich dazu herabzulassen, Rindfleischwürstchen zu essen, so wie Gott es gewollt hatte.

„Wirklich?", fragte Larx neugierig nach. „Du glaubst nicht, dass ich einfach offen bi hätte sein können und …"

„Sie hätten dir die Kinder weggenommen", antwortete Yoshi ohne jeden Zweifel. „Vor sieben Jahren? In dieser Stadt? Du hättest ein, zweimal Sex gehabt, jemand hätte angefangen zu reden, und schon hättest du wieder vor dem Familienrichter gesessen, genau wie beim ersten Mal."

Larx zuckte zusammen. „Um Gotteswillen, Yoshi. Du weißt doch …" Er hatte Yoshi erzählt, wie es für die Kinder gewesen war – Olivias Haare, Läuse, tagelang nichts zu essen, kein Bad. Wäre das wirklich wieder von vorne losgegangen?

„Das meine ich ja. Inzwischen ist es besser und vielleicht ist jetzt sogar der richtige Zeitpunkt für ein offizielles Coming-out. Aber nicht vor sieben Jahren. Nicht für deine Familie. Du solltest das nicht zu sehr hinterfragen. Du hast getan, was nötig war, um deine Kinder zu schützen, und das wird dir kein Mensch zum Vorwurf machen."

Larx sah zu den Jugendlichen hinüber, die gegenüber am Feuer saßen und Nancy zeigten, wie sie die Würstchen nahe an der Glut halten musste, damit sie langsam durchgebraten wurden und nicht nur von außen verbrannten. Kirby passte so gut zu ihnen. Larx hatte zwar den Verdacht, dass er ganz gerne mal wieder in seinem eigenen Zimmer und eigenem Bett schlafen würde, aber in diesem Moment genoss Larx einfach den chaotischen Haufen: Christi und ihren Sarkasmus, Kellan und seinen ruhigen Humor, Kirby und sein stoisches Wohlwollen … diese jungen Leute machten ihn glücklich.

„Ich muss auch die anderen beschützen", sagte er. „Kellan ist noch nie von irgendjemandem beschützt worden."

Yoshi knurrte. Man merkte immer, wenn ein Kind zu Hause angeschrien wurde. Wenn es in der Schule zu oft zusammenzuckte. Es war immer klar. Aber solange keine blauen Flecken zu sehen waren, konnte selbst das Jugendamt nichts machen. „Wir haben's versucht", sagte er. „Du hast ihm an der Schule einen sicheren Ort gegeben. Mehr konntest du auch nicht tun."

„Jetzt müssen wir aber auch dafür sorgen, dass das so bleibt", sagte Larx nachdrücklich.

„Das stimmt. Aber das bedeutet nicht, dass du jetzt das Aushängeschild für alle schwulen Männer sein solltest. Wenn du dich in dein Schwert stürzen und opfern würdest, würde das keinem helfen. Deine Aufgabe ist es, die Truppe anzuführen. Ich würde es auch machen, aber mir würde ja keiner folgen. Niemals. Ich könnte das allerletzte Ruderboot auf der Titanic haben und die Leute würden trotzdem denken: *Ein fremder, asiatischer Mann, da springe ich doch lieber ins Wasser!* Aber *dir* würden sie folgen."

Larx schüttelte ernst den Kopf. „Na logisch würden sie auch dir folgen."

„Sie würden mich aus dem beschissenen Boot werfen", sagte Yoshi überzeugt. „Der einzige Grund, warum die Kinder mir zuhören, ist, dass ich sie mit Stickern besteche. *Sticker!* Sie sind fast erwachsen und ihre Zukunft hängt von irgendwelchen beknackten Hello-Kitty-Stickern ab! Nein. *Ich* bin der Soldat, der sich in sein Schwert stürzen muss."

„Hello Kitty? Ernsthaft?" Larx grinste ihn an. „Ich hätte wenigstens Young Justice erwartet."

„Misch dich nicht in meine Show ein, Larx. Ich mein's ernst. Du musst die Nerven behalten und sie alle totreden. Das machst du nämlich im Schlaf."

Nancy hatte angefangen, die Ohren zu spitzen. „Jetzt hör auf, dich zu sträuben, Larx", lachte sie leise. „Du bist unser unerschrockener Retter und das weißt du auch."

„Ich kann euch beide nicht leiden. Edna kommt auch, oder? Was ist mit Mara?" Das waren die beiden Gewerkschaftsvertreterinnen. Da ihre Verträge keine Schutzklausel wie die für Lehrer, die eine nicht dem Landkreis genehme Meinung vertraten, enthielten, konnte es sehr nützlich sein, wenn Gewerkschaftsvertreter im Publikum saßen.

„Sie kommen auch früher, genau wie wir. Wir werden 30–40 Leute sein, was locker genug für den größeren Raum wäre. Keine Sorge. Die eine Hälfte sind vielleicht bösartige Idioten, aber die andere Hälfte besteht aus Lehrern, die auf unserer Seite sind. Und ich werde alles dafür tun, dass möglichst alle Lehrer des gesamten Bezirks im zugeschalteten Hörsaal sitzen."

Larx rutschte auf dem Hosenboden hin und her. „Nancy. Was meinst du: Wie viele von den *Lehrern* sind bösartige Idioten?"

Nancy hielt inne. „Ich ... äh, keine Ahnung. Darüber hab` ich überhaupt noch nicht nachgedacht."

„Na ja, es gibt keine Regel, die besagt, dass man in Kalifornien nicht unterrichten darf, wenn man glaubt, dass jemand aus dem Regenbogen-Spektrum abnormal ist", meinte Larx. Er dachte an seine früheren Vorgesetzten, die keine Sekunde gezögert hatten, ihn ins Messer laufen zu lassen. „Vielleicht sollten wir ..."

Nancy nickte. „Ja. Weißt du was? Ich spreche mit den Rektoren der anderen Schulen, nur damit wir ein Gefühl bekommen. Wenn irgendwelche religiösen Fundamentalisten sprechen sollten, wissen wir wenigstens, wer sie sind."

Larx zog sein Würstchen mit einem Hotdog-Brötchen vom Spieß, um sich nicht die Finger zu verbrennen.

„Entzückend", brummte er. Er starrte schlecht gelaunt ins Feuer und konnte nicht stillsitzen. Sie hatten mit dem Anzünden bis 5 Uhr gewartet, aber Aaron hatte es nicht rechtzeitig zurück geschafft – es ging darum, irgendwelche Beweise zu finden, die den Fall knacken würden. Er wollte später Näheres erzählen. Der Krimileser in Larx brannte schon darauf, über die neuen Indizien und Hinweise nachzudenken, die den Mörder von Colton überführen könnten.

Er war erwachsen genug zu wissen, dass er sich lieber mit seinem eigentlichen Job auseinandersetzen sollte als mit einem, der ihn immer fasziniert hatte, bis ihm wieder einfiel, dass er die Obrigkeit nicht ausstehen konnte und nie im Leben eine Schusswaffe anfassen würde.

„Ich brauche Ketchup", murmelte er Yoshi und Nancy zu, die inzwischen weiter Strategien für die Große Schlacht an der Colton High entwickelten – so hatte Larx das Event getauft, nur um zu sehen, wie Yoshi sich deswegen verschluckte.

Neben dem Feuer war ein kleiner Tisch aufgebaut, auf dem alle Zutaten für das Abendessen und den Nachtisch standen. Dort bereitete er seinen Hotdog zu und nahm ein Pappschälchen voll von der Kartoffelsuppe, an der Kirby den gesamten Nachmittag über herumgewerkelt hatte. Er hatte behauptet, es sei ein Familienrezept, aber Larx hatte dem Jungen zugesehen und da war definitiv mehr Magie als Rezept am Werk. Larx war mehr als einverstanden. Er wollte gerade mit

Teller und Schale wieder den Rückweg entweder zu den Erwachsenen oder zu den Jugendlichen antreten. Dann aber hielt er inne und starrte einen Augenblick ins Feuer.

So ein simples Prinzip: das Alte verbrennen, um dem Neuen Platz zu machen. Eine leuchtende, hypnotische Kraft, die Geborgenheit und Gefahr gleichzeitig ausstrahlte. Larx starrte in den Feuerschein vor der Dunkelheit und ließ sich davon beruhigen. Auf einmal wurde ihm mehr als bewusst, dass er *seit Tagen* nicht mehr richtig geschlafen hatte.

Er gähnte, wobei ihm fast sein waghalsig ausbalanciertes Abendessen aus der Hand gefallen wäre.

„Ich nehm' dir mal die Suppe ab", sagte Aaron plötzlich über seine Schulter und hielt gleichzeitig den Hotdog fest. „Dann kannst du deinen Hotdog essen und dir später Suppe holen, während ich mir auch ein Würstchen grille."

Aaron blieb hinter Larx stehen und drückte sich an ihn, geborgen und warm. „Einverstanden. Du bist spät dran, Deputy. Ist schon fast sieben!"

Jetzt gähnte auch Aaron. „Ich weiß. Tut mir leid ... ich war nur noch kurz zu Hause, um die Hühner zu füttern und Eier einzusammeln."

Larx hatte sofort ein schlechtes Gewissen. „Vielleicht solltest du morgen mal zu Hause schlafen", meinte er. „Dich um deinen Kram kümmern und so."

„Aber ich will doch alles wissen von der Sitzung mit dem Schulausschuss!", murmelte Aaron, der nun seine Stirn an die von Larx gelegt hatte.

„Erwachsensein ist nicht einfach. Es tut mir leid, Deputy, das sind nun mal die Regeln."

„Ich fahr dich hin", sagte Aaron entschlossen. „Dann kannst du mir alles erzählen und vielleicht können wir im Auto sogar bisschen knutschen. Immerhin etwas."

„Ich muss aber direkt von der Arbeit hin, wir müssen alle früher da sein", sagte Larx schmunzelnd.

„Verdammt!" ärgerte sich Aaron, dessen Optimismus scheinbar auch Grenzen hatte. Aber dann hatte er die rettende Idee: „Warte, warte. Du fährst morgen früh mit den Kindern in einem Auto, die fahren danach nach Hause, und wir können dann mit meinem Auto zur Sitzung fahren. Ist doch super, dann bekomme ich meine Dosis Larx-Zeit!"

Larx liebte ihn in diesem Augenblick so sehr, dass er fast keine schlagfertige Antwort mehr rausbekam, weil er so gerührt war.

Fast.

„Das klingt ja großartig. Ich lebe dafür, vor meinem eigenen Haus zu knutschen und zu fummeln. Vielleicht werde ich sogar irgendwann schwanger und muss heiraten, Pa!"

Aaron lachte und gab ihm dann gleich einen Klaps auf den Hinterkopf. „Frechdachs!"

„Das sagst du doch nur, weil ..."

Aaron hielt Larx mit der freien Hand den Mund zu. „Sag es nicht", befahl er, und Larx grinste hinter seiner Handfläche. Dann streckte er die Zunge heraus und leckte über seine Handfläche.

Aaron schmiegte sich näher an ihn und Larx leckte ein zweites Mal. Aaron nahm die Hand weg und legte stattdessen die Lippen auf seinen Mund, und einen kurzen Augenblick durfte Larx den Mann, den er liebte, vor einem prasselnden Lagerfeuer küssen und wurde von einer tiefen Zufriedenheit durchströmt.

„Könnt ihr beiden das mal nachlassen!" beschwerte sich Yoshi. „Ist ja widerlich."

„Tut mir leid, Yoshi", entschuldigte sich Larx artig. Aaron zuckte zurück, denn ihm wurde gerade bewusst, dass sie Zuschauer hatten.

„Tut mir leid, Mr. Nakamoto", sagte Aaron etwas verlegen.

Yoshi prustete. „Oh mein Gott, Larx! Wie süß! Er behandelt uns wie Lehrer!"

„Oh, bitte, schnell, machen Sie das bitte noch mal mit meinem Namen!", rief Nancy aufgeregt, „Nennen Sie mich Mrs. Pavelle! Wenn ich das meinem Mann erzähle, lacht er sich kaputt!"

Aaron lachte spöttisch. „Einverstanden – aber dann müssen Sie beide ein bisschen für mich fluchen. Na kommen Sie schon, Larx sagt, im Lehrerzimmer herrscht ein Umgangston wie auf dem Fischmarkt! Ich warte – wer lässt denn als erster die F-Bombe platzen?"

Jetzt hatten auch die Kinder aufgehorcht und Aarons Frage löste schallendes Gelächter aus. Plötzlich waren Yoshi und Nancy nicht mehr ganz so großmäulig. Schließlich beruhigten sich alle wieder und das Feuer brannte herunter. Die Jugendlichen fingen an, S'mores zu machen, und Larx aß eins und hoffte, dass sein Herzschlag sich demnächst wieder von dem Zuckerschock erholen würde. Die Kinder wurden gleichzeitig müde und gingen hinein, um zu duschen, da morgen früh Schule war. Die besorgten Erwachsenen blieben draußen zurück.

Yoshi und Nancy sprachen über die Dinge, die sie am problematischsten fanden, und Aaron hörte sehr aufmerksam zu, denn von diesen Dingen hatte Larx bisher noch gar nichts erwähnt, weil er ihn nicht damit belasten wollte. Schließlich suchte Aaron ja gerade nach dem wirklichen Täter und nicht nach dem Sündenbock, den der Schulausschuss gerade gefunden zu haben glaubte.

Larx hörte zu und sagte nicht viel. Plötzlich fühlte er sich seltsam unbeteiligt an dem ganzen Drama. Er hatte sich schon den ganzen Tag darüber aufgeregt, eigentlich schon mehr als einen. Sein Körper, der schon die ganze Zeit zu wenig Schlaf und zu viel Adrenalin bekommen hatte, beschloss einfach, für heute Schluss zu machen. Zurück blieb ein ruhiger, leerer Raum in seinem Inneren, während er im Schneidersitz dasaß und die anderen beobachtete. Er weigerte sich, weiter zu spekulieren.

Die anderen diskutierten weiter, Aaron warf ein paar treffend beobachtete Bemerkungen ein und Larx begann, Wassereimer neben der Feuerstelle aufzustellen, in der inzwischen nur noch die Glut zu sehen war.

Er wünschte sich, Asche und Rückstände wären schon weggeräumt. Die Feuerschale sollte schon sauber geschrubbt und die erkaltete Asche im Garten vergraben sein, damit der Boden wieder fruchtbar wurde. Am liebsten hätte er alle Trümmer in der Welt, die aus altem Hass und Vorurteilen bestanden, verbrannt und vergraben; er wünschte sich eine lange, ruhige, kalte Phase, in der man Zeit hatte, sich von den furchtbaren Dingen zu erholen, die Menschen einander antaten.

Er wünschte sich, dass das, was Aaron und er in den letzten Wochen gesät hatten, auf dem dunklen, fruchtbaren Boden ihrer beider Geschichte wachsen und gedeihen würde.

Aber wenn alle die ganze Zeit nur von diesem Schulausschuss redeten, würde daraus wohl nichts werden.

Schließlich hatten sie sich müde geredet und die Glut war so weit niedergebrannt, dass alle am herbstlich kühlen Abend zu frösteln begannen. Es war Oktober und bald würde der erste Schnee fallen.

„Alle bereit?", fragte er, als sie mit Wassereimern bewaffnet um die Feuerschale herumstanden. „Denkt daran, der Wind zieht nach da." Er deutete nach Nordosten und Aaron trat beiseite, um dem Rauch auszuweichen. „Passt auf, dass das Feuer nicht überspringt, wenn wir zu viel Wasser reingießen, 'kay?"

„Können wir das jetzt bitte hinter uns bringen und nach Hause gehen?" beschwerte sich Yoshi. „Ich friere mir schon den Arsch ab."

„Ja, können wir jetzt bitte gehen? Wenn er schlecht gelaunt nach Hause geht, lässt Tane es an mir aus", stimmte Nancy ein.

„Ihr Leute seid so was von egoistisch" schalt Larx sie. „Ich dachte, uns allen geht es um das Allgemeinwohl!"

„Das Allgemeinwohl kann bis morgen warten", sagte Nancy ernst. „Ich hab dich grübeln sehen, Larx. Mach dir nicht so viel Sorgen. Bleib einfach ganz ruhig und geh nicht an die Decke. Mehr, als ihnen die Wahrheit sagen, können wir auch nicht. Hoffen wir einfach, dass sie schlau genug sind zuzuhören."

„Ich hasse es, mich auf die Vernunft anderer Leute verlassen zu müssen", brummte Larx. Es war die reine Wahrheit. „Aber sei's drum. Na los. Eins, zwei, drei …"

Sie gossen das Wasser in die Feuerschale, traten zurück, als es dampfte, dann gossen sie noch etwas nach, bis die Glut ganz durchnässt war. Zurück blieb die Kälte des Sternenhimmels, der sich über ihnen wölbte wie ein gigantischer Kuchenteig, ausgestochen von den Schatten der Bäume.

AARON DUSCHTE und Larx schaute noch nach den Kindern, bevor er das Haus abschließen und nach oben gehen würde.

„Und?", fragte er ernsthaft. „Wie fühlst du dich so, mit zwei Brüdern, von denen du bisher gar nichts wusstest?"

Christi dachte nach und kraulte dabei aus Gewohnheit Triggers Kopf. „Mir gefällt's eigentlich ganz gut", sagte sie dann ernst. „Schade, dass Kirby morgen wieder gehen muss. Er sagt, es geht nicht anders – Wäsche, Hühner, Staubwischen, aber na ja." Achselzuckend fuhr sie fort: „Du und ich alleine, das war schon okay. Aber ich mag es eigentlich lieber, wenn die Familie größer ist."

Larx küsste ihren Scheitel und streichelte Trigger. „Weil du eine großzügige Person bist", sagte er dann von Herzen. „Du hast jetzt noch ein Jahr Highschool vor dir und Kirby und Kellan werden beide viel hier sein. Ich mag das auch." Er lachte leise und fühlte sich ein kleines bisschen lächerlich, als er fortfuhr: „Es ist nun mal so, dass ich mich einfach gerne um Kinder kümmere, vielleicht, weil ich schon so lange Lehrer bin. Ich fühle mich wohler, wenn mehr als ein Kind im Haus ist."

Sie musste auch lachen und er löschte das Licht und machte die Tür hinter sich zu.

Kellan war besorgt um Isaiah und darum, wie es jetzt in der Schule sein würde. Larx beruhigte ihn damit, dass er die meisten Unterrichtsstunden zusammen mit Kirby und Christi haben würde. Außerdem hatten Isaiahs Eltern, die jetzt wirklich nett zu ihm waren, nur Gutes über ihn zu sagen. In der Lokalzeitung war ein kleiner Artikel erschienen, in dem Lizzie und Pete Campbell ihrer Erleichterung darüber Ausdruck verliehen, dass ihr Sohn auf dem Weg der Genesung war, und ihrer Freude darüber, was für einen tollen Freund Isaiah hatte. Keine Rede von Schock über das Coming-out der Jungen oder von etwaiger Überraschung darüber, dass Kellan jetzt Teil ihres Lebens war. Im Gegenteil, der Artikel war geradezu ermutigend gewesen. Die Zeitung hatte den ganzen Vorfall als das behandelt, was es war: ein Verbrechen gegen einen jungen Mann und nicht nur als Hassverbrechen im Zusammenhang mit seiner Sexualität.

Kellan hatte sich schließlich beruhigt und Trixie, die Kellan zu ihrem Bezugsmenschen auserkoren hatte, hatte sich auf seinem Kopfkissen zusammengerollt. Larx wünschte ihm eine gute Nacht. Als er schon fast aus der Tür war, fragte Kellan noch:

„Larx?"

„Ja?"

„Sie haben gesagt, dass ich so lange bleiben kann, wie ich will. Was ist denn, wenn Isaiah und ich nächstes Jahr noch gar nicht ins College können? Wegen seiner Verletzung und so? Heißt das, dass ich …"

Das Extrajahr, das dieser Junge brauchte, um erwachsen zu werden und sich sicher zu fühlen? „Na klar. Genau, wie ich gesagt habe, Kellan. So lange, wie du willst."

„Danke, Larx."

Fehlte nur noch Kirby.

Larx hatte seine Ansprache schon im Kopf: *Tut mir so leid wegen der Instant-Familie, ich kann mir gut vorstellen, dass du froh bist, ein paar Nächte in deinem eigenen Zimmer zu wohnen, stimmt's?*

Aber als er die Tür öffnete, sah ihn Kirby lächelnd an.

„Ich mag das Zimmer von Olivia."

„Tja, Girlie ist nie so recht ihr Ding gewesen." Mattes Blau, Dunkelblau, altrosa und Dunkelbraun. Man konnte die Farbskala fast schon geschlechtsneutral nennen, bis hin zu den Vorhängen.

„Wahrscheinlich braucht sie das Zimmer, wenn sie zu Weihnachten wiederkommt, oder?"

Larx lächelte. „Ich vermute eher, dass sie und Christi die ganze Zeit zusammen abhängen und tratschen werden. Warum fragst du?"

Kirby rollte sich quer über das Bett. Seine Füße hingen über die Bettkante. Er trug einfache Sweatpants und ein Sweatshirt, lag Nase an Nase mit der schildpattgemusterten Katze und Larx wünschte sich zum wiederholten Male einen Sohn.

„Dieses Wochenende – ich meine, ich will ja nicht sagen, dass es Spaß gemacht hat, weil das, was mit Isaiah passiert ist, natürlich Scheiße war. Aber Leute im Haus zu haben? Das mag ich."

Larx musste lachen. „Das hat Christi auch gerade gesagt."

Kirby grinste. „Ich könnte nächstes Wochenende einen Hühnerstall bauen. Kellan würde mir bestimmt helfen."

Larx sah ihn komisch an. „Wo in aller Welt sollten wir denn Hühner hernehmen?"

„Ich wüsste schon, wo", nickte Kirby, und Larx musste lachen.

„Kirby, ich find's total klasse, wenn du hier bist. Diese Großfamiliensache … ich würde lügen, wenn ich sagen würde, dass es nicht genau mein Ding ist. Aber das musst du mit deinem Vater klären, und mit deinen Schwestern müsst ihr auch reden. Hier geht's ja nicht nur um mich."

Kirby sah plötzlich ernüchtert aus. „Stimmt. Ja. Aber … Wenn ihr dann alles andere geregelt habt, denkt bitte daran, dass wir uns alle mögen. Und wenn ich zu Hause ganz alleine bin, ist das einfach öde."

Larx fühlte, wie sein Herz anschwoll. „Kirby, du bist hier jederzeit willkommen. Und selbst wenn dein Vater und ich uns mal nicht mehr verstehen sollten, kannst du jederzeit gerne herkommen, zum Essen oder einfach so, wenn er bei der Arbeit ist. Ich bin ganz sicher, dass er es auch so sieht."

Kirby musste grinsen. „Natürlich wird das gut gehen mit euch. Ich meine, Sie haben es doch selbst gesagt: In 10 Jahren hat er mir niemanden auch nur vorgestellt. Ihr habt vorhin vor uns rumgeknutscht. Ich denke, das Ding ist eingetütet."

Das schien ein guter Zeitpunkt zu sein, um gute Nacht zu sagen, also lachte Larx leise und trollte sich.

Aaron lag schon im Bett und las mit gerunzelter Stirn etwas auf seinem Handy, als Larx begann, sich auszuziehen. Morgen musste er unbedingt waschen.

„Wenn du ein paar Sachen hierlassen würdest", meinte er in Gedanken versunken, „von dir und Kirby, dann könntet ihr immer spontan hier übernachten."

„Meinst du?", fragte Aaron und sah vom Display auf.

„Dein Sohn will mir einen Hühnerstall bauen. Das wird die Hühner, glaub' ich, extrem verwirren."

159

„Ach, die überleben das schon." Aarons freier Oberkörper sah unglaublich breit aus. Larx ertappte sich dabei, wie er die kleinen rosa Nippel anstarrte, erstarrt mitten in der Bewegung, sein T-Shirt in den Wäschekorb zu legen. Sollten sie vielleicht heute mal das Licht anlassen?

„Ich mag es, wenn du hier bist", gestand Larx, der inzwischen seine Aufmerksamkeit auf Aarons leicht gelockte, blonde Brustbehaarung gelenkt hatte. Wie weich sie sich angefühlt hatte. Er hatte ganz vergessen, wie weich Brusthaare waren. Vielleicht war es bei den Männern, die er vor Alicia gevögelt hatte, einfach anders gewesen. Vielleicht waren sie auch einfach alle zu jung gewesen, um Haare auf der Brust zu haben. „Aber ich will dich zu nichts drängen."

„Na ja, ein Hühnerstall ist auch schnell wieder abmontiert", sagte Aaron augenzwinkernd.

„Außerdem habt ihr einen Pool", dachte Larx laut. Sein Blick wurde von Aarons Augenzwinkern angezogen. „Sollten wir vielleicht lieber zu dir ziehen?"

„Nein." Aaron schüttelte den Kopf. „Ich will bei dir sein."

Larx fühlte, wie sich sein Lächeln über seinen ganzen Körper ausbreitete, über die Wangen, den Hals, die Brustwarzen, den Bauch bis zu seinem Unterleib …

„Du wirst hart", stellte Aaron schmunzelnd fest. „Geh mal duschen, denn dagegen möchte ich unbedingt was tun."

Die schnellste Dusche der Welt.

Larx war fertig, als der Thermostat gerade ausging, und krabbelte fröstelnd unter die Decke. Aaron schob Delilah vom Bett, wahrscheinlich, um Larx zu küssen, wenn der nicht angefangen hätte zu reden.

„Die Katzen."

„Waaas?"

„Sie haben sich neue Menschen ausgesucht. Es ist ganz komisch."

„Larx, willst du mich hinhalten?"

Larx schloss die Augen und strich mit der Hand über Aarons Brust. Seine Libido erwachte wieder zum Leben. „Nein", murmelte er. „Wollte es dir nur erzählen."

Aaron lachte leise. „Später." Dann nahm er Larx' Hand und legte sie sich zwischen die Beine.

„Oh!" Larx umfasste Aarons erigierten Schwanz, der an der Spitze schon ganz feucht war. „Du bist schon so weit!"

„Bin gespannt, ob es beim zweiten Mal genauso gut ist", flüsterte Aaron und leckte an Larx' Lippen.

„Besser", versprach Larx. Er verbannte alle Gedanken an Katzen und Schulausschuss und Kinder, die ihn brauchten. Er hatte Aaron in seinem Bett, Aaron, der Lust auf Larx hatte, zum wiederholten Mal. Es war Zeit, sich um Larx zu kümmern.

Es war nicht das erste Mal, voller Nervosität und *oh, was passiert wohl, wenn ich diesen Knopf drücke? –* Momenten. Aaron wusste, wozu welche Knöpfe

160

gut waren, und sie mussten beide früh aufstehen, und sie hatten keine Zeit für Rollenspiele und den sorgfältig gehüteten Vorrat an Sexspielzeugen, den Larx in der Nachttischschublade aufbewahrte. Am anderen Ende des Flurs schliefen Teenager, und sie mussten leise sein, ihr Stöhnen mit der Hand ersticken, und die Sprungfedern durften nicht strapaziert werden.

Heute ergriff Larx die Initiative, küsste sich an Aarons Brust herab, leckte seine Schlüsselbeine und rieb seine Zähne daran. Er ließ seine Hände wandern, während er sanft an Aarons Brustwarzen lutschte, dann etwas härter mit der Zunge und schließlich mit den Zähnen daran spielte.

Aaron atmete scharf ein und zog Larx an den Haaren, bis er etwas schneller machte. Der Griff in seinen Haaren wurde fester und Larx sah Aaron verschmitzt an.

„Autsch", flüsterte Aaron und presste sich seiner Hand entgegen.

Larx sah ihn unverwandt an und massierte seine Erektion durch die Boxershorts. „Und?", flüsterte er.

„Und ich spritze gleich in meiner Unterhose ab, wenn du nicht endlich anfängst."

Larx lachte und begann, sich an Aarons Brust abwärts zu küssen. „Gel", befahl er, und Aaron überraschte ihn, indem er es ihm *sofort* in die Hand drückte.

Larx wandte grinsend den Kopf und hielt zum Beweis die kleine Flasche hoch. „Sie haben es heute wohl ziemlich nötig, Deputy."

„Ich habe keine Zeit, Herr Direktor", zischte Aaron und begann, sich rhythmisch gegen seine Hand zu pressen.

Larx lachte wieder und ließ die Lippen an Aarons Haarstreifen am Bauch hinunterwandern, wobei er über die feinen, blonden Haare strich und ihm die Boxershorts herunterzog. Aarons leises Wimmern zog ihn weiter nach unten und so begegnete er Aarons Schwanz wieder, dieses Mal aus der anderen Richtung.

Er war genauso großartig wie aus der anderen Perspektive.

Larx verschob das Vorspiel auf ein anderes Mal und stürzte sich auf ihn. Mit den angeschwollenen Venen hatte Aaron einen beachtlichen Durchmesser, fast mehr, als Larx mit der Hand umfassen konnte. Larx summte, erfreut, ihn wiederzusehen, und leckte gierig an der Eichel. Aaron schnappte nach Luft und Larx nahm ihn in den Mund, bis seine Lippen sich darum spannten, schob sich dann am Schaft herunter und schluckte. Aaron war vielleicht nicht bewusst, dass er eine beeindruckende Größe hatte. Larx war zwar alt genug, keinen Fetisch aus der Größe von Schwänzen zu machen, aber er war auch Mann genug, um dankbar zu sein für das, was er hier hatte.

Und das war mehr als ein Mund voll, steif und sensibel, und ihn zu lutschen machte Larx noch geiler, als er erwartet hatte.

Er stöhnte auf, presste seinen eigenen Unterleib an die Matratze und dann, dem sanften Druck an seiner Schulter folgend, ging er hoch auf die Knie und postierte seinen Hintern so, dass Aarons streichelnde Hände einfacheren Zugriff hatten, wobei er Aaron weiter im Mund behielt. Er konzentrierte sich auf seine eigene Aufgabe, während Aaron Larx die Boxershorts auszog, seine Handfläche über seinen Arsch wandern ließ, seine Oberschenkel umfasste, seine Poritze streichelte und schließlich, Gott sei Dank, seinen Schwanz mit der Hand umfasste und zudrückte, langsam und sicher, und mit dem Daumen die Lusttropfen an der Schwanzspitze verrieb.

Larx stöhnte, seine Schenkel fingen an zu zittern, und ihm wurde klar, dass er nicht viel Zeit hatte, herumzuspielen. Er öffnete mit der Hand, die nicht Aarons Schwanz umfasste, das Gel und gab etwas auf seine Finger. Aaron nahm ihm die Flasche aus der Hand und schloss den Deckel, während Larx mit der Hand nach hinten griff und, unterstützt von Aarons Hand, der seine Arschbacken auseinander drückte, seine glitschigen Finger in sein eigenes Arschloch gleiten ließ, das er schnell dehnte, wie im Rausch, während sein ganzer Körper schon vor Erregung bebte.

Aaron gab ein leises Wimmern von sich, sein Schwanz wurde noch steifer, und Larx spürte noch einen kleinen Spritzer Lusttropfen im Mund.

Dann konnte und wollte er nicht mehr warten. Mit einem leisen Knurren ließ er den wunderschönen Schwanz bedauernd aus seinem Mund gleiten und drehte sich um, sodass er rittlings auf Aaron saß. Er ließ das Becken sinken, bis er Aaron an seiner Öffnung spürte.

Aaron sah ihn mit weit aufgerissenen Augen an. „Du hast ja Tricks drauf", flüsterte er heiser.

Larx war zu geil, um zu lächeln. Er griff nach hinten und hielt Aarons Schwanz an die Stelle, wo er ihn brauchte, und sobald seine Finger Aarons Schaft ertastet hatten, stieß der nach oben.

Larx ließ sich nach unten sinken.

Oh! Genau wie gestern füllte Aaron ihn aus, dick und großartig. Sein Schwanz dehnte sich in ihm aus, eng umschlossen, und Larx fühlte, wie all der Stress, all die unwichtigen Dinge in seinem Leben um ihn herum verschwanden, sich auflösten, verdampften und nichts zurückließen außer Aarons Fleisch in seinem Körper, eine Vereinigung, die auch seine Seele in Besitz nahm.

Aaron knurrte und bohrte die Finger in Larx' Oberschenkel, der zitternd auf seinem Schwanz saß, zu voll, um klar denken zu können.

„Larx!", bat Aaron flehentlich.

Larx beugte sich vor, ließ ihn ein Stück herausrutschen, dann lehnte er sich wieder zurück und nahm ihn in sich auf. Es funktionierte, oh Gott, und wie es funktionierte, aber anders als gestern machte es einen Riesenlärm in dem alten Bett von Larx, dessen Knie sich in die Sprungfedern bohrten.

Beide hielten urplötzlich inne, eine schmerzhafte Erregung durchzuckte ihre verbundenen Körper, und beide dachten das gleiche: „Scheiße, haben die Kinder was gehört?!"

„Halt dich fest", zischte Aaron, und dann tat er das, was er am besten konnte. Er übernahm die Kontrolle.

162

Er stemmte die Füße in die Matratze, hob das Becken an, wobei er sich noch tiefer in Larx hineinschob, und ließ es dann wieder sinken, wobei er sich aus ihm zurückzog. Aarons Bauchdecke und seine inneren Muskeln spannten sich unter seinen Händen mit jeder Bewegung an, langsam, schneller, fester, oh Gott, fester, und Larx musste sich ganz darauf konzentrieren, still zu halten, sich nicht einfach fallen zu lassen, von Aarons Schaft ausgefüllt, und vor Glück zu sterben. Aarons hielt seinen Blick fest. Er hatte Larx mit hartem Griff gepackt, zwang ihn nachzugeben, bis sein Kopf nach hinten sank, sein Mund sich öffnete und er es einfach geschehen ließ, Welle um Welle, einen Stoß nach dem anderen.

„Oh …" Er erschauerte und sein eigener Schwanz klatschte leicht gegen Aarons Bauchdecke. Er brauchte. Er brauchte. Etwas, genau da …

Aaron ließ ihn mit einer Hand los, nahm Larx' Hand und legte sie um seinen eigenen Schwanz.

Oh. Oh, ja.

Larx begann, sich zu streicheln, schon kurz vor dem Verzweifeln, kurz vor der Explosion. Er war voll bis unter die Haarspitzen, erfüllt vom großartigen, wunderbaren, fantastischen, *gigantischen* Penis seines Geliebten.

Er verlor sonst nie die Kontrolle über seine Stimme, aber sein Keuchen war manisch und unelegant. Während er den Beginn eines gewaltigen Orgasmus in seinen Oberschenkeln und seinem Damm spürte, wie er durch seine Eier, seinen Schwanz, sein Rückgrat und sein Inneres raste, fiel er nach vorne und fing sich mit einer Hand ab. Stöhnend vergrub er das Gesicht an Aarons Schulter, als sein Schwanz sich heiß und nass auf ihre beiden Oberkörper ergoss. Er hing kraftlos da, als Aarons Rhythmus plötzlich ins Stocken geriet und er mit einem Aufschrei in Larx' Halskuhle dessen Hüften umklammerte und versuchte, sich noch tiefer in ihn hineinzupressen.

Larx stöhnte leise, entspannte seinen Schließmuskel, atmete tief und versuchte, ihn ganz in sich aufzunehmen, hätte am liebsten Aarons ganzen Körper in sich eingesogen und ihn mit seinem Herzen festgehalten.

Schließlich ließ das Zittern nach und Larx streckte seine verkrampften Beine aus und ließ sich an Aarons Seite sinken. Was da aus seinem gedehnten Arschloch heraussickerte, ignorierte er.

„Das Bett können wir morgen beziehen", murmelte er an Aarons Schulter und Aaron musste leise lachen.

„Das war ja wirklich noch besser", sagte er dann überwältigt.

„Ich hab's mir also nicht eingebildet?"

„Nein, Larx, jetzt mal ernsthaft. Es war wirklich besser."

Larx lachte auch. Dann sagte er genauso verblüfft: „Es war sogar besser als vor 20 Jahren. Ich meine, ich dachte immer, dass man seinen sexuellen Höhepunkt zu Collegezeiten hat."

„Ich glaube, das ist ein Märchen, das wir jungen Leuten erzählen, damit sie nicht darauf kommen, dass ihre Eltern es noch treiben", sagte Aaron ganz ernsthaft.

163

Larx konnte nicht ernst bleiben – er war geradezu *euphorisch*. „Das ist genial! Einfach genial. Wir erzählen den Kindern einfach, dass wir keinen Sex haben, sondern miteinander in tiefer Zuneigung verbunden sind. Das würden die uns doch glauben, oder?"

Aaron lachte mit ihm und angelte schließlich nach ihrer Unterwäsche. Und nach einem Sweatshirt.

„Warum darf ich eigentlich nicht auf deiner nackten Brust schlafen?" beschwerte sich Larx.

„Das darfst du gerne, wenn du den Thermostat hochdrehst", antwortete Aaron. „Ich liebe dich, aber ich kriege noch Frostbeulen, wenn hier nicht geheizt ist."

Larx knurrte. „Scheiße. Einen Moment." In Boxershorts tappte er aus dem Schlafzimmer hinaus, wobei er kurz mit dem Türschloss kämpfte, bevor er verschwand. Als er wiederkam, sprang die Heizung an.

Aaron lächelte ihn glücklich an und zog das Sweatshirt wieder aus.

Larx schüttelte den Kopf. „Damals, als wir hier eingezogen sind", erklärte er, „war ich … mehr als abgebrannt. Ich hatte gerade noch genug Geld von der Abfindung übrig, um die Anzahlung für das Haus zu machen, und der Rest war eben mein Gehalt, und hier und da wurde etwas gespart, vor allem, um die beiden College-Fonds weiter zu füttern. Also haben wir ein Spiel daraus gemacht, worauf wir alles verzichten konnten."

„Heizung", sagte Aaron, dem plötzlich ein Licht aufging.

Larx nickte, kletterte zu ihm ins Bett und machte das Licht aus. Heute hatten sie nicht im Dunkeln Liebe gemacht. Er würde Aarons schönen, kräftigen Körper noch tagelang vor dem inneren Auge sehen.

„Es war so eine Art Challenge. Wie lange wir ohne Heizung auskommen konnten. Je länger wir ab Oktober nicht geheizt haben, desto mehr Kekse hab ich nach der Schule gekauft."

Aaron lachte. „Ausgebufft."

„Na ja. Man lernt dazu, wenn man Kinder hat."

Aaron vergrub die Nase in seinen Haaren und zog die Decke über ihre Schultern. Larx hatte die Heizung zwar angemacht, aber nicht besonders hoch. „Man lernt noch mehr, wenn man alleinerziehend ist."

„Die härteste Schule", stimmte Larx zu, kuschelte sich an Aaron und spürte seinem Orgasmus und dem unglaublichen Sex noch eine Weile nach. Allerdings war er noch überwältigter von den Gefühlen, die dieser einfache Körperkontakt in ihm auslösten. Gott, er wollte nicht mehr darauf verzichten. Nie wieder.

„Mir war vorher gar nicht klar, wie viel meine Frau wirklich gemacht hat", murmelte Aaron. „Wir waren ja immer ein Team. Sie das Haus, ich den Garten. Sie war nach der Schule da, ich hab an den freien Wochenenden was mit den Kindern unternommen, damit sie mal Zeit für sich hatte. Wir hatten jede Woche einen

Abend nur zu zweit und einen Familienabend. Es war … ich meine, wir haben uns wirklich bemüht, beide unseren Teil beizutragen."

„Ich bin bisschen neidisch", sagte Larx ehrlich. „Es klingt …" Er schluckte. Es klang wie etwas, was er sich immer gewünscht, aber nie gehabt hatte.

„Und genau das will ich mit dir auch haben", sagte Aaron mit einem Kuss auf seine Stirn. „Mir ist klar, dass wir gar nicht mehr so wahnsinnig viel Zeit mit ihnen haben. Ich wünsche mir auch nicht die Babyjahre noch mal zurück, selbst wenn das möglich wäre. Aber ich bin so froh, nicht mehr alleine zu sein. Ich finde es super, dass Kirby jemanden zum Reden hat, wenn ich noch nicht zu Hause bin. Ich finde es so toll, dass du einen Jungen aus deiner Klasse bei dir aufgenommen hast, weil du ein so großes Herz hast. Ich … ich kann mir nicht vorstellen, dass dein Haus jemals leer sein wird, Larx. Ich will einfach nur auch hier sein dürfen."

„Hmmm", brummte Larx verlegen. „Ja, klar. Willkommen in meinem Leben. Als ob das nicht, Scheiße noch mal, das Romantischste ist, was jemals jemand zu mir gesagt hat."

Aaron nahm ihn fester in die Arme, und der Augenblick war wie in Gold getaucht. Nach ein paar Atemzügen lockerte sich Aarons Griff und Larx bemerkte es – den Augenblick, als Aarons Atem langsamer wurde und er kurz davor war zu schnarchen.

Aber Larx war seine Fragen noch nicht losgeworden.

„Aaron. Warte kurz. Noch mal wach werden."

Aaron grunzte und schreckte hoch. „Was? Was denn? Die Kinder? Du brauchst einen Hund!"

Einen Hund? „Na klar, Aaron. Schenk mir ein Hundebaby zu Weihnachten. Er muss nur die Katzen in Ruhe lassen. Delilah wird ihm nichts durchgehen lassen." Larx legte ihm beruhigend die Hand auf die Brust und er legte sich wieder hin. „Du hast mir nur noch gar nicht von den Ermittlungen erzählt. Ich wollte warten, bis alle schlafen, und jetzt bist *du* mir fast eingeschlafen."

„Ach so!" Aaron drehte sich auf die Seite und stützte den Kopf in die Hand. „Stimmt. Ich wollte es dir auch erzählen. Natürlich nur unter dem …"

„… Siegel der Verschwiegenheit." Larx nahm parallel zu ihm die gleiche Haltung ein, und dann waren sie plötzlich nicht mehr in der Nachglühphase. Sie waren die Hardy Boys, die in Unterwäsche zusammen in einem Bett schliefen.

„Genau." Aarons Zähne blitzten im Dunklen und er streckte die Hand aus, streichelte Larx über die Schulter und umfasste seinen Oberarm. Larx schmolz ein bisschen dahin. Na gut. Vielleicht nicht die Hardy Boys. „Also zunächst mal ist Julia Olson verschwunden. Sie ist im SUV ihrer Mutter geflohen …"

„Wieso nicht in ihrem Auto?" Larx kannte den kleinen, leuchtend blauen Sportage, den das Mädchen ihren Mitschülern unter die Nase gerieben hatte, seit sie ihn im Vorjahr bekommen hatte.

„Nein, und genau das ist ja auch so verdächtig. Kaum dass Whitney Olson hört, dass wir einen Durchsuchungsbefehl haben, kommt fünf Minuten später Julia

165

aus der Garage geschossen – hat noch nicht mal das Tor aufgemacht, bevor sie losgefahren ist. Gracie und ich konnten gerade noch beiseite springen …"

Larx blieb das Herz stehen. „Sie hat euch fast *über den Haufen gefahren?*"

„Nicht der Rede wert", sagte Aaron so beiläufig wie möglich und die Augen von Larx wurden ganz schmal bei dem Gedanken, wie es sehr wohl der Rede wert wäre, von einem SUV überfahren zu werden. Aber Aaron sprach weiter und Larx vergaß fast seine Sorge. „Aber damit hatten wir auch einen Grund, das Haus zu durchsuchen. Als wir ankamen, hab' ich vorgeschlagen, dass wir als erstes die Feuerschale unter die Lupe nehmen, weil …"

„… sie perfekt geeignet wäre, um Beweismittel loszuwerden", sagte Larx aufgeregt. Er musste an das Feuer denken, das ihn vorhin so fasziniert hatte.

„Genau. Nach der spektakulären Nestflucht von Julia haben wir also die Spurensicherung durchs Haus geschickt. Und in beiden Kaminen waren diese komischen Rückstände – dicker als Papier oder Holz, etwas, wofür man Anzünder brauchte, um es zu verbrennen."

Larx war wie gebannt. Er hätte sich nicht bewegen können, selbst wenn jemand ihn angezündet hätte. „Und dann!?"

„In der Feuerschale draußen haben wir ein Stück Stoff gefunden. Sah so aus, als hätte jemand eine Hose aus Wolle und einen Pulli zusammengerollt und versucht zu verbrennen."

„Wolle brennt aber nicht", sagte Larx, denn er war Chemielehrer und wusste solche Dinge.

„Genau. Man braucht zusätzlichen Anzünder. Aber sie hat die Sachen zusammengerollt, …"

„Weil sie in Panik war!" Natürlich war sie in Panik gewesen, denn sie musste ja wieder zurück, um sich um ihre Tochter zu kümmern.

„Wir glauben, dass sie es zuerst im Kamin versucht hat, vielleicht während sie geduscht hat. Als sie festgestellt hat, dass es nicht gebrannt hatte, hat sie es draußen noch mal versucht und die Klamotten mit Benzin übergossen."

„Aber die Polyesterfasern! Wenn die Hose aus einem Gemisch war, wären die doch geschmolzen …"

„… und hätten die Wollfasern eingeschlossen", schloss Aaron lächelnd. „Die Spurensicherung geht davon aus, dass noch genug vorhanden ist, um Blut nachzuweisen."

„Hm", machte Larx nachdenklich. „Wenn ihre Tochter in meinem Unterricht aufgepasst hätte, hätte sie das Ganze einfach mit etwas Bleichmittel in die Waschmaschine geschmissen. Das wäre sehr viel schlauer gewesen."

Aaron grinste im Dunkeln und küsste ihn liebevoll auf die Nasenspitze. „Und das ist der Grund, warum wir alle froh sein können, dass du deine Larx-Kräfte nur für das Gute einsetzt", sagte er. „Du wärst ein sehr viel besserer Krimineller als Whitney Olson."

Larx wurde ernst. „Sie ist wirklich eine Kriminelle? Habt ihr sie verhaftet?"

„Nein." Aaron schüttelte den Kopf. „Wir müssen noch den Bluttest abwarten und ihr Anwalt wird versuchen, Berufung gegen die Durchsuchungsbefehle einzulegen. Juristisch gesehen hat er keine Chance, aber er hat das Geld im Rücken und das könnte natürlich auch funktionieren. Also haben wir es noch nicht unter Dach und Fach und es ist niemand verhaftet worden. Julia ist nicht aufzufinden, und das ..."

„... das ist natürlich gar nicht gut", murmelte Larx leise bei der Vorstellung, dass Christi alleine und verängstigt irgendwohin verschwinden würde. „Ich meine, ich habe nie viel von der Kleinen gehalten, aber ..."

„Sie ist eben trotz allem ein Kind."

„Und wenn ihr klar ist, dass ihre Mutter versucht hat, Isaiah umzubringen ..." Larx runzelte die Stirn. „Moment mal. War der Durchsuchungsbefehl nicht wegen einer ganz anderen ...?"

Aaron zog eine Grimasse. „... eigentlich ja. Wir hatten gehofft, etwas über die Wasserleiche von Freitag herauszufinden."

Larx stöhnte. „Meine Güte, Aaron. Hast du nicht mal behauptet, dass du nur mit Angelscheinen und Teenagern, die im Freien Sex haben, zu tun hast?"

Aarons Lachen klang voll in der Stille des dunklen Schlafzimmers. „Na ja", gab er dann zu. „Manchmal wird's auch spannender."

Larx musste auch lachen, und sie sprachen noch ein bisschen weiter. Nicht über den Fall oder Isaiah, sondern über ehemalige Schüler oder Aarons frühere Fälle. Kennenlerngespräche quasi.

Larx hatte inzwischen das Gefühl, Aaron schon sein ganzes Leben zu kennen. Es fühlte sich eher so an, als hätten sie sich nur lange nicht gesehen und als gäbe es deswegen viel zu erzählen. Im besten Sinne.

((DURCHTRÄNKTE))ASCHE

Es HÄTTE ein ziemlich perfekter Tag sein können.

Er hatte warm und kuschelig begonnen. Larx hatte neben Aaron auf dem Bauch geschlafen, die Fäuste unter dem Kinn geballt. In ihrem Alter sahen sie im Schlaf nicht mehr jung oder unschuldig aus – einfach nur ruhig. Larx war so selten *nicht* in Bewegung: Sein ruheloser Geist arbeitete ununterbrochen und sein aktiver, zäher Körper war ständig in Aktion. Gartenarbeit, Joggen, Kochen, in einem Feuer stochern, eine Katze streicheln, mit Kindern sprechen, aus einer Gruppe verwirrter Teenager eine Familie basteln.

Liebe machen.

Larx war so viel mehr als ein Mann – er war eine Naturgewalt. Aaron hatte sich im Windkanal seiner turbulenten Persönlichkeit wiedergefunden, seit er ihn das erste Mal ohne Hemd gesehen und festgestellt hatte, dass sich unter der Fassade des freundlichen Bürgers ein Mann verbarg.

Der Wecker klingelte und Larx öffnete die Augen, kniff sie verwirrt zusammen und lächelte schüchtern. Dann rollte er sich vom Bett herunter und tastete nach Sportklamotten und Turnschuhen – lange, bevor er richtig wach war, wie Aaron vermutete.

Aaron dagegen war *sehr* wach, als er leise aus der Tür schlüpfte und in die frostige Morgenluft trat. Larx war die ersten zwei Meilen lang schweigsam und brummte leise, als Aarons Haus in Sicht kam.

„Was denn?", fragte Aaron, in der Hoffnung, dass er inzwischen ansprechbar war.

„Ich war immer so aufgeregt, wenn dein Haus in Sicht kam. Du weißt schon: *Da wohnt Aaron!* –, und jetzt ist es einfach nur noch ein Haus wie jedes andere und wir gehen zusammen nach Hause. Ich meine, es ist ja viel besser so. Aber wo bekomme ich jetzt meinen Kick her?"

Aaron lachte. „Vielleicht, wenn du mein Auto in der Einfahrt siehst, oder wenn ich mal früher von der Nachtschicht komme?"

„Du musst Nachtschichten machen?"

„Manchmal schon. Früher habe ich sie so gelegt, dass ich gegangen bin, nachdem die Kinder im Bett waren, und nach Hause gekommen bin, bevor ich sie in die Schule bringen musste."

Larx brummte wieder und einen Moment lang glaubte Aaron, es läge daran, dass er noch nicht so richtig wach war.

Aber dann kam die Frage: „Aaron. Hatte Caroline eigentlich Schwierigkeiten mit deinem Job?"

Aaron versuchte, seine Gedanken in die gleiche Richtung zu lenken wie Larx. „Nein", antwortete er nachdenklich. „Ich … ich weiß auch nicht so genau. Ich hatte ihr gesagt, dass sie sich keine Sorgen machen muss, und sie hat mir geglaubt."

„So vertrauensselig bin ich leider nicht", brummte Larx.

Oh nein. „Wird das jetzt ein Problem?", fragte Aaron ernsthaft besorgt.

Larx sah ihn an. Er lief auf der Stelle, wie bei ihrer ersten Unterhaltung wegen des Laufens, wie immer, wenn er nicht darauf achtete, wo er hinlief und trotzdem nicht aus dem Rhythmus kommen wollte.

Nach einer Weile biss er sich auf die Lippe und sagte: „Ich gewöhne mich schon dran."

Aaron blieb stehen, denn er konnte nicht laufen, ohne hinzusehen. „Einfach so?", fragte er verblüfft.

Larx drehte sich zu ihm um und lief auf der Stelle. „Einfach wie?", fragte er.

„Du gewöhnst dich daran?"

Larx kniff die Augen zusammen. „Also gut. Es macht mir eine Scheißangst. Aber ich werde nicht von dir verlangen, dass du was anderes machen sollst. Du liebst deinen Job total und machst ihn toll. Du hast 10, 12 Jahre die gleiche Person geliebt …"

„14", sagte Aaron leise. „14 Jahre."

Larx nickte. „Genau. Es gibt keine Garantien. Du weißt es, ich weiß es. Du machst mich jetzt glücklich. Ich bin verdammt noch mal zu alt, um etwas so Gutes wegzuwerfen, nur weil ich Angst habe. Was soll das denn, bin ich vielleicht ein großes, schmollendes Baby, das unbedingt seinen Willen durchsetzen muss?"

Aaron lächelte ihn an und setzte sich dann wieder in Bewegung, hauptsächlich, weil ihm kalt war. Sie liefen ihre übliche Strecke am Forstpfad entlang und er sagte: „Denk dran, wir müssen heute bisschen abkürzen."

Larx grunzte. „Wie gut, dass ich mich entschieden habe, kein großes schmollendes Baby zu sein."

„Irgendwann schaff' ich das auch noch", keuchte Aaron. „Nur nicht heute."

„Ich auch", sagte Larx, und Aaron empfand plötzlich eine immense Dankbarkeit. Gott sei Dank waren sie erwachsen genug, um zu erkennen, was sie an anderen Menschen nicht ändern konnten, und versuchten stattdessen, an sich selbst zu arbeiten.

„Ich ruf dich an, wenn ich kann", versprach Aaron. „Oder ich schreib dir. So mache ich es auch mit Kirby. Entweder bin ich sowieso pünktlich oder ich sage ihm Bescheid. Ich setze dich einfach cc."

„Vielen Dank", sagte Larx bescheiden. „Das ist wirklich rücksichtsvoll."

Sie liefen weiter. Larx gab jetzt die Geschwindigkeit vor, bei der Aaron immer Mühe hatte, Schritt zu halten, aber das Gespräch gab ihm noch lange zu denken.

Denn anstelle nur zu wissen, dass Larx mit dem Risiko umgehen konnte, war Aaron daran erinnert worden, dass auch er jetzt etwas zu verlieren hatte.

Und genau wie Larx würde er etwas Zeit brauchen, um sich an den Gedanken zu gewöhnen.

Seine Laune war nicht die beste, als er bei der Arbeit ankam. Es gab ihm einfach zu denken, was man für ein Risiko einging, wenn man sich auf das Schicksal verließ. Entsprechend unkonzentriert war er, während er sich dazu zwang, den Papierkram für alles, was sie gestern bei der Durchsuchung herausgefunden hatten, zu erledigen. Trotzdem war er unruhig und konnte kaum stillsitzen.

Warren warf ihm von seinem Schreibtisch gereizte Blicke zu, jedes Mal, wenn Aaron aufstand und sich seufzend wieder hinsetzte. „Meine Güte, George, was ist denn heute mit dir los?"

Aaron funkelte ihn an. „Hab irgendwas quersitzen", murmelte er. „Es ist wie … wie Weihnachten, nur das Gegenteil. Irgendwas braut sich zusammen."

War das einfach nur eine ganz normale Phase in einer Beziehung? War es Caroline so gegangen, als Aaron nach dem College zur Polizei gegangen war? Hatte er es einfach nicht gemerkt? War er zu arrogant gewesen, zu überzeugt, dass die Welt immer Happy Ends verteilte, um auch nur auf den Gedanken zu kommen, dass Caro vor ihm gehen könnte?

So viele Dinge, auf die man sich verließ, die man für selbstverständlich hielt, wenn man jemanden an seiner Seite hatte …

„Ich hab's", sagte Aaron laut, sprang auf und suchte den Sheriff.

Der kam ihm schon entgegen. Er sah genauso gereizt und ungeduldig aus wie Aaron.

„Sheriff."

„Deputy?"

„Wo zum Teufel ist eigentlich ihr Mann?"

Mills riss die Augen auf. „Der von Whitney Olson?"

„Genau. Wir haben mit ihrer Tochter gesprochen, mit ihren Anwälten, aber wen haben wir noch gar nicht vorgeladen, jetzt, wo seine Tochter auf der Flucht ist und seine Frau unter Hausarrest steht?"

„Carl Olson", sagte Eamon Mills.

Es fiel ihnen beiden gleichzeitig wie Schuppen von den Augen.

„Ach du Scheiße." Aaron nahm sein Diensttelefon ab und wählte die Nummer der Gerichtsmedizin. „Ich sage Gary Bescheid und Sie lassen die Spurensicherung wissen, dass wir Carl Olsons DNA aus dem Haus brauchen. Könnte sein, dass wir die Wasserleiche identifiziert haben."

TROTZ DES DNA-Tests dauerte es länger, als man denken würde, um die Identität einer Person festzustellen. Aaron, Warren und der Sheriff prüften inzwischen Carl Olsons Finanzen in dem Versuch, zu rekonstruieren, wo er sich aufhielt und ob er dort immer noch war, als Aaron auf die Uhr sah.

„Scheiße!", knurrte er. „Ich muss sofort los, Sir."

„Ihr Junge geht heute in den Ring für die Schule, oder?", fragte dieser verständnisvoll, als Aaron Jacke, Mütze und Handschuhe anzog. Draußen war es dunkel und kalt.

„Ja. Er muss zeitig da sein. Ich muss auch hin, sonst fühle ich mich scheiße."

„Ich komm' gleich nach", sagte der Sheriff und winkte ihn hinaus.

Aaron flitzte aus der Tür und hoffte, dass er rechtzeitig am Bezirksamt sein würde, um einen Parkplatz zu finden. Er parkte illegal, setzte das Blaulicht aufs Dach, als sei er im Einsatz, und rannte dann in das kompakte, um '95 erbaute Gebäude hinein. Er nahm den normalerweise bewachten Vordereingang und rannte durch das Gebäude zu den Räumen, wo solche Sitzungen meist stattfanden. Er musste sich durch die Menge kämpfen, die sich im Flur zum zugeschalteten Hörsaal drängte, um bis zum Konferenzraum zu gelangen.

Als er den Raum betrat, drückte ihm Kirby mit gerunzelter Stirn eine Agenda in die Hand. „Schlechtes Vorbild, Dad. Willst du unbedingt riskieren, dass wir in Zukunft wieder mit meinen Kochkünsten vorliebnehmen müssen?"

Aaron runzelte auch die Stirn. „Hab ihm von unterwegs Bescheid gesagt. Hatte noch zu tun."

Aber Kirby sah ernsthaft besorgt aus, also beschloss Aaron, sich so schnell wie möglich wieder gut mit Larx zu stellen. Er steckte den Kopf in den Konferenzraum und Larx fing fast sofort seinen Blick auf und deutete dann auf den leeren Platz neben sich. Es war ein Irrenhaus. Aaron hatte hier noch nie eine solche Menschenmenge erlebt. Wahrscheinlich hatte Larx Aarons Platz bis aufs Blut verteidigen müssen.

Er drängte sich zu seinem Platz am Reihenende durch. In seiner Reihe saßen lauter entschlossene, aufgebrachte Lehrkräfte.

„Guck dir mal die Agenda an", sagte Larx knapp, und Aaron wurde das Herz schwer.

Er überflog die Fotokopie und stöhnte.

Der erste Punkt war die Wiederaufnahme der Diskussion, ob eine GSA nötig war oder nicht.

Der zweite Punkt war eine Diskussion über das Verhalten des Rektors im Zusammenhang mit dem Zwischenfall am Feuer.

Der dritte Punkt waren die anderweitigen Verwendungsmöglichkeiten der von der GSA zur Verfügung gestellter Stipendiengelder für den Fall, dass die GSA aufgelöst werden würde.

Das verhieß für die ersten beiden Punkte nichts Gutes.

„Also gut", sagte Aaron und stand auf.

„Wo gehst du hin?"

„Ich spreche für die Polizeidienststelle …"

„Dein Kollege Percy hat sich schon eingetragen." Larx sah angesäuert zu Aarons faulem Kollegen hinüber, der sich zu diesem Anlass besonders in Schale geworfen hatte.

„Pech", sagte Aaron und schritt zum Podium. Gerade noch rechtzeitig griff er nach dem Klemmbrett, strich Percy Hardestys Namen durch und trug seinen eigenen ein. Sie waren ziemlich weit unten in der Liste der Sprecher, vielleicht an zwanzigster Stelle, aber Aaron würde verdammt noch mal nicht erlauben, dass jemand wie Hardesty zu Wort kam. Schließlich war der Schwachkopf noch nicht mal *dabei gewesen*, als Isaiah verletzt wurde.

Er unterschrieb, nahm direkten Blickkontakt auf, als der Hammer fiel, und setzte sich dann schnell wieder an seinen Platz.

Die Vorsitzende, Heather Perkins, war eine kleine, plumpe Frau, die scheinbar nicht mitbekommen hatte, dass Topfschnitte aus der Mode gekommen waren. Ihre Freundin Cissy trug wie so viele moderne Mütter eine wallende, wasserfallartig geschnittene Eiserner-Thron-Frisur, und beide hatten blonde Strähnchen in den braunen Haaren. Heathers Mann, unscheinbar und klein, saß zusammengesunken neben ihr. Er wirkte bei diesen Versammlungen immer etwas traurig und verwirrt. Der restliche Schulausschuss setzte sich zusammen aus dem in Colton wohnhaften Rektor einer Junior Highschool im Nachbarbezirk, Gordon Chandler vom Rotary Club, einem Mitglied der Industrie- und Handelskammer und entferntem Cousin von Whitney Olson, dem Schulsprecher, den Kirby als ekligen, Schulbrote klauenden Schleimer beschrieben hatte, sowie drei weiteren Personen, die Aaron bei einer Gegenüberstellung kaum hätte auseinanderhalten können.

Er hatte das Gefühl, dass es keine Rolle spielen würde. Das hier war die Veranstaltung von Heather Perkins und Gordon Chandler.

Heather rief zur Ruhe auf und warf als erste Amtshandlung die Agenda, die sie aufgesetzt hatte, über den Haufen.

„Wie ich höre, ist heute jemand vom Büro des Sheriffs hier, der von den Ereignissen am Freitag berichten kann." Sie lächelte Percy Hardesty an und Aaron erhob sich.

„Allerdings, Frau Vorsitzende", antwortete Aaron knapp. „Da ich selbst an dem Abend vor Ort war, ist es auch im Sinne von Sheriff Mills und Deputy Hardesty, wenn ich das übernehme."

Percy Hardesty sah sich wütend im ganzen Raum um. Er schien den Tränen nahe, aber das war Aaron egal. Soviel er wusste, war der Typ erst am Lagerfeuer angekommen, kurz bevor die letzten Lehrer und Lehrerinnen das Gelände verlassen hatten. Er hatte den Bericht gelesen: Der Mann war nur dagewesen, um den Tatort aufzuräumen.

Heather sah ihn überrascht mit hochgezogenen, dünn gezupften Augenbrauen an. „Äh, natürlich, Deputy George, wenn Sie sicher sind, dass Sheriff Mills einverstanden ist …"

„Keine Sorge, das bin ich", antwortete Eamon Mills vom Türeingang her. „Ich weiß gar nicht, was Percy dazu sagen sollte – er war doch gar nicht vor Ort."

Heather Perkins nickte widerwillig und Aaron trat ans Podium. Knapp und prägnant schilderte er den Ablauf der Geschehnisse ab dem Zeitpunkt, als Joy geschrien hatte.

„Aber Deputy George", unterbrach ihn Heather verständnislos. „Wenn Sie dabei waren, haben Sie doch sicherlich den ... Vorfall am Lagerfeuer gesehen?"

Darauf war Aaron vorbereitet. „Ich habe zwei Jungen gesehen, die sich mit dem Rückhalt des Kollegiums und der Schülergemeinschaft als schwul geoutet haben, wie ganze Kerle, und sich dann einen Kuss gegeben haben. Es war mutig von ihnen, aber ein *Vorfall* war das sicher nicht. Lehrer und Schüler haben ihnen gratuliert. Wir sind ehrlich gesagt gar nicht sicher, ob das, was anschließend geschah, damit in Zusammenhang steht. Isaiah ist nach allem Dafürhalten ein aktiver junger Mann: Football, Theater, AP-Kurse. Der Hass, der hinter einem solchen Verbrechen steckt, kann aus allen möglichen Richtungen kommen, die nichts mit seiner Sexualität zu tun haben, zumal das Kollegium der Schule das Mobbing erfolgreich auf ein Minimum reduziert."

„Danke, Deputy George. Wir werden das berücksichtigen ..."

„Sie sollten weiterhin wissen, dass bereits eine verdächtige Person unter Beobachtung steht. Zum gegenwärtigen Zeitpunkt ist noch unklar, welches die Motive dieser Person sind. Bedenken Sie, dass es sich möglicherweise um eine Straftat gegenüber einer Randgruppe handelt. Wenn das der Fall ist, kann es die Situation nur verschlimmern, wenn das Opfer des Verbrechens behandelt wird wie ein Täter. Wenn es nicht der Fall ist, würden Sie damit dem Fanatismus ein Forum gegeben, das er vorher nicht hatte. Isaiah und Kellan haben sich nichts vorzuwerfen. Und der nächste Punkt, die Auflösung der GSA? Dadurch kann die Situation nur noch weiter eskalieren."

Die Vorsitzende starrte ihn sprachlos an, bis er darum bat, sich wieder setzen zu dürfen.

„Also dann", sagte sie schließlich, um Fassung ringend. „Unsere nächste Sprecherin ist Mrs. Nancy Pavelle."

Nancy erhob sich von ihrem Platz neben Yoshi und sprach von dort aus. „Okay, liebe Leute", sagte sie. Ihre Stimme zog wie ein Güterzug aus Kristall durch den Raum: klar, kräftig und unüberhörbar. „Zunächst bitte ich alle Angestellten des vereinigten Schulbezirks Colton, die hinter Rektor Larkin und Konrektor Nakamoto stehen, sich zu erheben." Als das geschehen war, fuhr sie fort: „Für diejenigen aus der Elterngemeinschaft, die jetzt glauben, dass die Lehrer und Lehrerinnen, die Sie im Auditorium sehen, die einzigen sind, möchte ich alle, die Rektor Larx und Konrektor Nakamoto unterstützen, darum bitten, einmal nacheinander hereinzukommen, am Podium vorbeizulaufen und sich dann wieder nach nebenan in ihr kleines Exil zu begeben, okay? Es sind einige, die leider aufgrund der Fehlplanung gezwungen sind, draußen im zugeschalteten Saal zu warten."

Sie hatte anscheinend einen Helfer gehabt, der ein Zeichen gab, denn plötzlich ging alles sehr schnell. Die Parade der Lehrer und Lehrerinnen begann, hinein durch den Seiteneingang des Konferenzraums, unten am Podium vorbei und wieder hinaus durch den Haupteingang. Am Anfang kamen sie leise herein, mit gezielt strengen Blicken hin zum Ausschuss, aber nach und nach wurden ihre Schritte immer lauter, bis es klang, als würden sie marschieren.

Ein besonders enthusiastischer Kollege begann zu skandieren.

„Larx! Larx! Larx! Larx! Larx!"

Aaron sah Larx überrascht an und dieser kniff die Augen zu, als könne er damit den Sprechgesang unterbinden.

„Du hast einen Fanclub!" neckte Aaron ihn leise.

„Das hier darf nicht schiefgehen", murmelte Larx.

Der Marsch ging weiter und weiter, bis Heather Perkins schließlich mit ihrem kleinen Hammer auf den Tisch klopfte und rief: „Es reicht! Es reicht!" Aber noch immer waren Lehrer und Lehrerinnen unterwegs. „Verdammt, Nancy. Sie haben doch nur zwei Minuten Sprechzeit!"

„Sie hätten uns eben ins große Auditorium lassen sollen", übertönte Nancy das Skandieren. „Wir hatten Sie darum gebeten, damit die Schulgemeinschaft sehen kann, dass wir alle hinter Larx stehen."

Trotz der missmutigen Miene von Heather Perkins ging die Parade weiter und endete erst 30 Sekunden später, nachdem auch der letzte zornige Lehrer wieder im zugeschalteten Saal verschwunden war. Vor dem Konferenzraum erklang tosender Applaus, und Nancy lächelte liebenswürdig.

„Sie haben das Wort, Frau Vorsitzende. Jetzt wissen alle, wie es aussieht."

„Also gut", sagte Heather, die ihren Mann anfunkelte, als wären die letzten drei Minuten seine Schuld gewesen. „Jetzt wissen wir, wie viele Lehrer und Lehrerinnen anwesend sind. Möchte sich vielleicht jemand aus der Elternschaft gerne zum Thema GSA äußern?"

„Ich!" bellte eine Stimme, und Aaron sah nach hinten und stöhnte auf.

„Yupp", murmelte Larx. „Die ganze tolle Kundgebung umsonst. Die wird nämlich gleich von Billy MacDonald in Stücke gerissen."

Aaron hatte Mühe, dem Mann zu folgen. Er redete wirres Zeug, seine Argumente hatten weder Hand noch Fuß, und er hatte mindestens sechsmal das Wort *Schwuchtel* gesagt, ohne dafür zur Ordnung gerufen zu werden. Nach seinem Vortrag bekam er vereinzelten Applaus, aber in der Hauptsache herrschte betretenes Schweigen. Aaron studierte die Gesichter im Publikum, während MacDonald zu seinem Platz zurückstolzierte.

„Kann gut sein, dass er sich eher geschadet hat, als etwas zu erreichen", sagte er Larx leise ins Ohr.

Larx sah sich um und zuckte die Achseln. „Na logisch wird keiner offen zugeben, dass er auf seiner Seite ist", meinte er abwartend. „Aber warte nur ab. Es ist noch nicht vorbei."

Und natürlich war die nächste Rednerin eine gebildete Frau, die Vorsitzende des lokalen Buchclubs, eine Lehrerin an der Sonntagsschule. *Sie* benutzte das Wort *Schwuchtel* nicht.

Sie warf nur die Frage auf, ob die GSA vielleicht manche Kinder, die von alleine gar nicht darauf kommen würden, dass sie nicht hetero waren, erst auf diesen Gedanken bringen konnte. Wurde damit nicht künstlich eine Community erzeugt, die sonst gar nicht existieren würde?

Diese Frau bekam Applaus.

Ebenso wie der Vater, der besorgt darum war, dass seine Tochter bei den GSA-Treffen von bestimmten Sexpraktiken erfahren könnte.

Das Mitglied der Industrie- und Handelskammer äußerte Besorgnis darüber, was für ein *Publikum* man anziehen würde, wenn sich herumsprach, dass ihre Highschool eine queer-freundliche Schule war.

Nach fünf dieser Beiträge war Aaron übel.

Dann rief Heather Perkins den Footballtrainer Andy Jones auf.

„Wenn Sie erlauben, Frau Vorsitzende", begann er. Er stand auf, trat aber nicht ans Rednerpult.

„Die nächsten vier Kollegen und ich haben beschlossen, unsere Redezeit Larx zur Verfügung zu stellen, der erläutern wird, warum das, was gerade gesagt wurde, dummes Zeug ist und Sie damit unseren Kindern keinen Gefallen tun."

Darauf folgte allgemeiner Beifall, bis hinaus in die Menge im Flur und dem zugeschalteten Saal.

Heather Perkins griff wieder zu ihrem kleinen Hammer.

„Rektor Larkin, bitte. Sie haben nun zehn Minuten …"

„12", widersprach Larx. „Ich bin auch auf der Liste."

„14!", rief da eine schüchtern aussehende Frau aus der ersten Reihe. „Ich bin weiter unten auf der Liste, und wenn Larx meine Zeit nutzt, kommen wir alle früher nach Hause!"

Allgemeines Gelächter und vereinzelter Applaus.

Aarons Klumpen im Magen lockerte sich, als Larx an das Pult trat. Er hatte wieder Hoffnung.

Alles, was Larx sagte, leuchtete ihm ein.

Er begann, indem er der netten Sonntagsschullehrerin antwortete, dass man nun mal schwul, lesbisch, bi, transsexuell oder hetero auf die Welt komme; wenn man den Jugendlichen einen geschützten Raum zur Verfügung stellte, um darüber zu sprechen, wer sie waren, ging es um mehr als darum, ihnen ein gutes Gefühl zu geben. Damit ließ sich Mobbing vermeiden, weil die LGBTQ-Kinder wussten, dass sie nicht alleine waren.

Dem Vater, der besorgt war, dass seine Tochter Informationen über Sex bekommen würde, erklärte er, dass es ihnen gar nicht erlaubt war, Sex zu thematisieren. Der GSA ging es vielmehr darum, den Kindern zu vermitteln, dass sie sich genauso sicher fühlen konnten wie alle anderen Jugendlichen, wenn sie zum ersten Mal verliebt waren. Sein leichtes Augenrollen sagte Aaron, dass man seiner Meinung nach Kinder sowieso am besten offen aufklärte, ohne etwas zu verharmlosen oder zu verschweigen. Aber da die meisten Leute Larx nicht so gut kannten wie Aaron es tat, bemerkten die meisten das wahrscheinlich gar nicht.

Als er auf den Herrn von der IHK einging, riss ihm allerdings ein bisschen der Geduldsfaden. „Harry, jetzt mal ehrlich, Sie verkaufen handgearbeitete Quilts und Imitate aus Vintage-Holz. Wenn Sie nicht sehen, dass ein Drittel Ihrer Kunden schwul ist, dann sind Sie kein guter Geschäftsmann." Vereinzelte lachten, manche schnappten nach Luft, und dann zog Larx eine Grimasse und fing sich wieder. „Es tut mir leid, das war etwas stereotyp. Aber es ist eine Tatsache, dass eine ganze Menge der in Colton verkauften Produkte eine schwule Kundschaft bedienen, ob Sie das nun zugeben wollen oder nicht: hochwertiges Kunsthandwerk und Kunst. Großmärkte haben wir hier nicht so viele, wie Sie wissen. Wenn Sie jetzt die gesamte LGBTQ-Community von sich weisen, werden einige von Ihnen Ihre Läden schließen müssen. Vielleicht sollten Sie also nicht so tun, als ob sie nicht existieren. Und das bedeutet auch, dass Sie die jungen Leute nicht ignorieren sollten, für die diese Organisation in den Schulen so wichtig ist. Alles andere wäre Heuchelei, und davon halte ich nichts."

Die ersten neun Minuten seiner Redezeit ging Larx auf die Redner vor ihm ein, und als seine letzten fünf Minuten anbrachen, sah er erschöpft aus.

„So, meine Damen und Herren. Jetzt habe ich einen Großteil meiner Redezeit damit verbracht, Ihnen zu verdeutlichen, warum die GSA notwendig ist – wie ich es bereits bei der Gründung der AG getan habe. Jetzt sollten wir uns aber dem zuwenden, worum es heute eigentlich geht. Zwei Jungs haben sich am Feuer geküsst. Allen, die noch nie die Aufsicht bei einem Ball, Lagerfeuer oder Footballspiel hatten, möchte ich sagen, dass bei diesen Gelegenheiten immer ausgiebig geknutscht wird. Wir bemühen uns sehr zu verhindern, dass *auf der Tanzfläche* beim Homecoming-Ball jemand schwanger wird. Wenn Sie das anstößig finden, sind Sie jederzeit herzlich willkommen, uns bei der Aufsicht zu unterstützen, denn wir sind als Kollegium hoffnungslos in der Unterzahl. Wenn nicht zufällig ein geouteter Footballspieler das Opfer dieses Gewaltverbrechens geworden wären, wären wir heute Abend alle nicht hier. Aber Isaiah liegt im Krankenhaus, die gesamte Stadt ist schockiert, und nun suchen alle einen Sündenbock.

Tja, und nun ist das anscheinend ganz einfach: Der Junge ist schwul, und schon ist klar, was das Problem ist. Eine Reihe von Ihnen ist heute Abend hier, weil Sie der Meinung sind, dass unsere Kinder in Sicherheit wären, wenn wir nur heterosexuelle Jugendliche hätten. Es tut mir wirklich leid, Ihnen sagen zu müssen, dass es immer auch schwule, lesbische und transsexuelle Jugendliche gibt. Wenn man ihnen keinen Ort gibt, an dem sie sich sicher fühlen können, isoliert man sie, und sie sind alleine und unglücklich. Unsere Kinder wären in weit größerer Gefahr, wenn die Jugendlichen, die anders sind als die Mehrheit, keinen geschützten Raum hätten.

Isaiah die Schuld daran zu geben, dass er überfallen und mit einem Messer angegriffen wurde, ist dumm und feige. Jeder, der sagt: *Tja, wenn er eben nicht ... äh, schwul wäre ...* tut nichts anderes, als einen der feinsten Kerle, denen ich je begegnet bin, für einen Anschlag auf sein eigenes Leben verantwortlich zu machen. Ich hätte mehr von dieser Stadt erwartet, das muss ich wirklich zugeben. Wenn Sie deswegen hier sind – um Isaiah die Schuld daran zu geben, dass er verletzt wurde, weil er in der Öffentlichkeit einen anderen Jungen geküsst hat –, dann sollten Sie Folgendes tun: Sehen Sie sich im Spiegel an und sagen Sie zu sich selbst: *Ich bin ein Feigling, denn ich mache einen unschuldigen jungen Mann für meine eigene Angst vor nicht heterosexuellen Menschen verantwortlich, anstatt der Angst ins Auge zu sehen und sie zu überwinden.* Jeder hier, der das GSA-Programm unterbinden möchte, der unseren LGBTQ-Jugendlichen damit sagen will, dass sie keinen Ort haben, an den sie gehen können, ist ein Feigling."

Einen Augenblick lang war es ganz still – und dann ertönte tosender Applaus.

Aaron stand auf, alle Lehrerinnen und Lehrer standen auf, und in diesem Moment erschien alles wie eine großartige und einstimmige Kundgebung.

Die wurde natürlich mit dem Hammer der Vorsitzenden unterbunden, und als sie die Ruhe wieder hergestellt hatte, wandte sie sich an Larx persönlich. Das war nicht üblich, aber sie war rot angelaufen und ihre stark geschminkten Lippen waren zu einem dünnen Strich zusammengepresst. Sie sah so aus, als habe sie eine dicke Kröte verschluckt.

„Rektor Larkin, mir missfällt die Unterstellung, dass ich feige bin oder dass die Vorstandsmitglieder ein verstecktes Interesse daran haben könnten, dieses potenziell schädliche Programm aufzulösen ..."

„Das stimmt, Frau Vorsitzende. Ihre Absichten sind alles andere als versteckt. Sie würden am liebsten die Jugendlichen, mit denen Sie nicht einverstanden sind, irgendwohin wegsperren, wo Sie sie nicht sehen müssen und wo sie sich im stillen Kämmerlein mit ihren Zweifeln und Ängsten alleine rumschlagen müssen."

Das war wirklich gut ausgedrückt. Aaron stockte der Atem und er sah Larx einen Augenblick voller Stolz an. Der Rest des Schulausschusses schnappte nach Luft, denn was er gesagt hatte, war nicht wegzudiskutieren, weil es die reine Wahrheit war. Wenn heute öffentlich gegen das Programm entschieden wurde, aufgrund der Ereignisse am Lagerfeuer, war das der Beweis.

„Wow, Larx. Sie scheinen ja jede Menge davon zu verstehen. Sind Sie am Ende selber eine Schwuchtel?"

Verdammt noch mal, Billy MacDonald!

Larx, überrumpelt und wütend, wandte sich zu ihm um, den Mund schon zur zornigen Retourkutsche geöffnet. Nein. Gott, nein – *Larx, nicht so. Na komm schon, Mann, sag es nicht, lass sie den Dialog nicht in die falsche Richtung lenken. Du hast sie doch jetzt genau da, wo du sie haben wolltest!*

„Ich bin eine", sagte Yoshi, der links von Aaron saß. „Ich bin schwul, und Larx ist mein bester Freund. Soll das vielleicht heißen, dass er nicht für mich und unsere Kinder sprechen kann?"

Larx sah Yoshi mit einer Mischung aus Schock und Gereiztheit an.

„Verdammt noch mal, Yoshi", murmelte er. Das Mikrofon hatte es nicht eingefangen, aber wer Larx kannte, hörte jede Silbe.

Aaron sah Yoshi mit großen Augen an und Larx' bester Freund erwiderte den Blick emotionslos.

„Und was wollen Sie jetzt tun?", fragte Yoshi. „Mich rauswerfen?"

Aber die Schockwelle, die durch den Raum ging, klang nicht besonders beruhigend.

„Wir haben eine Tunte im Lehrerzimmer?", schrie Billy MacDonald. „Perverse Sau!"

Larx wandte sich wütend an die Vorsitzende. „Wo bleibt denn plötzlich Ihr Hammer, Frau Vorsitzende? Das ist Ihr Verbündeter? Ist das Ihr Ernst?"

Endlich rief Heather Perkins die Versammlung zur Ordnung und schickte sich gerade an, den nächsten Redner aufzurufen, da sagte Larx: „Und ich habe noch drei Minuten Redezeit."

„Fahren Sie fort, Rektor Larkin." Aaron war fast schon überrascht, dass sich keine Eiskristalle um ihre Worte bildeten.

„Ich möchte Folgendes zu bedenken geben", sagte Larx, jetzt zum Publikum gewandt. „Wenn Sie heute dafür stimmen, die GSA abzuschaffen oder Ihren Frust an Yo… Konrektor Nakamoto auszulassen, dann machen Sie Billy MacDonald zu Ihrem Sprecher. Das würde ich mir gut überlegen, denn es bedeutet es, dass Sie Ihre eigenen Vorurteile über das Wohl der Schüler und Schülerinnen stellen, was wiederum Sie zu schlechten Menschen machen würde. Sie haben Ihre Ängste auf die Schüler und Schülerinnen übertragen, von denen Sie annehmen, dass sie keine eigene Stimme haben. Mobbing ist der Abgrund der menschlichen Existenz und Sie haben es heute Abend hier in diesem Raum zugelassen." Er wandte sich wieder an Heather.

„Man erwartet von uns, dass wir uns wie erwachsene Menschen verhalten. Als ich heute unterrichtet habe, habe ich den ganzen Tag lang von allen Schülern und Schülerinnen Genesungswünsche für Isaiah zu hören bekommen. Kellan Corker hatte in der ersten Nacht Angst, Isaiah im Krankenhaus zu besuchen, weil Isaiah sich bei seinen Eltern noch nicht geoutet hatte. Es stimmt, die Eltern waren überrascht zu erfahren, dass ihr Sohn schwul ist. Aber sie haben gerade erst einer Reporterin und damit aller Welt mitgeteilt, dass die Liebe zu ihrem Sohn bei Weitem stärker ist als der Schock und die Sorge und dass diese Liebe auch den Freund ihres Sohnes einbezieht. Kellan hatte Angst, wieder zur Schule zu gehen, denn – oh Gott, was, wenn die anderen ihn plötzlich ausgrenzen würden? Aber, und das liegt teils an meinem großartigen Kollegium, das dafür gesorgt hat, dass diese Jugendlichen sich willkommen und akzeptiert fühlen, aber auch daran, dass unsere

Schüler und Schülerinnen so großartig sind: Kellan hat liebevolle Unterstützung erfahren. Seine Freunde und Mannschaftsmitglieder, alle hetero, und sogar Schüler und Schülerinnen, die ihn kaum kennen, haben ihn ausnahmslos gedrückt und ihm gesagt, wie stolz sie auf ihn sind, und dass sie Isaiah alles Gute wünschen. So konnte dieser junge Mann sich seiner Angst stellen und erleben, dass die Welt nicht mit einem einzigen Gewaltakt gleichzusetzen ist. Wir haben heute einen Kofferraum voller Plüschtiere, Karten und Blumen zu Isaiah ins Krankenhaus gebracht. Unsere Jugendlichen wissen anscheinend sehr genau, was Liebe ist, auch wenn es Leute in diesem Raum gibt, die das nicht tun." Den letzten Satz spuckte er gehässig der Vorsitzenden entgegen, die zusammenzuckte.

„Und *damit* sind meine 14 Minuten um."

Es dauerte 10 Minuten, bis sie mit dem kleinen Hammer wieder Ruhe hergestellt hatte.

AARON WAR auf dem Heimweg ganz aus dem Häuschen. „Oh mein Gott, du warst so was von cool!" schwärmte er. Er konnte sich nicht erinnern, jemals so stolz auf jemanden gewesen zu sein. „Ich bin begeistert – du hast total abgeräumt!"

Larx lächelte schwach. „Du warst selber ganz schön cool – sehr gute Idee, Percy vom Mikrofon fernzuhalten. Ich hatte gehofft, dass du es tun würdest, aber dann bist du von ganz alleine darauf gekommen."

„Und der Sheriff hat mir den Rücken gestärkt, was ziemlich cool war." Aaron hielt inne, denn er hatte Larx bisher noch gar nichts davon erzählt. „Er will übrigens, dass ich nächstes Jahr sein Nachfolger werde. Und ich denke, er hätte gerne, dass ich mich geoutet habe, bevor ich mich bewerbe."

Larx runzelte die Stirn. „Wirklich?"

Aaron zuckte die Achseln. „Na ja, ich hatte ihm erzählt, dass ich …", hier wurde es etwas peinlich, „über eine neue Beziehung nachdenke. Mit einem Mann. Und er hat gesagt, das wäre in Ordnung, er würde auf jeden Fall hinter mir stehen. Und er war so, na ja, fast väterlich, als wollte er mich zu einer Mitgiftehe überreden. Irgendwie komisch. Ich hätte nicht gedacht, dass er heute Abend auftaucht. Ich bin froh, dass er da war, aber ich hatte nicht damit gerechnet."

„Wirklich nett von ihm", sagte Larx abwesend. Dann: „Kirby ist gut nach Hause gekommen, oder? Ich wusste gar nicht, dass er Flyer für die Schülervertretung verteilt hat."

„Ja", antwortete Aaron. „Er hat mir geschrieben, 15 Minuten, bevor wir gegangen sind. Er wollte schlafen, aber ich soll ihn noch mal wecken, wenn ich zu Hause bin."

Larx brummte zustimmend. „Gut. Ihr werdet mir heute fehlen. Hoffentlich könnt ihr euch bisschen ausruhen."

Aaron grunzte nur. Etwa 500 Meter vor ihnen gab es eine Abzweigung zu einem Forstweg, abgezäunt und mit einem Schlagbaum, um Unbefugten den

Zugang zu verwehren. Anstatt vorbeizufahren, bog er auf die kleine Lichtung ab, die durch die oft dort wendenden Autos entstanden war. Es war im Grunde ein kleiner Schlupfwinkel unter den Bäumen, der vom Highway aus nicht zu sehen war. Aaron bedauerte fast, ein Erwachsener zu sein. Als Teenager wäre er sofort zum Knutschen hergekommen.

„Okay, Larx. Spuck's aus."

Larx sah sich um, als sei er überrascht, dass sie noch nicht an seinem Haus angekommen waren. „Was meinst du?"

„Raus damit."

Larx seufzte und drehte sich zu ihm um. Er zog die Anzugschuhe aus, schnallte sich ab und stellte die Füße auf die Ablage, die Arme um die Knie geschlungen. Im Dunkeln sah er aus wie ein kleiner Junge. Aaron wünschte insgeheim, er hätte sich stattdessen in seine Richtung gedreht und den Kopf an seine Brust geschmiegt.

„Ich bin ziemlich sicher, dass sie Yoshi beurlauben werden", sagte er schließlich.

„Wie bitte?"

„Der Personalheini war da und den hat Heather in der Tasche. Ich habe die beiden miteinander sprechen sehen und wie sie dabei zu Yoshi hingesehen haben. Genauso operieren die, Aaron. Hintenrum. Niemand spricht offen darüber. Sie holen dich einfach frühmorgens zu einem Meeting, lesen dir einen Brief vor, in dem steht, was du für ein Perverser bist, und dann schicken sie dich in bezahlten Urlaub."

Aaron stockte der Atem. „Oh", meinte er dann. „So läuft das also."

Larx rieb sich mit beiden Händen das Gesicht. „Und Yoshi weiß das ganz genau. Ich habe mit ihm gesprochen, bevor wir gefahren sind. Er geht jetzt noch mal in die Schule und schreibt seiner Vertretung auf, was alles anliegt und was mit seinen Schülern durchgenommen werden soll."

„Wieso unterrichtet ihr eigentlich beide noch? Das müsstet ihr gar nicht, oder?"

Larx zuckte die Achseln und sah aus dem Fenster. „Nicht unbedingt, nein. Aber wir haben beide jahrelang dafür geackert, das AP-Programm aufzubauen. Es kostet Geld, und wir haben einigen Aufwand betrieben, um Leute davon zu überzeugen, dass sie einen zusätzlichen Kurs ins Leben rufen sollen, nur damit sich eine Handvoll Schüler einer Prüfung unterziehen kann. Als ich die Prüfung zum ersten Mal abgenommen habe, haben etwa 20% bestanden, denn die Schüler müssen sich eigentlich jahrelang darauf vorbereiten. Im vergangenen Jahr waren es dann schon 65%. Auch nicht herausragend, aber ..."

„Es war viel Arbeit", sagte Aaron verständnisvoll.

„Yoshi will eben nicht, dass der Englisch-AP-Kurs einschläft", sagte Larx leise. „Er hinterlässt Lehrpläne und Übungsstunden für mehrere Monate." Er lehnte den Kopf wieder ans Fenster. „Bin so müde", murmelte er. „Wie soll ich das nur ohne Yoshi schaffen?"

Aaron sah ihn wortlos an. So war das also, wenn Larx sich nicht mehr bewegen konnte. Es war ein trauriger Anblick – als würde man eine Naturgewalt brechen.

„Kannst du ihn nicht irgendwie zurückholen?", fragte Aaron leise.

Larx zuckte wieder die Achseln. „Kommt darauf an, wie gut unser Gewerkschaftsanwalt ist. Die sind ja meist unglaublich gut, aber manchmal ... ich musste damals eineinhalb Jahre in die Gummizelle."

„Gummizelle?"

„Ich durfte mit keinem meiner alten Kollegen sprechen, durfte nicht zur Presse gehen, durfte mir keinen neuen Job suchen – nur zu Hause sitzen, das Geld einkassieren und darauf warten, dass der Anwalt eine Abfindung aushandelt, damit ich danach entscheiden kann, ob ich wirklich noch Lehrer sein will." Larx klang jetzt bitter, und Aaron fiel ein, dass er schon mal darüber gesprochen hatte. Eineinhalb Jahre hatte Larx in diesem Schwebezustand verbracht, hatte zusehen müssen, wie seine Töchter misshandelt wurden, ohne einschreiten zu können, ohne mit seinen alten Freunden reden zu dürfen, wütend auf sich selbst, weil er das Ganze selbst verursacht hatte, mit einer Handlung in bester Absicht.

Aaron konnte die eineinhalb Jahre in seinen eigenen Knochen spüren. „Wir werden etwas unternehmen, damit er zurückkommen kann – falls sie ihn wirklich rausziehen sollten." Aarons Miene hellte sich auf. „Könnte doch sein, dass wir uns ganz umsonst Sorgen machen."

Larx nickte mit geschlossenen Augen. „Ich weiß. Es ist nur ... ich fühle mich wie ein Hosenscheißer. Als hätte er sich an meiner Stelle auf die Granate geworfen oder so."

„Larx", sagte Aaron frustriert. „Ich habe dich innerlich angefleht, es nicht zu tun. Nicht wegen mir. Mir ist es egal, ob die Leute Bescheid wissen oder nicht. Nein, das stimmt auch nicht. Ich will es am liebsten der ganzen Welt erzählen. Ich will die Mädchen anrufen und ihnen sagen: *Hey, ich bin verliebt, ich will mit ihm zusammenziehen, ich weiß, es kommt überraschend, aber es ist trotzdem wahr!* Ich will, dass wir eine moderne Sitcom-Familie werden, und es wird großartig. Aber heute Abend? Wenn du es heute Abend offiziell gemacht hättest, könntest du morgen nicht mehr zurück, um für Yoshi zu kämpfen. Und manchmal ist das die einzige Chance, die man hat. Billy MacDonald hat die Bombe platzen lassen und Heather Perkins hat sie nicht entschärft, also musste sie irgendwo explodieren. Yoshi wusste das. Er hat sich in die Schusslinie geworfen, damit du weitermachen kannst."

Larx nickte und legte die Wange auf seine Knie. „Ja. Ich weiß."

So kleinlaut.

Aaron schnallte sich auch ab. „Komm her", befahl er.

Larx schielte ihn durch die Dunkelheit an.

„Nein, ich will jetzt keinen Blowjob. Ich will dich nur in den Arm nehmen. Na komm schon."

Mit bebenden Schultern, wahrscheinlich, weil er lachen musste, kletterte Larx über den Sitz, bis er halb über dem Lenkrad in Aarons Armen lag. Es war wahrscheinlich alles andere als bequem, aber immerhin lag sein Kopf an Aarons Brust, und mehr wollte Aaron gar nicht.

„Als meine Frau gestorben ist, sind ihre Eltern davon ausgegangen, dass ich ihnen das Sorgerecht für die Kinder geben würde", sagte Aaron beiläufig.

Larx runzelte die Stirn. „Merkwürdig."

„Na ja. Sie war aus dem Mittleren Westen, und ich nehme an, dass es dort ganz normal so gewesen wäre. Väter ziehen keine Kinder groß."

Larx schüttelte den Kopf. „Ja, das ist frustrierend. Ich hatte das auch, als ich hergezogen bin. Die Mädchen wurden dauernd gefragt: *Warum seid ihr nicht bei eurer Mom?* Als ob uns das Y-Chromosom irgendwie unfähig machen würde."

„Und Leute wie Billy MacDonald sind der lebende Beweis dafür, dass es auch manchmal genauso ist. Aber das meine ich gar nicht."

„Was meinst du dann?" Wie vertrauensvoll sein Blick war.

Aaron wollte ihm erzählen, wie er beinahe aufgehört hatte, an die Liebe zu glauben. „Eine Woche lang … eine Woche lang hab ich's ausgehalten. Sie haben die ganzen Sachen von den Kindern eingepackt und mitgenommen, und ich bin eine Woche lang jeden Abend nach Hause gekommen und hab mich volllaufen lassen. Und dann, in der fünften Nacht, bin ich, noch immer betrunken, im Zimmer der Mädchen aufgewacht und wäre fast durchgedreht. Ich hatte geträumt, dass die Kinder in einem tiefen Brunnen sitzen und nach mir rufen – und ich bin einfach weggegangen."

Larx machte ein Geräusch, als hätte er Schmerzen, und Aaron zuckte mit den Achseln.

„Am nächsten Morgen hab` ich die Schwiegereltern angerufen und ihnen gesagt, dass ich die Kinder und ihre ganzen Sachen noch am gleichen Nachmittag wieder abhole. Caros Schwester …"

„Tante Candy?", fragte Larx. Anscheinend hatte er sich mit Kirby unterhalten.

„Ja. Tante Candy. Sie hat sich den Pick-up von ihrem Freund geliehen und ist mit mir hingefahren, wir haben die Kinder eingepackt und sind zurück nach Hause gefahren. Manche Verluste muss man hinnehmen und andere eben nicht. Caro war tot, damit musste ich verdammt noch mal leben. Aber die Kinder auch noch zu verlieren hätte noch mal genauso weh getan, und das konnte ich mir ersparen."

Larx nickte und richtete sich wieder auf, gab ihm einen sanften Kuss und setzte sich wieder auf den Beifahrersitz. „Die Handbremse war kurz davor, mich zu kastrieren", sagte er entschuldigend. „Aber ich hab's schon kapiert. Ich soll mich nicht einfach geschlagen geben wegen Yoshi."

„Nein. Und du musst auch nicht alles alleine machen. Ich bin hier, Larx. Ich …" Konnte man das wirklich zu oft sagen? „Ich liebe dich."

Das Lächeln auf Larx' Gesicht war schon wieder etwas beherzter. „Danke, Cowboy. Ich liebe dich auch."

Aaron setzte ihn mit einem langen Kuss vor seinem Haus ab. Wie sehr er sich ein bisschen Zweisamkeit wünschte. „Ich hätte gerade so richtig Lust, dich von hinten durchzuvögeln, bis das Kopfende gegen die Wand schlägt, wenn du verstehst, was ich meine."

Larx musste lachen. Die Mutlosigkeit war aus seiner Stimme und aus der Haltung seiner kräftigen Schultern verschwunden. „Damit könnte ich sehr gut leben", sagte er ernsthaft und küsste Aaron noch einmal. „Bis morgen früh, ok?"

Aber er hielt inne, als es in seiner Tasche summte. Dann sanken seine Schultern wieder nach vorne, als er die SMS las.

„Kein Joggen morgen", sagte er dann trocken. „Yoshi hat vor Unterrichtsbeginn einen Termin mit dem Personalchef und seinem Gewerkschaftsvertreter. Wir müssen um halb sieben da sein."

„Morgens?" quiekte Aaron entsetzt.

„Ja, Aaron, morgens", gab Larx unbewegt zurück. „So kann Yoshi nämlich schon vom Parkplatz verschwunden sein, noch bevor die Kinder den großen, bösen Pädophilen sehen müssen, der sich seit sechs Jahren für seine Schule den Arsch abarbeitet."

„Scheiße!" Aaron schlug auf das Lenkrad und fixierte dann Larx. „*Du* gehst dich jetzt verdammt noch mal ausruhen, verstanden? Und dann denkst du dir eine verdammte Lösung aus. Das ist deine Stärke, Larx. Mach das, was für die Kinder am besten ist, und setze deinen verdammten Dickschädel durch."

Larx nickte ernst, berührte Aarons Wange und stieg aus. Aaron sah ihm nach und sein Zwerchfell verkrampfte sich vor Wut und Hilflosigkeit. Er wollte bei Larx bleiben. Er *musste* bei ihm bleiben.

Und doch musste er verdammt noch mal zu Kirby nach Hause.

Larx trat auf die Veranda und machte das Außenlicht an, dann bedeutete er Aaron loszufahren. Er hatte auch zwei Kinder unter seinem Dach. Aaron verstand das schon.

Auch wenn es ihm überhaupt nicht gefiel.

WALDBRAND

LARX SASS wie betäubt in seinem Büro.

Es war, als hätte er mit einer magischen Kristallkugel vorhergesagt, was sich abspielen würde. Yoshi war am Ende der Besprechung kopfschüttelnd aufgestanden und Larx hatte ihn nur schweigend angestarrt. Er hatte das Gefühl, als habe man ihm gerade einen Arm abgehackt.

„Hör sofort auf, mich so traurig anzustarren, Larx", hatte Yoshi ihn angeblafft. „Ich verlasse mich darauf, dass du mich aus diesem Schlamassel wieder rausholst. Du läufst zu Höchstform auf, wenn die Leute nach deiner Pfeife tanzen sollen. Also häng dich rein. Wird's bald!"

Larx kniff die Augen zusammen. „Wird's bald?"

„Ich bin schließlich der Beurlaubte. Ich darf das sagen."

„Wenn du wieder da bist, verhaue ich dich. Seife in einer Socke – das hinterlässt keine blauen Flecken."

Yoshi musste lachen, obwohl seine Augen feucht und rotgerändert waren. Die Gewerkschaftsvertreterin drängte ihn zum Gehen. „Wenn ich wieder zurück bin, kannst du mit mir machen, was du willst – aber du wirst mich zurückholen, verstanden? Du könntest gar nicht mehr in den Spiegel schauen, wenn nicht."

Und dann war er weg und Larx blieb mit Fred Embree zurück. Er hatte Mühe, ihm nicht den Finger zu zeigen.

„Also meiner Meinung nach ist es sehr unwahrscheinlich, dass der Schulausschuss Mr. Nakamoto wirklich erlauben wird, sich wieder einzuklagen ..."

Larx riss der Geduldsfaden. „Raus aus meinem Büro. Sie werden ihn sehr wohl wieder hier arbeiten lassen, wenn alle Pädagogen im gesamten Bezirk mit der Kündigung drohen, weil Sie nicht die *Eier* in der Hose haben, der Gewerkschaft zu erklären, warum er überhaupt freigestellt wurde. Und jetzt raus hier. Für diesen Scheiß hab ich verdammt noch mal keine Zeit!"

Fred Embree verließ mit giftigem Blick das Büro und Larx konnte sich gerade noch zurückhalten, ihm nicht die Zunge herauszustrecken. Er war so außer sich vor Wut, dass er kaum sprechen konnte.

Die nächsten fünf Minuten verbrachte er damit, mit den Fäusten auf seinen Schreibtisch zu trommeln, dann kotzte er sich zehn Minuten telefonisch bei Nancy aus, die am Schreibtisch saß und versuchte, sich auf den Arbeitstag vorzubereiten.

Schließlich unterbrach sie ihn. „Larx! *Larx!* Wir haben nach der Schule eine Sonderkonferenz mit dem Kollegium, okay? Wir werden sie alle eine Petition unterschreiben lassen. Wir drohen mit der Kündigung. Wir lassen uns was einfallen. Wir machen ein Brainstorming. Yoshi ist beliebt, und 90% von uns wissen, dass das alles gequirlte Scheiße ist. Sie können sich doch gar nicht leisten, auf 90% von uns zu verzichten. Es ist verdammt noch mal November, meine Güte. Welcher von allen guten Geistern verlassene Schwachkopf würde denn noch kurz vor dem Schneefall hierher an den Arsch der Ella ziehen? Und dann müssten sie die Kinder mit dem Schulbus nach Placer County karren, nur weil der Schulausschuss aus einem Haufen Idioten besteht. Bevor ich das zulasse, wende ich mich an die verdammten Medien, okay?"

Larx grunzte. „Die Medien", sagte er, plötzlich ermutigt. „Das ist natürlich auch eine Idee."

„Siehst du? Yoshi ist nicht allein. Es gibt Organisationen für LGBTQ-Rechte, die noch mehr Anwalts-Power in die Waagschale werfen können. Wir können das in Ordnung bringen, Larx. Ich rufe Tane an, du rufst Edna von der Gewerkschaft an – wir sind nicht hilflos."

Das hatte Aaron auch gesagt.

Yoshi hatte seine ganze Karriere darauf verwettet, dass Larx nicht hilflos war.

Er konnte das wieder hinbiegen.

Aber er musste trotzdem noch eine Vertretung für Yoshis nullte Stunde finden und danach schleppte er sich in seinen eigenen Unterricht. Er hatte Mühe, den Faden wiederzufinden.

Oh. Ach ja, genau. Die Laborberichte für die Experimente am Vortag standen auf dem Programm. Gott sei Dank. Kein Unterricht, keine Laboraufsicht – nur vom einen zum anderen laufen und denen helfen, die es brauchten.

Das konnte Larx im Schlaf – ein Glück, denn er hatte wieder wenig und unruhig geschlafen und war dafür wieder in aller Herrgottsfrühe aufgestanden.

Und laufen war er verdammt noch mal auch nicht gewesen.

Er würde sich also damit begnügen, im Klassenzimmer hin und her zu tigern, um etwas Energie loszuwerden. Na prima. Wenn man sich schon damit trösten musste … war es wirklich das Beste seit … seit Aaron ihn vor ein paar Wochen geküsst hatte?

Okay.

Aaron liebte ihn. Larx würde wieder eine Familie haben.

Perspektive, dachte Larx bei sich, umklammerte seine Aktentasche etwas fester und marschierte weiter auf sein Klassenzimmer zu. Es war immer gut, eine Perspektive zu haben.

„ALSO BENUTZT er seine Kreditkarte noch?", fragte der Sheriff mit besorgtem Blick auf Aaron.

Aaron nickte und kaute an seiner Unterlippe. „Ja, in dem netten kleinen Resort am Stadtrand. Das Zimmer ist bis morgen bezahlt und das Restaurant zieht regelmäßig etwas ab."

Mills sah sich die Kontoauszüge an, die Aaron gerade vom Kreditbüro erhalten hatte. „Irgendjemand scheint das kontinentale Frühstück zu verzehren", stellte er nachdenklich fest. „Was sonst?"

„Ich habe Warren und Percy losgeschickt, um die Person abzuholen, die sich in Zimmer 32 aufhält. Bin ja mal gespannt, wer es ist", meinte er grimmig. „Und sie sollten bei den Olsons zu Hause checken, ob Whitney nicht abgehauen ist. Aber anscheinend kann man ihr Gezeter bis zur Straße hören."

„Sie waren ja ein ganz schön fleißiges Bienchen", meinte Eamon Mills gelassen. „Warum sind Sie eigentlich schon so früh hier?"

„Ich musste gestern nach Hause", knurrte Aaron. „Larx hatte gleich heute früh eine Besprechung wegen seines Konrektors."

„Oh nein." Mills kniff sich in den Nasenrücken. „Haben die wirklich getan, was ich befürchte?"

„Er hat mir vor 10 Minuten eine Nachricht geschickt. Das Kollegium will sich treffen, um zu besprechen, wie sie das wieder rückgängig machen können. Er ist total angepisst."

Larx tat Aaron von Herzen leid. Und er hatte morgens seine Gesellschaft vermisst. Er war eine kurze Runde alleine gelaufen, aber ohne Larx hatte es einfach keinen besonderen Spaß gemacht. Kirby hatte die Hühner gefüttert und die Eier eingesammelt, dann hatten sie beide wortlos ihre Taschen zum Übernachten gepackt.

„Gestern Abend war echt öde", hatte Kirby missmutig festgestellt. „Ich muss mich ja nicht dauernd unterhalten, aber zu wissen, dass ich könnte, wenn ich will, ist einfach nett."

„Also, Hühnerstall am Wochenende?", hatte Aaron mit kleinem Lächeln gefragt.

Kirby hatte ihn angesehen und mit den Achseln gezuckt. „Wenn es schiefgeht, kommen wir eben wieder hierher. Die haben nur nicht so viel Platz zum Arbeiten. Vielleicht komme ich einfach zum Lernen hierher." Kirby sah sich im Haus um. „Ich weiß, dass es bescheuert ist, aber mir fehlt Maureen."

„Tiffany nicht?", fragte Aaron, ärgerlich auf sich selbst, dass er es so weit hatte kommen lassen.

„Klar. Warum nicht. Die vielleicht auch." Dann sah Kirby Aaron in die Augen. „Schau mal, Dad. Ich werde im Januar 18. Wenn es sich rausstellt, dass *Stiefbruder sein* nicht mein Ding ist, kann ich immer noch alleine und verbittert hier leben. Aber das sehen wir ja dann. Ich mache mir keine Sorgen, dass du mich dann nicht mehr lieb hast. Sollte ich vielleicht. Die anderen Kinder in der Schule beschweren sich die ganze Zeit über ihre Stiefeltern. Aber das tu ich nicht. Ich komme gut zurecht. Aber du und Larx – ihr seid eben, keine Ahnung, glücklich. Alle Jugendlichen befürchten, dass sie nicht glücklich werden, wenn sie erwachsen sind. Aber du bist glücklich. So schlimm kann es also nicht sein, oder?"

Aaron dachte an die vergangene Nacht, als Larx so klein und traurig und menschlich gewesen war, so ganz anders als die überlebensgroße Präsenz, die er sonst hatte. Und Aaron hatte sich für Kirby entscheiden müssen.

Kirby ließ ihn gerade wissen, dass er sich in Zukunft nicht mehr zu entscheiden brauchte.

„Und was wird mich das alles zu Weihnachten kosten?", fragte er misstrauisch.

Kirby grinste. „Den alten Wagen von Maureen hab` ich ja schon. Mir wird schon noch was Gutes einfallen."

„Ich rede mit ihm", sagte Aaron, plötzlich ernüchtert. „Ich meine, das ist jetzt wirklich ziemlich schnell gegangen, die letzten fünf Tage."

Kirby zählte an seinen Fingern nach und zog dann eine Grimasse. „Oh mein Gott, waren das wirklich nur fünf Tage? Okay. Ja klar. Du kannst auch gerne eine ganze Woche haben. Aber ewig zu leben hast du nun mal nicht mehr!"

Aaron nahm ein Sofakissen und warf es ihm an den Kopf. Und dann nahm er ihn fest in die Arme. Gott, womit hatte er nur so ein Kind verdient?

Als er jetzt im Aufenthaltsraum der Polizeistation stand und sich wünschte, er hätte einen Imbiss eingepackt, da er ja eine Stunde früher hier war als üblich, begann er zu erkennen, was es für ein Vorteil sein konnte, früh bei der Arbeit zu sein.

„Na ja, an seiner Stelle wäre ich auch wütend", meinte der Sheriff. „Keine Ahnung, was die Leute so reden."

Larx wusste es dafür umso besser. „Sie sagen, dass Whitney Olson gefährlich ist", antwortete Aaron knapp. „Und sie hat über die schwulen Jungs gelästert, also konzentrieren wir uns mal darauf."

Mills gab ein boshaftes Lachen von sich und kratzte sich die grauen Haare unter der Mütze. „Meines Erachtens sollten sie eher dahingehend denken, dass Whitney Olson eine Mörderin ist."

Dann platzten Warren und Percy zur Tür des Verhörraums herein, dabei eine Frau, die keine Handschellen trug. Sie mochte vielleicht Ende Dreißig sein, keine große Schönheit, aber gepflegt. Sie hatte dichtes, glattes, braunes Haar und ausladende Hüften, die sie offensichtlich mit Sport und vermutlich einer strengen Diät in Form hielt. Das Bemerkenswerteste an ihr waren die großen, braunen Augen, mit denen sie Aaron und den Sheriff unverwandt ansah.

„Entschuldigung", sagte sie dann gefasst. „Leiten Sie beide die Ermittlungen?"

„Er ist der Chef", sagte Aaron und zeigte auf Eamon Mills. „Aber ich tue, was er sagt." Er ignorierte das leise Prusten des Sheriffs. „Tut mir leid, wenn wir Ihren Vormittag durcheinanderbringen, äh …"

„Lori Anne", sagte sie leise, „Lori Anne Beresford. Geht es um Carl?"

„Carl Olson?", fragte Aaron vorsichtig mit Blick zu Mills.

„Ja. Ich bin …" Und da verlor sie zum ersten Mal die Fassung. „Ich bin die Böse", sagte sie dann entschuldigend. „Ich bin die Frau, die seine Familie auf dem Gewissen hat. Carl wollte seine Frau verlassen und wir wollten zusammen weggehen."

Aaron schnappte nach Luft. „Wirklich?"

„Ich weiß, es klingt wie in einer Seifenoper." Sie trat von einem Fuß auf den anderen, unbehaglich und besorgt zugleich. „Er ist losgegangen, um mit seiner Frau zu sprechen und vielleicht seine Tochter zu überreden, mit uns zu kommen, aber dann ist er nicht wiedergekommen." Sie schluckte und Aaron sah, dass ihre fest verschränkten Hände weiß, ihr Unterkiefer ganz verkrampft und an ihrer Stirn eine Vene angeschwollen war.

„Wann haben Sie ihn zuletzt gesehen?", fragte er.

„Donnerstagvormittag", antwortete sie. „Gegen 11. Er wollte seine Tochter aus der Schule holen und dann mit seiner Frau sprechen."

Aarons Gehirn lief im Turbogang. Sie hatten mehrere bekannte Schlupflöcher nach dem Auto von Whitney Olson abgesucht, aber es waren einfach zu viele, als dass man in zwei Tagen alle hätte abklappern können. Selbst die neu gebauten Vororte von Colton hatten alleine drei Stück, etwa 2 Hektar große Wiesen mit riesigen Bäumen. Autos und 17-Jährige waren in einer Kleinstadt leichter zu verstecken, als man annehmen würde.

„Ich rufe mal im Schulbüro an und frage, ob er dort gesehen wurde", sagte Aaron knapp und zog das Handy aus der Tasche.

Er hatte das Telefon gerade in der Hand, als es zu summen begann, und er sah überrascht eine der Durchwahlen der Highschool auf dem Display.

„Als ob sie Gedanken lesen könnten", murmelte er. „Deputy George hier", meldete er sich dann. „Was kann ich für Sie tun?"

In seinem ganzen Leben hatte er erst einmal erlebt, dass sein Blick zu Eis geworden war – als er die Nachricht bekommen hatte, dass seine Frau gestorben war.

Und jetzt hatte er das gleiche Gefühl, als er hörte, was Nancy Pavelle zu sagen hatte.

LARX VERKNIFF sich das Gähnen, während er die Voraussetzungen für ein A+ ans Whiteboard schrieb. „Okay, Leute", meinte er, wieder an die Klasse gewandt. „Ich weiß, das ist alles nicht besonders aufregend. Für nächste Woche bestelle ich euch den Zauberer, versprochen. Aber jetzt müsst ihr euch bitte auf den Hosenboden setzen und eure Laborberichte zum gestrigen Experiment runterschreiben. Gestern hat mehr Spaß gemacht, das weiß ich auch. Wenn ihr möchtet, kann ich meine Alte-Leute-Musik anmachen und wir können es uns ein bisschen nett machen."

„Können wir auch unsere eigene Musik hören?", fragte Michelle von hinten.

Na klar.

Das war Larx noch nie so wichtig gewesen. Solange sie ihm zuhörten, wenn es darauf ankam, war es ihm egal, wenn sie bei der Arbeit Musik hörten.

„Warum nicht. Aber übertreibt's nicht. Wenn ich etwas höre, während ich zwischen euch rumlaufe, dann ist die Musik verdammt noch mal zu laut, okay? Kann sein, dass euer Gehörsinn sowieso als erstes aufgibt, aber ihr müsst es ja nicht unbedingt herausfordern, mit dem Zeug, das ihr euch heutzutage so reinzieht."

Die Jugendlichen holten lachend ihre Bücher und Notizen heraus und fingen an zu arbeiten. Normalerweise wäre ein Tag wie heute der perfekte Zeitpunkt zum Hefte korrigieren gewesen, aber Larx fuhr seinen Computer hoch, denn er wollte einen Schlachtplan entwerfen. Zunächst eine Mitteilung an die Medien, damit Heather Perkins ihm nicht zuvorkam. Sie konnten es sich nicht erlauben, die Öffentlichkeit nicht auf ihrer Seite zu haben. Dann ein Appell an die Kollegen und Kolleginnen, eine plausible Petition und eine brauchbare Strategie für den Fall, dass der Schulausschuss Yoshi nicht zurückholen wollte. Er hatte eine ganze Menge Dinge auf der Liste, die nichts mit den Jugendlichen zu tun hatten. Zum ersten Mal begriff er, dass es vielleicht tatsächlich irgendwann notwendig werden könnte, den AP-Kurs aufzugeben. Aber so weit waren sie noch nicht. Heute half es ihm, ganz normal zu unterrichten. Es machte ihm Mut für den bevorstehenden Kampf.

Vom Lehrerpult wandte er sich ein letztes Mal zur Klasse um, um zu schauen, ob sie auch machten, was er ihnen aufgetragen hatte, und da sah er *sie* durch die Tür am hinteren Ende des Raumes treten.

Er hatte gerade den Mund geöffnet, um ihren Namen zu sagen, als ihm mehrere Dinge gleichzeitig auffielen.

Ihre Kleider waren schmutzig, verschwitzt und verrutscht. Sie sah aus, als sei sie im hastig über den Schlafanzug gezogenen Sweatshirt aus dem Haus gerannt und hätte sich anschließend zwei Tage nicht umgezogen. Selbst auf die Entfernung roch es so, als hätte sie ein paarmal aus Versehen auf den Pyjama gepinkelt.

Die normalerweise perfekt gestylten Haare waren zu einem halb aufgelösten, fettigen Knoten zusammengefasst, der ihr in Strähnen um die Ohren und in die Augen hing.

In die unglücklichen, rotgeränderten, panischen Augen.

In der Hand hielt sie eine schwarze Sig Sauer. Larx wusste nur, wie so etwas aussah, weil er damals in Sacramento an einer Fortbildung über Jugendgangs teilgenommen hatte. Es war offenbar die beliebteste Handfeuerwaffe in Amerika.

„Julia?", fragte er jetzt ruhig und ging durch den Mittelgang auf sie zu. Christiana und Kirby saßen ganz vorne. *Sachte, sachte, geh an ihnen vorbei, vorbei, vorbei, dann bleib stehen und sieh ihr in die Augen. Tippe Kirby auf die Schulter. Zeig nach hinten. Geht. Geht. Geht.* „Die Leute haben schon nach dir gesucht. Soll ich dich zu ihnen bringen?"

„Das würde Ihnen so passen, stimmt's?", fragte sie trotzig, die Pistole immer noch in der Hand. Aus dem Augenwinkel sah er seine Tochter und Aarons Sohn langsam aufstehen und zur Tür schleichen.

„Na ja, wie gesagt. Man macht sich Sorgen. Wo bist du denn die letzten Tage gewesen?" Die nächste Gruppe Kinder stand auf und versuchte, zur Tür zu stürmen, und er machte eine winzige Geste, während er Julias Blick hielt.

„Im Auto", sagte sie schniefend, als ob das alles erklärte. „Ich wusste ja nicht, wo ich hinkonnte. Mich kennen doch alle." Sie sah Larx an und strich sich die Haare aus dem Gesicht. „Ich konnte noch nicht mal zu McDonald's."

„Dann hast du sicher ziemlichen Hunger." Er machte einen Schritt nach links. Kellan saß in der nächsten Reihe. Leise stand er auf und ging. Larx hörte, wie die Kinder zusammenpackten, Papier raschelte, Stifte klapperten, und sie standen auf. Alle schienen es Kirby und Christi nachzumachen, Gott sei Dank, aber Larx wollte kein Risiko eingehen, bis das Mädchen die *große, furchtbare Waffe* weggelegt hatte.

„Und wie", seufzte sie.

Larx sah auf Christis Rucksack hinunter, in dem jeden Tag eine Brotbox steckte. „Ähm, ich kann dir ein Erdnussbutter-Sandwich anbieten", sagte er freundlich. „Hier …" Er streckte die Hände aus und kniete sich hin. „Ich mache den Rucksack auf, ja?" Er zeigte ihr den Inhalt – eine unordentliche Zettelwirtschaft – und zog die absurd niedliche Hello-Kitty-Brotbox heraus, die Christi aus irgendeinem für die Wohlfahrt gedachten Stapel gefischt hatte. „Schau mal, nur was zu essen."

Er öffnete die Box, dankbar dafür, dass Julia so auf ihn fixiert war, dass die restlichen Kinder unbemerkt den Raum verlassen konnten.

Er reichte ihr Christis Pausenbrot, die gerade mit besorgtem Gesicht den Kopf wieder zur Tür hereinsteckte.

Er schüttelte leicht den Kopf, sagte lautlos „Ich liebe dich", dann wandte er sich wieder dem Mädchen mit der Pistole zu.

Julia hatte das Sandwich verschlungen und er reichte ihr automatisch die Apfelstücke. Während sie aß, hielt sie die Waffe seitlich, sodass sie auf die Wand gerichtet war. Sie hatte die Arme an den Körper gepresst und aß aus den Händen wie ein Marder.

„Julia", sagte Larx mit ruhiger Stimme, „wo hast du die her?"

„Die da?" Sie machte eine abwesende Handbewegung, sodass die Mündung erst auf ihr eigenes Gesicht, dann auf seinen Oberkörper und dann wieder zur Seite zeigte. „Die da? Hat mir meine Mutter gegeben. Ist das nicht cool? Ich wusste gar nicht, dass wir so was haben, bis …" Ihre Stimme versagte und die Apfelstücke fielen ihr aus der Hand. Larx drückte ihr die kleine Packung Oreos in die Hand, fertig geöffnet, und sie hielt sie mit der Hand, die die Waffe umklammert hielt, an den Bauch gedrückt und führte die Kekse abwesend mit der anderen Hand zum Mund.

„Bis …?", fragte Larx leise nach.

„Dad war …" Julia unterbrach sich, starrte dann ins Leere und sagte: „Darüber will ich nicht reden."

Ihr Blick war tot und leer und Larx sah, wie sie die Pistole fester umklammerte.

„Wir müssen nichts besprechen, was du nicht möchtest", sagte er beruhigend. „Worüber würdest du denn gerne reden, Julia?"

„Ich … alle sagen, dass Sie so ein toller Lehrer sind. Was Sie für ein cooler Typ sind. Nur mich haben Sie nie gemocht. Wieso eigentlich?"

„Du hast versucht, mich zu erpressen, damit ich dir bessere Noten gebe", antwortete er, während er sich gleichzeitig fragte, ob jetzt vielleicht der richtige Zeitpunkt gewesen wäre, ausnahmsweise mal zu lügen.

„Ich wollte gerne ein A", gab sie kauend zurück. „Wieso konnten Sie mir nicht einfach ein A geben?"

„Weil du dir keine Mühe gegeben hast. Weil du die Arbeiten verhauen hast." Er begann zu schwitzen. „Wolltest du das vielleicht nachholen? Es ist zwar zwei Jahre her, aber ich kann mal schauen, ob ich das Material vielleicht noch finde …"

Sie sah ihn abschätzig an. „Nein", murmelte sie. „Das ist doch Blödsinn. Ich wollte nur wissen … als Sie sich mit meiner Mutter getroffen haben und sie so sauer geworden ist, weil Sie mir keine bessere Note geben wollten, was haben Sie da gedacht?"

„Julia", setzte er an, nachdem er kurz darüber nachgedacht hatte, ob ihn die Wahrheit gleich das Leben kosten würde. „Warum möchtest du das wissen?"

Sie sah beiseite, sah ihm kurz ins Gesicht, dann wurde ihr Blick wieder unscharf und sie starrte wie durch ihn hindurch. Sie biss die Zähne zusammen und ihr Kinn zitterte, aber ihre Stimme blieb eintönig. „Meine Mutter", sagte sie dann leise, „ist nicht besonders nett."

Er atmete tief durch. „Nein", sagte er dann. „Das sehe ich auch so."

„Aber sie hat immer für mich gekämpft", sagte Julia, immer noch mit leerem Blick. „Die anderen sagen, dass ihre Eltern ihnen nicht trauen und dass sie ihnen egal sind. Meine Mutter war immer auf meiner Seite."

„Man tut eben für seine Kinder, was man kann", antwortete Larx. Sein Blick suchte den Raum ab, um sicherzugehen, dass Christiana, Kirby und Kellan in sicherer Entfernung geblieben waren.

„Aber mein Dad …" Julia wurde von einem Schauer durchgeschüttelt und ihr Griff um die Waffe wurde fester. Larx hörte, wie sie die Pistole entsicherte, und fühlte einen plötzlichen Druck auf seiner Blase.

„Was ist mit ihm?", fragte er leise. Er wusste es schon. Er hatte es von Anfang an im Gefühl gehabt, ohne es in Worte fassen zu können.

„Er ist zurückgekommen, weil er um mich kämpfen wollte", sagte sie. Ihr Blick war immer noch leer, aber ihre Augen füllten sich mit Tränen. „Er hat sich umgezogen und gepackt. Er sagte, ich solle mich ebenfalls umziehen und packen. Ich war in meinem Zimmer und wusste nicht, ob er mich auslachen wird, wenn ich meinen großen Teddy einpacken würde. Früher hat er mir immer so viele Kuscheltiere gekauft. Auch für mein Auto. Ein ganz großes für den Beifahrersitz. Und dann kam meine Mutter nach Hause."

Die Tränen liefen ihr die dreckigen Wangen herunter und mischten sich mit dem Rotz an ihrer Lippe. Larx fühlte sich daran erinnert, wie seine Mädchen früher mit dem ganzen Körper geweint hatten, als ob ihre Herzen zerbrechen würden, so sehr schüttelte das Schluchzen ihre kleinen Körper durch. Ihm war, als würde sich ein eisiges Messer in seine Eingeweide bohren.

„Julia, willst du nicht vielleicht die Pistole …"

Julia hob die Hand mit der Waffe an die Schläfe und hielt sie an den Kopf gedrückt, als wollte sie die Erinnerung auslöschen. Als hätte sie ganz vergessen, dass sie die Pistole in der Hand hielt. „Sie haben sich gestritten und er hat Angst bekommen. Ich hab' durch den Türspalt geschaut und gesehen, wie sie ihn mit der Waffe in der Hand nach draußen geschoben hat … und er hatte nur Unterwäsche an!"

Sie bewegte die Hand nicht, aber sie sah Larx gequält an, die hässliche schwarze Pistole an die Stirn gepresst. „*Unterwäsche*, Mr. Larkin! Und ich darf noch nicht mal im Minirock aus dem Haus!"

Julia schüttelte den Kopf und gestikulierte wild, wobei die Pistole in alle möglichen Richtungen zeigte. Larx sah mit weit aufgerissenen Augen zu und wartete, dass sich das Mädchen etwas beruhigte.

„Was dann passiert ist, weiß ich nicht", sagte sie schwer atmend. Die schwere Waffe zog an ihrem erschöpften, unterzuckerten Körper. „*Ich weiß es nicht! Sie können mich nicht zwingen!*"

„Natürlich nicht", antwortete er und stellte dabei fest, dass seine Stimme zitterte. „Ich zwinge dich zu gar nichts. Du musst jetzt gar nichts machen. Aber könntest du mir vielleicht die …"

„Ich habe auch nicht gefragt." Die Hand, in der die Waffe lag, beruhigte sich und sie presste sie wieder an den Körper, mit der Mündung über der Schulter, sodass sie weiter die Oreos halten und essen konnte.

„Verstehe", sagte er mit trockener Kehle. Und das tat er. Ihre Mutter hatte ihren Vater am Ende des Bootsstegs erschossen. Sie wusste es. Vielleicht hatte sie es sogar mit angesehen. Und dann war sie wieder zur Schule gekommen, an einen Ort, der für sie, genau wie für Kellan, ein geschützter Raum war. Aber der Junge, den sie gut fand, hatte sie nicht gewollt. Möglicherweise hatten die anderen Kinder sie sogar ausgelacht. Vielleicht hatte sie auch nur gewollt, dass ihre Mom etwas tun sollte. Das war schließlich ihr bewährtes Muster: Mama zu Hilfe zu holen.

„Und ich hab' meiner Mom beim Schulfeuer erzählt, dass der Junge mich nicht will. Ich hatte schon ein Kleid, ich hatte mir das ganze dumme Date schon ausgemalt, und er … wollte lieber einen Jungen küssen als mich. Und meine Mom …" Julia stockte der Atem. „Ich weiß nicht, was sie gemacht hat", sagte sie schließlich, und ihre Stimme brach. „Ich weiß es nicht. Ich hab' nicht gesehen … und ich kann nicht darüber reden. Sie war da. Sie ist zu mir gerannt und hat mich umarmt und gesagt, dass alles gut wird, und ich hab' das Blut gar nicht gesehen, ich schwöre, ich hab' das Blut erst gesehen, als ich mit der Waffe bedroht wurde, und ich hab' mir fast in die Hose gemacht!"

Sie fiel in sich zusammen und die Pistole hing lose an der Hand. Larx streckte langsam die Hände aus.

„Julia", sagte er ruhig. „Kleines. Das Ding da muss ja furchtbar schwer sein. Du bist schon so lange damit rumgelaufen. Willst du es vielleicht mir geben? Und wir besorgen dir Kleider und du kannst ein Bad nehmen und etwas Richtiges essen und wir besorgen einen Platz zum Schlafen und jemanden, mit dem du reden kannst, und …"

Seine Stimme klang beruhigend, hypnotisch, und als er gerade die Hand ausstreckte, sah er, wie ihr die Waffe aus der schlaffen Hand rutschte, und er griff mit der einen Hand danach und legte ihr den anderen Arm um die Schultern.

Er sah noch, wie ihr die Pistole aus der Hand fiel, und griff danach, um sie aufzufangen.

Julia schrie auf, als der Schuss im Klassenzimmer ertönte.

Aaron und der Sheriff kamen an der Schule an, als Nancy Pavelle gerade die letzten noch umherirrenden Kinder einsammelte. Aaron steuerte das hinten links im Verwaltungstrakt gelegene Klassenzimmer von Larx an. Die Tür stand offen und Christi kam ihnen tränenüberströmt entgegen. Sie wischte sich das Gesicht mit dem Ärmel ab.

Mills ignorierte den Wendehammer, den Bürgersteig und den Rasen im Innenhof und fuhr mit dem SUV mitten auf den Hof. Er parkte direkt neben dem ihnen mittlerweile bekannten, zerbeulten Navigator und Aaron versuchte, seinen Herzschlag am Laufen zu halten.

Nach diesem Fahrzeug hatten sie schon überall gefahndet, und nun stand es wie auf dem Präsentierteller vor der Schule.

Nancy scheuchte die Kinder näher zum Verwaltungsgebäude, damit die Beamten Platz hatten, und Aaron fragte sich, welches Kind ausgerechnet sie zu Hilfe geholt hatte. Es war eine gute Idee gewesen.

Kirby bemerkte seinen Vater zuerst. Er packte Kellan am Arm und Christi an der Hand, und plötzlich war Aaron von allen Seiten von ihrem verängstigten, hysterischen Geplapper umgeben. Es fiel ihm schwer, auch nur annähernd etwas zu verstehen, während eisige Finger der Angst ihm die Luft abschnürten.

„Ruhe!" bellte er schließlich und öffnete gleichzeitig die Arme für Christi, die besonnene, pragmatische Christiana, die sich leise wimmernd an ihn schmiegte. „Und jetzt sagt mir bitte einer von euch, was passiert ist. Wo ist Larx?"

„Wir haben im Unterricht an den Laborberichten gearbeitet", sagte Kirby mit Blick zu Kellan, der nickte. „Es war ruhig und er hat sie reinkommen sehen. Dann ist er ihr durch den Mittelgang entgegengegangen und dann …"

„Hat er uns Handzeichen gemacht", fiel Kellan achselzuckend ein, „als wollte er uns rausscheuchen."

„Wir haben hochgeguckt und die Pistole gesehen und sind einfach gegangen", ergänzte Kirby.

„Ich dachte, er kommt uns nach!" schluchzte Christi in Aarons Hemd, und Aaron hielt sie im Arm, dann streckte er den anderen Arm nach Kirby aus. Kirby zog Kellan mit in die Umarmung und einen Moment lang drängten sie sich alle aneinander, wie gelähmt, während Aaron versuchte, seine Panik in einer kleinen Kiste wegzusperren, damit er funktionieren konnte.

Larx. Larx war in dem Raum, mit einem verzweifelten Mädchen, das eine Waffe hatte.

Der Sheriff hatte Warren und Percy losgeschickt, um Whitney Olson verhaften zu lassen, aber was sich gerade in dem Klassenzimmer abspielte, würde längst vorbei sein, wenn das passiert war.

Aaron trat einen Schritt zurück und sah ihnen allen in die Augen. „Ihr drei bleibt bitte hier. Rührt euch nicht weg. Lasst mich das machen. Ich muss die anderen Kinder vom Hof weg in Sicherheit bringen, okay?"

Sie sahen ihn nickend an und er ging mit Sheriff Mills los.

„Nancy", begann er. „Könnten Sie diese Kinder bitte vom Hof wegbringen?"

„Natürlich", murmelte sie. Sie sah aus, als hinge ihre Fassung am seidenen Faden. „Ich bringe sie in meine Klasse. Ihr habt noch knapp 20 Minuten, bis es läutet. Normalerweise würde ich Yoshi bitten, eine Durchsage zu machen, da er außer den Kindern der Einzige ist, der sich mit der Sprechanlage auskennt …"

„Kirby!", rief Aaron und zog seinen Sohn weg vom SUV. „Du weißt doch sicher, wie die Sprechanlage funktioniert?" Ihm war gerade eingefallen, dass Kirby schon im Schulbüro ausgeholfen hatte.

„Ja?"

„Du musst bitte Mrs. Pavelle helfen, eine Durchsage zu machen, die überall zu hören ist *außer* im Klassenzimmer von Larx. Kriegst du das hin?"

Kirby schien zu überlegen. „Vielleicht", sagte er nachdenklich. „Doch, ja. Kann ich machen."

„Okay", sagte Aaron. Er versuchte krampfhaft, klar zu denken. „Wir wollen sie nicht alle an einem Ort haben. Rumlaufen sollen sie auch nicht. Am besten gehen alle in ihre Klassenräume. Sofort. Los!" Sie rannten los, und schon war er beim nächsten Punkt. „Sheriff!"

„Deputy?", fragte Eamon ironisch.

Aaron ignorierte den Sarkasmus. Er hatte von Larx eine Menge über die Organisation großer Schulveranstaltungen gelernt und jetzt versuchte er, zu denken wie er. „Bekommen wir Verstärkung?"

Mills blickte auf, als gerade die zweite Einheit mit laufender Sirene eintraf. Er fuhr sich mit der Hand quer über den Hals und sofort verstummte das Geräusch.

„Die Zufahrten müssen blockiert werden", sagte Aaron, dem der Kopf brummte. „Sie sollen die Namen der ankommenden Schüler aufnehmen und sie wieder nach Hause schicken. Einige sind ja schon da, das lässt sich nicht mehr ändern. Manche kommen zu Fuß, mit dem Fahrrad oder mit dem Auto, das lässt sich auch nicht ändern. Aber wir können verhindern, dass sie mit den Autos bis an die Schule heranfahren und ihre Kinder mitten ins Chaos hineinlaufen lassen. Die sollen im Schulbüro anrufen, wenn die Kinder in Sicherheit sind, und zwar sofort."

„Jawohl", sagte Eamon Mills nur, dann salutierte er und lief zu den anderen beiden Deputys, um die Haupteinfahrt mit dem SUV abzuriegeln.

Aaron sah auf und stellte fest, dass Nancy eine Kollegin beauftragt hatte, die Kinder einzusammeln. Der Hof war jetzt schon wesentlich leerer und es blieben noch 15 Minuten.

Er zog die kugelsichere Weste aus dem SUV.

„Hier", sagte er zu Kellan. „Halte das mal." Er zog die Jacke aus und die Weste so an, dass er seine Dienstwaffe griffbereit hatte. Dann fiel ihm auf, dass Kellan fror. „Du kannst die Jacke gerne anziehen, Junge. Ich brauche sie gerade nicht."

„Das sieht so was von gruselig aus im echten Leben", bemerkte Kellan mit zittriger Stimme.

Aaron lächelte ermutigend und wuschelte ihm über die Haare. „Alles wird gut." Er strich Christiana über die Wange. „Ihr beiden. Wir müssen das Beste hoffen."

Das galt jedenfalls für Aaron. Er hatte geglaubt, dass sein Urvertrauen in den Grundfesten erschüttert war: durch den plötzlichen Tod seiner Frau, durch die Dinge, die er bei der Arbeit hatte sehen müssen, während er seine Kinder alleine aufzog und dabei oft genug das Gefühl hatte, versagt zu haben. Aber jetzt hatte er sich verliebt – Larx und er hatten liebevollen Sex gehabt. Sein Körper fühlte sich trotz seiner 48 Jahre wie neugeboren an und sein Herz blitzte und funkelte. Jetzt brauchte er verdammt noch mal nur noch ein bisschen Hoffnung.

Also lächelte er sie an und schärfte ihnen nochmals ein, zu bleiben, wo sie waren. „Ich mein's ernst", sagte er eindringlich. „Wartet hier, bis ich Entwarnung gebe, okay?"

Der Sheriff kam wieder angetrabt und Aaron sah, dass vor dem Haupteingang inzwischen eine Straßensperre errichtet worden war, als auch schon Nancy über die Sprechanlage zu hören war.

„Alle Schülerinnen und Schüler werden gebeten, sich unverzüglich in ihrem Klassenraum zu melden. Haltet euch nicht im Innenhof auf. Geht sofort los."

Und da setzten sich auch die Trödler in Bewegung. Seine Kinder waren hinter dem SUV in Sicherheit. Jetzt war es Zeit, Larx zu Hilfe zu kommen.

„Junge, würden Sie mal auf mich warten?", murmelte Mills, während er seinerseits in die kugelsichere Weste schlüpfte. Dann schloss er den Wagen ab und fiel neben Aaron in Schritt, die gezogene Waffe nach unten gerichtet. Sie liefen auf den immer noch offenstehenden Klassenraum von Larx zu.

„Lassen Sie mich vorgehen", befahl der Sheriff leise, und Aarons gesunder Menschenverstand hielt ihn gerade noch davor zurück, wie ein verdammter Cowboy in den Raum zu stürmen.

Natürlich konnte Mills die Situation besser überblicken. Er hatte keine Kinder mehr an der Highschool. Sein Lover war nicht da drin und wurde gerade mit einer Pistole bedroht. Eamon Mills würde den klareren Kopf haben und Aaron musste ihm vertrauen, genau wie Mills vorhin ihm zugetraut hatte, die Kinder in Sicherheit zu bringen.

„Ich weiß nicht, was sie gemacht hat!" schluchzte Julia. „Ich weiß es nicht. Ich hab's nicht gesehen … ich kann nicht daran denken!" Aaron und Eamon wechselten einen ernsten Blick. Sie wussten genau, was Julia gesehen hatte. Sie bezogen Stellung, Mills an der Wand und Aaron an der offenen Tür. Der Sheriff spähte zuerst hinein, dann Aaron, und Aaron blieb das Herz stehen.

Julia stand mit dem Rücken zur Tür und Larx war … Gott. Keinen Meter von ihr entfernt. Sie gestikulierte, während sie sprach, und sie erhaschten mehrmals Blicke auf die unsachgemäß in ihrer Hand liegende Pistole, die mit Julias Emotionen um die Wette schwankte.

Dann begann Larx zu reden, und Aaron dachte: *Gott sei Dank*. Seine Stimme war leise und beruhigend, und sie sahen zu, wie er die Hand ausstreckte … ausstreckte … ausstreckte …

Dann fiel die Pistole zu Boden und ein Schuss löste sich, ungezielt in einem Zufallswinkel. Julia schrie auf und Larx nahm sie in die Arme, wobei er leicht über ihr zusammensackte. Mills rannte hinein und nahm sie in die Arme, und Aarons Arme griffen nach Larx.

Der sah Aaron verwirrt an. Seine eine Hand war blutig und er starrte auf die tiefe Rille in seinem Arm. „Ach du Scheiße", murmelte er. „Ich bin getroffen!"

„Larx?", fragte Aaron, der sich insgeheim wunderte, dass er sprechen konnte, obwohl sein Herz noch gar nicht wieder zu schlagen begonnen hatte. „Geht's dir gut?"

Larx sah ihn an und versuchte zu lächeln. „'Ne Mütze voll Schlaf wär' nicht schlecht", sagte er dann deutlich.

Aaron nickte und steckte seine Waffe weg. „Ich weiß, Baby. Komm her. Wir bringen dich nach Hause." Larx zuckte noch nicht mal, als Aaron ihn vorsichtig in die Arme schloss.

„Bin ich froh, dich zu sehen", flüsterte Larx an seiner Schulter. Seine Stimme zitterte. „Ich hatte solche Angst …"

„Ja", antwortete Aaron, beruhigt von seiner Körperwärme und seinen schnellen Atemzügen an Aarons Hals. „Ich auch. Komm, lass uns rausgehen. Ist wichtig, dass die Kinder dich sehen."

„Sanitäter wären auch nicht schlecht", bemerkte der Sheriff spitz und steckte seinerseits die Waffe weg. Er hatte Julia vor dem Körper Handschellen angelegt, aber er legte auch beschützend den Arm um sie. „Ich lasse sie von den Deputys zur Wache bringen. Sie bleiben hier und kümmern sich um Ihre Familie. Ich kümmere mich um die Presse, denn ich kann mir kaum vorstellen, dass diese Aasgeier noch nicht hier sind. Und Sie haben ja eine erschreckende Menge Teenager zu betreuen."

Aaron gab ein leicht hysterisches Lachen von sich. „Ja. Da war noch was."

Er sah auf den Boden, auf dem die noch rauchende Pistole lag. Dann nahm er das verdammte Ding mit Handschuhen hoch, sicherte den Abzug, nahm es in die linke Hand und legte den rechten Arm um Larx. Er konzentrierte sich bewusst auf Plastiktüten für das Beweismaterial und Schließfächer für die Waffe, um nicht daran denken zu müssen, dass dieser Schuss diesmal nur ganz knapp danebengegangen war: Ein dicker, fetter Hinweis vom Universum, dass nie etwas selbstverständlich war.

Die Sanitäter waren schon vor Ort, als sie das Schulgebäude verließen, und Aaron schob Larx zur offenen Heckklappe des Notarztwagens, um ihn versorgen zu lassen. Larx zuckte zusammen, als sie die Ärmel von seinem Hemd und seinem Sakko einfach abschnitten. „So viele ordentliche Klamotten habe ich nun auch wieder nicht", murmelte er. Dann sah er Christi auf sich zukommen und lächelte sie an.

„Na, Christi-lulu-belle. Alles klar?"

Sie lächelte zittrig, dann fiel sie ihm schluchzend um den Hals, während die Sanitäter ihn versorgten.

Aaron sprach leise mit den beiden Jungen, beruhigte sie, so gut es ging, und ließ sie so nahe herantreten, dass sie alle sehen konnten, dass es Larx gut ging. Als dieser ausreichend mit Medizin und Bandagen versorgt worden war, kam der Sheriff auf sie zu.

„Jungs, ich sage es nicht gerne, aber die haben da sehr kuschelige Aufnahmen von euch beiden, wie ihr gemeinsam das Gebäude verlasst. Wenn Larx nicht bluten würde, würdet ihr wie ein Liebespaar aussehen. Larx, ich denke, Sie werden ein Interview geben müssen. Halten Sie sich einfach an mich."

„Ja, Sir", antwortete Larx mit einem breiten Lächeln. „Christi, lass mich aufstehen."

Er nickte noch etwas benommen und zog dann mit kummervollem Blick auf den zerstörten Ärmel die Reste seines Sakkos aus. Die Sanitäterin, eine ruhige, kompetente Frau, die Larx so behandelte, als würde sie ihn kennen, funkelte ihn an.

„Sie sollten eigentlich ins Krankenhaus fahren", wiederholte sie geduldig. „Ich weiß ja, dass Sie sich nicht so gerne an die Regeln halten, aber Sie brauchen Schmerzmittel und Antibiotika, und die kann ich Ihnen nicht geben."

„Natürlich können Sie", murmelte Larx. „Sie haben mir doch gerade ein Schmerzmittel verabreicht."

„Ich habe Ihnen eine *Spritze* gegeben, keine Verordnung. Und eine Tetanusimpfung und ein Antibiotikum. Aber Sie brauchen noch mehr davon."

Larx schnitt eine Grimasse. „Warum denn, Mary Beth? Kann ich nicht einfach nach Hause gehen und schlafen und ein paar Advil nehmen?"

„Mr. Larkin, Sie können tun, was Sie wollen. Ich kann Ihnen aber garantieren, dass Sie später höllische Schmerzen haben werden, wenn Sie jetzt nicht sofort in Krankenhaus fahren!"

„Geben Sie mir einfach was zu unterschreiben", murmelte Larx. „Tut mir leid, meine Liebe. Ich bin so froh, dass Sie das, was Sie bei mir in der Schule gelernt haben, so erfolgreich umsetzen. Aber ich muss hier noch unheimlich viel tun."

Sie sah ihn zweifelnd an, griff dann aber nach einem Klemmbrett und ließ ihn die Patienten-Einständniserklärung unterschreiben.

„Die Kinder sind zu Hause und können sich um ihn kümmern", sagte Aaron leise. „Und die können mich jederzeit holen, wenn es schlimmer wird."

Sie seufzte und steckte das Klemmbrett wieder weg. „Gut zu wissen, dass jemand auf ihn aufpasst. Mr. Larkin, ich schwöre, Sie brauchen einen Wärter!"

Larx lächelte das beste strenger-Lehrer-Grinsen, zu dem er fähig war, und sie schüttelte den Kopf über ihn wie über ein unartiges Kind. Mit einem Seufzer stand Larx auf und Aaron winkte Kellan heran, um sich seine Jacke zurückgeben zu lassen.

Larx nahm die Jacke. Er sah kurz ein bisschen verwirrt aus, dann sagte er spitzbübisch lächelnd: „Oh mein Gott, Deputy! Die ganze Stadt wird wissen, dass wir miteinander gehen, wenn ich mich in Ihrer Jacke blicken lasse!"

„Na klar", gab Aaron zurück. „Um nichts anderes geht es hier!" Er half Larx, die Jacke überzuziehen. „Hat natürlich nichts damit zu tun, den blutigen Verband zu verstecken!"

„Nicht die Bohne", antwortete Larx mit zusammengebissenen Zähnen.

Aaron sah, dass sich auf seiner Stirn Schweißperlen bildeten, und küsste ihn auf die Schläfe. Er hatte keine Lust mehr, vorsichtig zu sein. „Komm schon, Süßer", sagte er leise. „Bringen wir's hinter uns."

„Ja, okay." Larx lächelte folgsam und dann riss er sich ein bisschen zusammen für die Kinder. „Na los, Leute. Ich zeig euch gleich mal, wie es aussieht, wenn euer Rektor bei einer Livesendung in Ohnmacht fällt. Das wird Bombe!"

Zusammen marschierten sie vor den Haupteingang der Schule, wo der Sheriff bereits von einer ernsthaften Lokalreporterin interviewt wurde.

Pressetermine waren nichts Neues für ihn. Er fasste kurz und prägnant zusammen, wie ein junges Mädchen, dessen Mutter im Zusammenhang mit zwei Gewaltverbrechen vernommen wurde, Zuflucht an ihrer Schule gesucht hatte.

„Aber die Schülerin war doch bewaffnet?", fragte Marissa Schroeder, die junge Reporterin, leicht verwirrt.

„Sie hatte die Waffe dabei, die ihre Mutter ihr zum Verstecken gegeben hatte", antwortete der Sheriff ausweichend. „Soweit wir wissen, hatte sie nie die Absicht, sie zu benutzen."

„Aber die Pistole wurde abgefeuert?", fragte Marissa weiter. Sie war hoffnungslos zu dünn angezogen für einen Oktobertag in den Bergen und Aaron wünschte sich inständig, dass jemand ihr etwas zum Drüberziehen über den schwarzen Blazer und den roten Rock geben würde.

„Es war ein Versehen. Sie wollte die Pistole Mr. Larkin, dem Rektor, übergeben, und sie ist ihr aus der Hand gefallen und losgegangen. Es wird oft vergessen, wie gefährlich Feuerwaffen sind, vor allem in den Händen von Menschen, die nie gelernt haben, damit umzugehen. Das junge Mädchen war erschöpft, verstört und verzweifelt. Sie ist an einen Ort gekommen, an dem sie sich sicher fühlt. Man hatte ihr aufgetragen, auf die Waffe aufzupassen, also hat sie sie mitgebracht. Natürlich war das schrecklich, das will ich gar nicht beschönigen. Sie sollten es aber nicht zu etwas aufbauschen, was es nicht war. Die Welt ist auch so schon schlimm genug."

„Vielen Dank, Sheriff Mills", sagte sie abschließend und wandte sich wieder zur Kamera. „Und jetzt haben wir Lyman Larkin hier, den Rektor der Highschool und zugleich der Lehrer, in dessen Unterricht die Schülerin hereingeplatzt ist. Was können Sie uns zu diesen dramatischen Ereignissen sagen?"

„Feuerwaffen sind gefährlich und man sollte sie nicht in die Hände von Jugendlichen gelangen lassen?", antwortete Larx, als sei er leicht überrascht darüber, dass man etwas so Offensichtliches überhaupt sagen musste.

„Haben Sie noch mehr dazu zu sagen?", fragte Marissa mit leicht verzweifeltem Unterton nach.

Mills starrte Larx an und Aaron sah, wie ihm ein Licht aufging.

„Die Schule ist ein Zufluchtsort", stellte Larx fest. *Lyman Larkin*, dachte Aaron im gleichen Moment beglückt. Endlich verstand er, warum Larx lieber bei seinem Spitznamen genannt werden wollte. „Diese Schülerin hatte Kummer und sie ist damit zu jemandem gekommen, dem sie vertrauen konnte. Ich habe sie überredet, die Pistole wegzulegen, und dabei hat sich versehentlich ein Schuss gelöst. Es hat wehgetan, das will ich nicht bestreiten. Aber ich denke, worum es hier eigentlich geht, ist etwas ganz anderes: Schüler und Schülerinnen fühlen sich an dieser Schule sicher, selbst wenn sie verzweifelt und auf der Flucht sind."

Wunderbar, Larx. Und jetzt du, Junior-Journalistin mit viel zu blonden Haaren.

Und es funktionierte. „Wer trägt Ihrer Meinung nach die Verantwortung für diesen Vorfall? Hätte man irgendwie verhindern können, dass die Schülerin bewaffnet auf das Schulgelände kam?"

„Gute Frage. Unser Schulausschuss hat leider den gestrigen Abend dazu benutzt, die Ermittlungen des Sheriffs und die Suche nach der vermissten Schülerin zu behindern und sich stattdessen darauf konzentriert, sich mit der sexuellen Orientierung des Opfers eines Gewaltverbrechens zu beschäftigen. Heute Morgen – in diesem Augenblick, um ganz genau zu sein – wäre es mir eine große Hilfe, wenn mein Konrektor hier wäre, um mir in dieser Krise zur Seite zu stehen, aber man hat ihn freigestellt, weil er mit den Entscheidungen des Schulausschusses nicht einverstanden war. Die Jugendliche, die mit einer Waffe in meinen Unterricht gekommen ist, hatte mit diesen Dingen absolut nichts zu tun. Das Schulgelände wäre um einiges sicherer gewesen, wenn wir uns darauf konzentriert hätten, für die Schüler und Schülerinnen da zu sein, anstatt Mittel und Wege zu finden, diejenigen, die der Schulausschuss nicht *versteht*, auszugrenzen."

Die großen blauen Augen der Journalistin wurden größer, je länger Larx sprach. „Das ist wirklich bedauerlich", antwortete sie ehrlich. „Was, glauben Sie, sollte die Gemeinde aus den heutigen Ereignissen lernen?"

Larx runzelte die Stirn und Aaron merkte, dass er am Ende seiner Kräfte war. „Mehr Angst vor denen zu haben, die Waffen tragen, und sich weniger Sorgen darum zu machen, wer wen küsst", sagte er knapp. „Wenn Sie mir ein, zwei Tage Zeit geben, kann ich vielleicht mit etwas Tiefgründigerem aufwarten."

Marissa wandte sich wieder zur Kamera und Aaron sah, dass Larx die Knie zu zittern begannen. Er kam ihm zu Hilfe, kurz bevor er ganz zusammenklappte, fasste ihn um die Mitte und führte ihn weg von der Kamera und dem Getümmel. Aber die kleine blonde Reporterin folgte ihnen auf ihren hohen Schuhen über den Schulhof.

„Geht es ihm gut?", fragte sie.

„Alles bestens", antwortete Aaron mit einer Grimasse angesichts des Mikrofons, das sie ihm unter die Nase hielt. „Er braucht etwas zu essen, Ruhe und Antibiotika, das wird schon wieder."

„Was können Sie uns zum allgemeinen Gemütszustand des Rektors vor dem Vorfall heute Morgen sagen?"

„Ich bin immer noch hier", sagte Larx bissig von Aarons anderer Seite. „Ich war wütend. Mein Konrektor wurde ohne Grund abgezogen und meine Stadt will schwule Menschen auf den Scheiterhaufen werfen. Und jetzt gehen Sie."

„Sachte", murmelte Aaron, als sie am Polizeiwagen ankamen. Die Kinder standen an die Beifahrerseite gelehnt, um der Spurensicherung Platz zu machen, die gerade das Innere von Julia Olsons Fahrzeug durchkämmte.

„Wo ist sein Auto, Christi? Ich würde ihn gerne mit euch dreien nach Hause schicken …"

„Keine Schule heute?" wollte Kirby wissen. Er war aus dem Schulbüro zurückgekommen, als Larx interviewt wurde.

„School's out for the summer!" sang Larx fröhlich, und Aaron warf einen warnenden Blick in Richtung Kamera.

„Unser Rektor scheint jedenfalls schon ausgecheckt zu haben", meinte Kellan scherzhaft, und dann übernahmen die Kinder dankenswerterweise den Patienten.

Aaron wandte sich noch mal zu der Reporterin um, als sie Larx zu seinem Minivan bugsierten, und sah ihr tief in die Augen, bis die Kinder außer Hörweite waren. Sie schaltete das Mikrofon aus.

„Was wollen Sie von uns?", fragte er leise.

„Sie beide sehen sehr vertraut zusammen aus, für einen Deputy Sheriff und einen Schuldirektor", bemerkte sie ganz offen.

Aarons Blick blieb ruhig. „Haben Sie ihm denn gar nicht zugehört? Der gesamte Schulausschuss zerbricht sich nur über diesen Kram den Kopf, ja, die ganze Stadt ist damit beschäftigt, und das Mädchen irrt tagelang herum und braucht Hilfe, bis sie schließlich mit der Waffe in der Hand hier landet. Können wir uns vielleicht einen Moment mal nicht darüber den Kopf zerbrechen, wer wem küsst …"

„Wen", verbesserte sie ihn so ernst und treuherzig, dass er sie am liebsten geschüttelt hätte.

„Können Sie uns nicht einfach in Ruhe unsere Arbeit machen lassen?", fragte er. Sein Herz war schwer, denn er musste an der Schule bleiben und das Chaos in geordnete Bahnen lenken, obwohl er nichts lieber wollte, als nach Hause zu gehen und alles Erforderliche für Larx zu tun.

Sie zog ein Gesicht. „Also gut. Ich mache Ihnen einen Vorschlag." Sie griff in die Tasche und zog ihre Karte hervor, dann nahm sie einen Stift aus der Brusttasche. „Hier können Sie mich erreichen", sagte sie und machte einen Kreis um ihren Namen. „Ich schreibe auch für zwei Onlineplattformen, die Sie vielleicht kennen." Sie schrieb die Namen auf die Rückseite der Karte und wartete, bis seine Augenbrauen sich hochzogen. Ja, er kannte die Plattformen, und beide waren bekannt dafür, dass sie sich für Bürgerrechte stark machten. „Ich habe Aufnahmen von Ihnen beiden, bei denen mir das Herz bricht, weil sie so süß sind. Die gebe ich dem Sender nicht ohne Ihre Erlaubnis, weil es nicht richtig wäre. Dafür hätte ich gerne, dass Sie mich noch diesen Monat wegen eines Exklusivinterviews kontaktieren."

„Aber was ist, wenn das nicht geht!", protestierte Aaron. „Sein Job …"

„Das versteh ich. Aber wenn er seinen Konrektor wiederbekommt, sagen Sie mir wenigstens Bescheid, warum es nicht geht."

Sie sah klein und ein bisschen zerzaust aus, aber offenbar war sie hartnäckig.

„Wieso ausgerechnet wir?"

In diesem Augenblick läutete die Schulglocke. Eine etwa um die Hälfte dezimierte Schülerschaft kam aus den Klassenzimmern herausgetrottet und Aaron wurde bewusst, dass er dafür zu sorgen hatte, dass die Kinder gut nach Hause kamen. Er musste außerdem Nancy helfen, eine telefonische Nachricht zu formulieren. Und danach musste er noch den Bericht zu Julia Olson schreiben.

Der Blick aus Marissas strahlend blauen Augen hielt ihn fest. „Weil Sie wichtig sind. Sie sind ein positives und aktives Mitglied Ihrer Gemeinde. Sie ziehen eine Familie groß. Die Leute sollten das sehen."

Aaron grunzte nur. „Das will doch keiner sehen", murmelte er. „Und jetzt entschuldigen Sie mich, ich muss wirklich an die Arbeit."

„Bitte", beharrte sie, die Hand an seinem Ärmel. „Ich schneide den Beitrag auch so, dass Ihr Mann wie ein Rockstar-Märtyrer aussieht. Bedenken Sie, was es bedeuten könnte, wenn Sie die Vorzeigefamilie für wahre Liebe wären."

„Wir wohnen doch noch nicht mal zusammen", brummte Aaron.

Marissa verdrehte die Augen. „Worauf warten Sie denn noch? Das Leben ist kurz, Sir, und man weiß nie, was noch kommt."

Damit drehte sie sich um und stöckelte, gefolgt von ihrem Kameramann, davon. Aaron winkte dem Sheriff und Nancy zu, die gerade aus dem Schulgebäude traten.

„Wie geht es Larx?", fragte Nancy schnell.

„Er baut gerade komplett ab. Ich habe ihn mit den Kindern nach Hause geschickt und er ist gegangen ohne Widerrede. Zu Hause habe ich noch Schmerzmittel, die bringe ich ihm später vorbei."

Nancy grunzte. „Meine Herren, ich werde Hilfe brauchen, damit all diese Kinder nach Hause kommen, also wenn einer von Ihnen hierbleiben könnte …"

„Lässt sich das überhaupt machen?", fragte Aaron.

„Ja. Wir haben vor fünf Minuten einen Rundruf gestartet. Wir müssen einen Plan für die Abmeldungen und die Abholungen machen, aber ich habe die offizielle Erlaubnis vom Schulamt, das hier wie einen Schneetag zu behandeln, sodass alle gehen können, sobald wir die Eltern erreicht haben. In zwei Stunden sollten alle weg sein."

„Ja dann", sagte der Sheriff mit Blick zu Aaron, „dann kümmern Sie sich darum, und wenn Sie fertig sind, brauche ich Sie auf der Dienststelle." Er nickte. „Ms. Pavelle, ich erwarte, dass Sie meinen Jungen hier bis an die Grenze der Legalität einspannen."

„Wird gemacht, Sir", antwortete Nancy zackig. „Komm, Aaron. Lass uns Larx' Kinder versorgen."

AUSSAAT

DIE SCHMERZMITTEL, die Larx von der Sanitäterin verabreicht bekommen hatte, waren anscheinend wie für ein sicheres K.O. dosiert, denn nachdem die Kinder ihn sofort ins Bett gesteckt hatten, wachte Laex erst gegen vier Uhr nachmittags wieder auf. Er hatte Schmerzen und war etwas wirr im Kopf. Überraschenderweise stand Aaron vor ihm am Fußende, stopfte seine Uniform in den Wäschekorb und zog sich Sweatshirt und Jogginghose über.

„Du bist schon zu Hause?", fragte er blinzelnd.

„Keine Bewegung", sagte Aaron und setzte sich zu ihm ans Bett. „Hier." Auf dem Nachttisch standen ein Fläschchen Vicodin und Wasser, und Larx setzte sich mühsam auf.

„Wo kommt denn das Codein her?", fragte er und streckte die Hand aus. Aaron legte ihm eine Tablette in die Handfläche und gab ihm die Wasserflasche zum Herunterspülen.

„Hatte ich noch von meiner letzten Zahnbehandlung", erklärte Aaron. Er strich Larx besorgt die Haare aus der Stirn. „Da du ja nicht ins Krankenhaus wolltest, hab ich sie mal mitgebracht."

„Ausgesprochen nett von dir", gähnte Larx. Er war immer noch erschöpft, obwohl er fast den ganzen Tag geschlafen hatte. „Kommst du sonst nicht immer erst um sechs nach Hause?", fragte er noch einmal nach.

„Na ja, Yoshi ist gegen 12 an der Schule gewesen. Er hat mir geholfen, die letzten Kinder nach Hause zu verfrachten, und hat sich um die Eltern gekümmert, also konnte ich früher zurück zur Dienststelle. Der Sheriff hat mich um vier nach Hause geschickt. Hat gesagt, ich bin ihm keine Hilfe, wenn ich die ganze Zeit mit den Gedanken nur bei dir bin. Natürlich hatte er recht."

Larx sank mit einem Stöhnen wieder nach hinten ins Bett. Sein Arm brannte wie Feuer und er hatte Gliederschmerzen, als hätte er Fieber. „Wenn das hier ein Film wäre, wäre ich jetzt immer noch auf den Beinen und würde Bösewichte jagen."

„Die Realität ist ätzend genug", stimmte Aaron zu und legte ihm die Hand auf die Stirn. „Ja, das fühlt sich bisschen warm an. Gib mal deine Versichertenkarte. Ich rufe deinen Arzt an und hol dir ein Antibiotikum."

„Na gut. In meiner Brieftasche, in meiner …"

„Hose, auf dem Boden neben dem Bett", sagte Aaron lächelnd.

„Und Yoshi ist wirklich zurück?" Larx wusste, dass er weinerlich klang, aber das war ihm egal.

„Ja. Ich soll dir ausrichten, dass er nicht gesagt habe, dass du dir eine Kugel einfangen sollst, um ihn zurückzuholen. Ich hab` geantwortet, dass er dankbar sein sollte.“

Larx musste lachen. „Du verstehst Yoshi und mich eben!“

Aaron nickte ernst und legte die Hand an seine Wange. „Das tu ich. Und ich bin froh, dass du ihn wieder hast. Aber …“

Seine Stimme brach, und Larx streckte den gesunden Arm nach ihm aus. „Du hast Angst um mich gehabt.“

Larx schlang den Arm um die breiten Schultern, und Aaron legte seine Wange an seine Brust. Einen Moment war alles ruhig, dann fühlte Larx Aarons Schultern zittern und beben, hörte das schwere Atmen eines Mannes, der sein Bestes tat, um sich zusammenzureißen. Sein Shirt wurde ganz nass, und Larx stellte erschrocken fest, dass er noch nie einen weinenden Mann in den Armen gehalten hatte.

Er hielt ihn einfach fest und gab ebenfalls dem Brennen unter seinen eigenen Lidern nach.

Schließlich war der Moment wieder vorbei und Aarons Atem wurde bewusst tief und gleichmäßig, während er versuchte, sich wieder zu fangen. Als er sprach, war seine Stimme heiser und belegt.

„Ich komm nicht gut klar damit, was heute passiert ist“, sagte er. „Du bist nicht der, der in Gefahr sein soll. Ich habe schon mal jemanden verloren, Larx. Ich weiß gar nicht … was soll ich denn machen, wenn ich dich auch noch verliere …?“

Larx verkniff es sich, die offensichtliche Antwort *Willkommen in meiner Welt!* zu erwidern. Stattdessen sagte er: „Dann machst du das, was du schon immer gemacht hast. Du ziehst deine Kinder groß. Du hältst Hühner. Du beschützt Leute und so Zeug. Du …“ er schluckte. „Du findest jemand Neuen und fängst wieder von vorne an.“

„Nein“, flüsterte Aaron und drängte sich an ihn. „Es gibt niemanden mehr. Nach Caroline hab` ich zehn Jahre gebraucht. Das mache ich nicht noch mal.“

Larx lachte halb hysterisch auf. „Was soll ich denn da sagen? Du bist mein Erster, und ich hab` dich gerade erst gefunden! Pass bloß auf, dass meinem wertvollen Gut nichts passiert, ok?“

Aaron sah in der Dunkelheit zu ihm auf, das Gesicht von Tränen und Stress gezeichnet. Larx zog an den dichten blonden Haaren an seiner Stirn. Der Glückliche. Die paar silbernen Strähnen dazwischen sah man fast gar nicht. Einfach ein Schopf heller Haare. „Ich gehöre nur dir“, sagte er jetzt rau. „Am Wochenende bau ich hier einen Hühnerstall und Kirby und ich ziehen ein.“

„Aber deine Töchter“, lachte Larx. Natürlich wollte er Aaron und Kirby hier haben.

„*Verdammt* noch mal!“

Larx musste noch mal lachen. „Das können wir alles noch sehen“, sagte er leise. „Solange du heute hierbleibst.“

„Und morgen." Aaron stemmte sich hoch und gab ihm einen nassen, salzigen Kuss.

„Und vielleicht das Wochenende", sagte Larx, als sie Luft holen mussten.

„Ja klar."

Es war so still, dass Larx beinahe wieder einschlief, aber dann fing sein Handy an zu summen. Er sah es stirnrunzelnd an.

„Yoshi?", fragte Aaron lächelnd.

„Er muss doch wissen, dass mein SMS-Arm verletzt ist." Das Vicodin wirkte inzwischen. Larx befand sich in einem angenehmen Schwebezustand, obwohl ihm eigentlich klar war, dass sein Arm aus angeschwollenem, malträtiertem Muskelgewebe bestand.

„Ja. Du kannst ihn anrufen. Ich mache solange etwas zu essen."

Larx schloss die Augen. „Oh nein. Ich habe ausnahmsweise keine einzige Idee."

„Wir haben Eier, Käse und Gemüse", beruhigte ihn Aaron. „Omeletts gehen doch immer."

Er richtete sich auf, aber Larx legte ihm die Hand an die Wange und hielt ihn auf. „Ich habe dich gerade erst bekommen", sagte er ernst. „Ich gehe nirgendwohin."

„Und ich gehe kein Risiko ein", gab Aaron mit leerem Gesichtsausdruck zurück. Er hatte zehn Jahre gebraucht, bis die Wunde verheilt war. Es würde nicht so einfach sein, sich davon zu erholen, wie knapp es dieses Mal gewesen war.

„Geht in Ordnung", stimmte ihm Larx zu. Sein Handy summte abermals und Aaron stand auf.

„Sprich mit Yoshi", sagte er und wischte sich mit der Schulter übers Gesicht.

„Hey..."

„Abstand", krächzte Aaron. „Ich brauch ein bisschen Abstand, sonst dreh ich nachher durch mit den Kindern."

Larx nickte und seufzte.

Dann nahm er das Handy, ignorierte alle Nachrichten und rief an.

„Du Idiot hast dich anschießen lassen!"

„Ich liebe dich auch, Yoshi."

„Nee, jetzt mal im Ernst. Ich weiß ja, dass ich gesagt habe, du sollst mich zurückholen, aber damit hab` ich ganz sicher nicht gemeint, dass du dir eine Schussverletzung einfangen und in den Nachrichten ohnmächtig zusammenbrechen sollst."

Larx stöhnte. „Oh Gott. Du hast die *Nachrichten* gesehen?"

Yoshi lachte wie ein böser Kobold. „Oh, Larx. *Alle* haben die Nachrichten gesehen. Fred Embree hat mich heute Morgen angerufen. Er klang, als hätte man ihn gezwungen, Insekten zu frühstücken. Heather soll fast an ihrer eigenen Zunge erstickt sein. Der Schulrat hat die Nachrichten auch gesehen und zum Mittagessen frisch geschlachtete Arschlöcher serviert. Es war groooooßartig!" krähte er.

„Gern geschehen?"

„Ja, und dann war ich auf einmal wieder willkommen an der Schule. Dein Deputy hat übrigens nur ganz knapp nicht schwul ausgesehen. Ihr müsst euch entweder outen oder du musst ihn wegsperren."

Larx lachte und hielt sich mit der gesunden Hand den Bauch. „Dann werden wir uns wohl outen. Ich weiß nicht – soll ich es vorher schon jemandem erzählen?"

„Harvey Hassbender", antwortete Yoshi ernst. „Das ist der neue Schulrat. Er hat mich gleich nach Fred Embree angerufen und klang total zerknirscht."

„Wenn er so zerknirscht war, wieso war er dann nicht bei der verdammten Schulausschuss-Sitzung?", murmelte Larx.

„Hatte anscheinend letzte Woche eine Fortbildung über Inklusion" meinte Yoshi amüsiert. „Irgendjemand hat beim Schulamt angerufen und denen erzählt, was für eine gute Figur der Rektor bei dem Spiel vor ein paar Wochen gemacht hat und dass der gesamte Landkreis bei ihm einen Workshop machen sollte, weil alle Schulen noch etwas von ihm lernen können."

„Hehe! Ich wusste immer schon immer, dass Vicodin ein super Zeug ist – aber mit dem Märchen von Regenbogen dazu ist es noch besser!" kicherte Larx.

„Jetzt reiß dich mal zusammen und hör mir zu. Dein alter Kumpel hat also da angerufen und dein Loblied gesungen. Dann kam Hassbender nach fünf Tagen von seiner Fortbildung zurück und sein ganzer Bezirk stand kurz vor dem Kollaps. Er war nicht begeistert!"

„Er sollte sich mal anschießen lassen. Das würde ihm ganz bestimmt noch mehr missfallen."

„Larx. Ich versuche dir gerade was Wichtiges zu sagen: Du *kannst* dich jetzt outen. Du kannst dem ganzen Kollegium von deinem Partner erzählen. Du kannst bei den Bezirksversammlungen von deinen Plänen sprechen. Du kannst sogar beim Academic Decathlon-Wettbewerb sagen: Das da ist mein Freund. Du kannst offen bi sein, und wenn mal wieder zwei Jungs sich am Lagerfeuer küssen wollen, wird es keine Sau interessieren."

Larx schnappte nach Luft.

„Das ist … äh", er zwang sich zum Durchatmen. „Das ist wie ein Traum", sagte er dann bescheiden. „Und ich werde es wahrscheinlich sogar machen." Quasi seit der Zeugung von Olivia war sein Lebensmotto immer gewesen: Konzentrier dich auf simple Fakten. „Er will bei uns einziehen, Yoshi. So ziemlich gestern."

„Und? Freust du dich?"

Larx schloss die Augen und dachte an den Augenblick, als der Knall ihn fast betäubt hatte, noch bevor er den Schmerz gespürt und gewusst hatte, dass er überleben würde. „Ich habe nur ihn gesehen … als die Pistole losging, konnte ich nichts anderes mehr sehen außer ihn."

Yoshis Stimme wurde ganz sanft. „Das soll wohl ein *ja* sein?"

„Ja."

„Wo ist denn dann das Problem?"

Larx seufzte. „Ich glaub', ich habe Fieber." Das stimmte. Das Schwebegefühl ging nicht weg und er strampelte sich immer wieder die Decke von den Beinen. „Und es kann sein, dass seine Töchter mich nicht leiden können."

„Dumm gelaufen", sagte Yoshi. „Für die Töchter, meine ich. Und das Fieber ist natürlich die direkte Folge davon, dass du nicht zum Arzt gegangen bist, um die Wunde ausspülen zu lassen. Mary Beth hat sich bei mir über dich beschwert. Sie sagt, dass du zwar ein toller Lehrer und nach allem Dafürhalten auch ein super Rektor bist, aber dass sie gar nicht wusste, wie störrisch du sein kannst, wenn man dir sagt, was du zu tun hast."

Larx musste trotz allem lachen. „Die undankbare Göre. Und so einer habe ich früher beim Lernen geholfen … die könnte ruhig ein bisschen Respekt zeigen. Auch wenn sie vielleicht recht hat … „

„Das würde ihr sicher leichter fallen, wenn du brav zum Arzt gegangen wärst. Sieht so aus, als müsste ich deine Schule noch einen Tag länger in deinem Namen leiten."

Larx grunzte. „Aber bitte nicht ausrasten, ja? Keine Bücher-Großbestellungen und keine Neueinstellungen für deinen AP-Kurs."

„*Deinen* AP-Kurs, du Depp. Du bist doch der mit dem Superman-Komplex."

„Haha. Ich schicke Christi vorbei mit den Stundenplänen. Lass dieses Arschloch Ryan nicht meine Kinder durcheinanderbringen."

„Ich mache keine Versprechungen. Du hättest zum Arzt …"

„Schon gut, schon gut! Du weißt genau, dass ich wahrscheinlich ins Krankenhaus geschickt worden wäre, wenn ich zum Arzt gegangen wäre. So hab` ich wenigstens mein eigenes Bett."

Yoshi gab ein frustriertes Geräusch von sich. „Du bist der anstrengendste Mann, den ich in meinem ganzen Leben je kennengelernt habe! Erst ziehst du dir eine Schussverletzung zu und dann schaffst du es auch noch, sie zu deinem eigenen Vorteil auszunutzen. Es ist wie eine verdammte *Superkraft*."

Larx lachte leise, aber dann hatte er plötzlich einen furchtbaren Gedanken. „Oh Gott. Yoshi. In den Nachrichten. Die haben doch nicht etwa meinen Namen eingeblendet?"

Yoshis Kichern ließ Larx an sieben Jahren enger Freundschaft zweifeln. „Allerdings, Lyman! Das hat mir den Tag gerettet, das kann ich dir sagen. Und jetzt leg endlich auf und werd' gesund. Freitag brauch ich dich hier wieder."

Larx versuchte nachzudenken. Wenn heute Dienstag war, dann … „Was ist denn am Freitag?"

„Du hast einen großen Auftritt. Bei der Schulversammlung. Hassbender spricht, du sprichst – alle sprechen, nur Yoshi nicht, der erleichtert wieder in die zweite Reihe zurücktritt und euch Arschgeigen das Rampenlicht überlässt."

„Vielleicht schieße ich mir in den anderen Arm, damit ich da nicht hingehen muss", überlegte Larx laut, aber ernst meinte er das natürlich nicht. Er würde es immer vorziehen zu rennen.

„Untersteh dich. Die Presse kommt. Hassbender will jetzt das neue Vorbild für praktizierte Inklusion sein – es geschehen Zeichen und Wunder."

„Ihr scheint euch ja ziemlich nahezustehen. Hat Tane da nichts dagegen?"

„Der hat sich ja auch mit deinem räudigen Hintern abgefunden. Wahrscheinlich freut er sich, wenn ich mich endlich mit jemandem gut stelle, der mich in meiner Karriere tatsächlich weiterbringt."

Larx musste wieder lachen und sein Kopf tat ihm weh. „So witzig das auch ist, Yoshi …"

„Ja, klar. Danke, dass du dich für mich hast anschießen lassen, du Blödmann. Das nächste Mal, wenn du mich wieder an die Schule zurückholst, bist du gefälligst auch da, um mit mir gemeinsam zu leiden."

„Versprochen."

Yoshi legte auf und Larx schloss die Augen, wegen der Kopfschmerzen und des Schwebegefühls. Er würde sich schon wieder erholen, keine Frage. Trotzdem konnte man nicht leugnen, dass seine Welt sich gerade komplett auf den Kopf stellte. Er durfte nur nicht den Moment verpassen aufzuwachen und zu nachzuschauen, ob er sich mit verändert hatte.

NACH ZWEI relativ unangenehmen Tagen war Larx das Fieber endlich los, also kochte er wieder für alle.

Kirby rief seinen Vater aus der Küche an. Er bat ihn, Essen mitzubringen, denn Larx wollte sie alle vergiften, mit Gemüse, Wein und Parmesankäse. Aaron empfahl seinem Sohn, sich nicht so anzustellen: Larx liebte sie alle und sie sollten ihm ruhig vertrauen.

Larx lächelte boshaft und goss noch etwas billigen Wein an die Sauce. „Gemüse, mein junger Freund, regt den Verdauungstrakt an."

„Das tut Hackfleisch auch", erwiderte Kirby säuerlich.

Christi kicherte im Hintergrund. Kellan deckte wortlos weiter den Tisch. Er war an diesem Tag schweigsam und in sich gekehrt. Larx war noch nicht dazu gekommen, mit ihm zu reden, aber heute musste etwas passiert sein, was den Jungen in dunkelgraue Melancholie gestürzt hatte.

„Hier", sagte Kirby und reichte Larx das Telefon. „Hör schon auf, Minderjährige abzufüllen, und sprich mit Dad."

„Aber der Alkohol verkocht doch!", sagte Larx empört, bevor er in den Hörer sprach. „Hast du auch Angst, dass ich uns mit Gemüse vergifte?"

„Da deine Töchter bis heute überlebt haben: nein. Aber du solltest doch noch im Bett bleiben. Ich hatte doch gesagt, dass ich Essen mitbringe."

Larx prustete. „Mir war so langweilig. Und Delilah hat mir ständig an die Wange getippt, um zu schauen, ob ich noch lebe."

„Wessen Meinung ist dir wichtiger – meine oder die der Katze?"

„Ich kenne sie einfach schon länger. Außerdem hätten die Feldmäuse hier schon vor Jahren die Macht übernommen, wenn sie nicht wäre."

„Und wozu hast du dann die anderen Faulpelze? Willst du sie schlachten?"

Larx lachte, aber Aaron klang gestresst. „Christi, kannst du mal nach dem Essen sehen?", rief er und schlenderte ins Wohnzimmer hinüber. Er war schon eine ganze Weile auf den Beinen, hatte erst das Haus geputzt und dann gekocht, außerdem hatte er nun mal zwei Tage Fieber gehabt und war schließlich kein Kind mehr. Kinder erholten sich immer ruckzuck, aber kranke Erwachsene brauchten einen Tag Schlaf zur Erholung. Die kleinen Scheißer hatten ja keine Ahnung.

Er setzte sich mit einem Stöhnen in den Sessel und fragte dann: „Was ist los, Aaron?"

„Wow."

„Wow was?"

„Das hat Caroline auch immer gemacht. Ist irgendwie unheimlich."

Vermutlich würde Larx sich irgendwann mal daran gewöhnen, mit der verstorbenen Caroline verglichen zu werden. Sie war schließlich Aarons einzige andere feste Beziehung gewesen. Aber jetzt war es jedes Mal noch ein bisschen wie ein Tritt in die Weichteile.

„Autsch. Willst du mir irgendwas Bestimmtes damit sagen, Deputy? Ich hatte mich darauf eingestellt, in Zukunft immer frische Eier im Haus zu haben. Muss ich das wieder revidieren?"

Aarons Seufzer pustete in seinem Ohrstöpsel. „Nein. Aber du solltest dir angewöhnen, heißes Wasser zum Hühnerfutter zu gießen, sonst bekommen wir nämlich gar keine Eier mehr."

„Aaron. Jetzt spuck's schon aus."

„Whitney Olsons Anwalt hat einen Vergleich ausgehandelt. Fahrlässige Tötung und Körperverletzung statt vorsätzlichem Mord und versuchtem Mord. Sie bekommt zehn Jahre und wahrscheinlich kommt sie dann in fünf Jahren auf Bewährung raus. Ihr Anwalt handelt schon Buchrechte für ihre Geschichte aus, und das Mädchen kommt zu den Großeltern ins Ausland. Es ist einfach …"

Larx dachte an Isaiah, der noch ein ganzes Jahr Physiotherapie vor sich hatte. „Nicht fair", sagte er mit Nachdruck. „Und in fünf Jahren können wir dann wieder die kugelsicheren Westen rausholen."

„Die sollen unheimlich unbequem im Schritt sein."

Larx Lachen klang sogar in seinen eigenen Ohren bitter. „Okay. Na gut, das ist dann in fünf Jahren. Aber wenn du weiter Pizza und Hamburger mitbringst, leben wir vielleicht gar nicht mehr so lange."

„Dann gewöhne ich mich doch lieber an das Gemüse. Whitney Olson würde uns wenigstens schnell den Garaus machen."

Larx atmete einmal, dann noch einmal tief durch. Dann sagte er entschuldigend: „Ich fühl mich nicht wie 47. Immer wenn ich mein Spiegelbild sehe, wundere ich mich, dass du mich überhaupt gut findest. Ich war früher so viel heißer."

Aarons heiseres Lachen war wie Aloe und Lidocain auf einem Sonnenbrand. „Dann ist ja gut, dass ich dich nicht gesehen habe, als du jünger und schärfer warst", sagte er ehrlich. „Denn ich liebe meine Kinder. Besser so. Nicht einfacher, aber besser."

Larx schloss die Augen. Die Ruhe im Wohnzimmer tat gut. Aaron hatte natürlich ganz recht. Jeder Weg, der sie zueinander geführt hatte, jetzt, heute, war der einzig vorstellbare.

„Morgen muss ich vor der Schulversammlung sprechen", sagte er, weil es ihn schon den ganzen Tag beschäftigte.

„So was machst du doch ständig", antwortete Aaron sanft, und Larx vermutete, dass Aaron wusste, was Larx jetzt sagen würde.

„Die Kinder sagen, dass uns die Schüler und Schülerinnen gesehen haben. Jetzt stellen sie ihnen Fragen."

„Na ja, Baby, die wirst du dann wohl beantworten müssen."

Es klang nicht so, als würde ihm das Sorgen machen.

Larx schloss die Augen. „Ja."

Er konnte sich nicht daran erinnern, aufgelegt zu haben, aber offenbar hatte er es getan. Er wachte erst auf, als Aaron mit dem Essen hereinkam.

Das Gemüse in heller Sauce war gut gelungen, und das ruhige Essen ohne Kinder war noch besser.

Aber bevor sich Larx ins Bett trollte – recht früh, denn er würde morgen all seine Kraft brauchen –, schaute er noch bei Kellan vorbei.

Der Junge weinte.

Larx setzte sich zu ihm ans Bett und strich ihm die Haare aus der Stirn, genauso sanft, wie er es sonst bei Christi tat.

Und genau wie Christi brach Kellan daraufhin völlig zusammen.

„Meine Eltern haben nicht angerufen", sagte er mit erstickter Stimme.

„Dachte ich mir."

„Ich hatte ja gar nicht damit gerechnet, also ich meine …" Er zog eine Grimasse. „Sie haben gar nicht protestiert. Ich dachte, vielleicht versuchen sie ja, wenigstens ein *bisschen* um mich zu kämpfen. Aber …"

Larx hatte den Vater einmal kennengelernt, beim Tag der offenen Tür. Ein kleiner, bösartiger Mann mit stumpfem Blick, der Kautabak auf den Bürgersteig gespuckt und Kellan im Anschluss an die Infoveranstaltung sich selbst überlassen hatte.

„Eltern sind irgendwie Glückssache", sagte er dann im Versuch, authentisch zu bleiben. „Es hat überhaupt nichts mit dir zu tun."

„Es ist nur …" Kellan wischte sich das Gesicht am Ärmel ab. „Isaiah muss Samstag nach Sacramento, für ein paar Monate. Und er hat gesagt …" Oh nein. Larx wusste schon, was kommen würde, denn er hätte es an Isaiahs Stelle genauso gemacht. „Er sagte, wir sollen Freunde bleiben, aber dass … dass …"

„… es besser wäre, ihr trennt euch?", fragte Larx, als er merkte, dass Kellan es kaum über die Lippen brachte.

Kellan nickte, vergrub das Gesicht im Kopfkissen und Larx strich ihm beruhigend über den Rücken.

„Er will mich eben auch nicht", presste er dann hervor.

„Nein … nein." Larx wiederholte es immer wieder, bis der Junge wieder sprechen konnte.

„Woher wollen Sie das denn wissen?", fragte er schließlich erstickt und bitter.

„Weil er ein anständiger Kerl ist", sagte Larx, dem diese Bitterkeit sehr vertraut war. „Er will nur, dass du frei bist, bis er wieder gesund ist. Er will dich nicht an sich binden. Damit auch deine Verletzungen heilen können."

„Ich bin doch nicht der, den sie abgestochen hat!", knurrte Kellan und boxte in sein Kopfkissen.

Larx nahm den Jungen in seinen unverletzten Arm und ließ das Kinn auf seinen Haaren ruhen. So ein guter Junge, und er brauchte noch so viel Zuspruch. „Nein", sagte er. „Aber du bist auch verletzt worden."

„Und dann verletzt er mich einfach noch mehr?"

Wieder wurde er von unbändigem Schluchzen geschüttelt und Larx wartete, bis es nachließ.

„Kellan?", fragte er schließlich.

„Ja?"

„Er hat doch gesagt, ihr seid Freunde, oder?"

„Für immer."

„Weißt du, was Freunde tun?" Larx hätte das nie gekonnt, nicht in dem Alter. Aber Kellan war schlauer, stärker und hatte mehr Zutrauen als Larx damals.

Er war nicht so wütend wie der junge Larx.

„Was denn?"

„Sie schreiben sich Briefe. Echte Briefe. Keine E-Mails, Briefe. Und es ist ihnen egal, ob sie eine Antwort bekommen oder nicht. Sie schreiben sich trotzdem."

„Und wenn er …" Kellan wandte ihm das tränenüberströmte Gesicht zu. „Und wenn er gar nicht zurückschreibt?"

„Glaubst du wirklich, dass Isaiah einen Brief von dir lesen würde, ohne dass er ihn superglücklich macht?", fragte Larx leise.

Kellan öffnete den Mund und sagte dann: „Nein."

„Oder wenn du stattdessen deine Meinung ändern und deine Freiheit haben wollen würdest?"

„Wir waren ja vorher schon Freunde." Er nickte. „Ich … ich weiß ganz genau, dass ich ihn schon als Freund total lieb hatte."

Larx lächelte. „Du bist ein Prachtjunge", sagte er ehrlich. „Ganz großartig. Ich bin so stolz auf dich."

Kellan vergrub wieder sein Gesicht, und Larx hatte das Gefühl, dass es jetzt reichte. „Nacht, Kellan."

„Nacht, Larx. Bereit für morgen?"

„So bereit wie möglich."

Das würde reichen müssen.

ALS LARX zu Aaron ins Bett kroch, gähnte er schon ununterbrochen. Aaron drehte sich mit einem Seufzer in Löffelchenstellung und zog Larx an seine Brust.

„Ich will mich ja nicht beschweren, denn das hier ist auch sehr schön", brummte Larx. „Aber wir waren auch schon weiter. Wir hatten Sex. Hier in diesem Bett. Ich hatte mich daran gewöhnt."

Aaron vergrub die Nase in seinem Nacken. „Ich auch. Aber du bist schlagkaputt. Wir sind doch keine Teenager mehr!"

„Es ist so unfair", jammerte Larx. „Mit 20 hatte ich mal einen Motorradunfall, hab mir den Rücken verrenkt, den Arm gebrochen, hatte eine Verbrennung dritten Grades am Knöchel – und zwei Tage später hatte ich schon wieder Sex. Was war schon dabei?"

„Larx?"

„Was denn?"

„Das macht es auch nicht besser!"

„Ich bin nicht mehr Motorrad gefahren, seit die Mädchen auf der Welt sind."

„Darum geht's doch gar nicht." Aaron zog ihn fester an sich.

„Worum denn dann?" grummelte Larx. Die Leidenschaft, mit der er seine kleine Rede vorgetragen hatte, zerrann plötzlich wie Sand durch die Finger.

Aaron schob die Hand über seinen Bauch in seine Boxershorts und streichelte seine Geschlechtsteile, die ebenso schläfrig waren wie Larx selbst. „Es geht darum, dass du in meinen Armen liegst. Und ich will dich für immer in den Armen halten. Darum geht's."

„Hast du deine Töchter angerufen?"

Aaron stöhnte. „Ich hab's Maureen erzählt. Sie freut sich total für uns."

„Und Tiffany?"

Aarons Muskeln wurden ganz weich. Er wirkte resigniert. „Sie war … skeptisch. Ich habe ihr geschrieben, dass ich mit ihr telefonieren möchte, und sie antwortete, dass ich mich gar nicht erst bemühen muss, weil ich ja schon Maureen vor ihr angerufen habe. Außerdem hat sie geschrieben, dass sie nichts über uns hören will, wenn sie zu Weihnachten herkommt."

Larx hätte sich umgedreht, wenn er dann nicht auf dem verletzten Arm hätte liegen müssen. „Und wie sollen wir das machen?"

„Ich denke, ich bringe sie zu Weihnachten im alten Haus unter, und Kirby und ich wohnen ja hier", antwortete er knapp. „Wenn wir nicht im gleichen Haus sind, kann sie auch nichts über uns hören."

Larx konnte nicht anders. Er lachte. „Mein Herr, Sie sind ein Meister darin, mit Trotzanfällen fertigzuwerden. Ich bin sehr beeindruckt."

„Sie benimmt sich wie ein Kleinkind", murrte Aaron. „Sie ist noch nicht mal hier. Wieso sollte sie mich rumkommandieren dürfen?"

Er lachte noch mehr. „Genau das Gleiche erzählt sie garantiert gerade all ihren Freunden. Sehr witzig!"

„Jaja."

Larx drehte den Kopf, soweit es ging. „Und jetzt küss mich bitte wenigstens. Es ist wichtig."

Aaron stemmte sich hoch und drückte ihm einen süßen, leidenschaftlichen Kuss auf die Lippen. „So wichtig wie Atmen", flüsterte er. „Und jetzt schlaf gut, Lyman…"

Oh Gott. „Das hast du gehört?"

„Oh mein Gott, natürlich. Schlaf jetzt. Morgen ist ein großer Tag."

„Kannst du dabei sein?" Larx fühlte sich wie ein Weichei bei der Frage.

Und anscheinend bedauerte Aaron, dass er Nein sagen musste. „Es tut mir leid, Baby. Wenn du uns outest, wird der Sheriff bestimmt eine Menge Anrufe wegen seines Nachfolgers bekommen. Kann gut sein, dass ich bleiben muss."

„Ja, okay." Nun ja, er war viele Jahre alleine klargekommen. Wenigstens hatte er jetzt jemanden, dem er davon erzählen konnte.

„Wenn ich irgendwie kann, bin ich da, verlass dich drauf", versprach Aaron. „Und jetzt ruh dich endlich aus, Ly…"

„Nur, wenn du mich Larx nennst. Für immer. Du musst vergessen, dass du diesen Namen je gehört hast. Versprich es mir."

Aarons dunkles, leises Lachen ließ eher das Gegenteil vermuten. „Nacht, Larx. Träum was Süßes."

„Nacht, Deputy. Träume sind immer süßer, wenn man vorher Sex hatte."

„Nicht schmollen. Ich liebe dich."

Und das war am Ende die Hauptsache. „Ich liebe dich auch. Nacht."

FÜR LARX begann die Schule am nächsten Morgen mit einer stehenden Ovation von seiner Klasse und Blumen und Dankesbriefen von den Eltern. Larx las sich ein paar Briefe gleich durch. Aaron wurde in den meisten auch erwähnt.

Wir haben gehört, dass Deputy George und Sie ein Paar sind. Wenn er für die Sicherheit des Lieblingslehrers unserer Kinder sorgt, finden wir das gut.

Wir freuen uns so, dass Sie jemanden gefunden haben. Bitte haben Sie nicht das Gefühl, dass Sie sich vor uns verstecken müssen.

Selbst wenn Sie schwul sind: Sie sind der beste Rektor, den diese Schule je hatte!

„Selbst wenn?", murmelte Larx vor sich hin. „*Selbst wenn? Wirklich?*"

„Worüber beschwerst du dich schon wieder?", fragte Yoshi, als er sein Büro betrat. „Und wer wird beerdigt?"

Larx hatte Kellan und Kirby gebeten, die Blumen reinzuholen. „Ich. Na ja. Um ein Haar. Offenbar hat das viele damit versöhnt, dass ich bi bin."

„Mich nicht. Du schuldest mir immer noch was, weil du dir eine Kugel eingefangen hast, du Schuft."

Larx lachte und erfreute sich am Anblick von Yoshi, der einen leuchtend blauen Pulli mit roter Krawatte trug. Er sah müde, aber gefasst aus. „Ist dein Freund nicht Künstler? Müsstest du nicht eigentlich viel besser angezogen sein?"

„Also ob er mir Modetipps geben würde." Yoshi sank in seinen Sessel gegenüber von Larx. „Oh mein Gott, ich hatte ganz vergessen, wie bequem dieser Stuhl ist! Deinen kannst du gerne behalten, er ist echt scheiße."

Der Bürostuhl von Larx war in Wirklichkeit einer der wenigen teuren Gegenstände, die er je besessen hatte. Es war so eine Art Bestechung vom Schulamt gewesen und er kuschelte sich hinein wie eine Katze in ihr Lieblingskissen.

„So. Was gibt es denn gerade besonders Wichtiges zu unterschreiben? Muss ich irgendwo anrufen? Mich mit jemandem anlegen?", fragte Larx widerwillig. Mit diesem Job war einfach so viel widerliche Bürokratie verbunden!

Yoshi schob sein Klemmbrett über den Tisch. „Rot ist dringend, Blau kann bis Montag warten. Hassbender isst mit uns zu Mittag, du solltest dir also die Pause freihalten. Nancy und ich machen Korridor- und Mittags-Aufsicht, und ich habe die strikte Anweisung, deinen müden Hintern spätestens um 17.30 Uhr aus dem Sessel zu hieven und nach Hause zu befördern."

Larx sah ihn mit tiefem Misstrauen an. „Also muss ich doch sterben. Ihr habt mich alle angelogen. In der Kugel war ein unbekanntes Gift, und ich liege im Sterben. Das ist die einzig mögliche Erklärung – so lockere Tage habe ich sonst nie."

Yoshi verdrehte die Augen. „Nein, musst du nicht. Nancy, Edna und ich haben drei Tage gebraucht, bis dein Terminkalender so aussah. Mach dich also nicht über uns lustig."

„Aber warum? Warum habt ihr das gemacht?" Er war wirklich gerührt, fast schon zu Tränen. Er konnte kaum fassen, dass er bei seiner Rückkehr nicht in Papierkram, Telefonaten und all den anderen Dingen untergehen würde, die er an seinem Job am meisten verabscheute.

„Ach, nun krieg dich schon wieder ein. Wir dachten nur …" Yoshi sah beiseite und seine vorgetäuschte Abscheu wollte nicht ganz zu dem verletzlichen Zug um seinen Mund passen. „Du hast etwas ganz Tolles geleistet. Eine Menge Tolles, um genau zu sein. Du hast dir letzte Woche den Arsch abgearbeitet. Wahrscheinlich wärst du sowieso krank geworden, auch wenn du keine Kugel abbekommen hättest. Wir drei waren es auch gar nicht alleine. Alle haben sich reingehängt, um diesen Laden am Laufen zu halten. Ich meine, für einen Kerl, der sich so dagegen sträubt, erwachsen zu werden wie du, Larx … du hast den ganzen Bezirk, die ganze Stadt, an den Haaren ins 21. Jahrhundert geschleift. Das sag ich übrigens bestimmt nie wieder. So viele Emotionen sind mir einfach unangenehm."

„Verstanden", antwortete Larx, der wahrscheinlich bis zu den Zehenspitzen knallrot geworden war. „Danke, Yoshi. Das hast du wirklich schön gesagt."

„Lass dich einfach nie wieder anschießen, du Dussel. Darauf müssen wir uns verlassen können."

„Es war ein Streifschuss", korrigierte Larx. „Willst du mal sehen?" Sie hatten erst heute Morgen den Verband gewechselt und es hatte heftig wehgetan. Der Teenager in Larx genoss es jedoch, mit seinen Kriegsverletzungen die Leute zu schocken.

An Yoshi prallte das aber ab. „Es kommt noch so weit, dass ich die letzten drei Tage bereue", sagte er drohend.

„Na gut, na gut. Ich bemühe mich, mit meinem Kram fertig zu sein, bevor WiewarnochmalderName …"

„Hassbender."

„Bevor Hassbender hier ist."

„Er bringt etwas zu Essen mit, weil ich ihm erzählt habe, dass du nie welches mithast."

Larx grinste nur. „Aaron hat mir heute ein Sandwich gemacht …" er schüttelte sich. „Fleischwurst. Ich bin sehr froh zu hören, dass jemand Essen mitbringt." Aarons und seine Vorstellungen von einem einfachen, gesunden Imbiss gingen doch recht weit auseinander. Eine der vielen winzig kleinen Hürden in einer Beziehung.

„Er holt etwas bei dem Teriyaki-Restaurant in der Stadt."

Larx hob die Augenbrauen. „Was für ein Glück, dass ich das Restaurant mag."

„Ein glücklicher Zufall. So, und jetzt an die Arbeit. Ich laufe in den Gängen rum und sorge dafür, dass alle über 18 sich dort sicher fühlen können."

Larx nickte zufrieden. „Danke, Yoshi."

„Tja. Wir haben uns bisschen Sorgen gemacht. Wir vermissen dich, wenn du nicht da bist. Mach das bloß nicht noch mal."

„*Das* kann ich, glaub ich, versprechen."

Harvey Hassbender sah auf den ersten Blick aus wie der Prototyp des unsympathischen Verwaltungsbeamten in einem Highschoolfilm. Er war rundlich, hatte rote Bäckchen und seine dünnen Haare waren säuberlich über die Glatze gebürstet. Aber er hatte eine tiefe, tragende Stimme und ein ansteckendes Lachen. Nach dem Mittagessen hatte Larx das Gefühl, einen neuen Lieblingsonkel zu haben.

Es war verwirrend, denn Larx lehnte normalerweise alles ab, was Autorität suggerierte. Der frühere Schulrat war kurz nach seinem Vorgänger Nobili auch in Pension gegangen. Harvey Hassbender war offensichtlich ein anderes Kaliber.

„Ich freue mich wirklich, dass wir die Gelegenheit gefunden haben", sagte Hassbender, als Larx abräumte. „Ich wollte mich schon die ganze Zeit in Ruhe mit allen Rektoren treffen, seit ich angefangen habe, aber es kam immer so viel Papierkram dazwischen, dann hatte die Grundschule bei Mustang Probleme mit dem Gebäude ..."

„Oh, davon habe ich gehört", warf Larx ein. Die Lokalnachrichten waren voll davon gewesen. Die Schule war erst zehn Jahre alt, aber nicht vorschriftsmäßig gebaut worden und stand nun kurz vor dem Kollaps. Der frühere Schulrat hatte das Problem seinem Nachfolger hinterlassen. „Das war ein einziges Chaos."

Hassbender verdrehte die Augen. „Das ist es immer noch. Aber es hilft ja nichts. Ich habe Ende August angefangen, gleich zum Schulbeginn, und wir beide haben uns noch nicht einmal getroffen. Ich hätte gar nicht gedacht, dass Sie meinen Namen kennen!"

Yoshi und Larx lachten beide etwas zu laut und der Schulrat verzog das Gesicht.

„Sie hatten keine Ahnung, stimmt's?"

„Jetzt weiß ich ihn und ich vergesse ihn auch nicht mehr. Sie haben mir schließlich Essen gebracht", sagte Larx mit einem Augenaufschlag.

Hassbender lachte laut und herzlich, und Larx tat etwas Überstürztes und Leichtsinniges und Goldrichtiges.

„Was ich wegen heute Nachmittag noch ansprechen wollte", sagte er leise, und die anderen beiden wurden ganz still.

„Ja?"

„Ich werde nicht von selber davon anfangen, aber ich will das Thema auch nicht unter den Tisch kehren."

„Sie meinen Ihre Beziehung zu Deputy George?"

Larx schluckte. „Wissen das denn schon alle?"

Hassbender zuckte die Achseln. „Na ja, die Schüler und Schülerinnen haben Sie eben zusammen gesehen, als der Deputy Sie aus dem Gebäude geholt hat, und sich ihren Teil gedacht. Ich war zwar etwas überrascht, als der erste Anruf kam, aber ich habe allen, die mich darauf angesprochen haben, das Gleiche dazu gesagt."

„Und das war, Sir?", fragte Larx mit trockener Kehle.

„Dass Ihr Privatleben niemanden etwas angeht. Und dass Sie immer noch der Mann sind, der sein Leben riskiert hat, um die Kinder in Sicherheit zu bringen, selbst wenn Sie eine doppelseitige Anzeige in der Zeitung schalten."

Oh. „Das ... das ist wirklich nett von Ihnen. Und anständig. Meine Kinder sind in der Schule auch schon angesprochen worden ..."

„Kinder? Meinen Sie damit auch den Jungen, den Sie bei sich aufgenommen haben?"

Larx nickte. „Kellan. Er ist der Freund des Jungen, der verletzt wurde, und seine Eltern sind ..."

Hassbender grunzte abschätzig. „Arschlöcher. Aber fahren Sie fort."

NEUES WACHSTUM

AARON GELANG es gerade noch, Larx etwas zu essen zu verabreichen, bevor er um 20 Uhr wieder einschlief. Es standen weder Footballspiele noch Schulaktivitäten an, und Aaron verbrachte einen ruhigen Abend mit drei Teenagern, die sich bis Mitternacht mit ihm Horrorfilme anschauten.

Es stellte sich heraus, dass Christi eine ziemlich blutrünstige kleine Person war. Kirby war dafür sehr anfällig für den Jumpscare, und Kellan neigte dazu, sich rund 90% des Films die Augen zuzuhalten. Als die Kinder schließlich mit je einer Katze im Schlepptau zu Bett gingen, wurde Aaron klar, wie eng die vergangene Woche ihre kleine Gruppe zusammengeschweißt hatte.

Im Grunde waren sie schon eine Familie.

Als er das kleine Häuschen von Larx abschloss und bei der Gelegenheit den Thermostat auf jenseits des Gefrierpunktes einstellte, musste er darüber nachdenken. Kein Streit? Keine Dramen? Wann würden die Teenager ihr wahres Gesicht zeigen? Andererseits hatten auch sie bereits die ersten Verluste zu verbuchen. Ihnen allen war ihre Familie, ihr sicheres Zuhause, schon einmal entrissen worden. Das konnte bei jungen Menschen durchaus dazu führen, dass sie Angst davor hatten, ihre Routine unterbrochen zu sehen. Vielleicht waren sie deswegen so dankbar für das, was sie hatten.

Aaron nahm sich vor, sich ein Beispiel an ihnen zu nehmen. Er würde ihre friedliche kleine Existenz nicht als selbstverständlich hinnehmen, aber er konnte dankbar sein, dass die drei am Ende einer sorgenbeladenen Woche bei einem blöden Film mit schlechten Spezialeffekten um die Wette schrien und kichern konnten.

Mehr hatte er auch nicht im Angebot.

Aber als er zum schlafenden Larx ins Bett schlüpfte, hatte er das Gefühl, dass es gut genug war.

AARON WACHTE früh auf. Er war noch nie ein Langschläfer gewesen und ein paar Minuten lang lag er einfach da, den Kopf aufgestützt, und betrachtete ungestört den schlafenden Larx. Jedenfalls glaubte er das.

„Ist ja schon bisschen pervers", murmelte Larx. „Ich habe geträumt, dass ich Billy Pilgrim war und einen Pornostar gevögelt hab, während mir ein paar Aliens dabei zugesehen haben."

Aarons Augen weiteten sich und die letzten Spuren von Schlaf verschwanden wie feige kleine Mäuse. „Welchen Pornostar?", fragte er schockiert.

Larx lachte boshaft. „Oh, was ich dir noch so alles zeigen muss auf meinem Computer …"

„Nein. Ganz klares Nein. Ich mochte keine Pornos, als ich verheiratet war, ich mochte sie nicht, als ich Single war, und das wird sich auch jetzt nicht ändern."

Und jetzt war es an Larx, die Augen aufzureißen. Er war leicht errötet, aber hellwach. „Na das ist ja eine Enttäuschung. Ein Charakterfehler geradezu. Endlich habe ich eine Schwachstelle an dir entdeckt. Mag keine Pornografie. Wie sollen wir denn jetzt noch miteinander auskommen?"

Aaron lachte und küsste ihn, nahm sein Gesicht in die Hände, strich mit dem Daumen über das Lächeln, das Larx sich nicht verkneifen konnte. „Wir werden einfach so viel Sex haben müssen, dass du die Pornos gar nicht vermisst", sagte er abschließend.

Larx kniff spöttisch die Augen zusammen. „Du hast gerade dein Schicksal besiegelt, Deputy. Hast du eine Vorstellung davon, wie viel Sex notwendig ist, damit ich nicht mehr an Sex denke?"

Aaron lachte nochmals, und dann küsste er ihn, wieder und wieder und wieder. Als es gerade interessant wurde und Larx sich Aarons Hand entgegenstreckte und kleine wimmernde Laute von sich gab, waren plötzlich von unten Stimmen zu hören, die sich lauthals stritten.

„Verdammt!" Larx ließ sich in die Kissen zurückfallen. „Warum sind die denn schon wach?"

„Keine Ahnung." Aaron rollte sich aus dem Bett und schlüpfte in seine Jogginghose. „Ich geh mal nachsehen."

Er trottete nach unten und hörte gerade noch Christiana zischen: „Nein, kannst du nicht! Und jetzt pack deine Sachen wieder weg und sei kein Idiot!"

„Aber es ist doch viel besser so!", antwortete Kellan beschwörend. „Ich ziehe mit ihm nach Sacramento, ich kann mit seinen Eltern mitfahren, suche mir da einen Job und …"

„Und lässt den Highschoolabschluss sausen und hast keine Familie zu Thanksgiving und brichst meinem Dad das Herz? Er will doch nur, dass du glücklich bist!"

Oh.

„Aber verstehst du's denn gar nicht?", fragte Kellan, als Aaron um die Ecke bog. „Er zieht weg. Er zieht weg, und er ist der einzige Mensch, dem ich je was bedeutet hab', und ich sitze hier in dieser beschissenen Kleinstadt fest und …"

Aaron legte dem Jungen die Hand auf die Schulter. „Willst du wirklich die Familie verlassen, der du ganz und gar nicht egal bist?", fragte er. „Ich dachte, ihr habt einen Plan, du und Larx."

Kellan sah ihn mit zutiefst betrübtem Gesichtsausdruck an. „Aber ich hab's doch versucht", klagte er. „Ich hab's wirklich versucht. Ich kann keine Briefe schreiben. Nichts, was ich schreibe, klingt gut. Und dann bekommt er diese Briefe, die so was wie ... Fenster zu meiner Seele sein sollen oder so, und meine Seele ist einfach nur ein Haufen Scheiße!"

„Aber das stimmt doch gar nicht." Aaron zog den Jungen an sich. „Noch nicht mal ein bisschen. Wenn du schreiben übst, wirst du auch besser, mein Junge. Wieso sollte ausgerechnet deine Seele Scheiße sein? Und wenn du nach Sacramento verschwindest und die Schule schmeißt, wird gar nichts besser. Wie soll Isaiah sich denn entspannen und gesund werden, wenn er sich Sorgen um dich machen muss?"

„Es ist nur ..." Kellan sah sich gehetzt in der Küche um. „Ich weiß einfach nicht, wie ich das alles machen soll. Sie sind alle so nett zu mir. Aber wie lange wird das so bleiben?"

„Keine Ahnung", antwortete Christi, als sei das eine ganz ernst zu nehmende Frage. „Also Olivia ist jetzt 20. Als sie in den Ferien hier war, hat Dad ihr fünfmal die Woche Waffeln gemacht. Ich würde sagen, du hast auf jeden Fall noch drei, vier Jahre vor dir. Was soll da groß schiefgehen?"

Aaron lachte. „Soviel ich weiß, ist das eine Sache auf Lebenszeit", beruhigte er Kellan. „Mit Extraklauseln für Hochzeiten und Nachkommen." Er dachte an Tiffany und zog eine Grimasse. „Es wird vielleicht schwierig, wenn du plötzlich zum totalen Arschloch mutieren solltest, aber ich vermute, dass du sogar dann noch gewisse Rechte und Privilegien hast."

Kellan wandte das Gesicht ab. „Ich habe einfach ..." Seine Stimme versagte.

„Angst", ergänzte Aaron. „Weil die Zukunft ungewiss ist. Du kannst mir glauben, Kellan, niemand versteht das besser als die Menschen in diesem Raum. Oder ..." Er verzog das Gesicht. Es war sehr unwahrscheinlich, dass Kirby bereit für dieses Gespräch war. So unwahrscheinlich, wie dass Larx am Montagmorgen nicht würde joggen wollen. „In diesem Haus. Du bist hier, du bist hier sicher, und du hast hier einen Platz zum Aufwachsen. Also fang mal damit an und geh und schreib deinem Freund den ersten Brief."

Kellan stöhnte und vergrub das Gesicht in den Händen. „Woher wussten Sie ..."

„Weil ich mir auch in die Hose machen würde, wenn ich so einen Brief schreiben müsste", antwortete er ehrlich. Gott. In Worte zu fassen, was er für Larx empfand? „Es ist verdammt noch mal beängstigend. Aber es hilft ja nichts. Also reiß dich zusammen und bring's hinter dich."

Mit einem Seufzer zum Steinerweichen raffte der Junge sich auf und schlich sich aus der Küche, die halb gepackte Tasche über der Schulter.

Christiana wartete, bis er außer Hörweite war, und strahlte dann Aaron an. „Das war nicht schlecht, Sir. Sie passen gut hier rein."

Aaron lachte und sah sich in der Küche um. Es herrschte ein organisiertes Chaos. „Oh, Dankeschön. Kann ich vielleicht was helfen?"

Sie zeigte alle Zähne. „Tischdecken wäre gut. Ich wollte gerade den Teig ins Waffeleisen gießen. Blaubeerwaffeln, gleich fertig."

Aaron gab ein dekadentes Stöhnen von sich. „Christi, ich finde dich wirklich super, aber du wirst mich noch dick und fett machen."

Sie zuckte die Achseln. „Larx macht das nichts aus. Ihr müsst dann einfach länger joggen."

Aaron stöhnte noch einmal. „Und ich dachte, du magst mich!"

„Das tu ich. Und jetzt decken Sie bitte den Tisch, Sir. Sie haben gefragt."

Ihm fiel auf, dass sie ihn jetzt Sir nannte statt Deputy George oder Aaron. Er konnte gar nicht anders als tun, was sie von ihm verlangte. Aaron war Wachs in den Händen seiner wohlwollenden Tochter, genau wie Larx.

LARX KAM frisch geduscht mit Kirby im Schlepptau zum Frühstück herunter. Aaron hatte mit angehört, wie er den Jungen scheuchen musste.

„Du magst doch Waffeln, oder?"

„Nicht so sehr wie Schlaf!"

„Aber du isst gerne?"

„Oh Mann, Larx …"

„Wusste ich's doch. Und jetzt aufwachen!"

Wie auch immer Larx das geschafft hatte: Sie saßen alle am Tisch und frühstückten in Ruhe mit Saft, Kaffee und leichten, luftigen Blaubeerwaffeln. Aaron war ein bisschen eifersüchtig darauf, dass Larx von seinen Mädchen kochen gelernt hatte.

Larx knabberte an der letzten Waffel auf seinem Teller und zerpflückte sie dann in kleine Stückchen. „Also, Gemeinde", sagte er nachdenklich. „Kellan will ins Krankenhaus, um sich zu verabschieden. Ich denke, wir sollten alle gehen …"

Aaron machte eine entschuldigende Grimasse. „Rechnungen, Larx. Ich bin bisschen im Verzug …". Während der letzten zwei Wochen war so einiges an Erwachsenendingen liegengeblieben. Heute gab es keine Entschuldigung mehr.

„Darum muss ich mich auch kümmern. Wie wäre es …", er sah die Kinder an und lächelte dann spitzbübisch. „Wie wär's, wenn ihr mich nach dem Krankenhaus zu Hause absetzt und dann nach Auburn oder Meadow Vista ins Kino fahrt? Wenn ihr mich gegen 12 zurückbringt, zwei Stunden hin, der Film, zwei Stunden zurück, dann seid ihr wieder da, kurz bevor es dunkel wird."

Es war eine so unerwartete Belohnung und, den Gesichtern nach zu schließen, die beste Idee aller Zeiten.

Aaron konnte es sich genau vorstellen: Die drei unterwegs ohne Erwachsene, weit weg von dieser winzigen, engstirnigen Stadt. Sogar Kellan, der wahrscheinlich tief traurig sein würde, würde es davon ablenken, um seinen besten Freund, um seine erste Liebe, zu trauern.

Christi sprang auf und gab Larx einen Kuss auf die Wange. „Dafür", zwitscherte sie, „würde ich sogar spülen!"

„Nee", lachte Larx. „Ich spüle. Ihr macht euch mal fertig."

Aaron seufzte erleichtert. „Oh wow. Könnte sein, dass ich heute tatsächlich meinen Schreibtischkram erledigen kann, wenn alle unterwegs sind!"

Larx machte große Augen und es sah so aus, als würde er mit Absicht ein ausdrucksloses Gesicht machen. „Auf jeden Fall. Aber vielleicht gehst du am besten jetzt deine Sachen holen und fängst gleich an."

Aaron trank seinen Kaffee aus und nickte. „Ich geh duschen und dann fahre ich."

„Du holst deine Rechnungen hierher, oder?", fragte Larx nochmals besorgt nach.

„Ja, klar. Ich füttere die Hühner, lüfte einmal durch und dann komm ich wieder. Ich sitze bestimmt schon dran, wenn du wiederkommst."

Larx strahlte ihn an, als ob Aaron ihm keine größere Freude hätte machen können, und Aaron lächelte zurück.

Im Nachhinein erkannte er, dass er wahrscheinlich der dümmste Mann der Welt war.

AARON SAß völlig vertieft am Küchentisch, als er Larx in der Einfahrt mit den Kindern sprechen hörte. Er schärfte ihnen ein, vorsichtig zu fahren, und händigte ihnen vermutlich gerade das restliche Haushaltsgeld für den gesamten Monat aus.

Dann kam er herein geschlendert und blieb kurz stehen, um die alte Delilah zu streicheln, die in einem Sonnenfleck vor dem Glaseinsatz der Eingangstür lag. „Na, schwer bei der Sache?", fragte er.

Aaron grunzte. Er hasste Mathematik. Er hasste Papierkram. Er hasste sein Scheckbuch. Den ganzen Kram. Den! Ganzen! Kram! verabscheute er aus tiefster Seele.

Larx verschwand nach oben und Aaron konzentrierte sich auf die nächste Spalte in seinem Haushaltsbuch.

Plötzlich spürte er die Finger von Larx durch seine Haare streicheln, zupacken, ziehen und seine Zunge an seinem Ohr lecken.

„Du musst jetzt bitte aufstehen", flüsterte Larx ihm ins Ohr und Aarons Augen schlossen sich, während sein Schwanz steif wurde.

„Okay", krächzte er, ließ seine Papiere liegen und ergab sich. „Wo gehen wir hin?"

„Zur Couch." Larx lenkte ihn vorsichtig, aber seine Hand hielt den Druck auf seine Kopfhaut aufrecht, bis Aarons ganzer Körper kribbelte. Und plötzlich wurde ihm klar: Die Kinder waren *für mehrere Stunden* aus dem Haus. Stunden!

Aaron hatte noch nie von sich behauptet, der Hellste zu sein. „Das hast du *geplant!*" grunzte er, als er die Lehne der Couch an seinem Unterleib fühlte.

Ein leises Lachen bestätigte seinen Verdacht, und Larx schmiegte seinen nackten – *nackt? Wieso war er nackt?* – Oberkörper an Aarons Rücken, wobei er sich an dessen Gürtel festhielt. Langsam und behutsam biss er Aaron in den Nacken und Aaron hätte sich am liebsten sofort vorgebeugt.

Dann bewegte Larx seine andere Hand und in Aarons Sichtfeld tauchten zwei Gegenstände auf, die auf einem Handtuch auf dem Rücken der Couch lagen. Das eine war eine Flasche Gleitgel, das andere war Aaron bis dato noch nicht unter die Augen gekommen. Er richtete sich auf, um es näher in Augenschein zu nehmen.

„Was hast du vor?", fragte Larx lachend.

„Ist das ein …?"

„Ein ganz kleiner Analplug?", fragte Larx, der mit geschickten Fingern Aarons Gürtel öffnete. „Genau." Er zog an Aarons Shirts und Aaron zog den Bauch ein, um ihm das Ausziehen zu erleichtern.

„Aber wofür … ah …" Larx war nackt. Jedenfalls sein Oberkörper. Und seine nackte Brust an Aarons Rücken ließ Aarons Knie weich werden. Oh Gott. Eine *Woche.*

„Wir haben das schon *eine Woche* nicht mehr gemacht!" wurde ihm klar, und seine Handflächen begannen prompt, lustvoll zu schwitzen.

„Genau!" platzte Larx heraus. Sein Atem schickte Schauer über Aarons Wirbelsäule, als er sich daran herunter küsste. „Warum war das eigentlich so?"

Dann war er an Aarons Arsch angekommen und seine Hände waren damit beschäftigt, seinen Reißverschluss zu öffnen, ihm die Jeans bis auf die Knöchel herunterzuziehen und Aaron die Turnschuhe und Socken abzustreifen. Aaron war gerade im Begriff, sich umzudrehen, wollte Larx in die Arme schließen und seine nackte Haut spüren, aber Larx hatte andere Pläne, verführerische Pläne, und Aaron verlor sich plötzlich in dem Gefühl seiner kräftigen Hände, die seine Knöchel hochfuhren, an der Rückseite seiner Oberschenkel entlang strichen, nach vorne wanderten und nur ganz knapp das große Bündel Spielzeug in der Mitte verpassten.

„Du warst verletzt", murmelte Aaron, als Larx sich aufrichtete und an ihn presste. Er war jetzt ganz nackt und Aaron fühlte, wie sich sein Schwanz hart und unmissverständlich, sogar leicht tropfend, in Aarons linke Pobacke bohrte.

Larx hielt ihn fest um die Brust gedrückt. Der Verband an Oberarm und Schulter scheuerte ein bisschen, war aber nicht zu hinderlich. „Ich bin schon zwei Tage schmerzfrei", sagte er und drückte seinen Unterleib fester an Aaron.

„Du warst müde", versuchte Aaron es erneut und Larx kniff ihn so fest in die Brustwarzen, dass es wehtat. „Aua!"

„Lüg mich nicht an!"

Oh.

„Du warst verletzt", wiederholte er ohne den rechtfertigenden Tonfall. Seine Erregung ließ etwas nach, als er da so nackt in Larx' Wohnzimmer stand. Zurück blieb die Erkenntnis, mit der er seit Dienstag kämpfte. „Ich … ich hatte solche Angst um dich. Ich wollte dir nicht wirklich wehtun."

Larx drückte ihm eine Reihe ermutigender Küsse auf die Schultern. „Ich bin hier", flüsterte er. „Ich bin hier, und mir geht's gut."

„Diese Verletzung …" Aaron wollte gar nicht darüber sprechen, über die Angst davor, seinen Partner, seine zweite Hälfte, den ersten und dritten Herzschlag, plötzlich zu verlieren.

Aber Larx wusste es. Gedankenlesen gehörte zu seinem Beruf. Er hielt kurz inne und legte die Wange an Aarons Hals. „Ich bin *jetzt* hier. Das ist das einzige Versprechen, das ich dir geben kann. Das weißt du doch, oder?"

Aaron nickte. Sein Herz war plötzlich viel zu schwer für Sex. Aber dann ließ Larx seine Hand sein Rückgrat hinuntergleiten und entzündete dabei ein Feuer in allen Nervenenden. Als er an seinem Hintern angekommen war, drückte er gegen Aarons Schulterblätter, bis dieser vorgebeugt und zur Schau gestellt über der Sofalehne lag.

So verletzlich hatte er sich in seinem ganzen Leben noch nicht gefühlt.

Larx beugte den Kopf zu ihm herunter und sie sahen sich in die Augen. „Vertraust du mir?", fragte Larx ernsthaft. „Wenn du noch nicht so weit bist, ist das okay. Wir können gerne tauschen. Du nimmst mich über die Sofalehne und ich werd's genießen. Aber wenn du Vertrauen hast, dann mach ich's dir so gut, Aaron. Ich schwör's. Vertrau mir. Kannst du mir vertrauen?"

Aaron blieb die Spucke weg. *Weißt du, was du da von mir verlangst?*

Aber natürlich wusste er es. Larx hatte Aaron auch vertraut. Ihm war auch schon der Boden unter den Füßen weggezogen worden. Aber trotzdem hatte er darauf vertraut, dass Aaron ihn nicht hängenlassen würde.

„Ja", antwortete Aaron schließlich. „Ich vertrau' dir."

Und sein Schwanz begann zu pochen, als Larx langsam, schläfrig und sexy selbstbewusst zu lächeln begann.

„Gut", sagte er und presste seine Lippen in einem langen, hypnotischen, leidenschaftlichen Kuss auf Aarons Mund. Aaron stöhnte und seine Knie wurden wieder ein bisschen weich. Larx lachte leise und löste sich dann von ihm. Er küsste sich an seinem Hals entlang zum Nacken, der sich immer deutlicher als Abkürzung zu Aarons Libido erwies, dann an seinem Rückgrat herab bis zu seinem Hintern, dieses Mal schneller. Dort ging er in die Hocke und begann, seine Pobacken zu kneten.

„Dein Arsch ist wirklich super", sagte Larx und küsste ihn dahin, wo die Spalte begann. „Ich weiß schon, wir sollten über diesen Dingen stehen in unserem Alter, aber er gefällt mir einfach. Es wäre kein Weltuntergang gewesen, wenn du nur eine klapprige alte Kiste gehabt hättest, aber ich liebe dein Hinterteil von ganzem Herzen."

Er fuhr fort damit, Aaron zu massieren, zu kneten, auseinanderzuziehen, mit den Daumen über dessen Poritze zu streichen, ihn an den Innenseiten seiner Schenkel zu streicheln. Er hielt inne und Aaron hörte ein schmatzendes Lutschgeräusch und spürte dann wieder den Finger, nass und glitschig vor Spucke, an sich herunterstreichen.

Larx rieb sein Arschloch und Aaron schnappte nach Luft und spürte es kribbeln.

Rieb wieder.

Machte es wieder nass und rieb weiter.

Aaron stöhnte in die Lehne des Sofas, erinnerte sich daran, wie er bei Larx das gleiche gemacht und dessen Reaktion genossen hatte.

Jetzt verstand er, warum.

Larx schob ihm einen Finger rein, während die andere Hand ihn unablässig weiter massierte. Aaron keuchte und wand sich und das anfängliche Unbehagen wandelte sich schnell zu einer Art schmerzhafter Lust. Er erwartete, einen zweiten Finger zu spüren, aber Larx erhob sich aus der Hocke und griff, noch während er sich aufrichtete, nach dem Analplug sowie dem Gleitgel.

„Was machst …"

„Schhhh. Deine Knie werden schon weich und meine sind keine 20 mehr."

Aaron stockte der Atem, weil das Gel so kalt war, dann wimmerte er leise, als Larx seinen Finger herauszog. Das hatte sich so unglaublich gut angefühlt …

Oh!

Der Plug war glatt und rutschig und Aaron verengte sich, spannte die Muskeln an, lockerte sie, spannte sie erneut an. Es fühlte sich an wie ein Fremdkörper, etwas dicker als ein Finger, aber nicht so dick wie zwei, und es war gerade eben lang genug, um seine Prostata zu streifen.

Larx lachte, schob den Plug etwas tiefer hinein und gab Aaron einen Klaps auf die Pobacke. „Anspannen und halten, sonst rutscht er wieder raus", ermahnte er ihn.

Aaron atmete ein und Larx half ihm, sich aufzurichten, dann gingen sie ganz langsam um die Couch herum.

Seine Gliedmaßen zitterten bei jedem Schritt ein bisschen mehr und seine Erregung steigerte sich. Larx schob das Ding alle paar Schritte mit der Hand wieder zurecht und Aaron hatte das Gefühl, gleich weinen zu müssen. Oh, war das unfair. Oh … Gott.

Er zitterte am ganzen Körper, als Larx das Handtuch auf der abgewetzten Cord-Couch ausbreitete und ihm half, sich hinzulegen, den Hintern auf dem Handtuch, ein Knie angewinkelt und das andere seitlich abgelegt, während er seinen Fuß auf dem Boden abstellte.

Plötzlich schoss ihm ein schrecklicher Gedanke durch den Kopf.

„Kino?", sagte er, um sich zu vergewissern.

Larx nickte und biss ihm genüsslich in die Unterlippe. „Ich schwör's."

„Okay. Dann können wir ja."

Und dann tat Larx das Beste überhaupt. Er legte sich zu ihm auf die Couch, die Knie zwischen Aarons gespreizten Beinen, streckte seinen drahtigen, kräftigen Körper auf Aarons langen, hellhäutigen Gliedern aus und küsste ihn mit allem, was er an Leidenschaft zu bieten hatte.

Aaron küsste zurück, schlang seine Arme um Larx' Schultern und hielt ihn fest an sich gepresst. Sein Körper bebte vor Lust und wegen des Eindringlings, aber auch wegen des Verlangens, Larx Haut an Haut zu spüren. Gott, Aaron brauchte ihn, brauchte das, brauchte die Bestätigung von Fleisch und Blut, brauchte den Beweis, dass Larx lebendig in seinen Armen lag.

Larx beendete den Kuss und rutschte vom Sofa, um neben Aaron niederzuknien. Er strich Aaron die Haare aus der Stirn und küsste ihn wieder.

„Jetzt spielen wir", sagte er dann leise, sein Atem stockend, als müsste er sich zurückhalten. „Ich spiele hinten und du vorne, okay?"

Aaron konnte sich das Lachen kaum verkneifen. Hatte es je einen unpassenderen Moment gegeben, um seine Lehrerstimme einzusetzen?

Dann nahm Larx eine von Aarons Händen und legte sie um seinen pochenden Schwanz, Aaron stöhnte auf und Larx flüsterte ihm ins Ohr: „Warte auf mich, und dann machst du da das, was sich gut anfühlt, okay?"

Aaron nickte und streichelte sich langsam und fest, um bei der Sache und im Hier und Jetzt zu bleiben. Larx griff zwischen seine Arschbacken und zog den Plug ganz vorsichtig heraus.

Aaron atmete zuerst erleichtert auf, aber dann, als er dann die Leere verengte, wollte er etwas in sich spüren, sehr viel und sehr dringend. Larx nahm noch ein bisschen Gleitgel und dann spürte Aaron wieder einen Finger in seinem Arsch.

Aaron seufzte glücklich auf, schob sich ihm entgegen, gierig nach mehr, und Larx belohnte ihn mit einem weiteren Finger.

„Oh Gott, ja", stöhnte er, als Larx begann, die Finger hinein und heraus zu bewegen. Aarons Schwanz war so hart und er hielt ihn mit beiden Händen, nur um sich etwas zu beruhigen. Darüber hatte er Kontrolle, und es half ihm, erdete ihn, während Larx einen dritten Finger in ihn hineinschob und ihn Sterne sehen ließ.

„Aaaah" presste er mit zitternder Stimme hervor und Larx lachte leise, senkte den Kopf und nahm seine Eichel in den Mund.

Aaron zitterte jetzt so sehr, dass seine Zähne klapperten und er kam mit gewaltigen Spritzern in Larx' Mund. Larx schluckte und schluckte, Aaron packte zu und streichelte weiter, und immer noch bewegte Larx die Finger in Aarons Arsch.

Als sein Höhepunkt schließlich zum Stillstand kam, ließ er sie da – in ihm drin, ihn dehnend, erregend genug, dass Aaron hart blieb.

Larx kehrte zu seinem Mund zurück, erhitzt und spermaverschmiert, und Aaron ließ sich in den Kuss fallen, in die Dekadenz und das Urtümliche, das Sex innehatte, ebenso wie Larx und ihre beiden verschlungenen Körper und Herzen.

„Bist du bereit?", fragte Larx schließlich und spreizte seine Finger noch etwas, bis knapp vor der Schmerzgrenze.

„Oh Gott", stöhnte Aaron, der ihn in sich spüren wollte.

„Du bist also so weit?" Larx spielte wieder an seinem Arsch.

„Ganz. Ich will dich ganz in mir drin haben", krächzte Aaron.

Larx zog die Finger heraus und wischte sie am Handtuch ab. Dann kroch er nach oben und kniete sich zwischen Aarons Beine.

„Ganz", versprach Larx und schob sich behutsam in Aarons Arsch.

„Viel zu sanft", bettelte Aaron. „Mach schon, fest."

Larx hielt inne und lächelte. „Oh ja."

Der erste Stoß in Aarons Körper entzündete sämtliche Nervenenden wie eine chemische Flamme, so hell, dass es schmerzte.

„Larx!", rief Aaron, Larx zog sich wieder heraus und bereitete sich auf den nächsten Stoß vor.

„Lauter", flüsterte er schmunzelnd, und plötzlich erwachte in Aaron die pure Lust daran, am helllichten Tag nackt auf der Couch gevögelt zu werden, genauso wie der Spaß daran, so laut zu sein, wie er verdammt noch mal wollte.

„Fick mich!", schrie Aaron hemmungslos und zitternd vor Erregung. „Gib's mir! Gott, härter!"

„Worauf du dich verlassen kannst", krächzte Larx und ließ sofort eine Salve fester rhythmischer Stöße folgen, mit denen er seinen Schwanz präzise und schnell in Aarons Arsch rammte.

Aaron konnte gar nicht laut genug schreien, stöhnen und brüllen.

Sie waren allein, nackt, zwei Menschen, die voller Lust miteinander Sex hatten, und Larx, sein Larx, sein Lover, sein Partner, sein Gefährte war in ihm, füllte seine leeren Stellen und übernahm die Kontrolle über Aarons Körper, als hätte Aaron ohne ihn keinen eigenen Puls.

Wahrscheinlich war es auch so.

Die Ekstase erreichte ihren Höhepunkt, Aaron begann wieder zu zittern, sein Arsch schmerzte und sein Schwanz war wieder steif und zum Leben erwacht.

„Oh Gott, Larx, Baby, du musst mit mir zusammen kommen!"

Larx zitterte, seine Arme gaben nach und er fiel auf Aaron, schweißnass am ganzen Körper. Sein Becken zuckte wie besessen und er stöhnte seinen Orgasmus in Aarons Schulter.

Aarons Orgasmus explodierte in den Tiefen seines Unterleibs, eine Detonation Stärke 10, deren Druckwelle durch seinen ganzen Körper fegte, ihm erst die Sicht nahm, dann alles weiß und anschließend wieder schwarz werden ließ, sein Herz in seinem Rippenbogen und das Mark in seinen Knochen erschütterte.

Das Geräusch, das er an Larx' Nacken von sich gab, war kaum noch als menschlich zu bezeichnen, und das Echo war immer noch zu hören, als beide kollabierten, schlaff wie Kapitulationsfahnen.

Herzschlag, Atem, Larx` Atem, sein Herzschlag, seine Haut.

Ihrer beider Herzschlag. Ihrer beider Atem. Ihrer beider Haut.

Sie beide, zusammen, immer noch ineinander versunken. Larx. Kleine Küsse auf Aarons Gesicht. Larx` Nase an seinem Hals. Das harte Schlagen ihres Herzschlags, das vorbeizog wie ein Sommergewitter.

„Larx?"

„Ja?"

„Ich glaub, du hast mich umgebracht."

„Heh-heh-heh-heh…"

„Das tut dir nicht die Bohne leid, oder?"

„Nö. Gib mir 'ne Sekunde, dann steh ich auf, wir gehen duschen, und dann bring ich dich noch mal um."

„Heh-heh-heh-heh..." Er sah nach oben zu dem leicht angestaubten Deckenventilator, der golden angestrahlt wurde von der Sonne, die durch die Schiebetür aus Glas hereinfiel.

Er hatte gute Augenblicke gehabt, schöne Momente, Frau und Kinder und Familienmomente.

Er hatte Glücksmomente erfahren, bei denen man erfüllt ist und die Tränen in den Augen brennen, und ganz tief im Inneren weiß man, dass man auf dem richtigen Weg ist.

Solche Momente wie jetzt, mit dem Mann, den er liebte, in seinen Armen.

IRGENDWANN MUSSTEN sie sich doch bewegen. Aaron wurde leicht panisch, als er das Sperma aus seinem Po sickern fühlte, bis Larx es mit dem Handtuch abwischte.

„Vorausschauend", meinte Aaron, als er seine Boxershorts suchte.

Larx schüttelte den Kopf. „Ab in die Dusche mit dir. Deine Klamotten bring ich mit", knurrte er. „Bin auch gleich da."

Und das war er. Er stellte sich neben Aaron unter das warme Wasser, der immer noch etwas weggetreten war und versuchte, wieder zu sich zu kommen.

„Lass das", sagte Larx und seifte seine Brust ein. „Du kommst schon noch früh genug wieder zur Erde zurück. Genieß das Schweben, bis du von alleine wieder runterkommst."

Aaron blinzelte und sah ihn an. Er versuchte, seine Frage in Worte zu fassen. „Und jetzt?" war das Beste, was ihm einfiel.

„Heute?" Larx küsste ihn auf die Wange. Dann seifte er seinen Rücken und sein gedehntes, glitschiges Hinterteil ein. „Heute machst du mit deinen Rechnungen weiter, wenn du wieder klar im Kopf bist, ich mache meine, dann kommen die Kinder zurück, wir machen Abendessen und ..."

„Ich meine alles", versuchte Aaron es wieder. Sprechen. Larx hatte ihn buchstäblich um sein Sprachvermögen gefickt. Er hatte gar nicht gewusst, dass so etwas möglich war.

Larx nahm sein Gesicht in die Hände. „Ich hörte, jemand wollte mir einen Hühnerstall bauen", sagte er freundlich. „Damit wir in meinem kleinen Haus leben können wie eine große, glückliche Familie."

Aaron lächelte. Der Schwebezustand ließ langsam nach und zurück blieben Zufriedenheit und Vorfreude. „Eine gute Idee", stellte er fest und küsste Larx, weil er gar nicht anders konnte. „Das ist deine beste Idee."

„Das gefällt dir also?", flüsterte Larx. „Das ist gut, Deputy. Es war schließlich deine eigene Idee, und ich sage ja dazu."

„Du bist eben ein kluger Mann."

Larx grinste.

Sie würden so ein gutes Leben haben. Aaron hatte viele Pläne.

Epilog: Sprossen

AARON SETZTE die Pläne in die Tat um. Als erstes baute er einen Hühnerstall mit Kellan und Kirby, die im kalten Oktobersonnenschein fluchend versuchten fertigzuwerden, bevor die langen Schatten der Bäume sie einholten. Letztendlich dauerte es länger als ein Wochenende, da der Hühnerstall angesichts des bevorstehenden Schneefalls eine richtige *Hühnerresidenz* werden musste, mit Isolierung und Stromleitung zum Haus. Der Hühnerstall in Aarons Garten hatte eine Tür gehabt, die sich per Lichtsensor öffnete und schloss. Den hatte man erst nachbestellen müssen, denn die Hühner hinein- und herauszulassen war viel zu lästig.

Es wurde also Anfang November, bis sie richtig einzogen. Ihre Tagesabläufe und das ganz normale Leben hatte sie noch einige Male gezwungen, die Nacht getrennt zu verbringen. Für Aaron fühlte sich jede Nacht ohne Larx in seinen Armen an wie eine Strafe, die er kaum ertrug.

Kellan schrieb jede Woche einen Brief. Der erste war vielleicht kurz und unbeholfen, aber Aaron hatte beobachtet, dass die folgenden länger wurden und Kellan langsam begonnen hatte, der Traurigkeit Herr zu werden.

Natürlich hatte es geholfen, als Isaiah zum ersten Mal zurückschrieb. Nachdem er sich erst auf sein Zimmer verzogen und eine Runde geweint hatte, war er wieder runtergekommen und hatte die weniger persönlichen Teile allen vorgelesen.

Und schließlich war es so weit, dass Aaron in den sauren Apfel beißen musste.

Die hartnäckige kleine Reporterin kontaktierte ihn Anfang November, und nach einigem Zögern stimmten Larx und Aaron einem kurzen Interview zu, das sie anschließend noch stark korrigierten. Sie benutzte erfundene Namen und es waren keinerlei Bilder der Kinder zu sehen, aber sie sprachen darüber, dass sie mit fast 50 noch einmal neu angefangen hatten, sie sprachen über ihre Jobs und darüber, was um ein Haar passiert war. Es steckte ihnen immer noch in den Knochen.

Marissa Schroeder teilte ihnen mit, dass sie nach der Veröffentlichung tonnenweise Fanpost erhalten hatten, aber sie sahen sich die Briefe nie an. Wie Larx es ausdrückte: Es fühlte sich an, als sei von jemand anderem die Rede. Ihr Leben war überhaupt nicht spektakulär, sondern einfach sehr, sehr normal.

Und ihre Enttäuschung darüber, dass die Mädchen zu Thanksgiving nicht nach Hause kommen wollten, war auch ganz normal. Sie waren alle viel zu beschäftigt mit dem College, mit Abschlussprüfungen, mit dem neuen Leben, das sie sich gerade aufbauten. Aaron schlug sich tapfer. In der Woche vor dem Feiertag waren Larx und die Kinder damit beschäftigt zu kochen und zu putzen. Er bekam ständig Nachrichten von Maureen, die ihm zeigen wollte, wie sie und ihre Freunde das Fest improvisierten. Tiffany hatte nicht viel geschrieben, außer *Komme nicht zu Thanksgiving*, aber bei Maureen hatte er wenigstens das Gefühl, dass sein Baby nicht alleine war.

Am Tag vor dem Turkey Day wachten sie morgens auf und es lagen 15 cm Schnee – und Delilah lag nicht wie sonst auf ihrem Bett. Larx lief besorgt hinunter und fand sie zusammengerollt vor dem Glaseinsatz der Eingangstür im kühlen Licht des Neuschnees. Sie war still und leise gegangen, genügsam, wie es nur Katzen können.

Larx hatte geweint, offen und wie ein Kind, noch bevor die Kinder wach wurden. Aaron kauerte neben ihm, als er das struppige Fell streichelte, legte ihm den Arm um die Schultern und fühlte sich hilflos. Er hatte auch mit Caros Tränen nie gut umgehen können. Aber als Larx begann, von der alten Katze zu erzählen, wie wichtig sie für seine Familie gewesen war, wie sie in schwierigen Zeiten für seine Töchter ein Symbol der Hoffnung und Normalität gewesen war, hörte er sich selbst übereilt über Hunde und Hundehütten und Weihnachten und alles Mögliche sprechen, oh bitte, Larx, alles, was du willst, aber sei bitte wieder fröhlich!

Schließlich hatte Larx erstickt lachen müssen und Aaron tränenüberströmt angesehen. „Ist schon gut, Deputy – Männer weinen auch manchmal. Es bedeutet nicht immer gleich, dass die Welt untergeht."

Aaron schüttelte den Kopf und wischte sich die Augen mit den Handflächen. „Ein Hund", sagte er nickend. „Ein großer, dummer Hund. Zu Weihnachten. Lass mich dir bitte einen Hund schenken."

„Na klar." Larx wischte Aarons Tränen mit seinem Sweatshirt ab. „Einen Hund. Was immer du brauchst."

„Einen Hund", beharrte Aaron mit erstickter Stimme. Er hatte es versprochen.

Die Kinder kamen schließlich auch herunter und dann trauerten alle gemeinsam. Larx hob im Garten eine kleine Grube aus, dankbar, dass der Boden noch nicht allzu sehr gefroren war. Christiana schluchzte so laut, dass Aaron befürchtete, dass ihr zarter Körper auseinanderbrechen würde, während er und die Jungs sie umringten.

Es fühlte sich richtig an.

Am Abend kam Aaron von der Arbeit, als Larx gerade mit Olivia telefonierte, und er war ernsthaft besorgt.

Er hatte mit Tränen gerechnet, aber ihre Stimme klang schrill, fast schon hysterisch, und als Aaron ins Schlafzimmer kam, sah er den besorgten Ausdruck in Larx` Augen, der beruhigend auf sie einredete. Schließlich legte sie immer noch schluchzend auf und Larx ließ sich nach hinten auf die Matratze zurücksinken.

Aaron ließ sich bäuchlings neben ihn fallen und kuschelte sich an seinen Schopf. „Das klang ja schlimm."

„Sie klingt irgendwie …" Larx seufzte. „Irgendwas stimmt nicht. Aus dem Gleichgewicht. Bei ihrer Mutter … die Hormone haben irgendwie ihre Gehirnchemie durcheinandergebracht, weißt du? Ich dachte immer … Wenn ich es vielleicht früher gemerkt hätte, wenn mir klar gewesen wäre, wie schlecht es ihr geht, noch bevor der ganze Schlamassel mit der Schule passiert ist …"

„Du bist nicht für ihre Einstellung verantwortlich, Larx. Du hast sie nicht gezwungen, sich von ihren Kindern abzuwenden." Aaron versuchte, nicht ärgerlich oder kurz angebunden zu klingen. Je mehr er über Larx und seine Mädchen erfuhr, desto klarer wurde ihm, was für ein guter Vater Larx war.

„Ja. Aber Olivia – ihre Stimme wird immer so schrill, weißt du?"

Aaron nickte. Er hatte es selbst gehört. „Es waren schlimme Nachrichten."

Larx sah ihn an. In seinen Augen glänzten Tränen. „Das stimmt schon. Ich weiß, du verstehst das nicht …"

„Du musst dich nicht entschuldigen", brummte Aaron. „Du hast Kummer. Es ist …" Er dachte an die Erlebnisse im Oktober und wie sehr Larx sich bemüht hatte, alles für alle anderen zu regeln. „Es ist das erste Mal, dass du mich wirklich sehen lässt, dass du Kummer hast."

Larx zuckte die Achseln. „Na ja, wenn ich mich nicht mehr auf Deputy George verlassen könnte …"

Aaron lächelte und küsste seinen Scheitel. „Wie hart hat Rektor Larkin denn heute gearbeitet? Bist du bereit, noch mehr Essen zu kochen, oder …"

„Argghhh…" Larx rollte sich auf den Bauch. „Gott. Füllung… Kuchen … Süßkartoffeln … Sauce … Aaron, mach, dass es aufhört!"

„Oder soll ich lieber losgehen und eine Pizza jagen?"

Larx` Strahlen war es wert, noch mal raus in den Schnee zu gehen. „Oh, Deputy. Du liebst mich wirklich!"

„Daran solltest du keine Zweifel haben."

Es SCHIEN nicht so, als hätte Larx irgendeinen Zweifel. Nicht einen, nicht grundsätzlich, nicht im Geringsten.

Thanksgiving war genauso, wie Aaron es liebte. Geschenke gab es nicht – die Familie war das einzige Geschenk, das er brauchte. Und davon gab es reichlich. Larx und die Kinder hatten genug für sechs Familien gekocht und das mit Absicht: Am Donnerstagmorgen, während Aaron arbeitete, verteilten Larx und die Kinder bei der Essensausgabe der Gemeinde Essen an Bedürftige. An diesem Abend spülte Aaron ab, während seine fleißigen Wohltäter vor dem Fernseher alle Viere von sich streckten, ab und zu rülpsten und sich gegenseitig mit den Zehen anstupsten.

Letzteres war ein Spiel, das die Teenager sich ausgedacht hatten und alle Erwachsenen in Hörweite in den Wahnsinn trieb. Aaron verstand die Regeln nicht, aber er begann sich langsam die Prügelstrafe zurückzuwünschen. Dieses Gequengel, lieber Gott, das Gequengel.

Aber als er dann selbst auf der Couch lag, Larx ihm seine Füße auf den Schoß gelegt und er zum zigsten Mal *Der Marsianer* angestellt hatte, konnte er auch über das Gequengel hinwegsehen.

In den letzten zehn Jahren hatte er sich an den Feiertagen ausschließlich mit dem Wohl der Kinder befasst. In diesem Jahr hatten sein Freund und seine Kinder sich um Aarons Wohlergehen gekümmert und er war unglaublich dankbar dafür.

Aber nicht alle Probleme ließen sich mit Dankbarkeit lösen.

EINE WOCHE vor Weihnachten fuhren Aaron und Kirby nach Sacramento, um Maureen und Tiffany vom Flughafen abzuholen. Ihre Flieger kamen 30 Minuten zeitversetzt an und Aaron hatte einen Klumpen im Magen.

„Hat sie irgendwas gesagt?", fragte er Kirby zum 15. Mal.

„Nur, dass sie hofft, dass du inzwischen über den Unsinn hinweggekommen bist", sagte Kirby, immer noch empört. „Ich kapier's einfach nicht, Dad. Ich weiß gar nicht ... du bist happy. *Ich* bin happy. Es ist doch bescheuert, dass sie plötzlich so komisch ist deswegen. Ich habe ihr gestern den gesamten Tag immer wieder *Bi* per SMS geschickt."

Aaron musste lachen. „Einfach nur *Bi*?"

„Ja. Ich so: *Bi* und sie so: *Lass das.* Und ich so: *Bi* und sie so: *Hör auf mit dem Scheiß*, und ich so: *Bi, kennt man doch* und sie so: *Man kennt es auch als Dads Midlife-Crisis.*"

„Das hat sie geschrieben?" Aaron begann, sich wider Willen doch zu ärgern. „Midlife-Crisis?"

„Hab doch gesagt, dass sie bescheuert ist."

„Das ist nicht fair!" Es war auch nicht fair, sich bei seinem fast 18-Jährigen auszukotzen, aber Aaron hatte langsam genug. „Zehn Jahre!"

„Ich weiß, Dad."

„Zehn Jahre, und ihr wart ... ihr wart immer das Wichtigste auf der Welt für mich."

„Ja, Dad. Ich weiß schon."

„Und das seid ihr immer noch", sagte er etwas ruhiger.

„Dad!", sagte Kirby sanft – er klang schon genau wie Larx. „Guck mal, Dad. Natürlich darfst du auch glücklich sein. Wirklich. Du weißt genau, dass ich das so sehe, und nicht nur, weil ich nicht mehr kochen muss. Die letzten Monate waren so cool."

Und plötzlich klang er doch wieder wie ein Siebenjähriger, ein bisschen verloren, immer bemüht, Aarons kleiner Mann zu sein. „Weißt du eigentlich, wie mich das gestresst hat, immer darauf zu warten, dass du nach Hause kommst? Auch als die beiden noch da waren. Wenn dir irgendwas passiert wäre, dann wäre ich ganz alleine geblieben. Ich will nicht bei Grandma und Grandpa leben. Ich will nicht bei Maureen leben. So wie es jetzt ist, fühl ich mich *sicher*. Ich will sogar ...“

Er seufzte. „Ich will nächstes Jahr lieber erst mal ins Junior College. Ist das okay? Es geht mir gut. Ich fühle mich sicher. Ich will das nicht einfach alles hinter mir lassen. Bin noch nicht so weit."

Aaron lächelte erleichtert. „Das wäre schön", sagte er. „Nein: Es wäre *super*. Ich bin auch noch nicht so weit, mein letztes Kind ziehen zu lassen."

„Na ja, Christi hat noch zwei Jahre, und ich denke, Kellan bleibt auch noch ein bisschen. Ihr habt noch eine ganze Weile Kinder bis über beide Ohren."

„Gesetzt den Fall, ich überlebe die, die schon ausgezogen sind."

Aaron sah die beiden nebeneinander vor Ausgang A stehen. Maureen glich ihrer Mutter: klein, braune Augen, Sommersprossen, ein Hauch Rot in den dunkelblonden Haaren. Tiffany sah aus wie Aaron: groß, üppige Figur und blaue Augen.

Aber er konnte sich nicht erinnern, jemals ein so missmutiges Gesicht geschnitten zu haben. Noch nicht mal nach dem Tod seiner Frau, als jeder Tag sich wie eine mühsame Suche nach dem Schönen in der Welt angefühlt hatte.

Er legte den Parken-Gang ein, stieg aus und schloss Maureen fest in die Arme. Sie lachte, küsste ihn auf die Wange und nannte ihn Daddy, wie sie es schon als kleines Mädchen getan hatte. Sie hatte immer schon von innen gestrahlt und war fröhlich wie eine kleine Fee durchs Leben getanzt.

Erst als sie Kirby in die Arme hüpfte, stellte er fest, wie sehr sie ihn an Larx erinnerte.

Und dann stand er vor seiner Ältesten und er tat sein Bestes und öffnete seine Arme. „Tiff?"

„Hallo, Dad", sagte sie steif und ließ sich umarmen, ohne es zu erwidern. „Fahren wir nach Hause?"

„Du und Maureen wohnt in unserem alten Haus", antwortete Aaron ruhig. Er zwinkerte Maureen zu. „Es sei denn, ihr wollt lieber auf Sitzsäcken und auf der Couch schlafen, was auch okay wäre." Er wandte sich an Tiffany und fügte hinzu: „Wir haben gelüftet, den Kamin sauber gemacht, den Strom angestellt und eingekauft. Ihr solltet alles haben, um euch wohlzufühlen."

Sie hatten einen kompletten Tag der kostbaren Weihnachtsferien dafür aufgewendet, aber niemand hatte sich beschwert, noch nicht mal Kellan, der eigentlich keinen Finger krumm machen musste, damit Aarons Töchter es gemütlich hatten.

„Und dann sollen wir einfach alleine dableiben?", fragte Tiff schnippisch. „Vielen Dank auch, Dad."

„Hört sich super an!" zwitscherte Maureen und warf ihrer Schwester einen bösen Blick zu. „Weihnachten bei euch und ansonsten haben wir das Haus für uns." Sie lächelte ihre Schwester schmeichelnd an. „Dad hat gesagt, dass er den Hühnerstall auch rübergeholt hat. Wir müssen noch nicht mal die blöden Hühner füttern, Tiff!"

Tiffany verdrehte die Augen und stieg dann vorne ein, wo sie weiterhin eisig schwieg, bis Aaron in Citrus Heights hielt, um zu tanken.

„Tiff, wie wäre es, wenn du dich mal nach hinten setzt und deine Schwester nach vorne lässt?" Maureen hatte schon die gesamte Fahrt über versucht, ein Gespräch mit ihnen zu führen, aber Tiff hatte nur einsilbig geantwortet und Aaron hatte sich aufs Fahren konzentrieren müssen. Am Ende hatten Maureen und Kirby sich hinten bestens unterhalten, und Aaron wollte jetzt die gleiche Chance haben.

„Und schon wieder schiebst du mich ab", murmelte Tiffany.

„Nein, Süße. Ich will nur, dass Maureen sich auch willkommen fühlt."

„Na dann."

Aaron seufzte. „Ich hol mir noch einen Kaffee. Möchte noch jemand etwas?"

Maureen und Kirby wollten Kakao. Tiffany wollte nichts.

Na dann nicht.

Als Aaron aus der Tankstelle kam, telefonierte Tiffany angeregt, während Maureen gleichzeitig auf sie einredete. Aaron konnte nicht verstehen, worum es ging, und Tiffany legte auf, als er sich näherte.

Sie stiegen wieder ein und waren schon auf den Freeway abgebogen, als Tiff Maureens animierten Monolog über ihren Grundkurs in Biologie und wie froh sie war, bald ins höhere Wissenschaftslevel am MIT einzusteigen, unterbrach: „Du kannst mich einfach am Bahnhof in Colfax absetzen. Grandma und Grandpa haben mir ein Ticket geschenkt. Ich fahre mit dem Zug nach San Francisco und fliege morgen von dort aus weiter nach Illinois."

Aaron sah rot. „Das werde ich nicht machen", antwortete er kurz. „Colfax ist ein Umweg von 45 Minuten und zu Hause warten sie mit dem Essen auf uns. Wenn du unbedingt wieder abhauen und dich bei deinen Großeltern ausheulen willst, musst du auch selbst organisieren, wie du von Colton zum Bahnhof kommst, denn ich werde dich nicht hinfahren."

„Du erwartest ja wohl nicht von mir, dass ich mit deinem … deinem *Loverboy* im selben Haus wohne. Das ist einfach nur widerlich!"

„Welchen Teil von *ihr könnt in euren alten Zimmern wohnen und Kirby und ich gehen nach Hause* hast du nicht verstanden?"

„Den Teil, in dem du mich noch nicht mal *gefragt* hast, ob das für mich okay ist!"

Aaron verdrehte die Augen und Maureen unterdrückte ein Kichern. Er blinzelte ihr zu und fuhr weiter. Insgeheim hasste er sich ein bisschen dafür, wie leicht es ihm fiel, mit seinen beiden jüngeren Kindern auszukommen, und wie schwer er es mit der Großen hatte.

„Das war doch gar nicht deine Entscheidung", sagte er dann mit einem Seufzer. „Ich bin ein erwachsener Mann, Tiffany. Kirby habe ich natürlich gefragt …"

„Kirby hat ihn angebettelt", unterbrach ihn Kirby. „Nachdem ihr zwei Damen ausgezogen seid, war es ziemlich einsam. Und jetzt ist es das nicht mehr."

235

„Du weißt doch gar nicht, was du da redest", sagte Tiffany boshaft. „Du bist ein *Kind*."

„Und du bist eine Ziege", gab Kirby zurück.

„Kirby!" Oh Gott – Aaron war zwar nicht begeistert von ihr, aber dass sie anfingen, sich zu beschimpfen, wollte er auch nicht.

„Nein, Dad. Hör sie dir doch mal an – hat Grandma und Grandpa was von eurem schwulen Liebesnest vorgejammert, Fanatikerin, das ist sie. So hast du uns nicht erzogen. So hat Mom uns nicht erzogen. Die Hälfte von Tante Candys Freunden ist schwul."

„Ich bin keine Fanatikerin! Es ist einfach nur was *anderes*, wenn es dein eigener Vater ist!"

„Oh mein Gott."

„Tiff, hör dir doch mal selber zu!"

„Gott, Tiff, du bist so was von *bescheuert*."

Aaron, Maureen und Kirby atmeten alle einmal tief durch.

„Ich bin glücklich", sagte Aaron dann mit vor Kränkung leicht zittriger Stimme. „Es tut mir leid, wenn dir das egal ist oder wenn du was dagegen hast, aber deinem Bruder und mir geht es sehr gut. Wie gesagt, du kannst gerne im alten Haus wohnen. Kirby und ich gehen nach Hause zum Abendessen. Maureen, du darfst jederzeit dazukommen."

Er fing im Rückspiegel den Blick seiner ältesten Tochter ein. „Aber wenn du nur dazukommen willst, um mich, Larx, Kellan oder Christi zu beleidigen, dann würde ich es tatsächlich vorziehen, wenn du eine Möglichkeit finden würdest, die Stadt zu verlassen."

Und damit war das Gespräch erst mal beendet.

OLIVIA SAH Lila so ähnlich, dass Larx schmerzhaft schlucken musste. Ihr Kinn war inzwischen etwas weicher geworden und sie hatte ihre teenagerhafte Schlaksigkeit verloren. Wie Christi hatte sie dunkle Haare und dunkle Augen und sah somit Larx` verstorbener Schwester zum Verwechseln ähnlich.

„Bist du auch ganz sicher?", fragte er und rieb sich die Herzgegend. Bulldozer, der Mastiff-Welpe, den Aaron letzte Woche aus dem Tierheim mitgebracht hatte, kaute an den Schnürsenkeln seiner Pantoffeln. Für den Moment ließ Larx die Erziehung sausen, sollte der blöde Köter doch machen, was er wollte.

„Daddy…" Ihr Kinn zitterte und sie rieb sich die Augen. „Na klar bin ich sicher. Ich sagte doch, ich war beim Arzt und alles. Du sollst mir nur … bitte nicht allzu böse sein, okay?"

Larx schüttelte den Kopf und öffnete die Arme. „Bin dir nicht böse, Süße. Ich bin dir überhaupt nicht böse."

Olivia hatte die Bombe schnell und gnädig platzen lassen. Sie war zur Tür reingestolpert, hatte die Geschenke für alle einschließlich Kellan, Kirby und Aaron

unter den Weihnachtsbaum geworfen, sich mit ihrem Kakao hingesetzt und Larx`
Welt erst einmal auf den Kopf gestellt.

Als er sie jetzt in den Armen hielt und sie beide ein bisschen weinen mussten,
versuchte er, sich etwas Kluges einfallen zu lassen.

*Es tut mir leid. Ich machte damals den gleichen Fehler. Scheinbar vererbt
sich so was.*

*Es tut mir leid. Ich wusste ja, dass du jetzt erwachsen bist. Ich dachte, wir
hatten darüber gesprochen.*

*Es tut mir leid. Du bist immer noch mein kleines Mädchen, und ich würde
mir den Scheißkerl am liebsten vorknöpfen …*

„Ich muss mal, Daddy", sagte Olivia, die dunklen Augen immer noch voller
Tränen und die dunklen Haare verwuschelt.

„Ja, klar. Geh nur." Er sah kopfschüttelnd, wie Dozer ihr folgte. Natürlich
mochte der Hund Olivia am liebsten. Ging das nicht allen so?

Larx blieb über dem Tisch zusammengesunken zurück und versuchte, die
Nachricht zu verdauen.

In diesem Augenblick platzten Aaron und seine Kinder durch die Tür.

Zwei seiner Kinder.

Larx versuchte, sich zusammenzunehmen. Aaron sah gekränkt, frustriert
und traurig aus. Gott. Es war wahrlich nicht immer ein Zuckerlecken, Kinder zu
haben.

„Larx!", sagte Maureen, ehrlich erfreut, ihn zu sehen. Er freute sich über
ihre Umarmung, war aber wenig überrascht, denn bei ihrem Abschluss hatte sie so
ziemlich ihre gesamte Jahrgangsstufe *und* all ihre Lehrer umarmt.

„Hey, George-Mau-Er", grüßte er sie, froh über die gegenseitige Zuneigung.
„Ich sehe, dass du deine Sachen dabei hast – bist du bereit für die Couch?"

Maureen verdrehte die Augen und Kirby wuchtete die beiden Koffer die
Treppe hoch. „Besser als die Gesellschaft im Eispalast da drüben", murmelte sie.
„Ich hoffe, dass der Strom ausfällt und sie sich den Arsch abfriert."

Autsch.

„Ich sollte wohl mal mit deinem Vater reden", sagte Larx vorsichtig.

Maureen gab ihm einen Kuss auf die Wange. „Ich dachte, es wird komisch",
sagte sie ehrlich. „Aber Sie sind immer noch mein alter Naturwissenschaftslehrer,
und ich freue mich, hier zu sein."

Oh, Gott sei Dank, dass zwei von Aarons Kindern genau so waren wie ihr
Vater.

Er machte sich auf den Weg nach oben, an Kirby vorbei, der ihn spielerisch
in den Arm boxte, und fand Aaron im Schlafzimmer. Er war dabei, seine Stiefel
auszuziehen und in die Fleece-gefütterten Mokassins zu schlüpfen, die ihm Larx
als verfrühtes Weihnachtsgeschenk mitgebracht hatte, damit er nicht den ganzen
Winter lang fror.

Mit einem Seufzer setzte er sich neben seinen Freund, seinen Lover, seinen Gefährten, und lümmelte sich auf die Matratze.

„Und …?" begann er.

„Meine älteste Tochter ist zum Kotzen", sagte Aaron mit vor Ärger bebender Stimme. „Sie schmollt jetzt drüben im Haus, bis ihre Großeltern herfliegen und sie aus unserer Lasterhöhle befreien." Mit traurigem Lächeln fragte er Larx: „Und wie war dein Tag so?"

Larx' Mundwinkel zuckten. „Olivia ist schwanger."

Der Anblick von Aarons aufgerissenen Augen machte die bedeutungsschwere Nachricht beinahe wett. „Wie bitte?"

„Die Katze ist gestorben, sie war zu Thanksgiving alleine, und da ist sie losgezogen und hat sich einen Dummkopf gegönnt. Der Arzt sagt, es kommt Mitte August."

„Ach du lieber Gott."

„Sie macht noch das nächste Semester, aber dann will sie wieder herziehen, bis das Baby zwei ist." Sie hatte sich alles genau zurechtgelegt. So verantwortungsbewusst war sie noch nie in ihrem ganzen Leben gewesen.

„Wir werden Opas?", fragte Aaron, immer noch im Schock.

Und da wusste Larx es, ganz tief in seinem Inneren, etwas, was ihm irgendwann als Vater klargeworden war und er jetzt bestätigt bekam mit seiner zweiten Familie:

Alles würde gut werden.

Vielleicht nicht ganz einfach – aber es würde gut werden.

Denn Aaron hatte *wir* gesagt.

Es gab nur dann keine Herausforderungen im Leben mehr, wenn das Leben selbst zu Ende war. Bis dahin gab es andere Menschen, Familie, Freunde, Karriere – und damit auch immer Hürden. Aber Larx hatte jemanden an seiner Seite, der ihm über die besonders hohen helfen und der auch selbst Hilfe brauchen würde.

Und die Herausforderungen, der Stress, der Schmerz, bei den älteren Kindern die eigenen Fehler wiederholt zu sehen – das alles würde nie verschwinden.

Aber Larx und Aaron sahen ihnen mit etwas mehr Gelassenheit entgegen. Denn sie waren ein *wir*.

„Ja", antwortete Larx fröhlich. „*Wir* werden Opas."

Seine Augen brannten, er legte den Kopf an Aarons Schulter und Aaron seinen Arm um Larx' Taille.

„Du wirst das großartig machen", sagte Aaron leise.

„Du wirst es besser machen."

Ihr Kuss schmeckte ein bisschen salzig, aber genau wie das Leben, ihr Leben, war er dennoch herzzerreißend süß.

Die preisgekrönte Autorin AMY LANE lebt mit einigen Teenagern, einer Schar von Fellknäueln und einem verwirrten Ehemann in einer Bruchbude. Sie hat viel zu viele wilde Geschichten im Kopf, steht auf Abenteuerfilme mit jeder Menge Action und hat den Drang, zu erfahren, dass sich irgendwo unter all der Qual eine Geschichte von echter wahrer Liebe verbirgt, an die sie bis zum heutigen Tag glaubt. Sie schreibt zeitgenössische und paranormale Liebesromane, Urban Fantasy und Romantic Suspense, gibt gelegentlich Schreibkurse und tut gerne so, als sei ihr einfaches Leben genauso spannend wie das der Personen in ihrem Kopf. Außerdem ist sie der Überzeugung, dass kleine und große Opfer den Drang zum Schreiben wert sind.

Website: www.greenshill.com
Blog: www.writerslane.blogspot.com
Email: amylane@greenshill.com
Facebook: www.facebook.com/amy.lane.167
Twitter: @amymaclane

Von AMY LANE

Aufs Spiel gesetzt
Klar wie Kloßbrühe
Klares Wasser
Wenn Du meinst…

EIN ABENTEUER DER MEISTERBETRÜGER
Das Genie

FISCHE AUF DEM TROCKENEN
Fische auf dem Trockenen

HERBSTFEUER
Herbstfeuer

KEEPING PROMISE ROCK
Unvergessene Versprechen
Erhoffte Versprechen

TALKER
Talker
Am Ende einer langen Nacht
Talkers Reifeprüfung

Veröffentlicht von DREAMSPINNER PRESS
www.dreamspinner-de.com

EIN ABENTEUER DER MEISTERBETRÜGER

Das Genie

AMY LANE

Ein Abenteuer der Meisterbetrüger

A long, long time ago, Felix Salinger was caught pickpocketing for the first time, and Danny Mitchell helped him escape. The two were inseparable... until they broke up.

Twenty years after that first encounter, Danny returns to Chicago, the city where he lived with Felix and their perfect family, to save him once more. Felix's news station - responsible for their breakup - is under fire from a ruthless employee who is making serious allegations against Felix. An official investigation could bring their house of cards down. The only way to prove Felix's innocence is to pull off her biggest scam yet.

But while Felix hasn't lost his talent for scams, seeing Danny again is bittersweet. Their ten-year separation has left holes in both hearts that no amount of loot can fill. A group of young, inexperienced thieves join them as they trade ancient jewels and battle new threats to pull off the perfect heist. However, the most difficult task will be to prove that love is the only valuable thing they have ever had.

www.dreamspinner-de.com

*Ratet mal, wer im selben
Teich schwimmt*

FISCHE
AUF DEM
TROCKENEN

Amy Lane

Fische aud dem Trockenen: Buch 1

Privatdetektiv Jackson Rivers wuchs auf den rauen Straßen von Del Paso Heights auf und traut Polizisten nicht – obwohl er einer war. Als der Mann, den er als seinen Bruder betrachtet, des Mordes an einem Polizisten beschuldigt wird, bei dem es eindeutig nicht mit rechten Dingen zuging, setzt er Himmel und Hölle in Bewegung, um Kaden und seiner Familie zu helfen.

Strafverteidiger Ellery Cramer stammt aus einer reichen Familie, was ihn nicht daran hindert, sich bereits seit sechs Jahren zum straßenerfahrenen, selbstbewussten Detektiv Jackson Rivers hingezogen zu fühlen. Doch als Jackson ihn um Hilfe bei der Verteidigung von Kaden Cameron bittet, ist er bald überfordert – und das nicht nur in Bezug auf den verschlossenen, unwirschen Detektiv. Kaden wurde nicht nur ein Mord angehängt, sondern er wurde ihm von korrupten Polizisten angehängt, wobei die Verschwörung weiter reicht, als Ellery sich vorwagt – und bis in Jacksons unschöne Vergangenheit.

Bald sind beide Männer tief in das Rätsel um den in der Tankstelle ermordeten Polizisten verstrickt und befinden sich in einem Wettlauf gegen die Zeit, um Kadens Unschuld zu beweisen. Doch abseits der Ermittlungen und der fliegenden Kugeln müssen sie mit persönlichen Komplikationen umgehen … und einer gegenseitigen Anziehungskraft, die außer Kontrolle geraten ist.

www.dreamspinner-de.com

Klar
WIE KLOSSBRÜHE

AMY LANE

Eine Geschichte aus dem Kuriosen Kochbuch

Emmett Gant hatte sich fest vorgenommen, seinem Vater eines Sonntags etwas sehr Wichtiges zu erzählen – doch sein Vater war gestorben, ehe er dazu kam. Jetzt, drei Jahre später, kann Emmett sich einfach nicht darüber klar werden, mit wem er zusammen sein soll – mit dem Mädchen mit den Apfelbäckchen und der wunderbaren Familie? Oder mit Keegan, seinem scharfzüngigen Nachbarn, der seine Familie nie besucht, aber Emmett sehr glücklich macht, wenn er nur auf einen Schwatz rüberkommt?

Emmett braucht Klarheit.

Zu Emmetts Glück hat die Mutter seines besten Freundes ein Kochbuch, das ihm Erkenntnis und gutes Essen verspricht. Emmett ist fasziniert. Und als ihm das Kochbuch nach Hause folgt, beschließen Emmett und Keegan, das Rezept „Für Klarheit" nachzukochen. Was sich daraus ergibt, ist einerseits völlig klar, aber andererseits auch ein bisschen überraschend – vor allem für Emmetts Freundin. Emmett wird ganz scharf über seine Vergangenheit und die wichtigen Dinge, die er seinem Vater zu sagen versäumt hat, nachdenken müssen, wenn er das Rezept für Liebe jemals richtig hinkriegen will.

www.dreamspinner-de.com

Klares *Wasser*

AMY LANE

Lernt Patrick Cleary kennen: Nachtschwärmer, Versager, Spastiker. Patrick versucht verzweifelt, sich zu ändern. Das Ergebnis ist so eindrucksvoll, dass es ihn fast umbringt.

Lernt Wes „Whiskey" Keenan kennen: Ein Biologe auf Dauer-Exkursion, der sich fragt, wann es wohl Zeit wird, sesshaft zu werden. Als der schlimmste Tag in Patricks Leben damit endet, dass Whiskey ihm das Leben rettet, fangen die beiden an, ihr Leben und eine winzig kleine Koje in dem heruntergekommensten Hausboot, das die Welt je gesehen hat, zu teilen.

Patrick will sein Leben auf die Reihe bekommen und Whiskey will ihm dabei helfen. Doch Patrick ist sich nicht sicher, ob das überhaupt möglich ist. Er ist davon überzeugt, dass er eine Anomalie der Natur ist. Aber Whiskey, der mit echten Anomalien arbeitet, glaubt, dass alles, was Patrick braucht, ein klein wenig Hilfe ist, um die Schönheit unter seiner spastischen Hülle zu sehen, und Whiskey bietet sich gerne dafür an. Zwischen ungewöhnlichen Fröschen, einem lebensbedrohlichen Ex-Freund und Patricks eigenen Blockaden, benötigt Whiskey seine gesamte Geduld, damit Patrick das Gute in sich findet, bevor die beiden in klarem Wasser schwimmen können.

www.dreamspinner-de.com

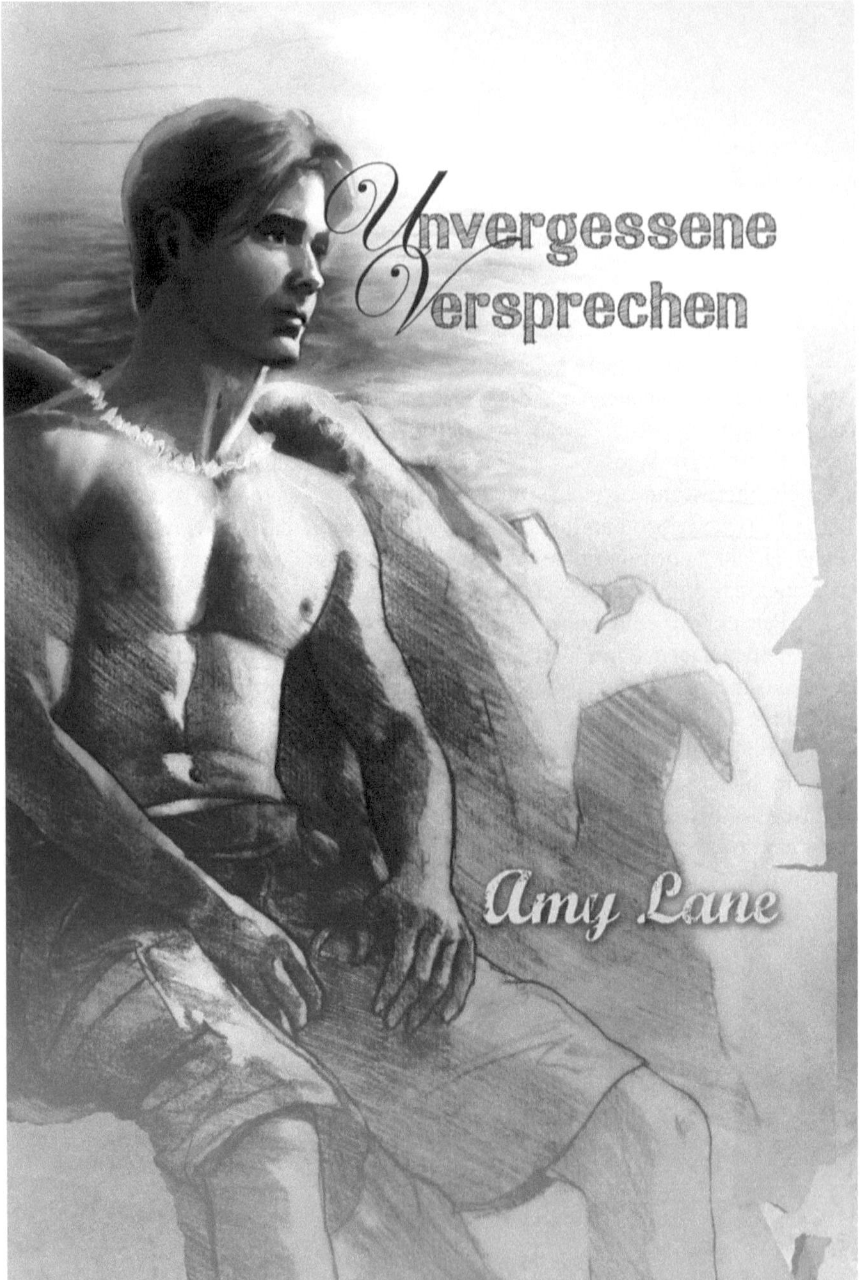
Unvergessene
Versprechen
Amy Lane

Buch 1 in der Serie – Keeping Promise Rock

Carrick Francis besaß schon immer die zweifelhafte Gabe, Ärger und Probleme jeder Art wie ein Magnet anzuziehen. Das einzige, was ihn vor Haftstrafen oder Schlimmerem bewahrte, ist seine unverbrüchliche Freundschaft zu Deacon Winters. Deacon war seine Rettung undhalf ihm, seine unglückliche Kindheit und die Misshandlungen durch seinen Vaterzu überstehen. Crick würde alles tun, um für immer bei Deacon bleiben zukönnen. Deshalb schiebt er seine Studienpläne auf als Deacons Vater stirbt. Erspringt ein und hilft seinem Freund, so wie der ihm geholfen hat.

Deacon wünscht sich nichts mehr, als dass Crick seinen schlechten Erinnerungen und ihrer kleinen Stadt entflieht und eine strahlende Zukunft findet. Aber nach zwei Jahren, indenen seine Gefühle für seinen Freund immer tiefer werden, kann er derVersuchung nicht mehr widerstehen und gibt Cricks Annäherungsversuchen nach.Der schüchterne Deacon gibt endlich zu, dass er ein Teil von Cricks Lebenwerden möchte.

Aber Crick wartet nur darauf, von Deacon wieder verstoßen zu werden – so wie er in der Vergangenheit von seiner Familie verstoßen wurde. Eine seiner typischen, spontanen Fehlentscheidungen lässt ihn weit weg von zuhause enden. Deacon bleibt allein zurück. Er ist am Boden zerstört und muss hart kämpfen, bis er sein gebrochenes Herz wieder heilen und er in einer Welt überleben kann, in der Cricks Liebe einewiges Versprechen ist, das vielleicht niemals in Erfüllung gehen wird.

www.dreamspinner-de.com